풍수학논법

이론은 무시말고 공부는 지름길로…

[제4판]

補整版

풍수학논법

風水學論法

[제4판]

經山 成在權 著

도표 사진 등 최신 기획자료 4백여점을 집대성

佩鐵 向法 九星 紫白을 해설한 국내 최초의 결정판

관음출판사

성재권(成在權)

- 1947년 경남 진주 출생
- 경남일보, 부산문화방송, 경향신문 기자
- 대구한의대학교 대학원 풍수지리학과 졸업
- 靑吾 申坪 선생, 白愚堂 韓重洙 선생, 夢山 全雄鎭 선생과 사사
- 지풍연(지리산풍수지리연구소) 회장
- 경남일보 "풀어쓰는 風水" 집필 주1회 연재
- 진주교육대학교 사회교육원 강사(역)
- 경상대학교 사회교육원 강사(현)
- 금오공과대학교 사회교육원 강사(현)
- 인제대학교 사회교육원 강사(현)
- 경상대학교 산업대학원 최고산업관리자과정 강사(현)
- 동아대학교 경영대학원 최고경영자과정 강사(현)
- 대구한의대학교 역사지리학부 외래교수(현)

- 저서 : 풍수학논법 1, 2, 3판 (관음출판사, 2004)

- 논문 : 「수향법의 통합과 향 명칭통일」 (풍수학석사, 2004)

- 연락처 : 017-723-8472

  e_mail : jirisan8472@hanmail.net

  홈페이지 : http://cafe.daum.net/jirisan

KBS2 〈여기는 TV정보센터〉 "정암솥바위"에 관한 풍수해설.
(서기 2003년 6월 30일)

SBS 〈백만불 미스테리〉 "보리암 삼층석탑"에 관한 풍수해설.
(서기 2003년 10월 13일)

TBC 〈생명기행〉 "산 찾아 물 따라" 풍수로 보는 서원 해설
(서기 2004년 7월 6일)

산사람이 사는 집을 주택 또는 양택(陽宅)이라 하고 죽은 이가 묻히는 묘를 유택(幽宅)또는 음택(陰宅)이라 한다. 부모님이 살아 계실 때에는 거처를 편안한 방에 마련해 드림으로서 효(孝)가 되고, 돌아가신 뒤에는 봉제사(奉祭祀)는 물론이고 편히 잠드시도록 좋은 땅에 안장(安葬)하는 것이 또한 효(孝)가 되는 것이다.

예나 지금이나 좋은 묘터를 찾아 부모조상을 안장하려 노력하는 것은 자손으로서의 도리를 다하는데 큰 의의가 있는 것이지, 명당대지(明堂大地)에 묘를 써서 발복을 노리는 것이 목적이 아니지만 사람의 마음이란 두 가지 조건을 다 충족하고 싶어하는 것은 부인할 수 없다.

생전에 효(孝)를 못했던 사람들도 사후에는 좋은 땅을 찾아 안장하려 노력하는 사람도 많고 화장(火葬)해서 뼈 가루를 아무 곳에나 뿌려 없애는 사람도 있다.

어쨌거나 그들은 그들의 사고방식대로 살아가는 것이기에 탓할 수는 없다. 한마디로 평하기는 어려우나 아무 땅에나 장사지내는 것에 비하면 좋은 땅을 찾아 안장하는 것이 낫지 않겠는가?

문명시대에 옛 풍습을 고수하려는 보수파가 비평받게 될 지 모르지만 아직은 우리네 전통문화와 풍습은 쉽게 사라지지 않고 더 오랜 세월동안 명맥이 이어지리라 믿는다.

요즈음 추세를 보면 근대 이후 풍수학에 관심있는 사람들이 부쩍 늘고 있다. 풍수학을 강의하는 곳이 전국곳곳에 많은 것으로 보아 이는 배우고 연구하고자 하는 사람들이 많다는 증거다. 그런데 같은 학리(學理)를 가르치는게 아니라, 가르치는 사람마다 이론이 달라 배우는 사람이나 응용하는 사람이 혼동을 일으키고 자기가 배운 이론만이 적법하다고 주장하는 상황이다. 그래서 요즈음 풍수학은 마치 춘추전국시대를 맞이한 것과 비유돼 어느 정도 통일된 학문체계를 세우는 게 시급한 일이다.

이러한 즈음에 나온 『풍수학논법』은 풍수학자인 經山선생이 통일 가능한 부분에는 가급적 통일을 기하고자 이기론의 상당부분에 통일된 체계를 세워 쓴 책이다.

經山선생은 경남일보, 부산문화방송, 경향신문 등 신문과 방송 기자생활을 한 경력이 있었던 바 기자의 날카로운 붓끝으로 풍수학 이론의 잘못된 부분을 날카롭게 비판, 옥석(玉石)을 분별해서 취할 것은 취하고 버릴 것은 버린 「수향법 통합과 향명칭 통일」 논문으로 풍수학 석사학위를 취득한 바 있다.

논문의 내용은 『팔팔향법(八八向法)』의 맹점을 파헤치고 향명칭을 통일하여 총정리한 것으로 그동안 국내 학계에 제출된 풍수관련 석 · 박사논문을 통틀어 최초로 정통이기론 풍수학을 소재로 다룬 논문이다.

퇴직 후 고명한 은사(隱士)에게 정통풍수를 전수받고 여러 군데서 공부를 하다 현재 경상대학교와 진주교육대학교 사회교육원 풍수지리학 강사로서 바쁜 중에도 틈틈이 글을 써 본 책자를 펴내게

되었다.

뛰어난 재주로 어려운 글을 쓴 공로에 찬사를 아끼지 않는 바이며 아울러 강호 여러분들에게 일독(一讀)이 있기를 추천하는 바이다.

甲申年(西紀 2004年) 孟春 韓重洙 拜

天開地闢하여 이 땅에 무수한 세월이 흐르면서 생명의 진화를 거듭하여 인류를 형성하였고 인간간의 삶의 문화전달을 이루었다. 문자와 언어의 발달로 의식이 전달되어 인간의 긴 역사를 알게 되었고 역사를 미루어 현실은 극도로 발달한 문화를 맞이하고 있다.

어제와 오늘이 다르게 밀려드는 정보로 다양한 문화를 이루고 그 만큼 폭과 깊이에 있어서도 전문화되고 있다. 따라서 출판도 마찬가지로 홍수시대를 맞고 있으며 풍수지리학도 비례하여 발전해 가고 있음이 사실이다.

詩書문화가 主를 이루던 시대의 전적들이 다시금 들추어지고 그것들에서 발췌되어 필요한 서책이 출간된다는 것은 매우 뜻있는 일이라 할 것이다. 풍수서야말로 방대한 고전들에서 현재에 이르고, 뜻있는 人士에 의해 새롭게 태어나고 있는 게 현실이며 매우 반길 일이다.

평소 우직스러워 보이던 經山 선생은 다양한 서책들을 수집해 공부하며 사학의 다양한 인사들과 交遊하는 과정에서 그 만큼 사학의 넓은 폭을 가지고 있으며, 그것은 이미 국립 경상대학교 사회교육원과 국립 진주교육대학교 사회교육원 교재용으로 출간된 강좌교재에서 그 역량이 활달히 나타나 있다.

그러한 차제에 어느 날 불쑥 찾아와 원고뭉치를 내놓으며 추천사를 부탁하기에 이는 사학이 크게 발전하는 일이라 반겨마지 않을 수 없었다. 항상 긍정과 부정의 논리가 확실한 성격이기에 원고 역시 논리와 순서가 확연하며 초보에서 전문가에 이르기까지 풍수전문논리를 모두 수록하고 있는 장서라 극찬할 만 하다.

지리산풍수지리연구소란 기치를 걸고 본서를 출간한다는 데에 진심으로 찬사를 보내며 이에 추천사를 보낸다.

2003년 12월

사단법인 한국현문풍수지리학회장 申 坪

이 책은 풍수분야 중, 이기론을 많이 다뤘다.

혈(穴) 터(址)와 이기론과의 관계를 조명, 난해한 풍수학을 이해하는데 도움을 주려고 한다.

풍수서의 차별화는 필요하다.

학인들 수준에 맞는 단계별 풍수서나 공부의 경륜을 감안한 차별화 된 책은 드물다. 책의 선택은 학인들 판단에 맡기면 될 일이지만 판단력을 가진 사람이 많지 않다.

내용은 약간씩만 다르고 결론에 도달하는 과정이 길고 복잡한 것도 적지 않아 책 선택은 더욱 어렵다.

공부를 시작할 때와 초보를 막 벗어날 무렵부터는 어떤 책을 골라봐야 할지 난감해 하는 학인이 이외로 많다.

풍수서도 다소의 난이도 구분은 유지돼야 한다.

내용은 별것 아닌데 초급 중급 고급 등이 혼재돼 백과사전처럼 책갈피가 두꺼운 책, 함량미달의 책 등이 적지 않다.

이해를 도우려는 것인지? 일부러 어렵게 만든 것인지? 구별이 어려운 것도 많다. 본서는 일부 분야이지만 불필요한 논리전개과정을 과감히 축소하고 핵심에 바로 접근하는 지름길 안내를 시도했다. 龍穴砂水向 등의 내용과 표현방법을 단순화 해 흔한 스타일의 표현은 탈피했다.

특히 경륜 많은 학인들을 위해 **패철(佩鐵) 향법(向法) 구성(九星) 자백(紫白)의 집중연구편**을 수록했다. 초보자는 본서를 보기전 형상론에 관한 책을 별도로 보기 바란다. 입체감이 결여된 평면도일색의 그림은 풍수의 오류를 더 많이 범할 수 있으니 책 선택에 신중해야 한다. 그림과 설명만으로 형상론을 완전히 이해할 수 있는 책이 나오길 기대한다.

감독은 선수에게 감독되는 길을 가르치진 않는다.

축구국가대표팀 감독 히딩크는 「2002 FIFA WORLD CUP KOREA JAPAN」에서 1승이 1차 목표였고 16강 진출은 다음 목표였지만 8강을 넘어 4강을 달성했다.

그는 선수를 길러낸 것이지 처음부터 감독을 길러낸 것은 아니지만 선수들은 언젠가는 프로축구팀감독 국가대표팀감독 등의 위치에 가 있을 것이다. 풍수학인도 혈과 터를 찾을 줄 알면 나중엔 저절로 가르치는 위치에 가 있을 것이다. 축구의 지향점은 슛과 골인이다. 풍수의 지향점은 혈과 터를 잡는 것이다. 축구감독이 슛과 골인을 위해 선수를 훈련시키듯 풍수분야에도 감독이 있다면 혈과 터 잡는 지름길로 학인을 안내해야 할 것이다. 학인들은 감독이 없더라도 스스로 풍수공부의 첩경(捷徑)과 정도(正道)를 하루빨리 찾아야 시간과 정열을 낭비하는 일이 없을 것이다.

당신도 穴(혈)을 찾을 수 있다.

이론(異論)은 많지만 누가 뭐라고 해도 풍수학의 지향점은 음택의 경우 산소 터인 좋은 혈(穴)을 잡는 것이고 양택의 경우 주택과 건물을 지을 좋은 터(址)를 잡는 것이다. 도시계획분야는 도시가 들어설 길지와 취락지를 선정하는 것이다. 혈과 터를 잡는 첩경을 두고 복잡한 것에 시간을 낭비해서는 안 된다. 풍수를 공부하는 사람들 중 대부분은 복잡한 용어와 논리를 이해하느라 애를 먹다가 혈과 터 잡는 일을 해보기도 전에 중도에 포기하는 경우가 많다. 자신도 모르게 궤도를 이탈한 것은 아닌지 되돌아보아야 한다.

문중 일, 집안 일, 나의 일을 해보려면

첫째 패철(佩鐵)을 볼 줄 알고

둘째 흉(凶)한 오결(五訣)을 피할 줄 알고

셋째 흉(凶)한 택일(擇日)을 피할 줄 알고

넷째 해(害)로운 장법(葬法)을 피할 줄 알면 된다.

풍수인이 갖춰야 할 덕목을 「부록」으로

저자는 풍수의 정론 정법 정답 유무에 의문을 갖고 있다. 풍수의 학논법은 학논법대로 있고 모순은 모순대로 있는 것 같다. 그래서 나만의 矛盾일까? "이 부분은 이렇게 생각한다"를 부록으로 다뤘다. 논리는 논리이고 모순은 모순이다. 맹신할 것이 아니라 알 것만 알고 따를 것만 따르는 것이 덕목이다.

책이 나오기까지 지도해 주신 대구한의대학교 대학원 풍수지리학과장 成東桓 교수님, 사단법인 한국현문풍수지리학회 申 坪 회장님, 백우당 韓重洙 선생님 감사합니다. 특히 "도표 등 관련자료가 너무 많다" "편집이 아주 힘들다"는 등의 이유를 들어 출판에 난색을 보였던 여느 출판사와는 달리 무려 384점의 도표 · 사진 등 관련자료와 함께 원고를 쾌히 넘겨받아 깔끔하게 출판해주신 관음출판사 蘇光鎬 사장님 감사합니다.

그리고 퇴직 후 어느 날부터인가 풍수에 미쳐버린 사람을 덧없는 세월동안 군소리 없이 지켜보며 도와준 아내 尹棕淑씨 더욱 고맙습니다.

南江변에서 甲申年 (西紀 2004년 3월)

經山 成在權

호기심으로 풍수공부 시작.

순전히 호기심으로 풍수공부를 시작했다.

퇴직 후 시간은 많고 할 일은 없고…

그래서 "한번 들어 나 보자"던 풍수강의가 한번 듣고 그만둘 수가 없었다. 패철(佩鐵)이나 조금 볼 줄 알고 사풍(邪風)에 속지 않을 정도면 공부를 끝내려던 당초 계획은 빗나갔다. 복잡한 풍수서를 이책 저책 가리지 않고 닥치는 대로 보아도 갈증을 해소할 수 없었다. 결국엔 전국의 산, 묘, 서점을 방랑자처럼 헤맸고 풍수를 잘 가르치는 곳이 있다면 그 곳이 어디든 찾아 나서기도 했다.

호기심은 오기로, 허탈감으로, 정의감으로.

공부를 할수록 풍수학의 핵심에 접근하는 길은 험난하고 복잡하고 헷갈렸다. 오기로 풍수라는 거대실체에 대 들었지만 온갖 학론법으로 범벅이 된 풍수의 바다는 나를 더 깊은 곳으로 빠뜨렸다. 풍수학엔 누구의 주장인지도 불분명한 무책임하리만큼 토해낸 자아 도취적 표현들이 너무 많았다. 이렇게 오염된 풍수의 바다에서 힘겹게 탈출은 했으나 심한 허탈감이 기다리고 있었다. 허탈감은 곧 바로 새로운 자세를 가다듬는 원동력으로 변했다. 배운 것을 점검키 위해 전국을 돌며 세도가 벼슬아치 명문가 왕실의 墓들이 풍수서 대로 자리(穴)를 잡은 것인지? 피장자(被葬者)후손은 풍수서의 발복론에 접근이나마 돼있는지 등을 살핀 결과 총체적으로는 저자의 풍수관 변화에 영향을 가져왔다.

50대 중반에 대학원으로

재야풍수만 접하다가 풍수갈증 해소를 위해 50대 중반 경산대학교 대학원(대구한의대학교로 명칭변경)을 진학했다. 국내유일의 대학원 풍수지리학과에 진학한 이유는 풍수학이 2000여년의 역사를 갖고도 왕실과 사대부집안의 전유물이 돼 비법과 술수만 판을 쳐온 진실이 알고 싶었다.

그동안 학문을 연구하고 논문을 준비하면서 체험한 것을 책으로

써볼 생각도 이때부터 한 것이다.

시중서점의 책을 참고문헌으로 삼았고 저명한 한문학자의 도움으로 풍수원전(原典)과 풍수고전(古典)의 뜻을 파악해 주된 내용을 참고했다. 역자(譯者)와 역주자(譯註者)들이 쓴 주옥같은 글과 필사본도 읽고 참고했다. 짚을 것은 짚고 놔둬야 할 것은 놔두고 버릴 것은 버렸다.

즉 그동안 터부시 해온 '풍수논리의 모순' '개혁해야 할 부분' 등을 비재천학(非才賤學)을 무릅쓰고 비록 일부이긴 하지만 나름대로 조심스럽게 건드려 보았다.

저자와 풍수의 만남

저자와 풍수의 만남은 운명적이었다.

경남일보 부산문화방송기자를 거쳐 경향신문기자로 재직 중 1997년 퇴직했다.

신문과 방송기자 생활 25년여 .

글 쓰는 일 말고는 해본 일이 별로 없는 어중이가 퇴직 후 주변사람들로부터 계속 바보취급을 당했지만 할 일을 찾지 못했다. 설상가상으로 YS정권 말기에 IMF까지 겹쳐 업체마다 감원이다 구조조정이다 해서 멀쩡한 사람까지 내쫓는 판이고 자기네들 앞가림에 급급해 사회전반에는 전직기자 오라는 곳은 없었다.

암울한 시기, 최악의 경제상황이 계속되던 때 우연히 세칭 풍수학회란 곳에 놀이 삼아 발을 들여놓았다. 운명의 길은 이렇게 해서 시작됐고 그 길은 지금 생각하니 가야 할 길은 아니었으나 후회는 하지 않는다. 전국의 명산을 거의 다 올라본바 있는 저자는 등산열기가 시들하던 무렵 우연히 풍수를 접하고부터는 공부도 하고 즐기면서 야산을 탈수 있는 행운을 만난 것이다.

세상살이 재주도 없는 서생이 퇴직 후 풍수가 없었더라면 지금까지 뭘 하며 세월을 낚았을까를 생각하면 풍수는 참으로 좋은 벗이었다. 책보고 이산 저산 오르내리는 자연공부는 이제 인생의 동반자나 다름없다.

우연히 내 디딘 발걸음은 이제 마라톤이 돼 버렸다.

나름대로 설정한 결승점을 향해....

그리고 완주(完走)를 위해....

이 마라톤(풍수공부)은 계속 될 것이다.

제 1 편 패철편(佩鐵篇)

패철[佩鐵나경(羅經)]을 볼 줄 알아야

제2편 오결편(五訣篇)

흉한 오결(龍 穴 砂 水 向)을 피할 줄 알아야

규장각본 靑烏經엔 12地支와 五行은 한 字도 없다. 葬經엔 因勢編에 寅 申 巳 亥란 4字가 단 한번 등장할 뿐이다. 다만 '청오경'의 '附經'엔 理氣論(理氣學 理法)을 수록한 내용이 있다. 이중 사용빈도가 잦은 것을 골라 정리했고 다른 이기론 중에서도 몇 가지를 골라 실었다.

제 4 편 자백편(紫白篇)집중연구

紫白으로 오결 방위 택일의 길흉을 검증한다.

제 5 편 오행편(五行篇)

제 6 편 택일편(擇日篇)

흉한 년월일시(年月日時)를 피해야

제 7 편 장법편(葬法篇)

체백(體魄)에 해로운 장법(葬法)을 피해야

제 8 편 축문편(祝文篇)

이 부분은 이렇게 생각한다.

1 패철편(佩鐵編)

패철[佩鐵나경(羅經)]을 볼 줄 알아야

제1편 패철편(佩鐵編)

패철[佩鐵나경(羅經)]을 볼 줄 알아야

1. 패철을 볼 때 坐 向을 소리내 읊는 것을 습관화하라.

좌(坐)와 향(向)은 항상 붙어 다녀야 한다.

패철은 원점을 중심으로 자오침이 놓여 있다. 북쪽 子방위를 가르키는 침과 남쪽 午방위를 가르키는 침은 구분돼 있다. 사용자는 침이 子·午방위를 정확히 가르키며 자리를 잡은 상태에서 24방위를 읽어야 한다. 자세한 것은 패철편 2)에서 논한다.

"그 묘가 무슨 좌냐" 물었을 때 그냥 '子坐'라고 하는 것보다 '子坐 午向'이라고 하는 것이 정확한 표현이다. 사람의 성명에 비유하면 '子坐'라고 하는 것은 성(姓)과 이름(名) 중 하나만 말하는 것이고 '子坐午向'이라고 하면 성명을 함께 말하는 것과 같다. 특히 향을 읊어야만 향법을 기억하기 쉽다. 향법의 경우 "무슨 坐 무슨 向에는 무슨 破라야 길향이다" 등의 향법을 익히기 쉽다.

패철(佩鐵)은 나경(羅經)이다. 패철의 의미는 나경을 쇠(鐵)로 간주하고 이것을 몸에 찬다(佩)는 것이다. 일반인들에게는 나경보다 패철이 더 많이 알려져 있다.

羅經은 包羅萬象(포라만상)의 羅, 經綸天地(경륜천지)의 經에서 따온 말이다.

포라만상 경륜천지란 '만상을 펼침을 포괄 할 수 있다' 는 뜻이며 '작지만 패철안에 하늘과 땅, 즉 우주를 담는다' 는 뜻이다. 풍수학인은 음택과 양택에서 사실상 필수품인 이 도구를 이용해서 좌 향 방위를 본다.

2) 패철을 볼 때 바르게 보이는 글자가 좌(坐), 거꾸로 보이는 글자는 향(向)이다.

(1) 사용자가 패철을 양손으로 배꼽 앞에 수평으로 들고 있을 경우 패철을 중심으로 사용자의 배꼽 쪽에 바르게 보이는 글자가 좌이고 거꾸로 보이는 글자가 향이다. 즉 사용자의 배꼽과 패철을 수평 직선으로 연장시켜 배꼽과 좌의 반대쪽이 향이다. (구도 1)

〈구도 1〉 **패철을 볼 때의 구도**

향(조산 안산)

⬆

향(패철상 거꾸로 뵈는 글자)

⬆

패철중심점

⬆

좌(패철상 바르게 뵈는 글자)

⬆

사용자의 배꼽 또는 눈

(2) 사용자가 패철을 눈높이로 올려서 좌향을 정할 경우 패철을 중심으로 사용자의 눈 쪽에 바르게 보이는 글자가 좌다. 사용자의 눈과 패철을 수평 직선으로 연장시킨 좌의 반대쪽에 거꾸로 보이는 글자가 향이다.

※ 눈 좌 패철의 중심점 向이 일직선을 이루도록 한다. 쓰는 패철에 나타난 여러 개의 층과 복잡한 글자들 중 어느 것을 사용해야 할 것인가 하는 것은 패철편 3)에서 논한다.

3) 패철을 1, 2, 3, 4, 5 층 등으로 말하지 말라. 동종 패철을 가진 사람 아니면 통하지 않는다.

풍수공부를 상당히 많이 한 사람들 조차도 "패철 몇 층으로 좌를 보고 또 몇 층으로는 향을 본다"는 식으로 거침없이 말하는데 이는 정확한 표현이 아니다. 패철은 층이 통일된 규격품이 없이 1층, 7층, 9층, 13층, 15층 등으로 다양하게 만들어졌기 때문이다.(사진 2)

부득이 패철을 층수로 논해야 할 때는 9층이 기준이다.

9층이 학인들간에 통용되는 패철 중 가장 보편적인 층수다. 즉 최소한 9층은 돼야 이기론의 필수적인 것을 담을 수 있다는 것이다.

9층의 경우 대체로 1층에 용상팔살, 2층에 황천살, 3층에 오행, 4층에 지반정침, 5층에 천산72룡, 6층에 인반중침, 7층에 투지60룡, 8층에 봉침, 9층에 분금을 넣는다.

만약 15층짜리 패철을 가진 사람이 자기의 패철에는 좌를 보는 정침(正針)이 6층에 있다고 '6층으로 좌를 보라' 고 한다면 9층짜리 패철을 가진 사람은 사(砂)를 봐야하는 6층(중침 中針)으로 좌를 보는 우(愚)를 범하는 것이다.

9층짜리 패철 대부분이 4층에 정침, 6층에 중침, 8층에 봉침이 있다. 그런가 하면 7층짜리 패철은 4층에 정침, 6층에 봉침이 있고 중침은 아예 없다.

때문에 패철을 층으로 말하지 말라는 것이다.

패철의 층수가 많아도 24방위가 표시된 것은 3개 층이 보편적이다. 이 3개 층 중에 패철의 한 복판인 원점에서 가까운 쪽 즉 안쪽이 정침(正針), 중간이 중침(中針), 바깥쪽이 봉침(縫針)이다. 정침 중침 봉침은 패철편 5) 6) 7)에서 자세히 논한다.

다만 특정 동문수학자끼리 똑같은 패철을 갖고 있다면 "몇 층으로 좌를 보고 몇 층으로 향을 보라"해도 괜찮다. 패철은 나침판만 있으

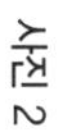

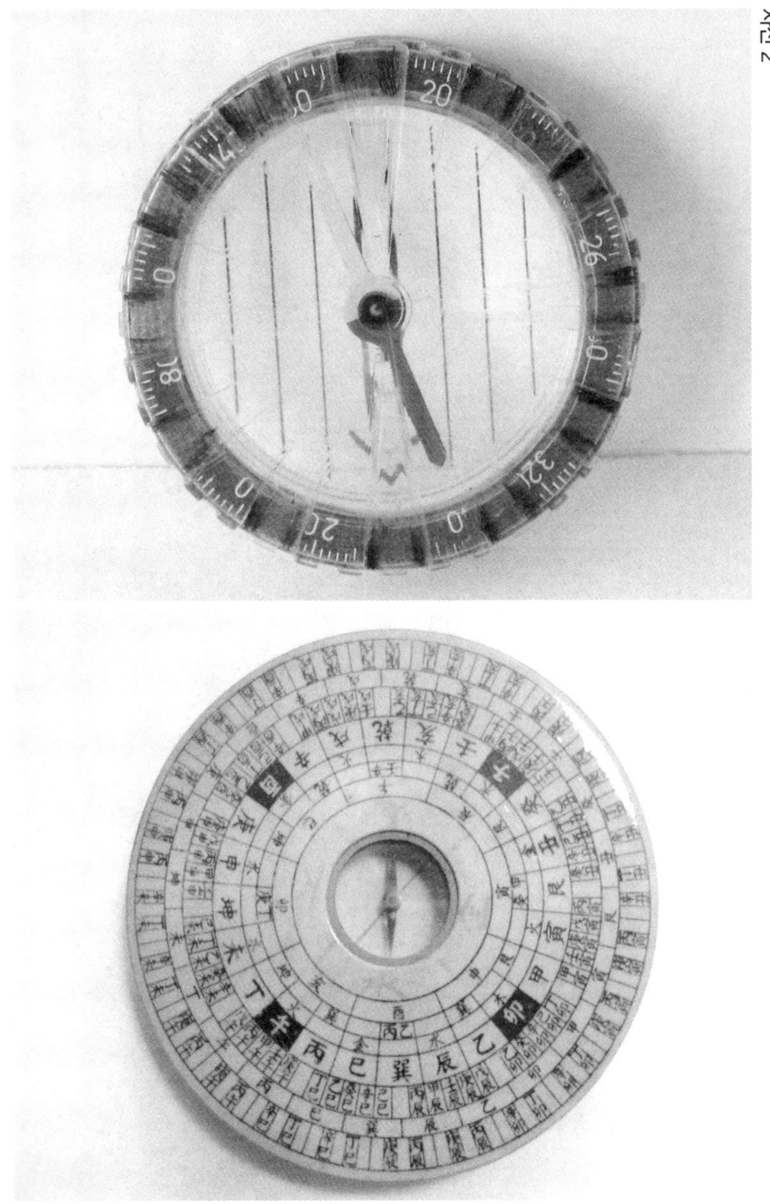

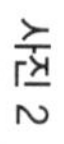

사진 2

사진 2

면 누구든지 취향대로 직접 만들 수 있어 층수를 많게 또는 적게 조정 할 수 있다.

층수가 많다는 것은 패철에 많은 내용을 수록한다는 뜻이다. 그것은 책 속의 내용을 패철에 표시해 놓는 것과 같다. 9개 층 만으론 사용하기에 부족하다면 선천팔괘 후천팔괘와 납음오행 홍범오행 등을 넣어 여러 층으로 만들 수도 있다.

4) 패철은 종류도 많고 패철마다 층수도 다르다.

패철은 층수가 아예 하나 뿐인 것이 있는가 하면 52개 층도 있고 그 이상의 것도 있다.

층수가 하나 뿐인 것은 12지(支)만 표시한 패철로 사대부나 선비들이 방위만 측정하던 상시휴대용이다.

5층패철을 만들려면 1층에 용상팔살, 2층에 황천살, 3층에 오행, 4층에 정침, 5층에 천산72용이나 중침 투지60룡 또는 분금을 표시할 수 있을 것이다.

7층인 경우 용상팔살, 황천살, 오행, 정침, 천산72룡, 봉침, 분금을 넣을 수 있을 것이다.

그림 1. **9층 佩鐵圖**

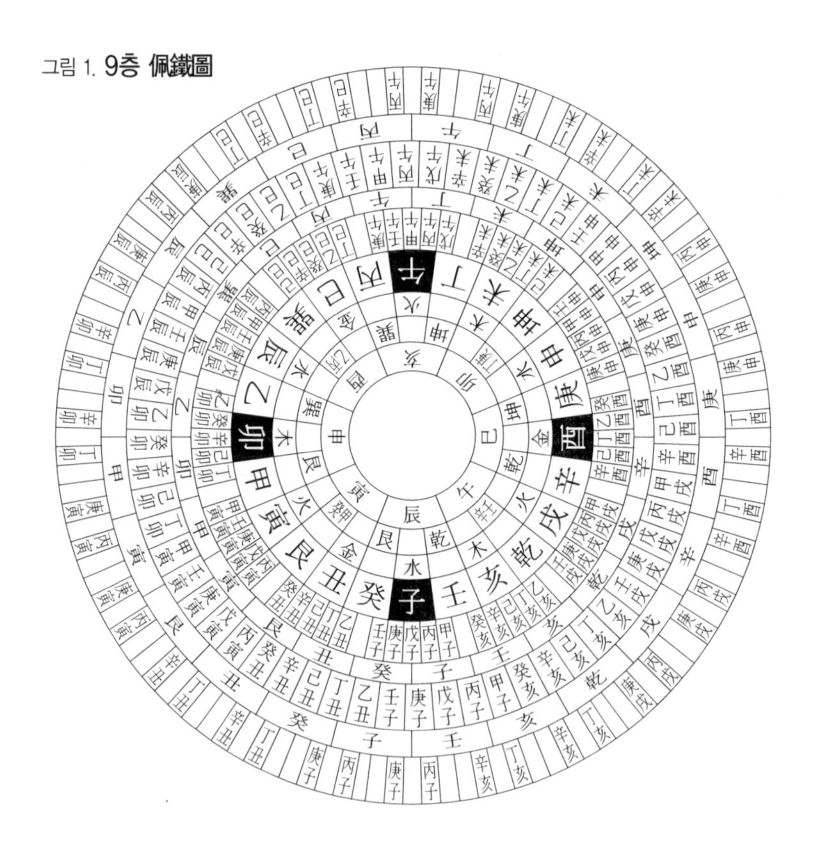

9층인 경우(그림 1) 7층짜리 패철에는 수록하지 못한 중침, 투지 60룡이 추가될 수 있고 13층짜리 패철의 경우 9층짜리에서는 수록하지 못한 선천팔괘 후천팔괘 납음오행 현공오행 등을 수록할 수 있다.

이밖에 특별히 제작한 다층구조의 패철은 휴대하기에 불편하지만 사용하기엔 편리하다. 층수가 많을수록 패철이 커 몸에 찰 수 없으니까 나경으로 표현한다.

사단법인 한국현문풍수지리학회가 제작한 52층짜리 나경의 경우 선·후천팔괘, 구성, 정음정양, 대·소현공오행, 홍범오행, 28수, 삼길육수, 봉침분금, 정침120분금, 충록 대·소황천 등 풍수사들이 사용하기에 편리하도록 다양한 내용을 무려 52개층에 수록한 것도 있다. 풍수서에 있는 주요내용과 풍수사들이 기억해야 할 요점 등 광범위한 자료를 나경판에 수록함으로써 층수가 늘어난 것이다.

패철의 종류는 많으나 아쉬운 것은 한결같이 자오침의 길이가 짧다. 실록에 따르면 조선조 벼슬아치들 중에는 12지만 표시된 패철을 상시휴대 했다고 한다. 이들은 비기(秘技)로 연마한 풍수실력으로 지관들과 논쟁을 벌이기도 했다.

과거시험으로 선발된 지관들은 왕릉터잡기를 전담했고 신료들도 나름대로 풍수공부를 해 왕실의 장사에 관여했다. 신료 중엔 뛰어난 풍수실력으로 지관의 그릇된 논리를 바로잡아 임금의 총애를 받기도 했다. 신하들이 풍수실력을 입신의 도구로 활용, 지관과 논쟁을 벌이며 출세의 계기를 만들기도 했다.

조선조 신료들은 풍수, 육효(六爻 : 주역에서 비롯된 역점), 당사주

(唐四柱: 간단한 사주보는 법) 실력은 기본적으로 갖추었던 것으로 알려졌다.

5) 패철의 안쪽층 24방위로 용맥(龍脈)을 측정, 좌와 향을 본다.

9개층 이상의 패철에는 24방위를 표시한 것이 3개층 정도는 있다. 그중 가장 안쪽층 24방위를 정침(지반정침 地盤正針 그림 2)이

그림 2. **9층 패철도의 지반정침**

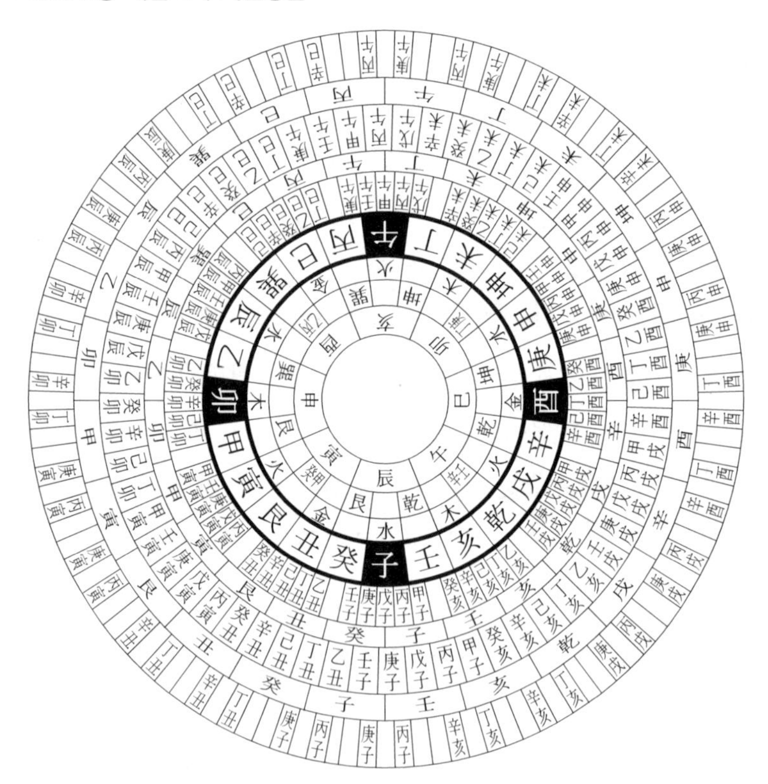

라 한다.

정침으로 용맥의 방위를 측정, 좌와 향을 보는 것이 패철의 기본이다. 이밖에 용과 입수룡의 방위, 혈의 좌향을 측정하고 양택의 좌와 방위를 측정한다.

정침 24방위는 12지지(子, 丑, 寅, 卯, 辰, 巳, 午, 未, 申, 酉, 戌, 亥)와 4유(乾, 坤, 艮, 巽) 8간(甲, 乙, 丙, 丁, 庚, 辛, 壬, 癸)을 합쳐 구성됐다. 10천간(甲, 乙, 丙, 丁, 戊, 己, 庚, 辛, 壬, 癸) 중 戊, 己를 제외한 것이 팔간이다. 12지지는 陰이고 4유8간은 陽인데 陰인 지지字 앞에 陽인 천간字를 하나씩 배정하여 陰陽이 서로 배합돼 있다.

시계방향으로 임자(壬子), 계축(癸丑), 간인(艮寅), 갑묘(甲卯), 을진(乙辰), 손사(巽巳), 병오(丙午), 정미(丁未), 곤신(坤申), 경유(庚酉), 신술(辛戌), 건해(乾亥)까지 순행하여 쌍산(雙山)으로 배열돼 있다.

쌍산의 오행은 지지의 오행을 따르며 서로 다른 궁 끼리 배합하는 것, 즉 자계(子癸), 축간(丑艮), 인갑(寅甲), 묘을(卯乙), 진손(辰巽)… 등은 불배합 쌍산이라 하여 사용하지 않는다. 단 호순신의 지리신법엔 9개의 불배합 쌍산과 2개의 불규칙 삼산(三山)을 블럭으로 지정해 사용한다. 쌍산 1개 방위는 15도이며 24방위를 모두 합치면 360도다. 자(子)는 正北에, 오(午)는 正南에, 묘(卯)는 正東에, 유(酉)는 正西에 배치하여 동서남북 4정방위로 기둥을 세우고, 곤(坤)은 南西에, 간(艮)은 東北에, 건(乾)은 西北에, 손(巽)은 東南에 배치하여 4간방(間方)을 넣어 팔괘방위(八卦方位)로 이뤄져 있다.

팔괘는 감(坎=子), 이(離=午), 진(震=卯), 태(兌=酉), 곤(坤), 간(艮),

건(乾), 손(巽)이다.

본서의 팔괘 나열순서를 감 이 진 태 곤 간 건 손이라고 한 것은 여타서적이 나열한 감 이 진 태 건 곤 간 손과는 다르다. 그 이유는 공간에 팔괘를 단절 없이 선으로 연결해 운용하기 위한 것이다.

다시 말하면 坎 離 震 兌(子 午 卯 酉) 4자를 이어 쓰듯이 坤 艮 乾 巽 4자도 坎 離 震 兌의 마지막 兌(酉)에서 단절시키지 않고 坤자리로 이어져 4자를 이어 쓰는 것으로 본서에서는 통일했다. 왜 이렇게 나열했는지는 차차 논한다.

팔괘의 경우 지지字인 子 午 卯 酉 좌우엔 천간字를 배치하였고, 사유字인 坤 艮 乾 巽 좌우엔 지지字를 배치하여 팔괘 하나에 3방위씩 배열, 음양의 조화를 이루고 있다.

좌와 향은 대칭 관계다.

子坐 午向이면 子와 午는 패철상에서 대칭관계다.

卯坐 酉向이면 卯와 酉는 패철상에서 대칭관계이다.

이것을 정리하면 다음과 같다.

(子-午, 卯-酉, 寅-申, 巳-亥, 辰-戌, 丑-未, 甲-庚, 丙-壬, 乙-辛, 丁-癸, 坤-艮, 乾-巽)

6) 패철의 중간층24방위로 사(砂, 沙)를 측정, 사의 길흉을 본다.

24방위가 3개 수록돼 있는 패철의 경우 중간층 24방위를 중침 (인반중침 人盤中針 그림 3) 이라 하며 중침으로 사를 측정해 사의 길흉을 본다.

그림 3. **9층 佩鐵圖의 인반중침**

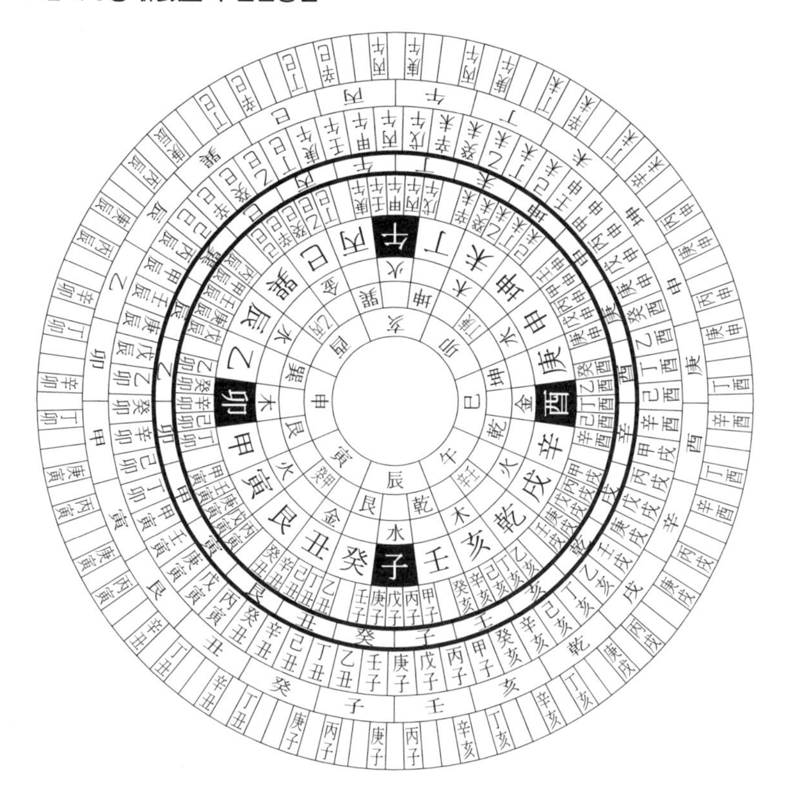

중침은 혈을 둘러싸고 있는 주변 사의 방위를 측정하며 정침과 마찬가지로 24방위가 배열돼 있고 정침에 비해 시계반대방향으로 7.5도 역행해 있다. 그 이유는 砂는 山이기 때문에 음이라서 역행하고 水는 물이기 때문에 양이라서 순행한다고 한다. 단 水의 역행에 대해서는 패철편 7)에서 논한다.

砂의 방위를 측정하는 위치는 혈의 중앙이며 혈 주변 砂의 방위를 측정해서 길사가 혈을 돕는 방위 즉, 어떤 砂가 어떤 오행을 가졌느냐를 살펴보는데 사용한다.

砂를 볼 때는 성수오행(星宿五行)을 적용한다. 단 砂의 길흉화복은 제2편 오결편의 3) 砂편에서 논한다.

우주공간의 많은 별 중 지상에 조응(照應)하는 것은 태양(日)과 달(月), 그리고 수성(水星), 금성(金星), 화성(火星), 목성(木星), 토성(土星), 천왕성(天王星), 해왕성(海王星), 명왕성(冥王星)을 비롯 자미원(紫微垣, 亥方), 천시원(天市垣, 艮方), 태미원(太微垣, 巽方), 소미원(小微垣, 兌方)등을 비롯해 28성수(星宿)가 있는데 다음과 같다.

각(角), 항(亢), 저(氐), 방(房), 심(心), 미(尾), 기(箕), 두(斗), 우(牛), 여(女), 허(虛), 위(危), 실(室), 벽(壁), 규(奎), 루(婁), 위(胃), 앙(昴), 필(畢), 자(觜), 삼(參), 정(井), 귀(鬼), 류(柳), 성(星), 장(張), 익(翼), 진(軫).

별들의 빛이 산의 혈에 비추어지고 그것이 인간의 길흉화복과 유관하다는 것이다. 따라서 천상의 별과 지상의 산이 서로 조응해 좋은 기운을 가진 砂가 혈 주변에 있으면 길혈이라고 보는 것이 이기론적 풍수 논리이다.

중침으로 혈 주변의 砂를 성수오행과 28성수를 측정해서 좌(坐)의 성수오행과 사(砂)의 성수오행간의 상생 상극(相生 相剋)을 살펴 길흉화복을 판별한다.

[상생(相生)] 중앙인 土에서 상생의 순으로 배열.

토생금(土生金), 금생수(金生水), 수생목(水生木), 목생화(木生火), 화생토(火生土).

[상극(相剋)] 중앙인 土에서 상극 순으로 배열.

토극수(土剋水), 수극화(水剋火), 화극금(火剋金), 금극목(金剋木), 목극토(木剋土).

[육친(六親)]

(1) 사(砂)가 혈(穴)을 생(生)해 주는 생아자(生我者)는 인수(印綬)되어 길(吉)하다.

(2) 혈(穴)기운을 사(砂)에게 설기(泄氣)당하는 아생자(我生者)는 상관(傷官)되어 흉(凶)하다.

(3) 혈(穴)이 사(砂)를 극(剋)하는 아극자(我剋者)는 처재(妻財)되어 길(吉)하다.

(4) 사(砂)가 혈(穴)을 극(剋)하는 극아자(剋我者)는 칠살(七殺)되어 흉하다.

(5) 혈(穴)과 사(砂)가 서로 돕는 비화자(比和者)는 형제(兄弟)되어 길하다.

① 정침으로 측정한 혈의 좌향이 건좌 손향(乾坐 巽向)이고 중침으로 측정한 문필봉과 둥그스럼한 봉우리가 寅 申 巳 亥 방위에 물결치

듯 수형으로 아름답게 나열돼 있다면 이는 사격으로서는 극귀이다.

성수오행으로 乾坐는 木이고 寅 申 巳 亥는 水다. 따라서 水生木으로 사가 혈을 生해주는 생아자(生我者) 인수(印綬)로 귀격이다.

② 정침으로 측정한 혈의 坐向이 계좌 정향(癸坐丁向)이고 중침으로 측정한 흉한 모양의 砂의 방위가 丑방위이면 이는 혈에 나쁘다.

성수오행으로 癸坐는 土이고 凶砂가 있는 丑방위는 金이다. 따라서 土生金으로 아생자(我生者)상관(傷官)으로 혈의 기운을 사에 빼앗김으로 설기(泄氣)되어 흉하다.

③ 정침으로 측정한 혈의 좌향이 자좌 오향(子坐 午向)이고 중침으로 사를 측정하니 진(辰)방위에 수려단정한 아름다운 봉이 있다면 이는 길하다. 성수오행으로 子坐 火이고 봉이 있는 辰방위는 金이다. 砂인 峰이 坐를 生해주는 것이면 가장 좋지만 좌가 봉을 극하는 火剋金도 아극자(我剋者)는 처재(妻財)로 길하다

④ 穴의 坐向을 측정한 결과 신좌을향(辛坐乙向)이고 사의 방위가 간(艮)이고 그 사의 모양이 나쁘다면 木剋土로 혈을 극해 극아자(剋我者) 칠살(七殺)로 흉하다.

⑤ 자좌오향(子坐午向)에 갑묘(甲卯) 경유(庚酉) 병오(丙午)방위에 길사(吉砂)가 있다면 子坐도 火, 甲卯 庚酉 丙午도 火라서 비화자(比和者) 형제(兄弟)는 길하다.

7) 패철의 바깥쪽 층 24방위로 수(水)를 측정, 득수(得水) 파구(破口)를 본다.

패철의 24방위 3개층 중 가장 바깥쪽 층을 봉침(천반봉침 天盤縫針 그림 4) 이라고 하며 봉침으로 水를 측정, 得水 破口를 본다.

봉침은 정침에 비해 시계방향인 순행으로 7.5도 앞서 있다. 봉침은 움직이는 물을 보는 것이고 물은 위에서 아래로 순리대로 흐르기 때문에 양(陽)이라고 한다. 이것은 이기론 풍수의 약속체계이다. 봉침은 득수처(得水處), 파구처(破口處) 등 물이 있는 위치를 측정하는

그림 4. **9층 佩鐵圖의 천반봉침**

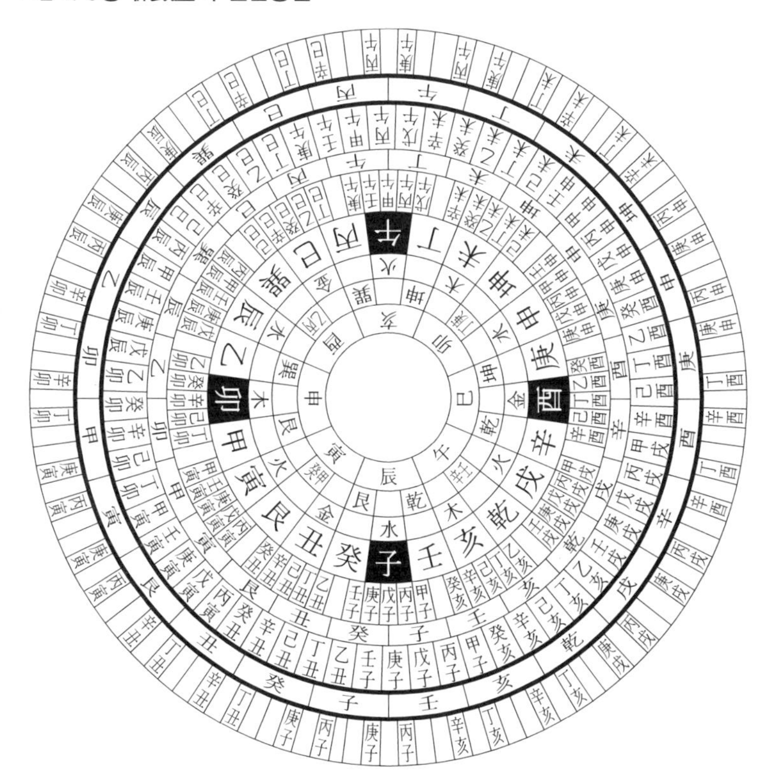

데 사용한다.

음인 용과 양인 물이 서로 음양 교구를 해야만 결혈이 된다할 수 있다. 득수처의 측정은 혈 앞 명당으로 들어오는 물이 처음 보이는 곳이다. 혈 앞을 지나는 물이 우측에서 좌측으로 흐르는 우선수(右旋水↰)인지, 좌측에서 우측으로 흐르는 좌선수(左旋水↱) 인지를 반드시 살펴야 한다. 좌향을 확실히 정한 다음 혈(穴)에서 向을 향해 서서 고개만 좌우로 돌려 가시권내에서만 득수처를 찾아야 한다.

이 경우 대개 향에서 좌우로 120도 이내가 해당된다. 자좌 오향(子坐 午向)의 경우 혈 앞을 흐르는 물이 좌선수라면 向인 오(午) 방향을 보고서서 좌측으로 고개를 돌려보면 인(寅)방위까지 득수처를 볼 수 있을 것이다. 파구처는 혈을 둘러싼 청룡 백호의 끝이 서로 만나거나 교차하는 지점이다.

청룡 백호가 감싸안은 공간인 명당내의 물이 최종적으로 빠져나가는 곳을 말한다. 파구(破口)의 위치를 정확하게 측정하려면 청룡백호가 감싸안은 명당 안에 물을 가득 부었을 경우를 상정하고 그 다음 물이 빠져나가는 가장 마지막 지점을 가늠하여 그 위치를 측정한다.

향법(向法)으로 좌향을 결정할 때 제일 먼저 살펴야 하는 것이 파구의 방위다.

파구의 방위를 잘못 측정하면 좌향의 길흉이 뒤바뀌고 화복 역시 큰 차이가 난다. 저수지나 연못, 호수 등의 방위는 혈에서 보이는 부분 중에서 연못의 경우 연못중앙을 측정한다. 이 분야는 제2편 오결편 5)향편에서 논하기로 한다.

8) 패철상 龍上八殺은 이렇게 본다.

대부분의 패철 1층(편의상 1층이라 한다. 구도 2 참조)에는 辰 亥 申 巳 卯 寅 午 酉라는 8글자를 8괘궁으로 나누어 표시해 놓고 있다. 본서는 왜 辰 亥 申 巳 卯 寅 午 酉라는 배열을 했느냐하면 坎 離 震 兌 坤 艮 乾 巽의 배열과 순서가 일치하기 때문이다.

坎 離 震 兌 坤 艮 乾 巽

辰 亥 申 巳 卯 寅 午 酉

이 8괘 방향은 지반정침 방위의 용에 대한 황천살을 의미하는 것이다. 용상팔살은 向의 오행이 入首龍(一節)의 오행을 극하는 것이다. 따라서 이 용에 이 向은 흉한 것으로 알려져 초상 이장 등 葬事時 피하는 것이 좋다.

* 기억 요점

진해시에 신사들이 오후에 모여 있다.

진해에 신사가 모여 있는 오후로….

진 해 신 사 묘 인 오 유로….

용상팔살의 이해를 돕기 위해 조견표와 오행의 상생상극 관계를 먼저 싣는다.

入首龍五行과 向五行의 相生關係									
入首龍	八卦	坎	離	震	兌	坤	艮	乾	巽
	三山	壬子癸	丙午丁	甲卯乙	庚酉辛	未坤申	丑艮寅	戌乾亥	辰巽巳
	五行	水陽	火陰	木陽	金陰	土陰	土陽	金陽	木陰
黃泉殺	方位	辰	亥	申	巳	卯	寅	午	酉
	五行	土陽	水陰	金陽	火陰	木陰	木陽	火陽	金陰

五行의 相生[土에서 相生順]

토생금(土生金) : 쇠는 地下의 土石에서 생긴다.

금생수(金生水) : 물은 미네랄 등 金의 물질이 함유돼야 양수이고 쇠는 물에 당금질 해야 강하다.

수생목(水生木) : 나무는 물이 공급돼야 산다.

목생화(木生火) : 불은 나무가 공급돼야 탄다.

화생토(火生土) : 흙은 온기를 유지해야 생명력을 지닌다.

五行의 相剋 [土에서 相剋順]

토극수(土剋水) : 흙은 둑을 막아 물 흐름을 막는다.

수극화(水剋火) : 물은 불을 꺼버린다.

화극금(火剋金) : 불은 쇠를 녹인다.

목극토(木剋土) : 나무는 흙에 뿌리를 박아 흙을 분쇄한다.

금극목(金剋木) : 쇠(톱, 도끼)는 나무를 자른다.

(1) 向 黃泉殺.(용과 향의 관계)

① 坎(子)龍 辰(戌)向 不立 (그림 5-1, 그림 6-1)

坎龍이란 穴 뒤 入首龍一節을 정침으로 측정한 결과 壬子癸 방위를 나타냈을 때이다. 임자계 3방위를 표시한 정침의 3글자를 묶은 공간만큼 블록을 형성해 패철의 중심인 안쪽으로 '辰' 이라고 표시한 글자가 있다. '辰' 字가 갖는 글자의 의미는 墓의 向을 定할때 坎龍 穴에는 辰向(戌向 포함)을 하지 말라는 뜻이다. 이는 곧 술좌 진향(戌坐辰向)을 못한다는 뜻이다. 왜냐하면 坎龍의 五行이 水인데 辰(戌)向의 五行은 土여서 土가 水를 剋한다는 土剋水 相剋관계이기 때문에 坎入首龍엔 辰향이나 戌향을 하면 황천살을 받는다는 것이다.

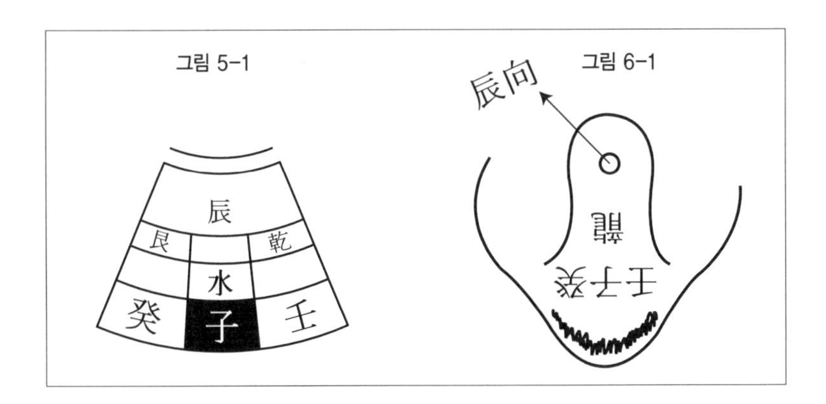

② 離(午)龍 亥向 不立 (그림 5-2, 그림 6-2)

離龍이란 龍을 패철의 정침으로 측정한 결과 丙午丁 3방위에 속해 입수된 것을 의미하며 이때는 亥向을, 즉 巳坐 亥向을 하지 말라는 것이다. 離(龍)는 五行이 火이고 亥(向)는 五行이 水이기 때문에 물이 불을 극하는 이른바 水剋火 한다는 相剋관계이기 때문이다. 離龍은 남쪽에서 북쪽을 향해 行龍하는 龍이다.

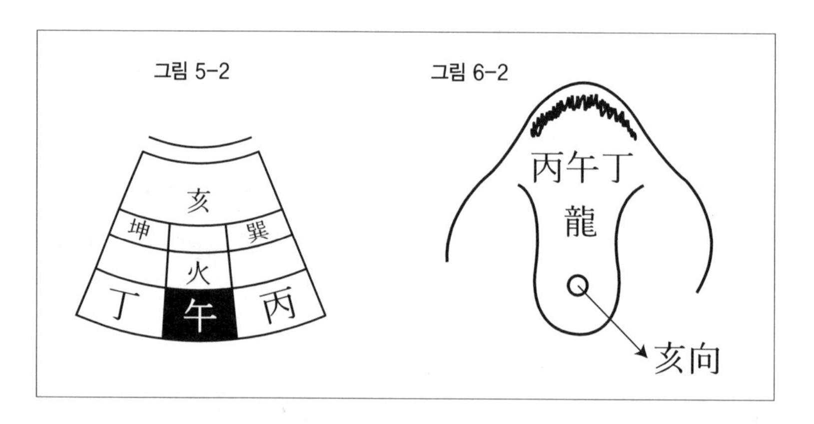

③ 震(卯)龍 申向 不立 (그림 5-3, 그림 6-3)

震龍이란 패철상으로 甲卯乙 3개방위에 위치한 龍을 말한다. 甲卯乙로 來龍한 穴에는 申向(寅坐)을 하지 말라는 것이다. 震은 五行이 木인데 申은 五行이 金이라 金이 木을 剋하는 金剋木 相剋관계이기 때문이다.

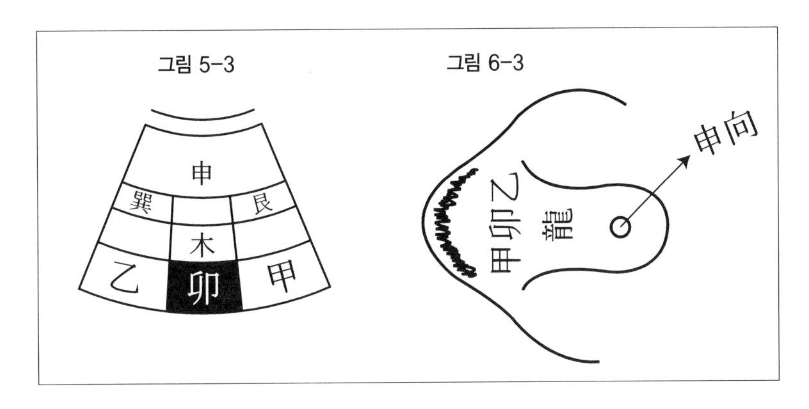

④ 兌(酉)龍 巳向 不立 (그림 5-4, 그림 6-4)

패철상에 庚酉辛으로 入首龍一節이 來龍 했다면 이는 兌龍이다.

兌龍은 五行이 金이고 巳는 五行이 火이기 때문에 向오행이 入首龍 오행을 剋하는 火剋金이기 때문이다.

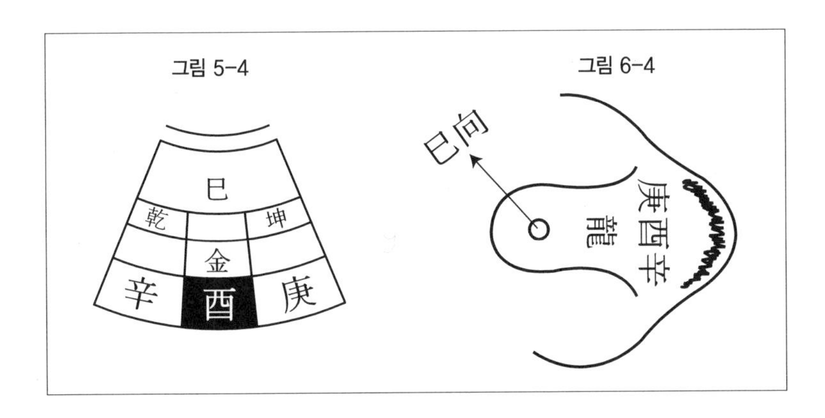

⑤ 坤龍 卯向 不立 (그림 5-5, 그림 6-5)

坤의 五行은 土이고 卯의 五行은 木이다. 木剋土란 相剋관계가 이뤄져 坤龍아래 穴엔 卯향을 못한다는 것이다.

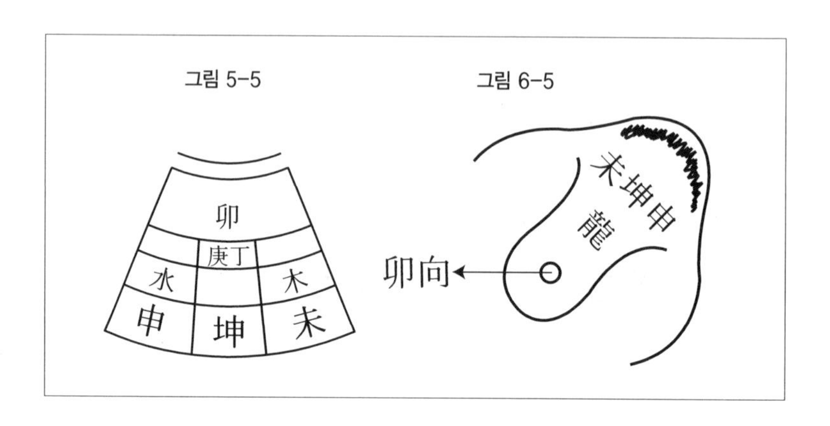

⑥ 艮龍 寅向 不立 (그림 5-6, 그림 6-6)

艮의 五行은 土이고 寅의 오행은 木이다. 木剋土는 相剋관계이기 때문에 艮龍엔 寅向을 못한다는 것이다.

艮龍下에 申坐寅向을 할 수 있는 穴을 맺기란 사실상 불가능하다. 入首龍一節下에 回龍顧祖穴은 있을 수 없다.

한편 중화권 패철에는 용상팔살 표시가 없다. [참고 : 부록편 2. 風水개혁의 대상 6) 龍上八殺은 왜 우리나라 패철에만 있나?]

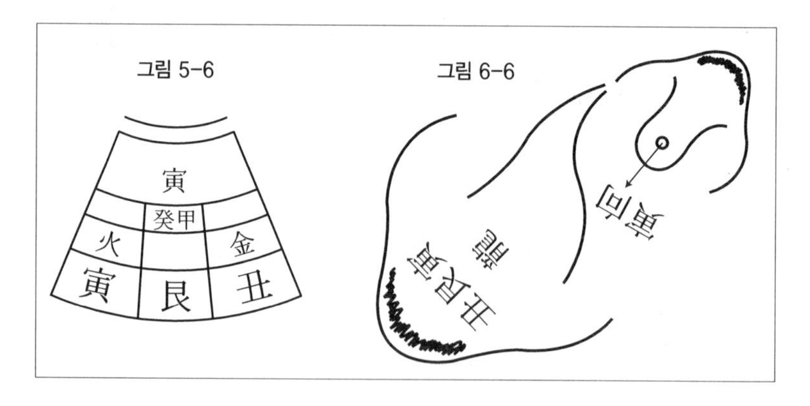

⑦ 乾龍 午向 不立 (그림 5-7, 그림 6-7)

乾龍이라 함은 戌乾亥로 龍이 入首한 것을 말한다. 午向을 놓으면 안 된다. 乾(龍)은 五行이 金이고 午(向)는 五行이 火이다. 火剋金은 相剋관계이다.

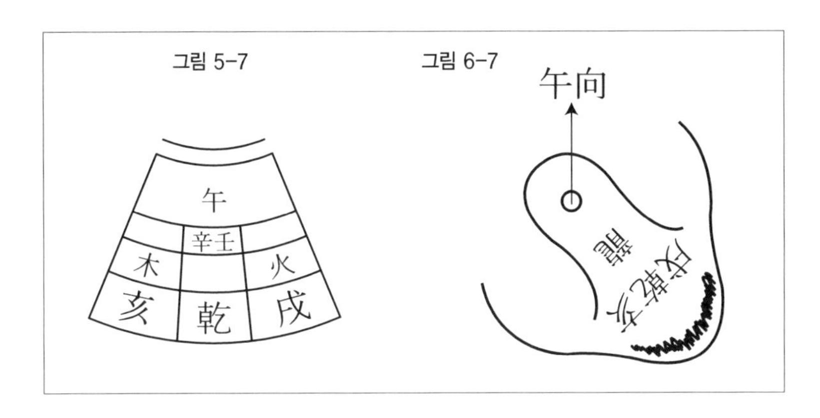

⑧ 巽龍 酉向 不立 (그림 5-8, 그림 6-8)

巽龍은 辰巽巳로 내려오는 龍을 말한다. 巽龍에는 酉向 못 놓는다. 巽은 木이고 酉는 金으로써 金剋木 相剋관계이기 때문이다.

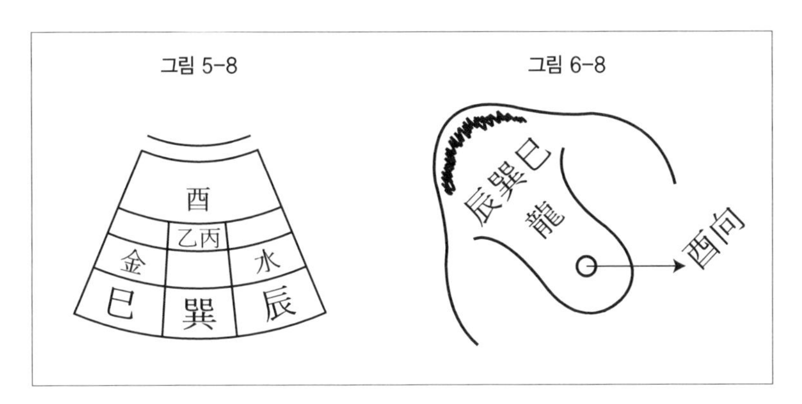

※물에 의한 黃泉水, 바람에 의한 黃泉風, 장사 날에 의한 黃泉日을 알아본다.

이들 黃泉은 일부 풍수사들이 사용하기 때문에 수록한다.

黃泉水란 물이 있는 방위의 오행이 入首龍의 오행을 剋함으로써 받게되는 殺이고 黃泉風이란 바람부는 방위오행이 入首龍 오행을 剋함으로써 받는 殺이고 黃泉日이란 葬事당일 日辰의 納音五行이 墓의 坐 五行을 剋함으로써 받는 殺이다.

황천수 황천풍은 辰(戌) 亥 申 巳 卯 寅 午 酉방위에서 물과 바람이 들어오기 좋게 山이 꺼졌거나 河川이 있어 요(凹)함을 의미한다.

⑵ 水 黃泉殺 [용과 물(호수 저수지)의 관계]

물이 있는 방위의 오행이 입수용의 오행을 극하는 것인데 물의 방위는 봉침으로 본다.

黃泉水는 穴을 向하여 들어오는 來水 즉 得水도 보고 아울러 穴에서 보이는 湖水나 貯水池의 물을 보는 것이다.

때문에 물이 나가는 破口(水口)의 방위는 상관하지 않는다.

① 穴위 입수용이 甲卯乙로 내려온 것이라면 이는 패철상 정침으로 震(卯)龍으로 오행은 木이다. 穴주변의 득수처를 봉침으로 측정한 결과 申방위였다면 이는 오행이 金이라서 金이 입수용 木을 金剋木하는 황천수 이다.

② 穴위 입수룡이 패철상 정침으로 離(午)龍인 丙午丁으로 내려왔다면 이는 오행이 火이다. 그런데 봉침상으로 亥방위에 저수지가 있

다면 이 저수지 물은 오행이 水이기 때문에 水剋火로 황천수이다.

(3) 風 黃泉殺 [용과 꺼짐(凹)의 관계]

穴 주위가 움푹 꺼지거나 골이 깊게 패였으면 穴에 해로운 直風과 凹風이 들어와 흉하다는 것이다. 흉하다는 것은 꺼지거나 패인 곳이 용상팔살 방위에 있다는 뜻이다. 黃泉風을 살피는 것은 바람이 들어오는 山의 형태를 보는 것이기 때문에 砂를 측정하는 중침으로 본다.

① 혈 위의 입수룡을 정침으로 보니 庚酉辛이었다면 이는 兌龍으로 오행은 金이다. 움푹 패인 산이 있는 방위를 중침으로 보니 오행이 火인 巳방위였다. 이 경우는 오행상으로 火風이 金龍을 火剋金하는 黃泉風이돼 흉한 것으로 본다.

② 혈 위의 입수룡을 정침으로 보니 壬子癸로 내려와 坎龍이었고 골짜기가 꺼진 곳은 패철의 중침으로 辰, 戌방위였다면 土剋水로 黃泉風이다. 坎龍은 오행이 水이고 辰, 戌은 오행이 土이기 때문이다. 황천풍을 살피는 요점은 꺼지거나 패인 곳이다. 그 곳에 산이 막아주고 있다면 황천풍은 없을 것이고 골짜기가 있거나 강 하천이 흐른다면 황천풍의 피해를 입는다. 따라서 砂의 개념으로 보고 패철의 중침으로 그 곳의 방위를 측정하고 그 방위의 정오행을 따라야 한다.

(4) 葬日 黃泉殺 [용과 장사날(납음오행)의 관계]

移葬을 비롯해서 葬事를 하는데 葬日인 日辰의 納音五行이 墓의 坐 正五行을 剋하면 葬事날이 黃泉殺을 받는다고 이를 꺼린다는 것이다.

① 묘의 좌향을 정침으로 측정한 결과 坎龍인 壬坐丙向 子坐午向 癸坐丁向 등 3좌일 경우 辰日(甲辰 丙辰 戊辰 庚辰 壬辰)과 戌日(戊戌 庚戌 壬戌 甲戌 丙戌)가운데 납음오행이 土인 丙戌 과 丙辰일에는 가능하면 葬事日을 定하지 말라는 뜻이다.

왜냐하면 坎은 水이고 丙戌 丙辰은 納音五行으로 土이기 때문에 土剋水 相剋이다. 설사 이같은 상극이 있더라도 初喪땐 어쩔 수 없는 것이다.

② 火인 離龍엔 水인 癸亥일엔 水剋火라 葬하지 말라는 것이다. 亥日중 癸亥일은 納音五行이 水이기 때문이다.

③ 묘의 좌향을 정침으로 측정한 결과 震龍인 甲坐庚向 卯坐酉向 乙坐辛向 등 3좌였다면 申日인 丙申 戊申 庚申 壬申 甲申일 가운데 납음오행이 金인 壬申일에 葬하면 金剋木 황천일이란 뜻이다.

④ 金인 兌龍엔 巳日중 納音五行이 火인 乙巳일에 葬하지 말라는 것이다.

이 경우 巳일은 亥일과 巳일을 모두 重喪復日 중 重日이라고 해서 葬日로 꺼리는 날임을 참고하기 바란다.

⑤ 이밖에 土인 坤龍下의 3좌는 卯일 중 水인 乙卯일을. 土인 艮龍하의 3좌는 寅일 중 水인 甲寅일을, 金인 乾龍하의 3좌는 午일 중 火인 戊午일을, 木인 巽龍하의 3좌는 酉일 중 金인 癸酉일을 葬日로 꺼린다는 뜻이다.

※참고 청오경 부경의 용상팔살

임감룡(壬坎龍)에 을진향(乙辰向)

오정룡(午丁龍)에 건해향(乾亥向)

을묘룡(乙卯龍)에 곤신향(坤申向)

경태룡(庚兌龍)에 손사향(巽巳向)

곤신룡(坤申龍)에 갑묘향(甲卯向)

축간룡(丑艮龍)에 간인향(艮寅向)

건해룡(乾亥龍)에 병오향(丙午向)

손사룡(巽巳龍)에 경유향(庚酉向)

9) 패철상 大 · 小黃泉은 이렇게 본다.(구도 2)

대 · 소황천을 묶어서 황천살로 표현하며 四路黃泉 八路黃泉으로도 구분한다. 사로황천은 四維를, 팔로황천은 八干을 의미한다.

대 · 소황천은 佩鐵상에 나타난 것을 먼저 설명하고 다음으로 水法(向法)상의 대 소황천을 논하겠다.

(1) 佩鐵상의 大. 小黃泉

대부분의 패철 2층(용상팔살 다음칸)에 대황천과 소황천을 보는 것을 글字로 명시해 뒀다.

패철상 2층의 글자를 면밀히 검토해보면 四維(乾 坤 艮 巽)와 八干[四順(甲 庚 丙 壬) 四强(乙 辛 丁 癸)] 12글자로 이뤄져있다. 八干은 四順과 四强을 묶은 것이다.

패철 2층에 표시된 사유팔간 글자를 모두 向으로 간주하고 정침의 24방위 글자 중 12지지를 제외한 사유팔간을 물의 방위로 본다. 패철상의 대소황천은 12地支 坐向의 경우는 해당이 되지 않는다.

여기서 주의할 점은 물의 방위를 볼 때 사유팔간의 글자는 정침에서 따오되 실제방위를 측정할 때는 패철의 가장 바깥쪽 24방위를 표시한 봉침을 보고 물이 어디에 있는가를 측정한다. 2층은 向으로 보고 정침은 물이 있는 곳의 방위를 가르킨다.

墓 絕 胎 養 生 浴 帶 官 旺 衰 病 死 12운성 중 生 帶 官 旺 등 길방으로는 물이 들어오면 吉하고 나가면 凶하며 墓 死 病 衰 浴 등 흉방으로는 물이 나가야 吉하고 들어오면 凶하다고 돼있다. 乾 坎 艮 震 巽 離 坤 兌 順으로 설명한다.

① 乾欄

2층에는 辛壬字가 있고 정침에는 乾字가 있다.

이것이 건류신임 수국황천(乾流辛壬 水局黃泉) 신임수로파당건(辛壬水路怕當乾)이라는 것이다.

이는 辛向과 壬向일 경우 乾방위로 물이 나가면 黃泉이라는 뜻이다. (향법상으로는 辛향은 정묘향으로 길하고 壬향은 대황천이다)

② 坎欄

2층에는 乾字가 있고 정침에는 壬字가 있다.

이 경우는 乾向을 했을 때 壬방위로 물이 나가면 황천이라는 뜻이다. (향법상으로는 문고자생향으로 길하다)

2층에는 艮字가 있고 정침에 癸字가 자있다.

이는 艮向을 했을 때 癸방위로 물이 나가면 황천이라는 뜻이다.(향법상으로는 차고자생향으로 길하다.)

③ 艮欄

2층에는 癸甲字가 있고 정침에는 艮字가 있다.

이것이 간류계갑 목국황천(艮流癸甲 木局黃泉)갑계향중 우견간(甲癸向中又見艮)이라는 것이다.

이는 癸向과 甲向일 경우 艮방위로 물이 나가면 黃泉이라는 뜻이다.(향법상으로는 癸향은 정묘향으로 길하고 甲향은 대황천이다)

④ 震欄

2층에는 艮字가 있고 정침에는 甲字가 있다.

이 경우는 艮向을 했을 때 甲방위로 물이 나가면 황천이라는 뜻이다.(향법상으로는 문고자생향으로 길하다)

2층에는 巽字가 있고 정침에는 乙字가 있다.

이는 巽向을 했을 때 乙방위로 물이 나가면 황천이라는 뜻이다.(향법상으로는 차고자생향으로 길하다.)

⑤ 巽欄

2층에는 乙丙字가 있고 정침에는 巽자가 있다.

이것이 손류을병 화국황천(巽流乙丙 火局黃泉) 을병수방손수선(乙丙須方巽水先)이라는 것이다.

이는 乙向과 丙向일 경우 巽방위로 물이 나가면 黃泉이라는 뜻이다.(향법상으로는 乙향은 정묘향으로 길하고 丙향은 대황천이다)

⑥ 離欄

2층에는 巽字가 있고 정침에는 丙字가 있다.

이 경우는 巽向을 했을 때 丙방으로 물이 나가면 황천이라는 뜻이다. (향법상으로는 문고자생향으로 길하다.)

2층에는 坤字가 있고 정침에는 丁字가 있다.

이는 坤向을 했을 때 丁방위로 물이나가면 황천이라는 뜻이다.(향법상으로는 차고자생향으로 길하다.)

⑦ 坤欄

2층에는 丁庚字가 있고 정침에는 坤字가 있다.

이것이 곤류정경 금국황천(坤流丁庚 金局黃泉) 정경곤상시황천(丁庚坤上是黃泉)이라는 것이다.

이는 丁向과 庚向일 경우 坤방위로 물이 나가면 黃泉이라는 뜻이다.(향법상으로는 丁향은 정묘향으로 길하고 庚향은 대황천이다)

⑧ 兌欄

2층에는 坤字가 있고 정침에는 庚字가 있다.

이 경우는 坤向을 했을 때 庚방위로 물이 나가면 황천이라는 뜻이다. (향법상으로는 문고자생향으로 길하다.)

2층에는 乾字가 있고 정침에는 辛字가 있다.

이는 乾向을 했을 때 辛방위로 물이 나가면 황천이라는 뜻이다.(향법상으로는 차고자생향으로 길하다.)

〈구도 2〉 佩鐵上 大小黃泉殺의 구도

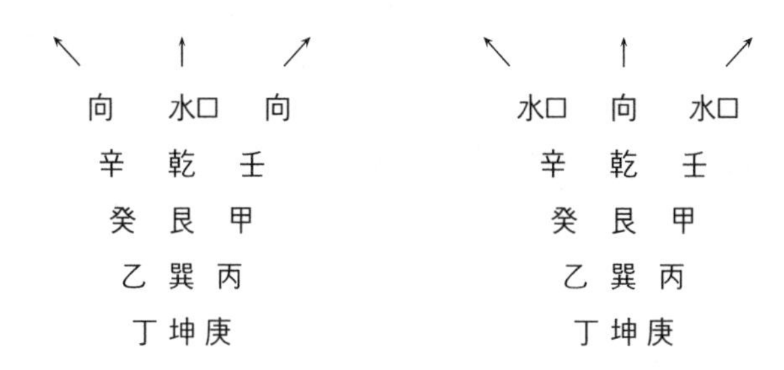

* 패철상의 글자를 근거로 황천에 대해 이상과 같이 설명했다. 그러나 이는 向法과 상이한 부분이 있다.

乙 辛 丁 癸향의 경우 오른쪽에 乾 坤 艮 巽방위로 나가는 물은 吉向인 正墓向라고 일부문헌에 나타나 있고 發富發貴 丁財大旺 壽福兼全한다고 해설돼 있다.

또 乾 坤 艮 巽向에 좌측의 乙 辛 丁 癸방위와 우측의 甲 庚 丙 壬방위로 나가는 물은 借庫消水自生向과 文庫消水自生向으로 좋은 것으로 돼 있다.

(2) 水法(向法)상의 大 小黃泉

① 대황천(구도3)

○건류신임 수국황천(乾流辛壬 水局黃泉)

건방위로 물 나가면 임자향 대황천

○곤류정경 금국황천(坤流丁庚 金局黃泉)

곤방위로 물 나가면 경유향 대황천

○간류계갑 목국황천(艮流癸甲 木局黃泉)

간방위로 물 나가면 갑묘향 대황천

○손류을병 화국황천(巽流乙丙 火局黃泉)

손방위로 물 나가면 병오향 대황천

〈구도 3〉 水法上 大黃泉의 구도

↖	↑
水口	向
乾	子
坤	酉
艮	卯
巽	午

② 소황천(구도4)

○임자류기 계축향(壬子流忌 癸丑向)

계축향 일 때 임자방위로 물 나가면 소황천

○갑묘류기 을진향(甲卯流忌 乙辰向)

을진향 일 때 갑묘방위로 물 나가면 소황천

○병오류기 정미향(丙午流忌 丁未向)

정미향 일 때 병오방위로 물 나가면 소황천

○경유류기 신술향(庚酉流忌 辛戌向)

신술향 일 때 경유방위로 물 나가면 소황천

〈구도 4〉 水法上 小黃泉 구도

↖ ↑

水口	向
壬子	癸丑
甲卯	乙辰
丙午	丁未
庚酉	辛戌

10) 패철의 정침, 중침, 봉침만 볼 줄 알아도 풍수를 접한 것을, 후회하지 않을 것이다.

패철 1)~9)까지 패철보는 법과 정침 중침 봉침의 쓰임새 용상팔살과 대 · 소황천살 보는 법을 알았다. 이로써 패철의 중요부분을 터득한 셈이다.

패철에서 더 알아야 할 부분은 천산72룡과 투지60룡 분금이다.

이를 논하기에 앞서 패철론을 재정리한다.

— 좌와 향을 동시에 소리내어 읊고.

— 바르게 보이는 글자는 좌, 거꾸로 보이는 글자는 향.

— 1, 2, 3, 4, 5 층 등으로 말하지 말고.

— 패철은 종류도 많고 층수도 다르다.

— 안쪽 24방위 정침으로 용맥을 측정. 좌와 향을 보고

— 중간 24방위 중침으로 사를 측정. 사의 길흉을 보고

— 바깥 24방위 봉침으로 수를 측정, 득수 파구를 본다.

— 壬子癸 丑艮寅… 등으로 나눠진 팔괘를 입수용 으로 보아 辰 亥 申 巳… 등 8개향의 오행이 입수룡 오행을 극하면 용상팔살이다.

— 9층패철의 경우 2층의 사유팔간을 향으로 간주하고 동일한 칸의 정침에 있는 사유팔간 글字를 봉침에서 찾아 수구방위를 보아 대 · 소황천을 검증한다.

11) 천산(穿山) 72룡과 투지(透地) 60룡 공부에 많은 시간과 정열 쏟는 것은 신중해야 한다.

패철에는 천산과 투지가 층을 달리하고 있지만 밀접한 연관성이 있어 이를 묶어서 논한다.

대부분의 패철에서 천산은 정침과 붙은 바깥층에 있고 투지는 중침과 붙은 바깥층에 있다. 천산룡과 투지룡을 혼돈하지 않고 쉽게 기억하는 법은 다음과 같다

천산 72룡은 60갑자를 글字로 표시한 60개칸과 글字 없는 빈칸 12개칸을 합쳐 72개칸으로 이뤄졌고 투지 60룡은 60갑자를 글字로 표시한 60개 칸만으로 이어져 있다. 따라서 빈칸이 있으면 72룡, 빈칸이 없으면 60룡이다.(그림7, 8)

천산72용은 12지지 중 子 寅 辰 午 申 戌에는 甲 丙 戊 庚 壬이 붙어 짝을 이루고 丑 卯 巳 未 酉 亥엔 乙 丁 己 辛 癸가 붙어 짝을 이루고 있다.

또 투지 60용은 60甲子로 이루어져 있다.

단 대만패철엔 중침과 봉침 바깥층에 분금이, 중국패철엔 정침과

봉침 바깥층에 분금이 붙어 있다.

대만 패철의 경우는 우리나라 패철이 빈칸으로 남겨놓은 72룡의 빈칸에 正字를 표시한 것도 있다.

그림 7. **9층 패철도의 천산**

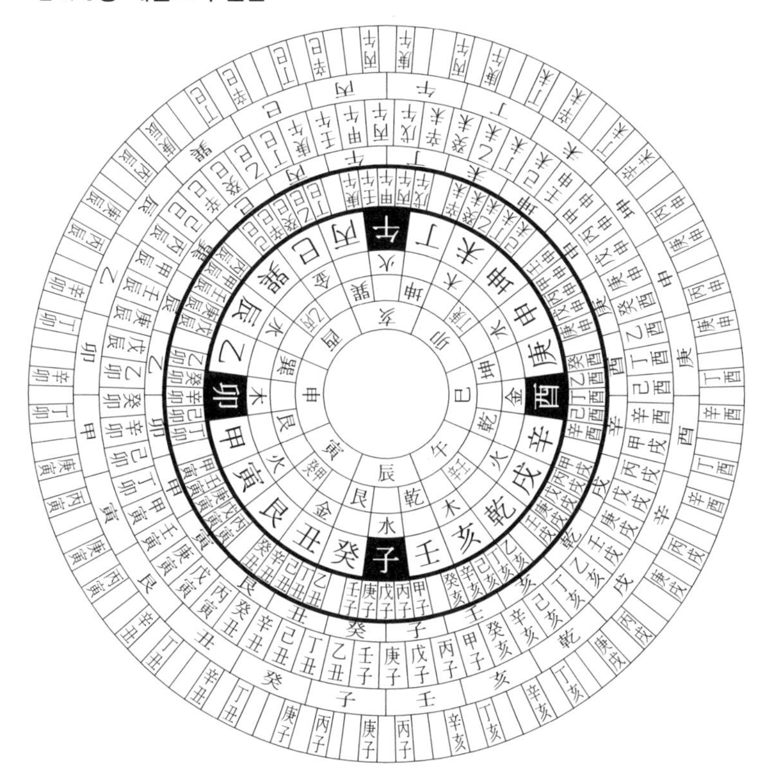

그림 8. **9층 패철도의 투지**

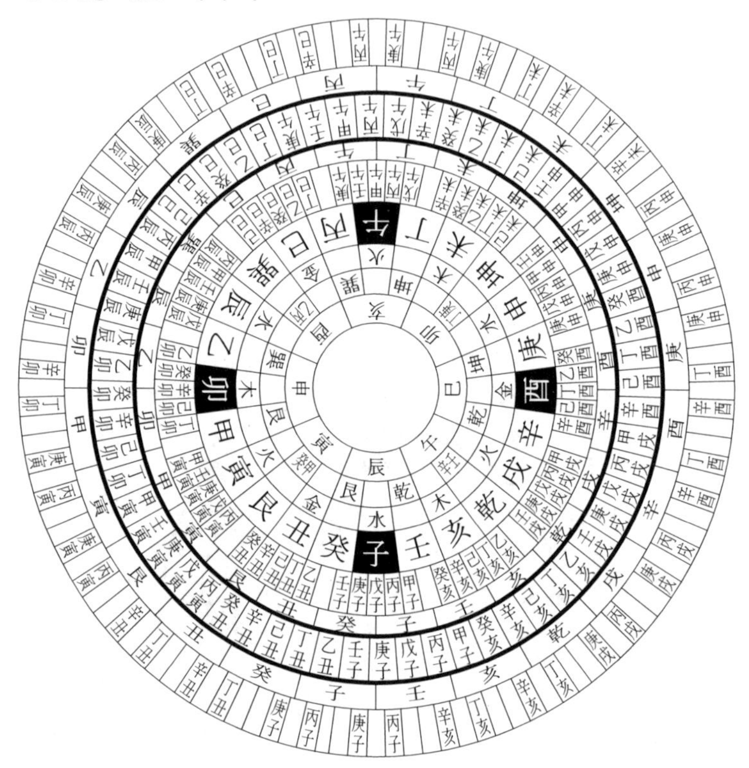

古人들은 천산을 地氣라 했고 투지를 天氣라 했다. 地氣는 천산룡을 통해 흐르고 天氣는 투지룡을 통해 흐른다고 한다.

지구는 우주의 기운(天氣)을 받고 그 기운은 산천에 퍼져 있다고 한다. 그리고 지구의 땅속엔 땅의 기운(地氣)이 있다고 한다. 즉 땅 표면엔 천기가 땅속엔 지기가 있다는 것이다. 이를 근거로 古人들은 체백(體魄)이 지기와 천기를 받아 후손에게 좋은 기운을 전달(동기감

응)하고 그 자체를 발복(발응)이라고 한 것이다.

풍수고전에 있는 논리가 과학적이라고 보기에는 무리가 없지 않다.

(1) 地氣는 穿山으로, 天氣는 透地로 測定

地氣를 측정하는 곳은 천산72룡이다. 천산은 정침 24방위 중 12지지 글字에만 1개 지지당 5개씩 배속돼 四維八干 글字칸 하나의 칸만 빈칸으로 남기고 연결돼 있다.

天氣를 측정하는 곳은 투지60룡이다. 투지는 봉침 24방위 중 12지지 글字에만 1개 지지당 5개씩 배속돼 빈칸 없이 연결돼 있다.

穿山은 12지지 5개천산룡+공망룡(빈칸)=72룡이란 산술적 계산처럼 천산72룡 중 공망에 든 빈칸을 제외한 60개룡은 60갑자로 모두 납음오행이 붙어 있다. 따라서 12지지에서 따온 1支 1坐당 각각 다른 납음오행을 가진 천산이 5개씩 있는 셈이고 1개 地支마다 사실상 5개의 방위가 다시 나눠진 결과다.

地氣를 측정하는 것은 천산72룡이고 천산은 정침 24방위 중 12지지 글字 1지지당 5개씩 배속돼 있다.

透地는 12지지 5개룡=60룡이란 산술적 계산처럼 60갑자만으로 납음오행이 붙어 있다. 따라서 투지 역시 12지지에서 따온 1지 1좌당 각각 다른 납음오행을 가진 투지가 5개씩 있는 셈이고 1개 지지 마다 사실상 5개의 방위가 다시 나눠진 결과다.

天氣를 측정하는 것은 투지60룡이고 투지는 정침 24방위 중 12지지 글字 지지당 5개씩 배속돼 있다.

(2) 穿山과 透地의 用處

穿山72룡의 범위는 입수에서 만두까지다.

만두에 패철을 놓고 내룡해 오는 쪽으로 향해 패철상에 거꾸로 된 글字를 보고 천산을 측정, 72개룡 중 어느 용에 해당되는지, 그 용의 납음오행이 무엇인지를 보는 것이다.

透地60룡의 범위는 만두에서 혈 끝까지다.

만두에 패철을 놓고 혈 끝으로 행룡해 가는 쪽을 향해 패철상에 바르게 보이는 글字를 보고 투지를 측정, 60룡 중 어느 용에 해당되는지 그 용의 납음오행이 무엇인지를 보는 것이다.

신평 저 『신 나경연구』 182쪽에서는 "천산은 입수후면의 협(峽)에서 내룡의 출맥을 측정하고 투지는 혈좌의 입수맥을 측정한다"고 주장했다.

12) 穿山과 透地를 쓴다면 어떤 것을 쓸 것인가?

전편에서 천산72룡의 범위는 입수에서 만두까지이고 투지60룡의 범위는 만두에서 혈 끝까지라고 했다.

만두에 패철을 놓고 내룡해 오는 쪽을 향해 패철상에 거꾸로 된 글字를 보고 천산을 측정, 72개룡 중 어느용에 해당되는지, 그 용의 납음오행이 무엇인지를 파악한다.

또 만두에 패철을 놓고 혈 끝으로 행룡해 가는 쪽을 향해 패철상에 바르게 보이는 글字를 보고 투지를 측정, 60룡 중 어느용에 해당되는 지 ,그 용의 납음오행이 무엇인지 파악한다.

이같이 파악한 천산룡의 납음오행이 투지용의 납음오행과 상생이 되는지를 보고 상생이 되는 투지룡과 같은 방위의 좌를 선택한다.

천산과 투지가 상생을 이루더라도 혈판 자체가 투지와 맞춰 좌를 놓을 수 없다면 위에서는 잘 내려온 천산도 소용없는 결과가 된다.

부모산 입수룡 만두 혈까지 좋게 연결되기가 어렵다. 상생상극 대조로 천산과 투지를 맞추는 것은 납음오행을 적용한 것이다.

한편 이 같은 이론과는 달리 천산과 투지를 "어떤 것은 쓰고 어떤 것은 못쓴다"라고 밝혀 놓은 책들이 많다.

穿山龍은 1개 지지에 배속된 5개 천산 중 2개만 쓰고 3개는 쓰지 않는다. 정침상의 子룡에 소속된 5개 천산을 右에서 左로 1번 甲子, 2번 丙子, 3번 戊子, 4번 庚子, 5번 壬子라고 번호를 부여해 설명하자면 2번 4번 등 2칸을 旺相脈이라고 해서 쓰고 나머지 1번 敗氣脈, 3번 火坑殺曜, 5번 古墟脈 등은 쓰지 않는다고 돼있다.

또 빈칸인 사유팔간의 正中央은 龜甲空亡殺曜라고 해서 매우 凶한 것으로 기록하고 있다. 따라서 천산은 2번, 4번만 쓰고 1번, 3번, 5번은 쓰지 않는다.

透地龍은 패철 정침상에 나타난 임자룡에 소속된 투지를 중침 바깥층에 붙어 있는 5개투지룡을 右에서 左로 편의상 1번 甲子, 2번 丙子, 3번 戊子, 4번 庚子, 5번 壬子 순으로 볼 때 1甲子를 病氣脈(孤虛脈), 2丙子를 旺氣脈(旺相脈), 3戊子를 衰氣脈(殺曜脈), 4庚子를 生

氣脈(旺相脈), 5壬子를 死氣脈(孤虛脈)으로 보아 투지 역시 2번과 4번의 生旺脈만 쓰고 1번, 3번, 5번 病 衰 死脈은 쓰지 않는다.

또한 투지용은 혈장 내에서 혈의 正中을 어디로 잡을 것인가를 판단하는 칸이기 때문에 천산의 내룡과 납음에 관계없이 혈의 정중을 중심으로 잡은 뒤 물을 보아 결정하기도 한다. 혈의 정중에서 보았을 때 내당의 물이 좌선수↗이면 패철상에서 우측에 있는 2번 丙子(王氣脈)에, 우선수↖라면 패철상에서 좌측에 있는 4번 庚子(生氣脈)에 투지를 맞춰 쓰고 그 외 1번, 3번, 5번은 쓰지 않는다고도 한다. 이상 천산과 투지 중 쓸 수 있는 것과 쓸 수 없는 것을 나눠 봤다.

여기서 드러난 공통점은 각각 무슨맥이다 무슨맥이다 해서 붙인 표현만 다를 뿐 어떠한 지지를 막론하고 우에서 좌로 배열된 5개 중 2번, 4번은 쓰고 1번, 3번, 5번은 쓰지 못한다는 것이다. '쓴다' '못 쓴다' 라고 한 것은 이론을 바탕으로 한 결과다.

13) 坐↔向간의 공간연결 기준은 관(棺)의 길이인가.
관속의 체백(體魄) 신장인가. 棺- 體魄- 穿山- 透地의 관계는?

[Ⅱ부록. 2. 풍수개혁의 대상 2) 참조]

하관 후 투지를 정밀하게 측정해야만 좌를 바르게 놓을 수 있다. 투지의 효과가 '있다' '없다' 이전에 그래야만 정확하게 葬한 것으로 볼 수 있다. 이렇게 葬하려면 투지용의 경우 360도÷60룡=6도 즉 1개룡은 6도라는 산술적인 계산처럼 패철상의 6도의 범위 안에서 투지용의 방위와 棺길이의 角度가 정확히 맞아야 한다.

이 경우 棺속의 체백과 棺길이의 角은 정확하게 평행선을 유지하고 또한 체백도 정수리, 코, 척추, 배꼽을 연결하는 일직선이 棺 길이가 이루는 角과 平行線을 이루도록 入棺됐다고 볼 때 그렇다는 것이다.(구도 5)

〈구도 5〉 천산 투지와 체백의 구도

吉 透地龍

(向)

이공간에 棺(體 ⬆ 魄)이 들어간다.

(坐)

吉 穿山龍(만두 도두)

⬆

吉 入首

⬆

吉 龍

이것을 다시 정리하면 체백 관 투지(體魄 棺 透地)의 각도가 평행선으로 일치돼야 한다는 것이다.

장지에서 천산과 투지의 相生을 맞추려고 하면 혈판의 생김새가 相生을 따르지 못하고 혈판은 좋은데 혈판의 생김새대로 坐를 놓으려고 하니 천산과 투지의 相生이 안 되는 경우가 많다.

相生이 정확하게 맞아떨어지는 천산과 투지가 있고 혈판 자체도 相生을 수용해 좌를 놓을 수 있다면 그것은 제대로 된 吉地이다. 이를 다시 정리하면 천산룡(납음오행)→생→투지용(납음오행)이면 된다.

결론적으로 坐를 正中에 포용할 투지용을 生해줄 천산이 아니면 그 천산은 가치가 없는 것이다. 坐는 혈판을 이루는 투지용의 正中을 차지할 수 있어야 좋은 穴이다.

또한 용→입수용→천산용 까지는 잘 내려왔는데 천산용이 坐를 포용할 투지용을 生해주려 해도 납음오행 상으로 生을 받을 坐를 定할 수 없다면 법칙으로서는 맞지 않은 것이다.

때문에 천산과 투지가 相生되는 경우는 지구의 생성자체인 自然이 그대로 생긴 곳, 즉 지형학이 뒷받침돼야 가능하고 그래야만 吉地라고 보는 것이다.

다만 여기서 강조하고 싶은 것은 천산용 이전의 祖山 父母山 玄武頂 入首龍이 格에 맞게 來龍한 五行上 吉龍이라야 하고 이것이 다시 →吉入首→吉穿山龍→生→吉透地龍(坐)이라야 비로소 龍과 穴부분은 吉地가 完成됐다고 보는 것이다.

"조산 부모산 현무정 입수용이 격에 맞아야…" 라는 뜻은 청오경과 장경 설심부 인자수지 등 풍수고전에 나타난 형상론적인 부분과 청오경(부경), 지리오결, 지리십결, 팔팔향법 등 이기학적인 부분과 결부시켜 이들 책에서 제시한 부분에 상당히 근접한 풍수적 요소를 의미하는 것이고 "… 비로소 용과 혈 부분만큼은 길지가 완성됐다고 보는 것이다."라는 표현도 어디까지나 풍수학적으로 그렇다는 뜻이다.

용과 혈만 볼 때는 이러하지만 여기에 吉砂 吉水 吉向을 갖추고 葬法에 害로운 요소를 避해야 풍수적으로 완전무결한 大吉地에 葬을 완료했다고 보는 것이다.

여기서 말하는 길사 길수 길향 역시 풍수고전과 이기론 그리고 현실적으로 풍수사들이 사용하는 풍수적 법칙에 근접한 것을 의미한다. 천산72룡이 비록 墓의 坐 正中을 지나가는 투지60용을 生해주지 못하더라도 穴이 좋으면 葬하는 것이 현실이다.

또 묘의 坐를 바꿀 수 없는 상황이고 내려오는 천산용은 투지용(좌)을 生해주지 못하더라도 穴이 좋으면 葬하는 것이 현실이라면 천산72룡과 투지60룡 공부에 많은 시간과 정열을 쏟는 것은 신중해야 할 것이다.

順剋이라 함은 문자 그대로, 순리대로 위에서 아래로 剋해 내려가는 것이고 逆生이라 함은 아래에서 위로(거꾸로) 生해 올라간다는 뜻이다.

順剋은 胎骨龍→穿山龍→透地龍→坐→分金 순으로 위에서 아래로 剋해야 좋다는 것이다.

逆生은 分金→坐→透地龍→穿山龍→胎骨龍 순으로 아래에서 위로 치받아 生해야 좋다는 것이다.

이와함께 망인의 납음오행과 분금의 납음오행을 대조해 상생이냐 생극이냐를 보는데 분금이 망인을 生하면 吉하고 분금이 망인을 剋하거나 망인이 분금을 거꾸로 生하는 설기(泄氣)는 흉한 것으로 본다.

* 천산72룡과 투지60룡 부분은 신평 저 『신나경연구』 동학사 110~113쪽, 181~182쪽, 황백현 편저 『생활과학 풍수지리』 도서출판 다

솔 106~110쪽, 111~115쪽을 참고했다.

14) 分金에 많은 시간과 정열을 투자하는 것도 신중해야한다.

[Ⅱ부록. 2. 풍수개혁의 대상 3) 참조]

분금의 뜻이 무엇인지 궁금해하는 풍수학인이 많다.

분금을 확실히 알기 위해 이책 저책을 봐도 선듯 이해가 되지 않는다.

明文堂 金東奎 譯著 里程標『經盤圖解』386쪽, 地理『羅經透解』198쪽에는 "分金說은 先聖이 자세히 말한바 있거니와 먼저 자오(子午)로 산강(山崗)이 정하여 졌다면 正針으로 오는 것을 較量하고 다시 3 · 7이나 2 · 8을 가하는 것이니 時師와 더불어 長短의 도를 말하지 말 것이다"라고 돼 있다.

明文堂 韓重洙 曺誠佑 共著『易學大辭典』332쪽에는 "分金法〈地〉: 이십사향의 분금을 놓는 법"이라고 풀이하고 관련 도표를 곁들였으나 별다른 설명은 없다.

궁여지책으로 국어사전을 뒤져봤다.

分金의 사전적 의미는 "관을 묻을 때 그 관의 위치를 똑바로 정함"이라고 명시돼 있다. 이는 풍수학인들이 익히 알고 있는 범주를 벗어나지 못하는 수준이었다.

우리나라 패철 대부분은 봉침 바깥층에 분금이 표시돼 있다. (그림9)

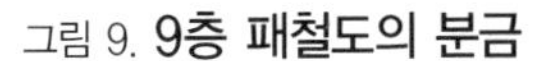
그림 9. **9층 패철도의 분금**

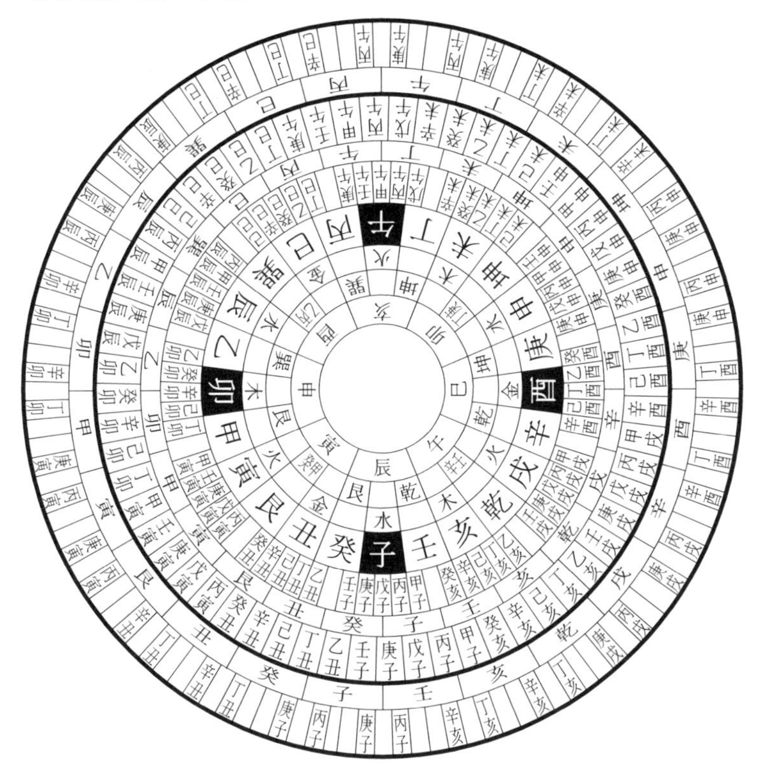

申坪 著 『신 나경연구』 동학사 334쪽에는 “분금의 표시는 봉침 바깥층에 돼 있지만 볼 때는 정침에 引從해서 본다”고 돼 있다. 인종이란 끌어 당겨서 따른다(복종하다)는 의미로 정침의 방위에 분금을 대입시킨다는 것이다.

분금의 종류는 정침분금, 중침분금, 봉침분금, 정침120분금, 봉침120분금, 240분금, 360도 등 여러가지다. 그러나 "분금의 기능이 중요하다"고 명시한 풍수서와 분금의 중요성에 무게를 둔 책도 별로 없다. '分金은 葬事때 風水士가 쓰는 工法'이라고도 하고 '風水士의 마음먹기에 따라 이렇게 쓸 수도 있고 저렇게 쓸 수도 있는 것'이라고 한다. 우리의 장례 현실은 정밀을 要하는 분금을 사용하기는 사실상 어렵다. 때문에 귀중한 시간을 차라리 풍수의 다른 분야 공부에 사용하고 분금에 시간을 많이 소모하는 것은 신중해야 할 것으로 본다

15) 葬事시 분금을 극세측정(極細測定)하는 것이 현실적으로 가능한가?

맨 체백위에 패철을 얹어 놓고 분금을 측정할 수는 없다.

[Ⅱ부록. 2. 풍수개혁의 대상 4) 참조]

初喪 移葬 下棺 등을 총 망라한 장사시 분금을 극세측정하는 것이 현실적으로 가능하지 않다.

그것은 미세한 각을 제대로 측정했느냐의 문제가 아니라 장사시 체백에 대한 자손과 풍수사의 도덕적인 규범을 초월하지 않는 한 분금법을 제대로 실행하는 장사를 치를 수가 없다고 본다. 풍수서들이 어떤(?)분야는 지키지 않고 葬하면 큰일나는 것처럼 묘사된 것이 적지 않다.

그러나 여러 이기론책을 보아도 분금분야 만큼은 "잘못 적용했을 때 큰 낭패를 본다"는 類의 겁주는 문구나 언급이 거의 없었다. 그런

데도 유독 이 부분은 공부할 것이 많고 난해하다. 알기 쉽게 분금을 해설해 놓은 책도 드물고, 더욱이 "이거다"하고 자신있게 분명한 설명을 하는 이도 드물다. 조상의 체백을 정성들여 편히 葬하면 될 것을 왜 분금처럼 수학적인 부분이 우리의 장법에 깊이 접목됐는지, 그리고 그동안 분금을 넣었다고 자부하는 풍수사들의 경우 여러 분금법 중 어떤 것을 썼는지에 대해 시원한 답을 내놓은 적이 그다지 없다. 분금을 모르는 풍수사 마저도 난해한 분금을 법칙대로 葬했다고 뽐낼 수도 있을 것이다.

또 분금이 뭔지도 모르는 상주는 장사를 집행한 풍수사가 '분금을 잘 넣어서 상주에게 좋을 것' 이란 말들을 하면 그 말을 액면대로 믿고 좋아할 수도 있을 것이다. 그리고 공부를 많이 했다는 풍수사도 장사를 집행한 풍수사에게 "어떤 분금을 넣었느냐"는 질문을 하기 어려울 것이고 그 풍수사 역시 답하기 어려울 것이다. 더구나 장사를 집행한 풍수사의 대답에 대해 이론을 제기하기도 어려울 것이다. 이것이 분금의 실체라고 보면 무리일까?

그래서 분금은 '葬을 집행하는 풍수사가 인위적으로 취할 수 있는 것' 이라서 '지켜도 그만, 안 지켜도 그만' 인 것으로 보는 사람이 많은 것 같다.

우리 풍수계에서 쓰고 있는 패철의 대부분은 봉침 바깥층에 분금 표시가 돼 있고 이를 정침에 인종해서 본다고 했다. 입수맥은 자연이 만든 그대로의 형체를 사람의 눈으로 가려내야 하는 것이다. 그러나 분금은 공법이기 때문에 장사시 하관한 상태에서 각도를 좌우로 약간씩 틀어 좋은 것에 좋은 것을 더하는 금상첨화(錦上添花)로 사용된다.

때문에 인위적으로 조정할 수 있는 풍수사의 마음먹기에 달린 것이 분금이라서 그 중요성은 풍수학인들의 생각에 맡긴다. 분금은 장사의 마무리 작업으로서 중요한 것이지만 아무리 분금을 극세측정한다 해도 棺속이 극세측정돼 있지 않으면 무슨 소용이 있겠는가?

透地부분을 논하면서도 강조한 것처럼 棺밖에서, 즉 棺위에서 아무리 패철로 투지나 분금을 정밀하게 측정해도 棺속의 체백이 棺길이와 나란히 돼있지 않으면 소용이 없다는 뜻이다. 다시 말하지만 棺속 극세측정이란 체백이 棺길이와 평행선을 유지하도록 入棺됨을 뜻하는 것이다. 우리의 장례문화 현실로 보아 풍수사가 입관에 개입해서 棺속을 극세측정할 수 없고 더구나 장사당일 下棺 후 棺두껑을 열고 맨 체백위에 패철을 얹어 놓고 분금을 측정할 수는 없다.

따라서 120분금이니, 240분금이니, 360도니 하는 것은 의미가 없다는 논리가 성립되는 것이다.

120분금을 사용할 경우 360÷120=3도, 240분금을 사용할 경우 360÷240=1.5도, 360분금을 사용할 경우 360÷360=1도라는 산술적 계산이 나온다. 측량기사를 동원하지 않고서야 어떻게 분금법을 제대로 적용해 葬을 할 수 있겠는가? 의문을 갖지 않을 수 없다.

『신 나경연구』 124쪽에서는 "분금에 모든 화복이 달려있다고 하기에는 억설일 수밖에 없다"고 했다.

그러면서 亡人의 납음오행과 분금의 납음오행을 대조해 상생이냐 생극이냐를 따져서 분금이 망인을 生하면 吉하고 분금이 망인을 剋하거나 망인이 분금을 거꾸로 生하는 설기는 凶한 것으로 본다고 했다.

일부 풍수서에는 丙 庚 丁 辛이란 天干 4字가 12地支앞에 붙은 것, 즉 패철 봉침 바깥층인 분금층에 丙子 庚子 丙子 庚子, 丁丑 辛丑 丁丑 辛丑, 丙寅 庚寅 丙寅 庚寅, 丁卯 辛卯 丁卯 辛卯, 丙辰 庚辰 丙辰 庚辰, 丁巳 辛巳 丁巳 辛巳, 丙午 庚午 丙午 庚午, 丁未 辛未 丁未 辛未, 丙申 庚申 丙申 庚申, 丁酉 辛酉 丁酉 辛酉, 丙戌 庚戌 丙戌 庚戌, 丁亥 辛亥 丁亥 辛亥로 표시돼 있는 左. 右의 것을 택일해서 쓴다고 했다.

이밖에 穴앞을 지나는 물이 左旋水이면 右旋分金을, 右旋水이면 左旋分金을 쓴다고도 한다.

한편 중국 패철엔 정침분금과 봉침분금이 각각 있고 대만 패철엔 중침분금과 봉침분금이 각각으로 있다.

이는 우리 풍수계의 패철(봉침바깥에 하나만 있는 분금)과 비교가 된다. 중국권은 분금을 중시해서 2개층에 분금층을 만든 것인지? 우리는 분금을 경시해서 1개 층에만 분금 층을 표시를 한 것인지 의문이다.

중국패철엔 정침과 봉침의 바깥층에, 대만패철엔 중침과 봉침 바깥층에 분금이 각각 붙어 있다. 분금이 어디에 붙어 있고 몇 층에 표시돼 있더라도 기능에는 변함이 없을 테지만 그 기능 자체가 어떤 것인지를 명쾌하게 제대로 밝힌 것이 드물다.

학인들이 보는 대부분의 책들은 모두 중국권에서 들여온 풍수서를 번역하거나 주석을 단 것들이다. 공부하려면 달리 방법이 없어 이러한 책들을 볼 수밖에 없지만 분금의 설명이 부족한 것이다.

또한 중국권 패철엔 용상팔살을 보는 표시도 없다. 분금과는 무관한 용상팔살도 잠깐 짚어보자. 중국권에선 용상팔살 따위는 풍수서엔 있지만 패철에 올릴만한 가치가 없다는 뜻일까? 만약 그렇다면 패철마다 가장 첫 층에 용상팔살을 표시해 놓고 이것을 지키지 않으면 큰일나는 것으로 알고 있는 우리의 풍수계와는 너무 대조적이라 아니할 수 없다.

이와 함께 중국권에서 제작된 패철의 중침과 봉침에 각각 붙여 놓은 분금 또한 이유가 있을 것이나 이를 시원하게 논한 풍수서는 우리 주변엔 없다.

우리가 쓰는 패철 중 24방위에 대한 용도를 안쪽의 정침은 용맥과 좌를, 중간의 중침은 砂를, 바깥의 봉침은 水를 각각 측정한다고 잘 밝혀 놓은 것과는 대조적이다.

이상 1)~15)까지 패철편을 논하면서 아쉬운 것은 책대로의 풍수에 모순(矛盾)이 여러 군데 있었고 그런 줄 알면서 글을 써나간 필자도 모순이라는 점을 숨길 수 없다.

특히 11)~15)까지 다섯 장에 걸쳐 천산 72룡, 투지60룡, 분금을 다뤘으나 그 필요성에는 회의적이며 법대로 일을 집행하는 분야 즉 극세측정하는 것이 가능하냐에 대해 의문이 많다.

풍수적으로 괜찮은 穴 하나가 성립되기까지는 여러가지가 착착 맞아져야 된다는 것이 풍수서에서의 논리이지만 현실은 그런 곳을 찾기가 쉽지 않다.

2 오결편(五訣篇)

흉한 오결(龍穴砂水向)을 피할 줄 알아야

제2편 오결편(五訣篇)

흉한 오결(龍穴砂水向)을 피할 줄 알아야

1) 용편(龍篇)

靑烏經 '附經'

奎章閣本(도서번호 2329 地理全書靑烏先生葬經卷之六 大唐國師 楊筠松 註)靑烏經엔 子 午 卯 酉 등 12支와 木 火 土 金 水 등 五行은 단 한 字도 없다.

즉 方位와 五行은 없다. 葬經(奎章閣本 도서번호 1741)에는 第二 因勢篇에 寅 申 巳 亥란 4字가 단 한번 등장할 뿐 方位와 五行부분은 내용이 없다.

그러나 奎章閣本 靑烏經을 譯한 '청오경' 을 내면서 '附經' 이란 이름으로 이른바 理氣論(理氣學 理氣法 理法)을 수록한 내용이 있다.

靑烏經 '附經, 地理大典 明堂寶鑑 중 사용빈도가 비교적 잦은 것은 대체로 다음과 같다. (참고 : 지리학총서 명당보감)

(1) 生龍 死龍論

左旋四胎龍은 順行, 四胞脈(寅申巳亥)을 만나야 生龍이다.
右旋四胎龍은 逆行, 四藏脈(辰戌丑未)을 만나야 生龍이다.
左旋하는 四胎龍이 四胞脈을 만나지 못하면 死龍이다.
右旋하는 四胎龍이 四藏脈을 만나지 못하면 死龍이다.
四胎龍이란? 乾龍 艮龍 巽龍 坤龍을 말한다.

龍이 左旋일 경우 生龍조건은 다음과 같다.
① 乾龍 : 乾에서 출발, 亥 壬子 癸丑 艮寅 까지 가야 한다.
② 艮龍 : 艮에서 출발, 寅 甲卯 乙辰 巽巳 까지 가야 한다.
③ 巽龍 : 巽에서 출발, 巳 丙午 丁未 坤申 까지 가야 한다.
④ 坤龍 : 坤에서 출발, 申 庚酉 辛戌 乾亥 까지 가야 한다.

龍이 右旋일 경우 生龍조건은 다음과 같다.
① 艮龍 : 艮에서 출발, 丑癸 子壬 亥乾 戌 까지 가야 한다.
② 巽龍 : 巽에서 출발, 辰乙 卯甲 寅艮 丑 까지 가야 한다.
③ 坤龍 : 坤에서 출발, 未丁 午丙 巳巽 辰 까지 가야 한다.
④ 乾龍 : 乾에서 출발, 戌辛 酉庚 申坤 未 까지 가야 한다.
위는 行龍방향을 따라 가면서 龍脈을 측정했을 때 佩鐵上의 글字

순서가 이렇게 나타난다는 것이다.

龍 一胎의 각도는 90도이며 二胎. 三胎. 四胎도 있을 수 있다. 左右旋으로 여러 胎를 거듭한 行龍의 盡處엔 大地가 있다고 알려져 있다. 용이 좌선을 하든 우선을 하든 상관없이 胎에서 시작해 반드시 胎를 지나야 하고 좌선일 때는 胞를, 우선일 때는 藏을 만나야 된다. 胎에서 시작된 용이 좌 우선해 胞나 藏을 만나려면 반드시 좌측이 아니면 우측으로 휘어지게 돼 있다.

* 요점정리

左旋四胎 생용은? 胎에서 시작해 胞로 끝나고

右旋四胎 생용은? 胎에서 시작해 藏으로 끝난다.

左旋生龍은? 용맥을 측정했을 때, 胎에서 다음 胎를 넘어서 胞까지 패철상의 글字대로 順行 하는 것으로 용맥의 방향은 좌선이다.

左旋死龍은? 용맥을 측정했을 때, 胎에서 胞까지 가지 못한 것을 의미한다.

右旋生龍은? 용맥을 측정했을 때, 胎에서 다음 胎를 넘어서 藏까지 패철상의 글字를 逆行 하는 것으로 용맥의 방향은 우선이다.

右旋死龍은? 용맥을 측정했을 때, 胎에서 藏까지 가지 못한 것을 의미한다.

乾亥龍은 어떤 것이 生龍이고 어떤 것이 死龍인가?

生龍이 되려면 左旋일 경우 乾亥 壬子 癸丑 艮寅까지 가야 하고 右

旋일 경우 乾 戌辛 酉庚 申坤 未까지 가야 한다.

死龍이 되는 경우는 위의 사실에 부합되지 않을 때다.

生龍 死龍의 개념은 이상과 같으나 단 龍盡處 入首處 아래에 穴이 맺혀야 生龍이다. (참고문헌인 『明堂寶鑑』韓重洙 著 韓林院 270쪽 9행 '丑입수'는 '巳입수'의 오기이고 10행의 '巽맥 없이도'는 '乾맥 없이도'의 오기로 보임)

* 生龍 死龍 개념은 戊己經 논리다.

"四胎는 四胞와 四藏을 거느린다"는 것과 "四正은 四順과 四强을 통솔한다"는 것인데 이는 子 午 卯 酉가 甲 庚 丙 壬과 乙 辛 丁 癸를 통솔한다는 것이다.

四胎를 잘 살피면 四正은 저절로 이해된다.

(2) 作穴法

作穴法은 相連과 相配로 나눠지고 相連은 다시 相連Ⅰ 相連Ⅱ로 나누어진다.

① 相連 1 (그림 10)

즉 卯辰丑, 未酉戌, 亥艮丑, 巳未坤 등의 글字 순서대로 연결된 龍이라야 作穴 된다는 것이다.

그림에서처럼 卯辰丑은 行龍의 순서는 卯 → 辰 → 丑이지만 삼합오행으로 卯는 木이고 辰은 水이고 丑은 金이라서 卯(木) ← 生 ← 辰(水) ← 生 ← 丑(金)으로 逆生인 셈이다.

그림에서처럼 未酉戌도 行龍의 순서는 未 → 酉 → 戌이지만 삼합오행으로 未는 木이고 酉는 金이고 戌은 火라서 未(木) ← 剋 ← 酉(金) ← 剋 ← 戌(火)라서 逆剋인 셈이다.

반면 亥艮丑 巳未坤은 卯辰丑 未酉戌과는 달리 逆生 逆剋의 공통점은 없다. 역생 역극 되는 것과 안 되는 것의 상관관계는 의문이다.

그림 10. **相 連 圖 1**

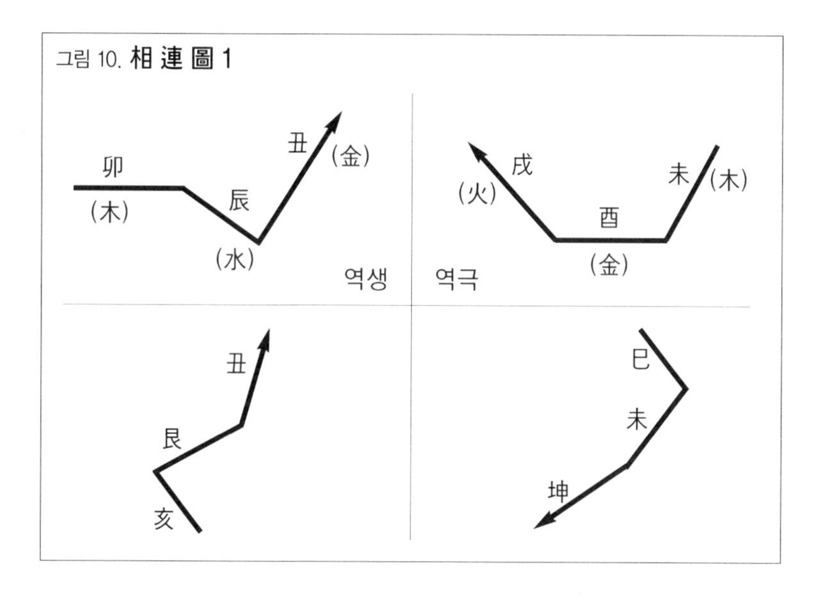

② 相連 2 (그림 11)

삼합오행의 첫 글자 없는 것이다. 즉 午戌, 子辰, 酉丑, 卯未 등으로 서로 연결돼야 작혈이 된다는 것이다.

이는 ○午戌, ○子辰, ○酉丑, ○卯未 등으로 ○안에 삼합오행의 寅 申 巳 亥가 들어가도록 돼 있어 三合五行의 첫 글字가 없는 공통점이 있다. 이것은 행용의 꺾임 정도가 정삼각형에서 한쪽 변이 없는 것처럼 120도 가량 굴절된 것이다. 그래야만 좋은 龍으로 보는 것이다.

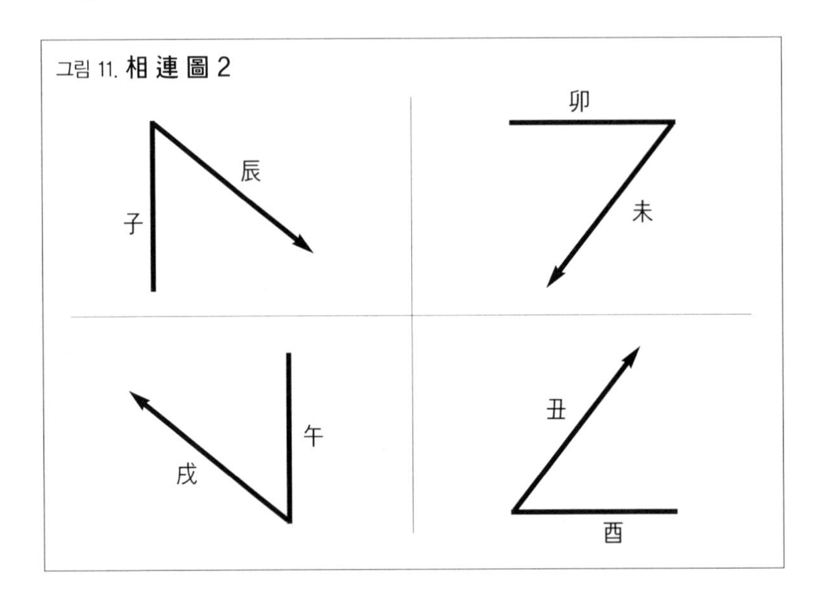

그림 11. 相連圖 2

③ 相配 (一名 先後天通脈, 그림 12)

三合五行의 木生火 金生水격이며 先後天으로 配하는 穴이다. 乾亥와 艮寅, 巽巳와 坤申, 乾亥와 丙午, 巽巳와 壬子, 甲卯와 丙午, 庚酉와 壬子, 乙辰과 癸丑, 辛戌과 丁未, 乙卯와 丑艮은 서로 配해야 된다. 이는 交媾를 않더라도 스스로 生하는 이치가 있기 때문이라고 한다.

* 先後天 通脈法은 乾右 甲右 乙左로 기억하면 좋다. 이는 乾은 右회전, 甲도 右회전, 乙은 左회전이라는 뜻이다. 건해와 손사용맥엔

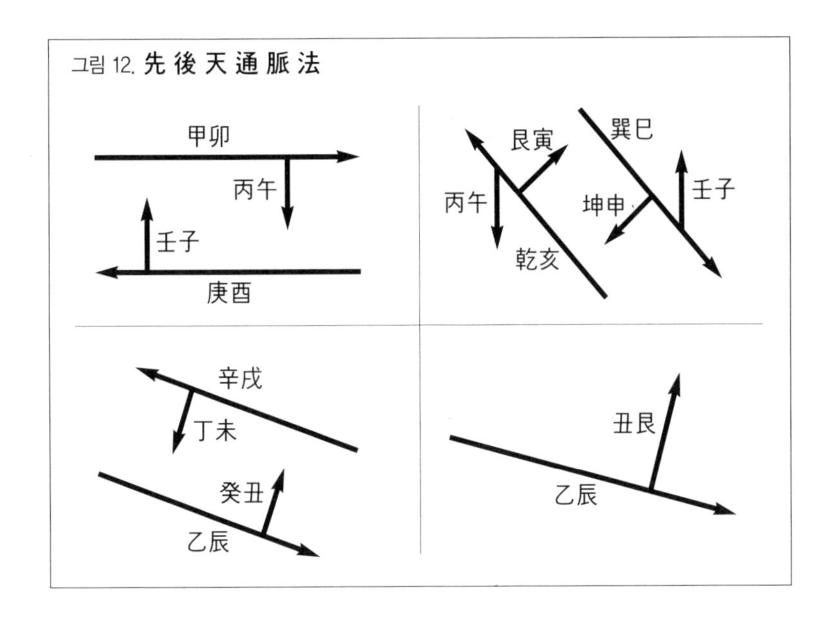

패철상 우측인 간인 곤신좌가, 갑묘와 경유용맥엔 패철상 우측인 병오와 임자좌가, 을진과 신술용맥엔 패철상 좌측인 계축과 정미좌가 있다는 뜻이다.

그런가하면 子 寅 辰 午 申 戌, 丑 卯 巳 未 酉 亥를 陰陽으로 나눠 陽龍인 子 寅 辰 午 申 戌엔 子 寅 辰 午 申 戌坐를, 陰龍인 丑 卯 巳 未 酉 亥엔 丑 卯 巳 未 酉 亥坐를 놓는 것을 通脈法으로 보는 유파도 있다.

(3) 立向論

立向論을 四不通이라고 한다.

子는 坤을, 午는 艮을, 酉는 巽을, 卯는 乾을 불통한다는 뜻은 子坐

는 坤角과 脈을, 午坐는 艮角과 脈을, 酉坐는 巽角과 脈을, 卯坐는 乾角과 脈을 불통한다는 것으로 알려졌다. 예를 들면 坤角이나 坤脈에는 子坐가 통하지 않는다는 뜻이다.

청오경 부경의 입향론을 요약하면,

乾艮間脈에 子入首면 子坐, 艮巽間脈에 卯入首면 卯坐, 巽坤間脈에 午入首면 午坐, 坤乾間脈에 酉入首면 酉坐를 놓는다고 돼 있는데 이는 이른바 子午卯酉인 四正入首에는 直坐를 놓아야 한다는 것이다.

또 寅申巳亥인 四胞入首에는 艮坤巽乾인 四胎坐를, 辰戌丑未인 四藏入首에는 直坐를, 子午卯酉인 四正入首에는 壬丙甲庚인 四順坐를 놓는다. 四正入首에 四順坐는 天月德坐라고도 한다.

이밖에 다음과 같은 橫坐法도 있다.(그림13)

卯入首 子坐, 酉入首 午坐, 午入首 酉坐, 子入首 卯坐, 艮入首 乾坐, 坤入首 巽坐, 丑入首 申坐, 未入首 寅坐가 그것이다. 이 경우 子 午 卯 酉 坤 艮 入首에 모두 90도 각도의 횡좌를 놓는데 비해 丑入首에 辰坐나 戌坐를 놓지 않는 것과 未入首에 辰坐나 戌坐를 놓지 않고 申坐와 寅坐를 놓는 것은 이외다.

(4) 三百六十龍 吉凶論을 吉龍中心으로 정리한다.

[Ⅱ부록. 2. 풍수개혁의 대상 5)청오경부경의 모순] 참조

① 坎(子)龍

癸坎龍에 辛戌入首坐, 乾亥入首, 壬坎入首에 癸坐.

그림 13. **横坐法**

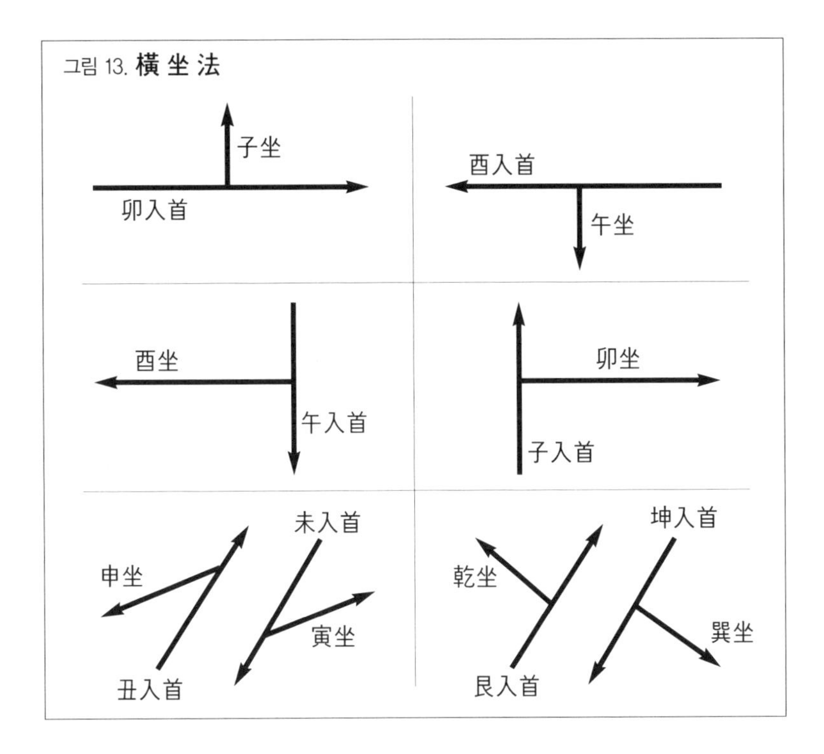

② 午 龍

午丁龍에 艮寅, 乙卯, 丙午, 辛戌, 乾亥入首.

丁未龍에 艮寅入首, 乾亥入首.

③ 卯 龍

甲卯龍에 亥入首, 乙卯入首.

④ 兌(酉)龍

庚兌龍에 巽巳入首, 辛酉入首, 乾亥入首.

⑤ 乾 龍

乾亥龍에 丙午入首, 乾戌龍에 丙午, 坤申, 辛兌, 酉戌, 乾亥, 癸壬

坎, 壬坎剝 換(박환)이면 乙辰坂 巽巳脈 突處.

⑥ 坤 龍

丁未龍에 艮寅入首, 乾亥入首.

坤申龍에 乾亥入首.

⑦ 艮龍

丑艮龍에 坤申入首, 乙辰局에 巽巳入首, 丙午入首뒤에서 巽巳 發源, 艮寅入首, 庚酉入首,

艮寅龍에 乾亥入首, 丁未入首.

⑧ 巽 龍

巽巳龍에 壬坎入首, 坤申入首.

巽辰龍에 壬坎入首, 艮寅入首, 卯乙辰入首, 巽巳入首.

(5) 三百六十龍 吉凶論을 吉入首中心으로 정리한다.

[Ⅱ부록. 2. 풍수개혁의 대상 5)청오경부경의 모순] 참조

① 坎(子)入首

癸坎龍에 壬坎入首 癸坐. 乾戌龍에 壬坎癸入首. 乾戌龍에 壬坎박환(剝換)하고 乙辰坂 巽巳脈 突處. 巽巳龍에 壬坎入首. 巽辰龍이 壬坎入首.

② 午 入首

乾亥龍에 丙午入首. 乾戌龍에 丙午入首. 丑艮龍 丙午入首뒤에서 巽巳 發源. 午丁龍에 丙午入首.

③ 卯 入首

午丁龍에 乙卯入首. 甲卯龍에 乙卯入首. 巽辰龍에 卯乙辰入首. 丑艮龍에 乙辰局에 巽巳入首.

④ 酉(兌)入首

丑艮龍에 庚酉入首. 庚兌龍에 辛兌入首. 乾戌龍에 辛兌入首. 乾戌龍에 酉戌入首.

⑤ 乾 入首

癸坎龍에 乾亥入首. 午丁龍에 乾亥入首. 庚兌龍에 乾亥入首. 艮寅龍에 乾亥入首. 坤申龍에 乾亥入首. 乾戌龍에 乾亥入首. 丁未龍에 乾亥入首. 甲卯龍에 亥入首. 癸坎龍에 辛戌入首 坐. 午丁龍에 辛戌入首.

⑥ 坤 入首

乾亥龍에 坤申入首. 丑艮龍에 坤申入首. 巽巳龍에 坤申入首. 艮寅龍에 丁未入首.

⑦ 艮 入首

午丁龍에 艮寅入首. 丁未龍에 艮寅入首. 丑艮龍에 艮寅入首. 巽辰龍에 艮寅入首.

⑧ 巽 入首

庚酉龍에 巽巳入首. 巽辰龍에 巽巳入首, 巽辰龍에 卯乙辰入首, 丑艮龍 乙辰局에 巽巳入首, 丑艮龍 丙午入首뒤에서 巽巳發源. 乾戌龍 壬坎박환(剝換)한 乙辰坂 巽巳脈 突處.

* 靑鳥經 '附經' 篇의 三百六十龍 吉凶論은 册內의 다른 吉凶論과 背馳되는 부분이 있다.

(6) 용별 입수좌 해설

1. 坎癸龍	
坐	解　　說
임감	癸坐를 놓으면 자손이 상업으로 富를 이룬다.
계축	古塚이 많다. 백회葬事에 백회 망한다. 자손이 없어 외손이 제사를 모신다.
간인	자손이 귀해 外孫奉祀 한다.
묘을	자손중 곱추가 나기도 하고 불에 타 죽는 자손도 있다.
을진	박복하게 태어난 자손은 관노가 되고, 귀하게 태어난 자손은 높은 자리에 오른다.
손사	자손 중 관노신분을 타고나는 이가 있다.
정미	3대에 가서 망한다.
곤신	奴僕 때문에 喪病얻고 자손이 크게 놀라거나 병사한다.
경유	전처와 후처에서 2~3형제가 나고 巫女가 나오기도 한다.
신술	5대에 가서 5형제가 무과나 과거에 급제한다.
건해	案山에 走吏砂가 있어야 형제가 아전벼슬을 한다.

2. 丑艮龍	
坐	解　　說
임감	당대에 速發하거나 速亡한다.
계축	재물은 있으나 자식이 없다.
간인	먼저 문과에 급제하고 후에 무과에 급제하는 자손이 나온다.
갑묘	자손 중 애꾸가 나온다.
을진	당대에 진사를 배출하고 4대에서 富를 이루지만 장손이 익사한다.
손사	賤室에서 貴한 자손을 보게되고 당대에 높은 지위에 오른다.
병오	혈후손사발원맥(穴後巽巳發源脈)이면 4대손이 무과에 급제한다.
곤신	3대에 걸쳐 효자열녀가 나온다.
경유	4대손이 무과에 급제하고 철공인이 나온다.
신술	4대손이 富를 이루며 5대손이 문과에 급제하지만 해수병으로 죽거나 화재로 집안이 망한다.

3. 艮寅龍

坐	解　　　說
임감	총명한 손자는 일찍 죽는다.
계축	과부가 연발하고 양손이 대를 이으나 천석군도 나오고 벼슬을 하는 자손도 나온다.
갑묘	外孫奉祀 한다.
을진	미혼녀 바람나고 養子奉祀한다.
손사	4대 장손이 무과에 오르나 그 장손이 사형을 당한다.
병오	쌍과부가 생긴다.
정미	효자와 열녀가 나온다.
경태	공예인이 나오고 병신孫女가 나온다.
신술	3대에 양자가 제사를 모시며 화재로 망한다.
건해	先 子孫발복하고 後 富를 이루며 5형제가 무과에 급제한다.

4. 甲卯龍

坐	解　　　說
임감	병자가 끊이지 않는다.
계축	맹인이 나온다.
간인	3대 과부 과부모녀가 함께 살아간다.
묘을	상업으로 富를 이룬다.
을진	3대에 망한다. 단 艮寅에 暈이 있으면 4형제가 대를 잇는다.
손사	4대 장손이 무과에 오르나 집안에는 요사 참변이 잦다.
병오	전처와 후처에서 6형제를 둔다.
정미	3대손이 낙뢰사고로 죽는다.
곤신	상업으로 富를 이루나 3대에 망한다.
신술	눈 뜬 장님이 나온다.
건해	3대에 무과가 나오나 혈 후에 정미각이 있으면 3대에 8형제가 급제한다.

5. 辰巽龍	
坐	解　　說
임감	당대에 벼슬을 한다.
계축	3대에 3형제가 큰 부자가 되나 장손에게 자손이 없다.
간인	5대에 5형제 중 인재가 많으며 장손이 문관에 오른다.
묘을	대대로 2~3형제를 두며, 축간맥이 횡입수하면 전·후처소생 4~6형제가 모두 큰 부자가 된다.
묘을	묘을진 입수좌는 5대에 5형제가 나며 재능있는 진자손이 나온다.
손사	먼저 문관이 나오고, 후에 무관이 나온다.
병오	요사 참변이 많고 곤신맥이 길면 4~5형제를 둔다.
정미	과부에게 장가들면 재산을 얻는다.
곤신	6대 장손이 진사가 되나 곤신맥이 길면 5대에서 망한다.
경태	3대에서 효자가 나오나 그 효자에게는 자손이 없다. 병오박환 신술장판에 건해맥이 돌한 곳에 건해좌를 하면 충효공신, 영웅장사가 나온다.

6. 巽巳龍	
坐	解　　說
임감	당대에 진사와 효행 하는 자손이 나오고 식솔을 영구보존 한다.
계축	4대에 직손이 망한다. 養孫奉祀한다.
간인	처형당하는 자손이 있고, 혹 맹인과 절름발이 자손이 나온다.
갑묘	줄줄이 人敗 한다.
을진	4대에 절손하고 5대에 패망한다.
사병	자손이 있으면 재물이 없고, 자손이 없으면 재물이 있다.
병오	쌍과부가 생긴다.
정미	3대에 지손이 망하고 양자가 제사를 모신다.
곤신	6대손이 진사에 오르고 자손에게 식복이 있다.
경태	4대에 망한다.
신술	당대에 망하고 요절한다. 무녀, 무당이 나온다.

7. 午丁龍

坐	解　　説
계축	혈후손사발원맥(穴後巽巳發源脈)이면 3형제를 둔다. 4대에 무관 대직이 나오지만 양자가 제사를 모신다.
간인	대대로 3형제를 두고 식복이 따른다.
묘을	전처와 후처에서 3~4형제를 두며 문장가가 나온다.
을진	대대로 4~5형제를 두나 재능있으면 일찍 죽고, 증손은 객사한다.
손사	자손에게 질환이 많으며 절름발이가 나온다.
병오	상업으로 富를 이룬다.
정미	혹 자손중에 익사자가 생기며 외손이 제사를 모신다.
곤신	당대에 딸을 6형제나 두며 혹 아들 4형제를 두지만 곱추도 생긴다.
신태	4형제를 두며 식복이 있지만, 질병이 끊이질 않는다.
신술	현처를 얻으며 현처의 재산으로 살림을 꾸려간다.
건해	자손들이 효도하며 이학자가 나온다.

8. 丁未龍

坐	解　　説
임감	당대에 망한다.
계축	승려나 백정이 나온다.
간인	3대에서 효자와 열녀가 나온다.
묘을	계감맥이 옆으로 뻗어 나가면 3대 자손이 낙뢰사고로 죽는다.
을진	과부와 결혼하여 재물을 얻는다.
손사	손사입수에 오좌는 대대로 양자를 둔다.
곤신	유복자로 대를 이어 4형제가 모두 큰 부자가 된다.
경태	말더듬는 자손이 많고, 신술맥이 넘어들어 오면서 전 후처에서 4~6형제를 둔다.
신술	4대에 富를 이루나 장손에 손자가 없다. 계축맥이 왕성하게 들어오면 큰 도둑이 나온다.
건해	3대에 무과가 나온다. 만일 갑묘각이 있으면 8대에 8형제가 장원 급제하는 자손이 나온다.

9. 坤申龍	
坐	解 說
임감	임신년에 진사가 나온다. 그러나 子와 坤이 불통하여 막히니 2대에서 망한다.
계축	여자로 인하여 살인이 나고, 음독자살하는 사람도 있다. 艮寅坂은 돌 위에 묘를 쓰면 수대에 걸쳐 수족질환이 일어난다.
갑묘	상업으로 부자가 되나 칼에 죽는 경우도 있다.
을진	3대 직손이 망하며 養子奉祀한다.
손사	후처자손이 잘되고 巽巳脈 뒤에 乾亥角이 있으면 3대의 8형제가 8대에 걸쳐 대소과에 급제한다.
병오	쌍과부가 생긴다. 만일 巽辰角이 있으면 대대로 4~5형제를 둔다.
정미	대대로 형제를 두는데 연이어 과부가 생기고 5대에서 망한다.
경태	두 딸이 奉祀한다.
신술	직손이 망하여 養孫奉祀하고, 음란한 일이 연속된다.
건해	대대로 4형제를 둔다. 壬坐를 하면 장손이 진사에 오른다.

10. 庚兌龍	
坐	解 說
임감	대대로 전처와 후처에서 형제를 둔다.
계축	대대로 4형제가 연이어 무과에 오르지만 직손에게는 자손이 없다.
간인	공업으로 부를 이루나 3대에 망한다.
을진	자손중 언챙이와 뻐드렁니가 나온다.
손사	4대 자손이 무관에 오르고, 뒤에 건해각이 있으면 7~8대에 대소과에 급제한다.
병오	등과 후 면직 파직되며, 짝눈, 입 비뚤어진 자, 객사자가 나온다.
정미	시신이 엎어지거나 뒤집히거나 없어지는 불길한 자리이다.
곤신	3대 과부가 함께 산다.
신태	상업으로 富를 이룬다.
신술	소년 죽음이 계속되지만, 坤申庚이 혈을 抱하면 대대로 3~4형제를 두고 유복자손이 더 발복 한다.
건해	3~4형제를 두며, 4대 장손에서 진사가 나온다.

11. 戌乾龍	
坐	解　　說
임감	2대에 진사가 나오나 3대에 모두 고향을 떠난다.
계축	4대에 富를 이루나 해수병으로 장손에게 자손이 없고 간혹 불에 타 죽는 자손도 있다.
간인	5대의 후처 자손에게 길하다.
묘을	소년기에 눈을 다쳐 눈먼 자손이 생긴다.壬坎剝換한 乙辰坂에 巽巳脈이 突한 곳에 葬하면 대대로 충신, 열녀, 공신, 영웅이 나온다.
병오	5대에 7군데서 관직을 얻는다.
정미	4대에 부자가 된다. 형제간 재물 다툼 있고 화재로 망한다.
곤신	당대에 3남3녀를 둔다.
신태	2남4녀를 두며 장수한다. 만일 坤未脈이 넘어들어 오면 전후처의 4~6형제가 모두 큰 부자가 되고 문과에 급제한다.
건해	먼저는 문관, 후에는 무관이나온다. 대대로2~3형제를 두나 6대에 고향을 떠난다.

12. 乾亥龍	
坐	解　　說
임감	쌍 홀아비가 나온다. 癸丑作局에 묘를 쓰면 3~4형제가 무과에 오르지만, 장손에게 자손이 없어 양자로 대를 잇는다.
간인	대대로 3~4형제를 두나 만일 艮寅 뒤에 坤申角이 있으면 5~6대에 대소과에 급제하지만 7대에는 역적이 나온다.
갑묘	소년기에 죽는 사람이 많으며, 3대에 망한다.
을진	당대에 망하나 만일 巽巳脈이 回抱하거나 艮寅脈이 抱하면 3~4형제가 모두 무관에 오른다.
병오	5대에 문관과 이학자가 나온다.
정미	3대에 직손이 망하고 養孫奉祀한다.
곤신	노년에 자식을 얻으며 혈 뒤에 艮寅角이 있으면 5~6대까지 대.소과에 오른다.
경태	당대에 人敗를 당한다.
신술	5대에 망하지만 丑艮脈 橫入때는 5대 5형제가 문과에 오르며 큰 부자가 된다.
임해	자손이 있으면 재물이 없고, 재산이 있으면 자손이 없다.

2) 혈편(穴篇)

眞龍에 眞穴이 맺는다. 穴있는 穴場이라도 전체가 結穴處는 아니다. 穴은 穴場안의 한평 정도에 불과하다. 이것을 찾기란 쉬운 일이 아니다.

(1) 穴 四象(그림 14)

① 窩穴

窩穴은 모든 산에서 형성되나 얕은 산보다는 높은 산에 더 많다. 높은 산의 오목한 곳(凹), 얕은 산의 볼록한 곳(突)에 眞穴이 있다. 좌우가 둥그스럼하게 감싸여 중심의 혈을 보호한다. U字형 지남철의 벌어진 부분을 더 벌려놓은 것과 같다. 닭둥우리(鷄巢 계소) 같거나 손바닥을 젖힌 것(仰掌 앙장) 같다고도 한다. 천광은 U字의 굽은 부분에 바짝 붙여야 體魄에 물이 스며들지 않는다. 窩穴에는 혈의 증거가 되는 弦稜砂(현릉사)가 있다.

弦稜砂란 窩穴 어깨에 활(弓)처럼 도두룩 하고 후하며 넉넉하게 생긴 선(線)이다. 窩穴은 四藏脈(辰戌丑未)으로 입수해야 吉하다. 窩穴에는 입을 오므린 모양의 장구와(藏口窩), 입을 벌린 모양의 장구와(張口窩) 등 두 가지의 체(體)가 있고 깊은 심와(深窩), 얕은 천와(淺窩), 좁은 협와(陜窩), 넓은 활와(濶窩) 등 네 가지 격(格)이 있다.

② 鉗 穴

鉗穴도 모든 산에 고루 분포돼 있고 양다리를 곧게 뻗은 직겸(直鉗), 양다리가 굽어 내당을 안은 곡겸(曲鉗), 양다리가 긴 장겸(張鉗),

양다리가 짧은 단겸(短鉗), 양다리가 각각 두개씩 뻗은 쌍겸(雙鉗) 등 五格이 있다.

좌우의 砂가 마치 사람이 다리를 벌리고 뻗은 모양을 한 것과 비슷해 開脚穴이라고도 한다. 窩穴이 많이 벌어진 U字라면 鉗穴은 전형적인 U字형이다. 천광은 窩穴에서 처럼 U字의 굽은 부분에 붙여야 한다. 鉗은 穴의 증거인 落棗砂(낙조사)가 있다. 落棗砂란 겸혈 아래에 작은 角을 이루고 있는 대추씨 모양으로 된 砂다. 鉗穴은 四强脈(乙辛丁癸)으로 입수하고 穴下 左旋微砂가 吉하다.

그림 14. **穴四象**

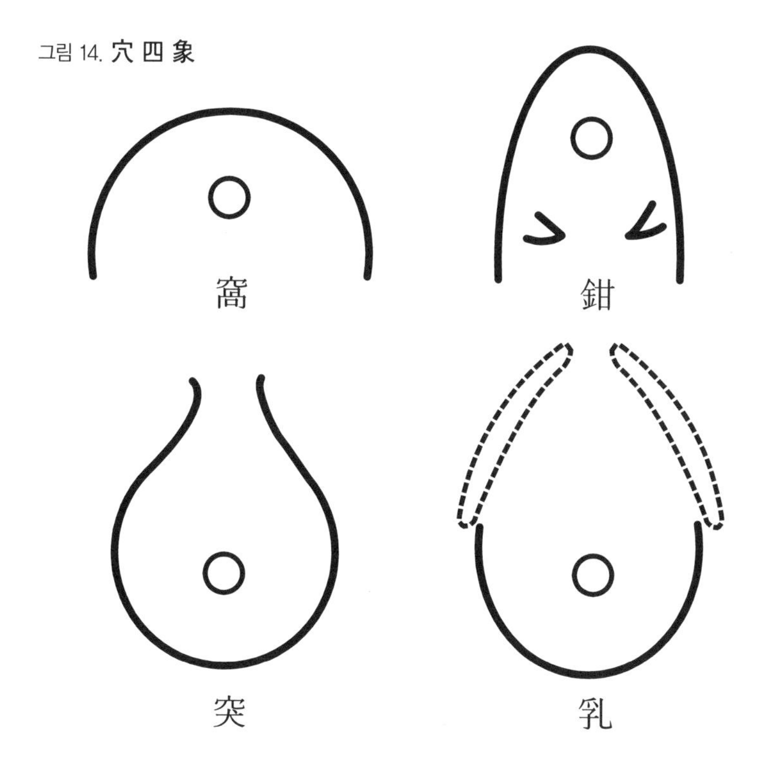

③ 乳穴

乳穴도 여러 산에 분포돼 있다. 穴場이 乳房 같으며 사방이 단정하고 청룡백호가 감싸야 한다. 감싸는 모양은 두 팔로 혈을 껴안은 것과 껴안지 않은 것 등 두 가지 체(體)가 있다. 長乳穴과 短乳穴이 있다. 長乳穴은 위에서 아래로 2基 이상을 葬할 수 있고 短乳穴은 1 基만 葬할 수 있다. 천광의 위치는 혈장에서 풍수사의 직관력으로 乳가 시작되는 곳에서 乳頭위까지 이고 乳頭아래로 내려가면 안 된다. 乳穴은 張, 短의 혈이 큰 대유(大乳), 혈이 작은 소유(小乳), 한 穴場에 穴이 둘인 쌍유(雙乳), 한 穴場에 穴 셋이 나란히 있는 삼유(三乳) 등이 있다. 乳穴에는 穴의 증거인 蟬翼砂(선익사)가 있다. 蟬翼砂란 乳穴 뒤에 매미 날개처럼 생긴 八字形 微護砂다. 乳穴은 四胞脈(寅申巳亥)으로 입수해야 吉하다.

○ 依穴

乳穴에서 파생된 穴로 乳로 내려온 脈이 계속 내려가지 못하고 脈의 중간에서 옆(旁)으로 依支하여 穴을 형성한 것이다. 依穴은 穴名에서 풍기는 의미처럼 依支하고 기댄 혈(依穴)이다. 천광 방식은 乳穴과 같다.

④ 突 穴

突穴도 여러 산에 모두 분포돼 있다. 突出된 穴이기 때문에 左右의 保護砂가 제대로 갖춰져야 하고 바람의 영향을 받지 않는 곳이라야 眞穴이다. 突穴의 대부분은 혈장 뒤편이 결인돼 있고 모양이 준수하다. 천광은 突한 부분, 즉 꼭대기를 避해 一金井 내려야 한다.

突穴을 定穴할 때 가장 주의해야 할 점은 돌(石)의 유무를 살피는 일이다. 지표면에서 조금만 파내려가도 암반이 닫는 경우도 많으며 수맥도 있다.

꼭대기에 무슨 수맥이냐고 하겠지만 상식을 초월한다.

突穴은 높고 큰 대돌(大突), 낮고 작은 소돌(小突), 돌이 두개인 쌍돌(雙突), 돌 셋이 나란히 있는 삼돌(三突) 등 四格이 있고 이중 大, 小는 正格이고 雙, 三은 變格이다.

突穴은 穴의 증거인 縣針砂(현침사)가 있어야 眞格이다.

縣針砂란 突穴 아래에 바늘을 매단 것 같은 微砂다. 四順脈(甲庚丙壬)으로 입수하고 穴下 左旋微砂가 吉하다.

(2) 풍수서의 혈 해설

① 설심부

사자형 혈과 호랑이형 혈이 비슷하고 봉황새형 혈과 기러기형 혈이 비슷하다. 사슴형 혈과 말형 혈도 비슷하고 지렁이형 혈과 뱀형 혈도 비슷하며 비녀형 혈과 칼형 혈도 비슷하다. 안산이 시체 같아도 혈장이 가마귀 형상이면 길하고 장군대좌형 혈장이면 주변의 案과 砂가 뾰죽 뾰족해 창과 칼처럼 생겼어도 귀하게 쓴다.

물체의 유형으로 추측하고 혈은 형체에 연유해서 취하라(物以類推穴由形取-신평 역주도해 『설심부』 관음출판사 4편 1장 穴形의 差異와 凶한 砂水에서 인용)

이는 穴 四象을 독립시켜 論하지 않고 주변의 砂를 연계시켜 穴과 砂를 하나로 보고 설명한 부분이다. 설심부만의 특징이다.

穴場과 案 砂를 相互 補完的으로 묶어 설명한 것으로 전편에서 필자가 穿山과 透地를 묶어 설명한 것과 같다.

가마귀(穴)앞에 시체(案 砂)가 있다면 배고플 일이 없을 것이고 장군(穴)가까이에 칼과 창(案 砂)이 있다면 장군의 위엄이 당당한데 그에게 누가 도전할 것인가?

② 지리오결

穴은 네 가지로 구분하며 陰陽(太陽 小陽 太陰 小陰)과 四象(窩 鉗 乳 突)으로 나눈다고 밝혔다.

③ 명당보감

眞穴은 반드시 眞龍에서 맺는다.

穴場을 찾았다 해도 穴場전체가 結穴處는 아니다.

穴場안의 한坪 정도에 불과한 그 어느 부분이 穴이 맺은 곳이기 때문에 옳은 자리를 찾기란 쉬운 일이 아니다.

窩 鉗은 陽이고 乳 突은 陰이다. 窩 鉗은 오목한 가운데 미미한 突이 있고(陽中生陰 양중생음) 乳 突은 볼록한 가운데 미미한 凹가 있다(陰中生陽 음중생양)

突없는 窩 鉗은 太陽이고 凹없는 乳 突은 太陰이다.

高地에서는 凹한 곳을 平地에서는 凸한 곳을 取해야 眞穴이다. 穴의 四象論은 대체론이고 어느 形象을 막론하고 生氣가 모이는 곳이라야 眞穴이다.

따라서 이에 구애받지 않아도 된다.

④ 청오경 부경

窩는 弦棱砂(현능사), 鉗은 落棗砂(낙조사), 乳는 蟬翼砂(선익사), 突은 縣針砂(현침사)가 있어야 眞穴이다.

弦棱砂란 와혈 어깨에 활(弓)럼 도두룩하게 생긴 線

落棗砂란 겸혈 아래에 붙은 대추씨 모양의 微砂

蟬翼砂란 유혈 위에 있는 매미날개 같은 八字形 微護砂

縣針砂란 돌혈 아래에 바늘을 매단 것 같은 微砂

窩穴은 四藏脈(辰戌丑未)입수가 吉

鉗穴은 四强脈(乙辛丁癸)입수에 左旋微砂가 吉

乳穴은 四胞脈(寅申巳亥)입수가 吉

突穴은 四順脈(甲庚丙壬)입수에 左旋微砂가 吉

⑤ 장경

■ 穴三吉

— 趨吉避凶, 즉 穴이 吉神을 영접하고 凶鬼를 피했다.

— 陰陽이 交媾하고 穴이 따뜻했다.

— 穴 주변 높은 곳은 부드럽게, 꺼진 곳은 돋우었다.

■ 葬六凶

— 陰陽이 맞지 않다.

— 葬日(初喪예외)下棺時가 山運 喪主 死者와 안 맞다.

— 노력은 적게 하면서 큰 자리를 도모한다.

— 권세를 앞세워 분에 넘치는 자리를 차지한다.

— 지나친 격식을 차려 아랫사람을 핍박한다.

— 壙중에 벌레 있고 葬후 세인들 입방아에 오른다.

(3) 穴篇附錄 水脈

산소자리의 수맥유무는 살펴야 한다.

최근 들어서는 엘로드와 추(錘)를 손쉽게 구입해 산소나 아파트 주택의 안방 등 여러 곳에 수맥측정을 하고 있다.

수맥측정 결과에 一喜一悲하지만 측정법과 측정결과가 맞는 것인지 아닌지 여부에 의구심은 없지 않다.

선입견을 버리고 정신을 집중해 긍정적인 생각을 갖고 측정을 해도 추(錘)나 엘로드가 반응하는 것이 사람마다 다르다. 양택지와 음택지를 불문하고 지하에 수맥이 있다면 나쁘다는 것은 상식적인 문제이기에 수맥에 대한 관심도가 높다. 다만 무엇으로, 어떤 방법으로, 어떻게 살펴서, 수맥의 유무를 판단하느냐가 중요하다.

수맥관련 책마다 내용에 차이가 있고, 논하는 사람마다 설명이 다르고, 사람마다 측정기구도 다르고 수맥유무 판단기준도 통일돼 있지 않다.

수맥에 대한 저자의 견해는 다음과 같다.

산소자리나 건물이 들어설 곳의 지하 수맥유무를 알아내는 방법은 여러 가지가 아니라고 본다.

— 고공을 나는 비행기 속에서도, 고속으로 달리는 자동차 속에서도, 지하의 수맥을 측정할 수 있다는데 가능할까?

비행기와 자동차 속에서 기구가 반응한다면 그 자체는 전문가의 주장을 인정해 수맥이 있다고 보더라도 그것을 규명할 수는 없는 것이다. 비행기가 지나간 그 高空의 위치를 다시 찾아 기구가 반응한 그곳의 수직 지하에 수맥이 있는지를 확인 측정하기는 현실적으로 불가능한 일이다.

— 아파트가 수맥 위에 건축된 것이라면 수맥파의 수직상승으로 인하여 아파트 특정위치(안방이면 안방, 문간방이면 문간방)가, 즉 25층인 고층의 경우라도 전 층에 수맥의 영향을 받아 그 위치에서 생활하는 사람이 피해를 입는다는데 사실일까?

아파트 1층에서 25층까지 전 층에 각 세대마다 같은 피해를 입을까? 이 부분은 규명 가능성에도 불구하고 규명했다는 구체적인 사례나 문헌은 아직 접하지 못했다.

— 엘로드, 버드나무, 추(錘) 등으로 수맥을 측정해서 10여평 내외의 산소자리에서 수맥이 있는 부분과 없는 부분을 정확히 실선을 그어 구분한다는데 가능할까?

10평 남짓한 혈장을 이쪽 저쪽으로 구분해 그어진 실선을 경계로 "수맥이 있다, 없다"로 재단하는 것과 관련, 지하를 수직으로 깊이 파 내려 가도 수맥이 "있는 곳 없는 곳"이 지상에서처럼 지하에서도 구분이 명확할 것인지에 대한 의문은 여전하다.

— 현지에 가지 않고 먼 곳의 건물을 도면만으로 건물 내 특정부분의 수맥을 측정할 수 있다는데, 즉 서울에서 지방의 어느 곳을 원격측정할 수 있다는 이야기가 수맥전문가들의 설명 중에 더러 등장

하는 내용인데 가능할까?

도면만으로 수맥 유무를 안다고 하니 전문가의 말에 놀라울 뿐이다. 喪主 혹은 子孫은 여하한 방법으로라도 체백을 물기 있는 땅에 葬하는 것은 피해야 한다.

3) 사편(砂篇)

(1) 三吉六秀에 얽매이지 말아야

震(卯) 亥 庚 3방위를 三吉方, 艮 丙 辛 巽 兌 丁 6방위를 六秀方이라 한다. 삼길방의 산이 풍만하고 수려하면 부귀격이고 육수방의 산이 풍만 수려하면 귀인이 천거해 부귀를 얻는다고 한다.(사진 3)

그 의미는 艮이 丙을 천거하고 巽이 辛을 천거하고 酉가 丁을 천거함인데 이는 淨陰淨陽의 八卦上에 同宮이기 때문이다. 높은 산의 突穴이면 대개 三吉六秀砂가 穴을 둘러싸고 있다. 나성이 周密해 어느 곳 한쪽도 虛한 부분이 없다는 것이다. 그런가 하면 얕은 산에서는 三吉六秀砂를 갖춘 곳은 아주 드물다. 그것은 혈 주변의 산이 주밀하지 못한 곳이 많기 때문이다.

吉砂가 아무리 많아도 本身龍의 穴자리가 좋지 않으면 소용이 없다는 靑烏經 부경의 지적을 잊지 말아야 한다.

(2) 中國의 人物과 文筆家는 桂林서 나와야…

穴이 좋고 砂까지 좋으면 그것은 금상첨화다. 穴은 보통인데 砂만 좋은 것은 "집은 보통인데 담장만 덕수궁 돌담처럼 좋은 것"에 비유

사진 3

돼 결코 좋은 음택지는 아니다. 體魄을 葬하는데는 穴좋은 것이 우선이다.

"文筆峰이다, 一字文星이다, 天馬峰이다, 露積峰이다" 등 物形의 山들을 風水的으로 아주 좋은 것으로 묘사해 '큰 재물을 모으고 훌륭한 인물을 배출 할 것' 이라는 등 발복론을 말하는 이가 있다. 물론 아무런 의미를 부여할 수 없는 못생긴 산보다 이름을 붙일 수 있는 산들이 좋은 것은 분명하다. 그러나 穴은 보통인데 좋은砂 몇峰만으로 名地인 것처럼 과대 포장하는 것은 풍수학 혈종사속(穴從砂屬)의 본질 훼손이다.

심장과 몸통이 튼튼해야 팔과 다리의 튼튼한 것이 유용하다. 몸통이 부실한데 팔다리만 튼튼한 것은 엔진은 낡았는데 車體만 튼튼한 자동차와 같다. 砂가 좋아서 富와 人物이 융성할 것이라면 中國의 桂林은 인물과 문필가 배출의 산실이어야 한다. 桂林의 '리江' 을 배를 타고 구경해 본 사람이면 강변에 즐비한 문필봉은 셀 수가 없을 정도로 많다는 것을 알 수 있을 것이다.

사격이 길한 명묘와 그 후손과의 관계 등을 볼 때 문필봉이 문필가를 배출하는 것과 무관한 것은 아니지만 砂를 지나치게 좋은 쪽으로 표현한 풍수서가 아주 흔하다.(사진 4)

사진 4

서기 2000년 5월 필자가 중국을 풍수여행할 때 느낀 것 중 한가지만 덧붙인다.

상해발 서안행 항공기내에서 내려다본 중국 땅은 2시간 남짓 운행

시간 동안 중국대륙의 일부이지만 山다운 山을 찾아보기 어려웠다. "저 아래 평야에 사는 사람들은 죽어서 어디에 묻힐까?" 풍수학인으로서 기내에서 의문은 이렇게 시작됐다. 그 의문은 서안을 여행하면서 풀렸다. 우리나라 같으면 엄두도 못낼 집 뒷마당, 앞마당 한쪽 모서리에 시신을 葬한 것을 보았다. 우리나라의 농촌 같으면 거름 무더기나 땡감나무 덤불이 자리잡을 곳에 그 집 조상의 체백이 묻혀 있었다. 산자와 죽은자가 한 울타리 안에서 공존하는 형국이었다.

산 자는 안방에, 죽은 자는 차가운 마당 한구석에…,

또 밭(田)에 묘를 쓴 것이 가끔 보였다. 가까운 곳에 산이 없기 때문에 달리 방법이 없는 것이 현실이다. 풍수공부를 하려고 갔다가 다소 실망했다. 풍수적 산세가 인물배출과 연관성이 있는지를 알아보기 위해 서안의 여러 곳을 관광하는 도중 저자는 현지여행가이드와의 문답에서 답을 들었다.

— 중국의 실력자는? 강택민(江澤民)이다.
— 그는 어느 지방 출신인가? 상해 출신이다.
— 강택민 다음으로 2인자는? 주용기(朱鎔基)이다.
— 그는 어느 지방 출신인가? 그도 역시 상해 출신이다. 강택민 주용기 둘다 중국남부지방 출신이다.

문답은 이렇게 간단히 끝냈다. 핵심적인 답을 구했기 때문이다. 강택민 주용기는 서기 2002년을 끝으로 권좌에서 비켜나 앉았지만 그들은 중국을 경제대국으로 이끈 일꾼이다. 상해주변에는 산다운 산이 없다. 山다운 山이 없으면 穴도 없어 풍수적으로 논할 것도 없을 것 같으나 그렇지 않다.

강택민 주용기가 상해 출신이라면 조상도 상해 사람일 것이고(아닐 수도 있지만…) 그렇다면 용혈에 조상의 묘를 쓰지도 못했을 터인데 서기 2000년을 전후한 한시대 중국을 통치하는 一人者와 二人者가 상해출신이라니…. "상해는 기존의 풍수학을 대입할 수 없는 특이한 지형이란 말인가?"

그렇다. 평지에도 吉龍, 名穴은 있다. 한치만 높아도 龍(山)이요 한치만 낮아도 水(江)라고 하지 않는가?

진시황릉은 또 풍수적으로 어떻게 볼 것인가? 들(野)가운데 솟은 山인가? 거대한 흙무더기인가?

도저히 이해가 되지 않았고 배웠던 풍수학과는 너무나 거리가 먼 눈앞의 현실에 충격을 받았다. 넓디넓은 대륙에 좋은 산이란 산은 다 모여있는 중국에서, 왕릉을 정함에 있어서 들(野)가운데 그 곳이라니…

혼란스러움을 안고 귀국 항공기를 탔으나 머릿속의 혼란은 한 동안 계속 됐었다.

(3) 星宿五行

水 : 寅 申 巳 亥

火 : 甲 庚 丙 壬 , 子 午 卯 酉

木 : 乾 坤 艮 巽

金 : 辰 戌 丑 未

土 : 乙 辛 丁 癸

성수오행은 坐와 砂의 관계를 보는 것이다. 예를 들어 砂의 성수오행이 坐의 성수오행을 生해 줘야 吉하다.

子坐 午向의 墓에 巽 艮방위에 吉砂가 있다면 이는 성수오행으로 木(巽 艮)→生→火(子)가 돼 좋다는 것이다.

또 乾坐 巽向의 경우 寅 申 巳방위에 吉砂가 있다면 이것은 水(寅申巳)→生→木(乾)이 돼 좋다는 것이다.

坐는 항상 正五行으로만 보고 砂만 星宿五行으로 본다는 주장도 있지만 坐와 砂 모두를 星宿五行으로 보고 相生相剋을 따지는 것이 옳다고 본다.

(4) 砂에 현혹되지 말라.

주택의 안대와 혈의 안대가 土星이니 土體니, 뒷산이 金星이니 金體니 하며 대단한 것처럼 묘사되고 있지만 풍수에서 砂가 차지하는 비율이 크다고 보지 않는다.(사진 5)

사진 5. **오성체 길사**

사진 5. **오성체 길사**

혈이 좋아야 옳은 산소자리가 되는 것이고 혈 주변 저 멀리에 좋은 砂가 있으면 없는 것보다 나은 금상첨화이다. 그러나 穴이 좋지 않으면 砂가 아무리 좋아도 혈에 큰 영향을 못 미친다. 혈종사속(穴從砂屬)이기 때문이다. 나의 방(무덤 속)이 따뜻해야 주변의 아름다운 경치를 감상할 여유가 있는 것이다.

나의 방이 춥거나, 물끼가 있어 축축하거나, 수분이 너무 없어 건조하거나, 뜨겁거나, 비바람이 들어오거나, 나무 뿌리가 침입하거나, 벌레가 들어오거나 하여 괴로우면 주변의 기화요초(琪花瑤草)를 감상할 여유가 없는 것이다. 산소는 주변의 경관을 감상하는 자리가 아니다.

천년유택은 잠자는 조건이 최고로 좋은 최고급 호텔 방 같아야 한다. 표현이 너무 감상적이지만 혈은 이런 것이라고 본다. 봄 여름 가을 겨울 사시사철 기후와 온도 변화에도 항상 편함을 유지해야 하는 것이다.

더욱이 산소의 외형 자체도 살아있는 사람이 바라보는 아름다움이 기준이 돼서는 안 된다. 보기좋게 다듬고 치장하려고 장비와 석물이 과다 투입되다 보면 산소 일을 하는 과정에서 풍수적으로 좋은, 소중한 미세한 미사(微砂)가 파괴되고 봉분의 위치가 좌우로 또는 아래위로 위치를 일탈(逸脫)하게 된다. 봉분은 체백의 우산 역할을 해야 한다. 체백의 머리(頭)와 발(足)이 육안으로는 보이지 않지만 봉분의 밖으로 나가 우산(봉분)의 보호를 받지 못하는 우(愚)를 범할 수 있다. 장사과정에서 둘레석 설치 등으로 지나치게 모양을 내다가 돌이 체백의 머리나 발을 누르는 교각살우(矯角殺牛)를 범하지 말아야 할 것이다.

4) 수편(水篇)

(1) 局別龍水配合 立向論

水局의 子龍엔 申向을, 申龍엔 子向을, 子龍엔 未向을.

火局의 午龍엔 寅向을, 寅龍엔 午向을, 午龍엔 丑向을.

木局의 卯龍엔 亥向을, 亥龍엔 卯向을, 卯龍엔 戌向을.

金局의 酉龍엔 巳向을, 巳龍은 酉向을, 酉龍엔 辰向을 놓는다.

(그림 15, 그림 16)

그림 15. **水法立向論**

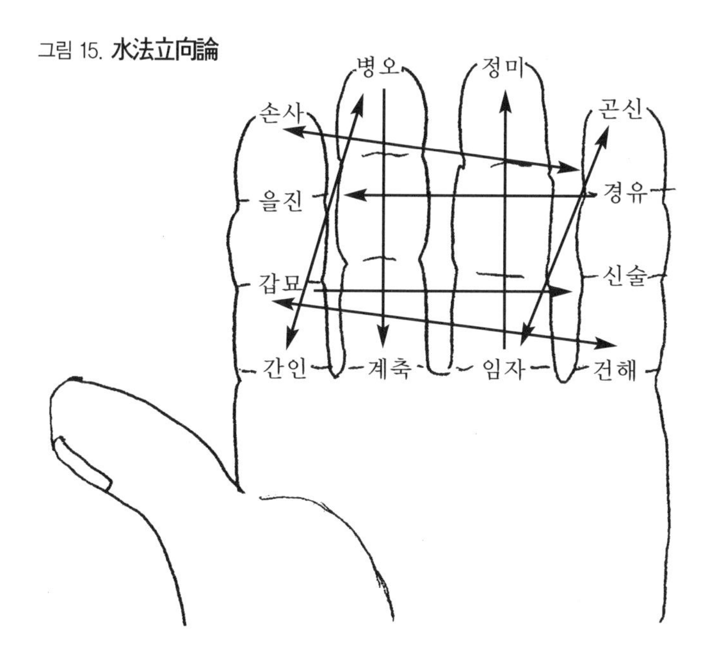

왼손가락마디 마디에 12運星을 얹어 고정시켜 입력한다.

墓 絕 胎 養 生 浴 帶 官 旺 衰 病 死를 順行으로,

墓 死 病 衰 旺 官 帶 浴 生 養 胎 絕을 逆行으로도 익힌다.

그림 16. **水法立向論 井자를 화살표로**

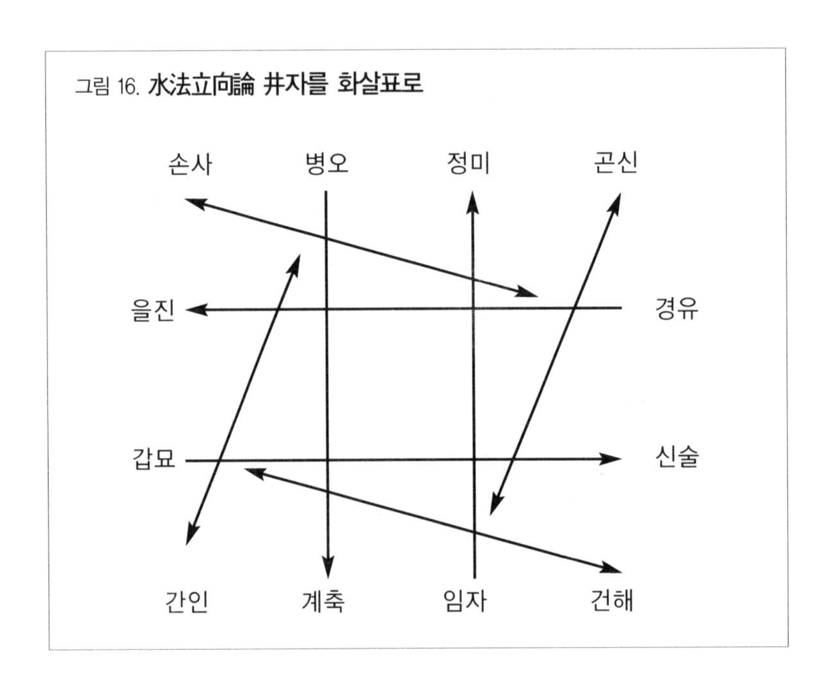

이밖에

水局의 辛龍엔 乙向을, 火局의 乙龍엔 辛向을,

木局의 癸龍엔 丁向을, 金局의 丁龍엔 癸向을 놓는다.

'强龍엔 直坐' 란 것이 바로 이것이다.

子午卯酉 入首龍에 寅申巳亥 向 또는 辰戌丑未 向을 하거나, 寅申

巳亥 入首龍에 子午卯酉 向을 놓았을 때, 乙辛丁癸 入首龍에 乙辛丁癸 向을 놓았을 때, 左 右旋水와 破口가 맞아 正生向 正旺向 正墓向 正養向이 되면 이는 理氣論의 向法에 合法한 龍水配合이다.

다음은 윈손바닥에 24방위와 12운성을 표시한 것이다.

임자 ⇔ 곤신, 곤신 ⇔ 임자, 임자 ⇒ 정미.

경유 ⇔ 손사, 손사 ⇔ 경유, 경유 ⇒ 을진.

병오 ⇔ 간인, 간인 ⇔ 병오, 병오 ⇒ 계축, 정미 ⇔ 계축.

갑묘 ⇔ 건해, 건해 ⇔ 갑묘, 갑묘 ⇒ 신술, 신술 ⇔ 을진.

※ 도표 보는 범례

龍 ⇒ 向: 龍에서 向만을 보는 것으로 일방통행이다.

龍向 ⇒ 龍向: 일방통행 아닌 상호 龍과 向을 보는 것이다.

손사 絕	병오 胎	정미 養	곤신 生
을진 墓			경유 浴
갑묘 死			신술 帶
간인 病	계축 衰	임자 旺	건해 官

(2) 龍水配合 立向論(그림 15, 그림 16)

水局의 子龍이면 申向이, 申龍이면 子向이 좋고

　　子龍은 또 未向도 좋다는 것이다.

火局의 午龍이면 寅向이, 寅龍이면 午向이 좋고

　　午龍은 또 丑向도 좋다는 것이다.

木局의 卯龍이면 亥向이, 亥龍이면 卯向이 좋고

　　卯龍은 또 戌向도 좋다는 것이다.

金局의 酉龍이면 巳向이, 巳龍이면 酉向이 좋고

　　酉龍은 또 辰向도 좋다는 것이다.

이밖에

水局의 辛龍엔 乙向을, 火局의 乙龍엔 辛向을,

木局의 癸龍엔 丁向을, 金局의 丁龍엔 癸向을 놓는다.

이것이 '强龍엔 直坐' 다.

子午卯酉 入首龍에 寅申巳亥 向과 辰戌丑未 向을 하거나

寅申巳亥 入首龍에 子午卯酉 向을 놓았을 때

乙辛丁癸 入首龍에 乙辛丁癸 向을 놓았을 때

左 右旋水와 破口가 맞아 正生向 正旺向 正墓向 正養向이 되면 이는 理氣論의 向法에 合法한 龍水配合이다.

이를 雙山과 坐向을 구성하면 다음과 같다.

水局의 壬子龍은 艮寅坐 坤申向을, 坤申龍은 丙午坐
　　壬子向을, 壬子龍은 癸丑坐 丁未向을,
火局의 丙午龍은 坤申坐 艮寅向을, 艮寅龍은 壬子坐
　　丙午向을, 丙午龍은 丁未坐 癸丑向을,
木局의 甲卯龍은 巽巳坐 乾亥向을, 乾亥龍은 庚酉坐
　　甲卯向을, 甲卯龍은 乙辰坐 辛戌向을,
金局의 庚酉龍은 乾亥坐 巽巳向을, 巽巳龍은 甲卯坐
　　庚酉向을, 庚酉龍은 辛戌坐 乙辰向을 놓는다.

水局辛戌龍엔 乙辰向, 火局乙辰龍엔 辛戌向을,
木局癸丑龍엔 丁未向, 金局丁未龍엔 癸丑向을 놓는다.

(3) 十二龍理氣歌[向訣歌 (그림 15, 그림 16)

水局.

壬龍이나 子龍으로 入首되면 이것은 生龍이다.
坐向은 艮坐 坤向이나 寅坐 申向으로 生向이다.
坤龍이나 申龍으로 入首되면 이것은 旺龍이다.
坐向은 丙坐 壬向이나 午坐 子向으로 旺向이다.

火局.

丙龍이나 午龍으로 入首되면 이것은 生龍이다.
坐向은 坤坐 艮向이나 辛坐 寅向으로 生向이다.
艮龍이나 寅龍으로 入首되면 이것은 旺龍이다.

坐向은 壬坐 丙向이나 子坐 午向으로 旺向이다.

木局.

甲龍이나 卯龍으로 生龍入首하면

巽坐 乾向이나 巳坐 亥向으로 生向이다.

乾龍이나 亥龍으로 旺龍入首하면

庚坐 甲向이나 酉坐 卯向으로 旺向이다.

金局.

庚龍이나 酉龍으로 生龍入首하면

乾坐 巽向이나 亥坐 巳向으로 生向이다.

巽龍이나 巳龍으로 旺龍入首하면

甲坐 庚向이나 卯坐 酉向으로 旺向이다.

(4) 五星水形 (그림 17)

土星水 : 穴場옆 青龍 白虎 左右의 물이 向과 같은 방향으로 흐르다가 穴앞의 정면으로 90도를 꺾어 橫으로 흐른 후 다시 穴옆으로 흐르는 물, 角이 있을 뿐 金星水와 비슷하다.

金星水 : 穴場앞을 포근히 감싸듯 둥글게 돌아나가는 물.

水星水 : 穴場앞 左右에서 橫으로 구불구불 나가는 물.

木星水 : 穴場앞 左右에서 橫으로 곧게 나가는 물.

火星水 : 穴場앞의 左 혹은 右에서 지나가는 물이 穴에서 볼 때 피라밋 꼭지처럼 뾰족한 角을 이루며 나가는 물이다.

五星水形은 穴앞의 河川의 흘러가는 형태를 五行에 비유한 약속 체계다.

朝堂水 : 局内의 龍穴에서 正面에 마련된 堂이 朝堂. 朝堂水는 물을 逆水시킬 만큼 평평한 곳에 머무는 물.

衝射水 : 穴을 向해 직선으로 들어오는 물. 일명 挑花水.

越見水 : 外堂의 前後左右 즉 青龍 白虎너머로 보이는 물.

客水 : 他龍에서 明堂으로, 즉 밖에서 들어오는 물.

左旋水 : 穴場앞을 左에서 右로 지나가는 물(하천).

右旋水 : 穴場앞을 右에서 左로 지나가는 물(하천).

그림 17. **江 五星體**

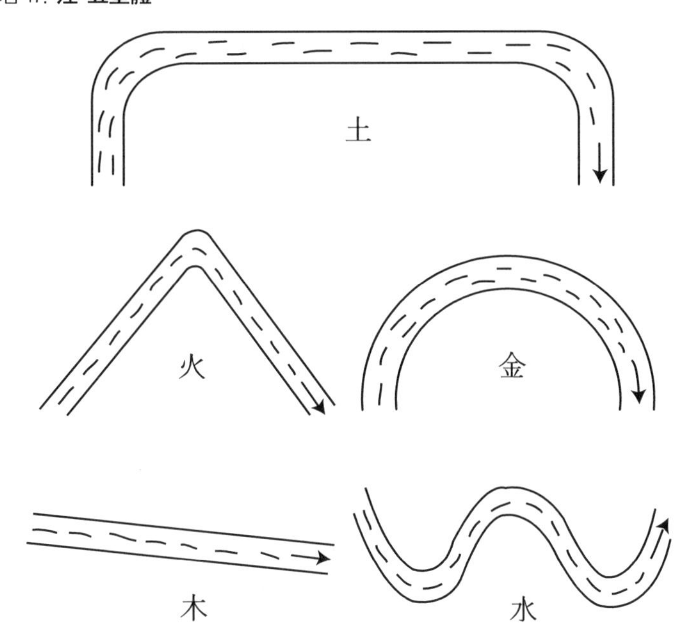

5) 향편(向篇. 八十八向) 집중연구
패철상 향과 수구의 구도를 숙지해야

⑴ 向法을 익히려면 자좌 오향을 기준으로 24방위를 머릿속에 입력한다.(그림 18)

남향이라면 남쪽을 향해 풍수사가 혈장에 섯을때 앞쪽은 午方이고 뒤쪽은 子方, 즉 자좌 오향을 기본으로 한다.

地面에 그릴 때도 위쪽을 午方 아래쪽을 子方으로 하는 것이 실무에서 현실적이다. 地圖는 위(上)가 北方(子方)이고 아래(下)가 南方(午方)이지만 佩鐵圖(羅經圖)는 上午 下子가 대세를 이루고 있다. 이는 대부분 남향을 선호하는 현실이 풍수학인들의 학습과정에 반영된 것으로 볼 수 있다.

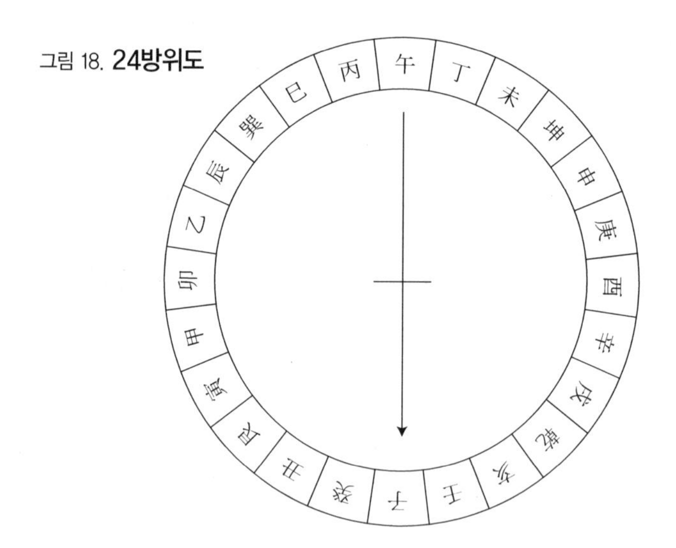

그림 18. **24방위도**

(2) 왼 손바닥에 24방위를 깔고 이를 머릿 속에 입력하라.(그림 19)

그림 19. **손바닥 24방위**

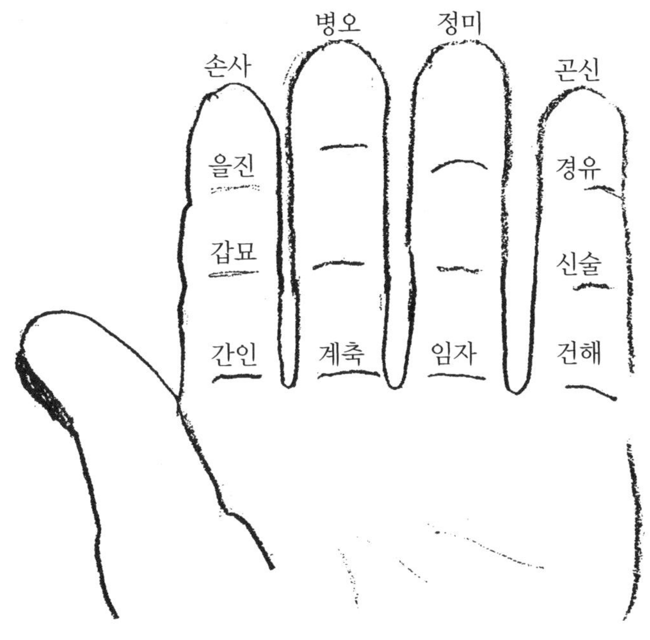

왼손가락마디 마디에 12運星을 얹어 고정시켜 입력한다.

墓 絕 胎 養 生 浴 帶 官 旺 衰 病 死를 順行으로,

墓 死 病 衰 旺 官 帶 浴 生 養 胎 絕을 逆行으로도 익힌다(그림 20)

그림 20. **손바닥 12운성**

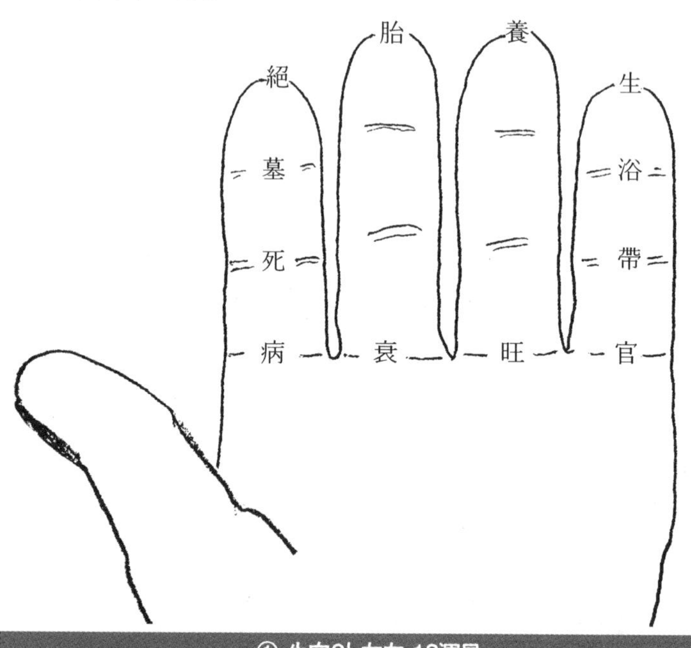

① 生向의 左右 12運星												
運星	死	墓	絕	胎	養	**生向**	浴	帶	官	旺	衰	病
去水方位	壬子	癸丑	艮寅	甲卯	乙辰	巽巳	丙午	丁未	坤申	庚酉	辛戌	乾亥
	庚酉	辛戌	乾亥	壬子	癸丑	艮寅	甲卯	乙辰	巽巳	丙午	丁未	坤申
	甲卯	乙辰	巽巳	丙午	丁未	坤申	庚酉	辛戌	乾亥	壬子	癸丑	艮寅
	丙午	丁未	坤申	庚酉	辛戌	乾亥	壬子	癸丑	艮寅	甲卯	乙辰	巽巳

② 旺向의 左右 12運星

運星	養	生	浴	帶	官	**旺向**	衰	病	死	墓	絶	胎
去水方位	癸丑	艮寅	甲卯	乙辰	巽巳	丙午	丁未	坤申	庚酉	辛戌	乾亥	壬子
	辛戌	乾亥	壬子	癸丑	艮寅	甲卯	乙辰	巽巳	丙午	丁未	坤申	庚酉
	乙辰	巽巳	丙午	丁未	坤申	庚酉	辛戌	乾亥	壬子	癸丑	艮寅	甲卯
	丁未	坤申	庚酉	辛戌	乾亥	壬子	癸丑	艮寅	甲卯	乙辰	巽巳	丙午

③ 墓向의 左右 12運星

運星	官	旺	衰	病	死	**墓向**	絶	胎	養	生	浴	帶
去水方位	艮寅	甲卯	乙辰	巽巳	丙午	丁未	坤申	庚酉	辛戌	乾亥	壬子	癸丑
	乾亥	壬子	癸丑	艮寅	甲卯	乙辰	巽巳	丙午	丁未	坤申	庚酉	辛戌
	巽巳	丙午	丁未	坤申	庚酉	辛戌	乾亥	壬子	癸丑	艮寅	甲卯	乙辰
	坤申	庚酉	辛戌	乾亥	壬子	癸丑	艮寅	甲卯	乙辰	巽巳	丙午	丁未

(3) 正局 變局 四大局五行을 무시하라. 이것을 외우다간 세월만 간다. 정국과 변국을 구분할 필요가 없다. 吉向 凶向을 알면 正局, 變局 四大局五行은 저절로 알게 되고 결국에는 正 變 四大局은 불필요한 혹(?)에 불과하다는 것을 깨달을 것이다.

하지만 풍수학인은 이론체계는 알아둬야 한다.

정국과 변국은 물이 어느 방위로 나가느냐를 보아 길향 흉향을 가려내는 검증법이다. 정국검증은 水口가 을 신 정 계 방위일 때 적용하는 것이고 변국검증은 水口가 을 신 정 계 방위가 아닐 때 적용하는 것이다. 정국 변국은 사대국이란 것이 존재하기 때문인데 이는 朝鮮을 八道로 나눴듯이 24방위를 네 개로 나눈 것이다.

火局(辛戌 乾亥 壬子) 金局(癸丑 艮寅 甲卯) 水局(乙辰 巽巳 丙午) 木局(丁未 坤申 庚酉)등으로 나눈 것이 四局이다.(그림 21)

四 大 局					
四局	水局	火局	木局	金局	備考
水口 方位	乙辰 巽巳 丙午	辛戌 乾亥 壬子	丁未 坤申 庚酉	癸丑 艮寅 甲卯	水法 向法

그림 21. **四 大 局**

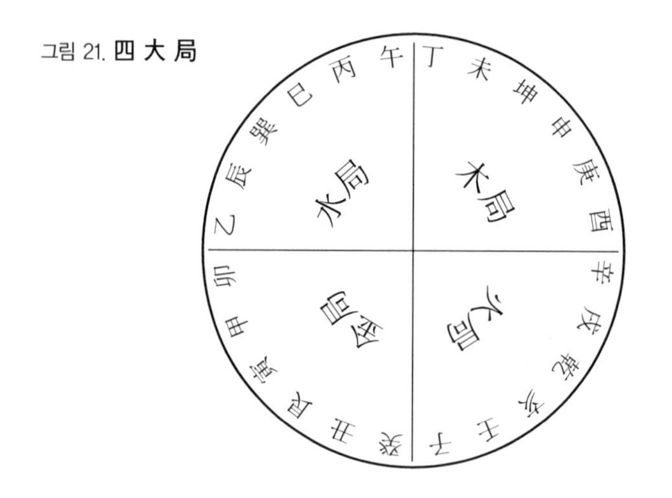

따라서 正庫(辰 戌 丑 未)를 쌍산으로 패철의 바깥층인 봉침의 24방위로 봤을 때 乙 辛 丁 癸방위에 수구가 있을 때는 正局으로 검증한다.

水口가 正局일 경우엔 四大局五行을 써서 立向收水 하고

水口가 變局일 경우는 向上五行을 써서 立向收水 한다.

어차피 정국이 아니면 향상오행을 쓰는 판에 "이것은 정국이다. 저것은 변국이다" 는 별 의미가 없다.

정국이면 을신정계중 하나에 해당되는 수구에서 향으로 12운성을 짚어 향을 정하면 될 것이고 변국이면 향상에서 수구까지 12운성을 짚어 향을 정하면 될 것이다. 단 물이 향 앞으로 지나가지 않으면 향을 세울 수 없다.

(4) 向 보는 法과 吉向 부터 알자

(*)向名은 저자의 논문에서 인용한 것이다.

八十八向中 重要向法表의 왼쪽 상단을 보면

① 向의 우측에 正生向(*생묘향)이라고 돼 있고 그 아래엔 艮寅이라고 돼있다. 艮寅이라고 돼있는 그 칸의 좌측엔 辛戌이라고 돼 있고 辛戌이라고 돼 있는 바로 윗 쪽엔 破라고 돼 있다. 이는 艮寅向을 했을 때 辛戌破이면 向法上 正生向(*생향묘파)이란 뜻이다.

② 그 옆의 正旺向(*왕묘향) 아래에 丙午가 있고 그 칸의 제일 좌측엔 辛戌이 있다. 이는 丙午向을 했을 때 辛戌破이면 正旺向(*왕향

묘파)이라는 뜻이다.

③ 그 옆의 正墓向(*묘절향) 한 칸 아래엔 辛戌이 있고 왼쪽으로 나오면 乾亥가 있다. 이는 辛戌向을 했을 때 乾亥破이면 正墓向(*묘향절파)이라는 뜻이다.

④ 그 옆의 正養向(*묘병향) 한칸 아래엔 癸丑이 있고 왼쪽으로 나오면 乾亥가 있다. 이는 癸丑向을 했을 때 乾亥破이면 正養向(*묘향병파)이라는 뜻이다.

⑤ 그 옆의 借自生(*생앙향) 아래에 乾亥가 있고 그 칸의 제일 좌측엔 辛戌이 있다. 이는 乾亥向을 했을 때 辛戌破이면 借庫消水自生向(*생향앙파)이란 뜻이다.

⑥ 그 옆의 借自旺(*왕쇠향) 아래에 庚酉가 있고 그 칸의 제일 좌측엔 辛戌이 있다. 이는 庚酉向을 했을 때 辛戌破이면 借庫消水自旺向(*왕향쇠파)이란 뜻이다

借庫란 가까운 곳에 있는 庫를 빌린다는 뜻이다.

⑦ 辛戌向 辛戌破면 墓向墓破(*묘향묘파)다.

⑧ 乾亥向 乾亥破면 絕向絕破(*생향생파)다.

⑨ 壬子向 壬子破면 胎向胎破(*왕향왕파)다.

⑩ 丁未向 壬子破면 衰向胎破(*묘향욕파)다.

⑪ 壬子向 乾亥破면 大黃泉(*왕향관파)이다.

⑫ 癸丑向 壬子破면 小黃泉(*묘향사파)이다.

八十八向中 重要向法表를 숙지하자.

重 要 向 法 表. 한글향은 저자의 *향

向 / 破	正生向 *생향묘파	正旺向 *왕향묘파	正墓向 *묘향절파	正養向 *묘향병파	借自生 *생향양파	借自旺 *왕향쇠파	文自生 *생향욕파	文自旺 *왕향욕파	墓墓破 *묘향묘파	絕絕破 *생향생파	胎胎破 *왕향왕파	衰胎破 *묘향욕파	大黃泉 *왕향관파	小黃泉 *묘향사파
辛戌	艮寅	丙午			乾亥	庚酉			辛戌					
乾亥			辛戌	癸丑						乾亥			壬子	
壬子							乾亥	甲卯			壬子	丁未		癸丑
癸丑	巽巳	庚酉			艮寅	壬子			癸丑					
艮寅			癸丑	乙辰						艮寅			甲卯	
甲卯							艮寅	丙午			甲卯	辛戌		乙辰
乙辰	坤申	壬子			巽巳	甲卯			乙辰					
巽巳			乙辰	丁未						巽巳			丙午	
丙午							巽巳	庚酉			丙午	癸丑		丁未
丁未	乾亥	甲卯			坤申	丙午			丁未					
坤申			丁未	申戌						坤申			庚酉	
庚酉							坤申	壬子			庚酉	乙辰		辛戌

(5) 向別解說.

* 향별해설은 필자의 논문 "수향법 통합과 향명칭 통일"에서 인용, 압축정리한 것이다. 논리체계가 같은 수법과 향법의 본국(정국)과 향상(변국)을 向上으로 일원화하고 향 하나에 명칭이 여럿인 것을 하나로 통일했다.

向(생 · 旺 · 墓) + 水口(12運星) = 향명칭화 해서 수향법의 거품을 뺐다.

* 生向墓破 旺向墓破 墓向絕破 生向養破 旺向衰破 墓向病破 등 6향(48개향)은 救貧水法이다.

* 生向浴破 旺向浴破 墓向浴破 生向生破 旺向旺破 등 5향(40개향)은 進神水法이다.

* 生向絕破 旺向死破 ··························交如不及水.

* 生向死破 旺向絕破 ··························過宮水.

* 生向病破 旺向胎破 墓向帶破··············超過宮水.

向法에선 坐읊는 것을 생략하고 向만 읊는다. 庫(墓)는 乙辰 辛戌 癸丑 丁未의 天干 字인 乙 辛 丁 癸만 水口로 보며 辰 戌 丑 未 字를 침범하면 풍수적으로 凶하다.

《生向篇》

乾亥 坤申 艮寅 巽巳를 바라보는 生向 爲主의 解說.

乾亥 坤申 艮寅 巽巳향은 右旋水가 合法이다.

(22-생1)

좌선수에 向破方 一致하나 水法不合으로 生沖生. 즉 **生沖生破**로 **生沖生不立向**이다. 向上檢證결과 當面의 生을 沖하는 大殺을 犯해 敗絕한다. 生生向, 즉 生向生破가 아니다. 生向生破는 우선수가 合法이다.

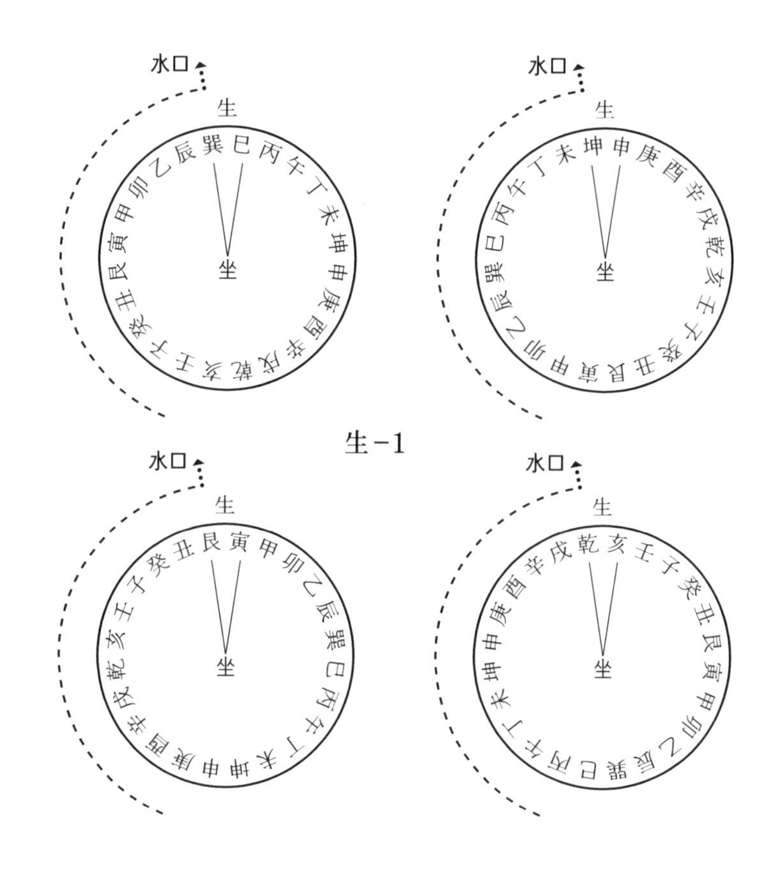

生-1

(22-생2) 기존 문고자생향

좌선수에 向上檢證으로 生浴向, 즉 **生向浴破**다. 그동안 文庫自生向 文庫消水自生向 絕處自生向 등으로 알려져 왔다. 당초부터 이向은 非正庫去水라 本局으론 檢證不可였고 向上으론 엄연히 生向浴破인데도 논리체계 없이 文庫, 自生 등으로 통용돼왔다. 논리를 명확히 전개한 문헌이 없어 論理不在다. 패철상엔 황천이다. 그러나 이것이 **進神水法**이다. 祿存流盡佩金魚(록존유진패금어)로 갑경병임 방위에

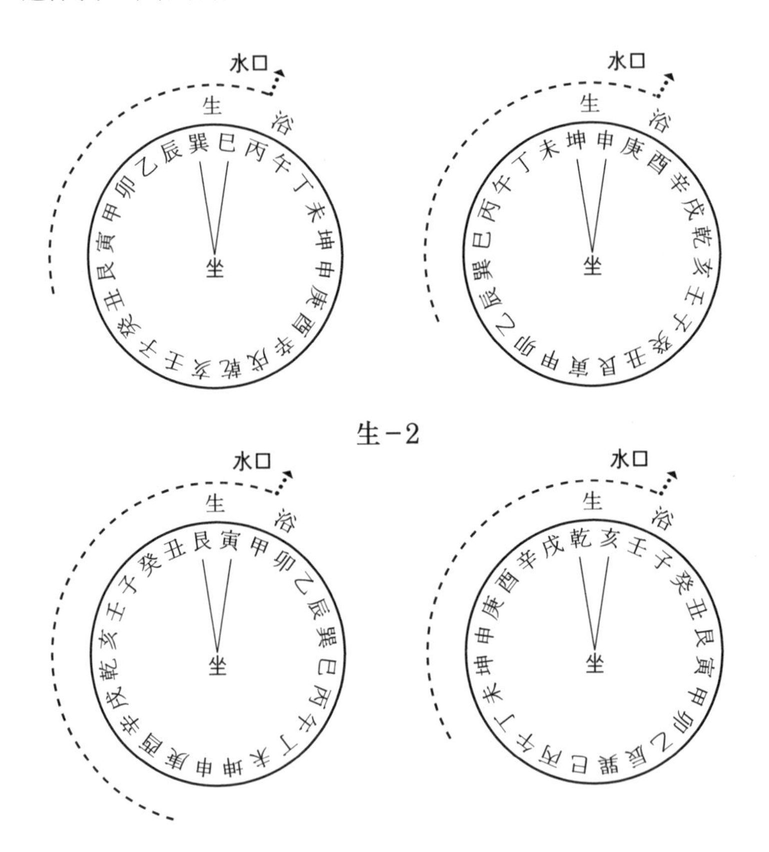

生-2

서 물이 끝나면 金을 꿰어찬다는 向이다. 富貴多福하고人丁興旺하다. 龍眞穴的하지 않으면 敗絕한다.

(22-생3)

좌선수에 向上檢證으론 生帶向. 즉 **生向帶破**로 **生沖帶不立向**이고 本局檢證으론 生沖病. 즉 **病向墓破**로 病沖墓不立向이다. 本局과 向上을 모두로 檢證할 수 있으나 向上으로 일원화했다. 寵命한 아들과 아름다운 부녀자가 傷하고 敗絕 한다.

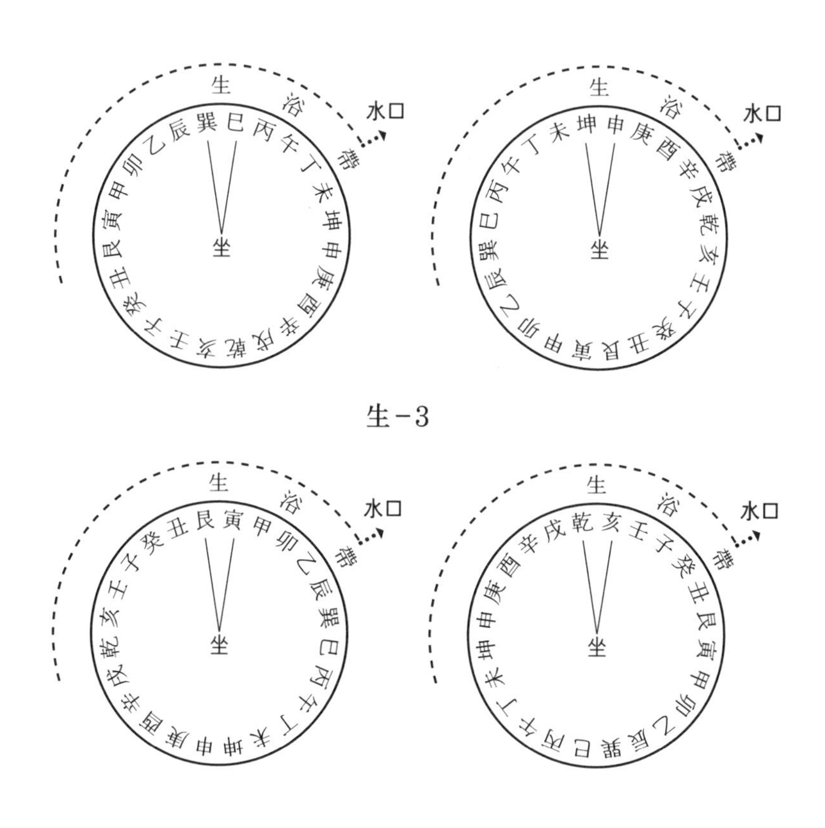

生-3

(22-생4)

좌선수에 向上檢證으로 生官向. 즉 **生向官破**다. **生沖官不立向**이다. 기존의 문헌에서 官不立向으로 표현돼 온 이 向은 生向의 官方(乾坤艮巽 字)去水로 官을 沖해 장성한 아들이 傷하고 愊死(핍사)하고 敗絕한다.

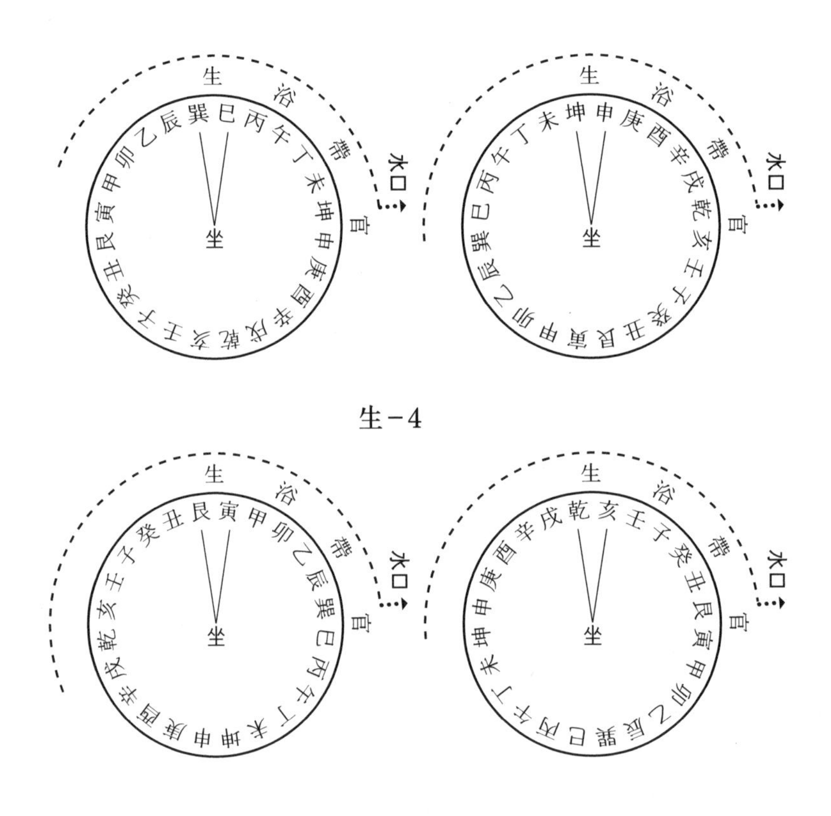

生-4

(22-생5)

좌선수에 向上檢證으로 生旺向. 즉 **生向旺破**다. **生沖旺不立向**이다. 旺方去水로 生이 旺을 沖한다. 初年에는 人丁 배출하나 末年엔 夭壽不吉하다.

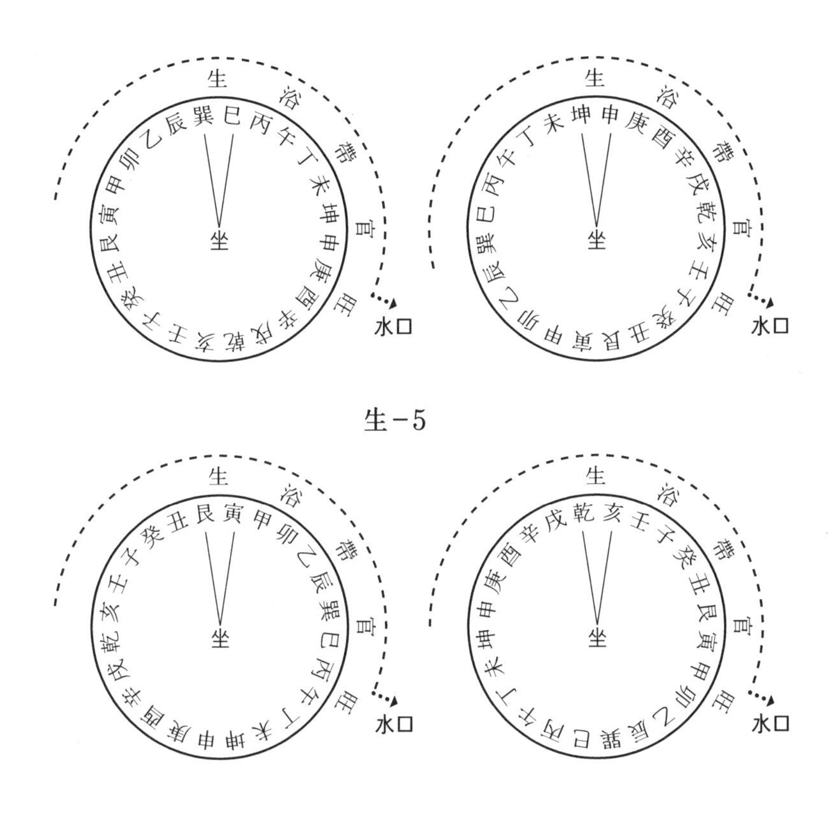

生-5

(22-생6)

좌선수에 向上檢證으로 生衰向. 즉 **生向衰破**다. 向과 水口사이가 장대하다. 向에서 水口쪽으로 12運星을 順行으로 짚어 "生 浴 帶 官

旺 衰"가 되니 生向衰破라 **生沖衰不立向**이다. 古書의 凶向 '十個退神如鬼靈(십개퇴신여귀령)' 이 이것이다. "재앙이 귀신같이 찾아온다"는 뜻이다. 이 向은 庫去水임으로 本局을 적용, 水口에서 向쪽으로 12運星을 逆行으로 짚어 "墓 死 病 衰 旺 官"이 되니 官向墓破가 돼 官沖墓不立向이다. 이向을 지금까지 官向이라 하지 않았다. 向上으로 일원화했다. 財敗하거나 絕孫된다.

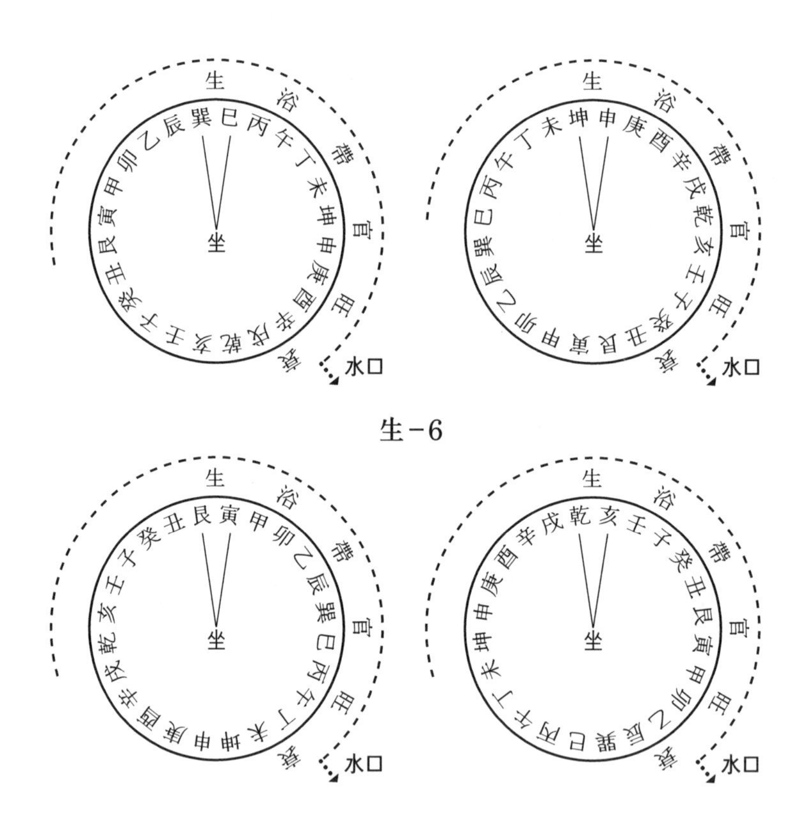

生-6

(22-생7)

물이 向의 180도 반대편인 穴뒤로 去水하니 **超過宮水不立向**이다. 이 向에서 左旋水 右旋水를 논하는 것은 無意味하다. 正庫水口가 아니므로 本局檢證은 不可다. 向上檢證으로 左旋水면 **生向病破**, 右旋水도 **生向病破**이다. 左 · 右旋水 모두 生病向인 生向病破다.

左旋水의 向上檢證을 위해 向에다 生을 얹어 水口까지 12運星 **順行**하면 生浴帶官旺衰病이 돼 生向病破가 된다. 右旋水 역시 向上檢證을 위해 向에 生을 얹어 水口까지 12運星 **逆行**하면 生養胎絶墓死

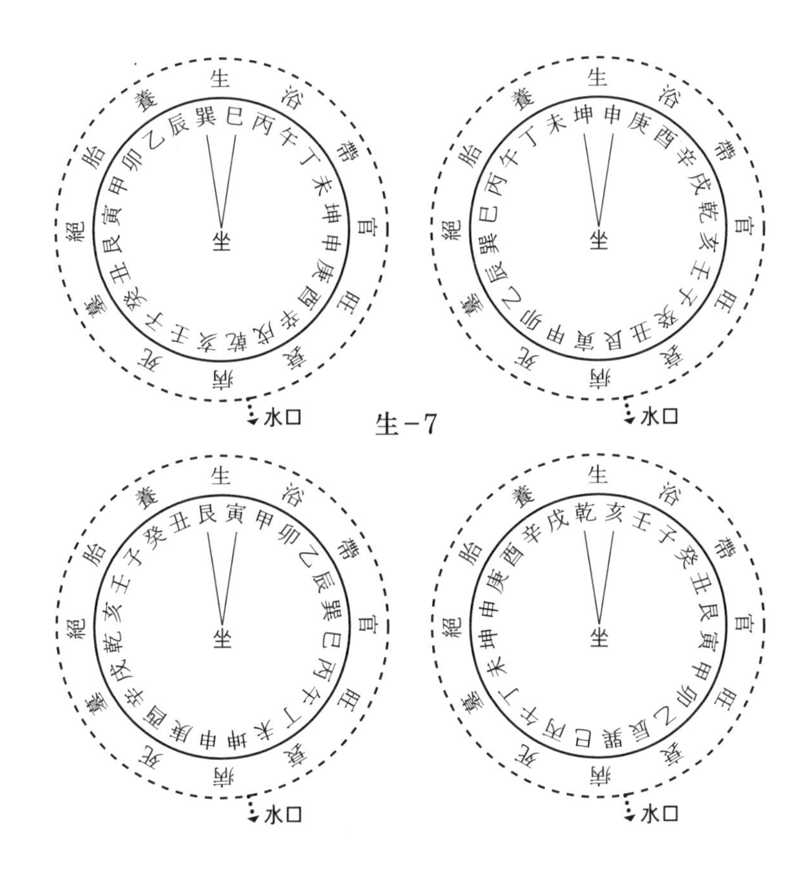

生-7

病이 돼 生向病破가 된다.

向과 정반대 방위에 있는 水口는 물의 좌·우선을 불문하고 향명칭이 같다. 不問하고 向을 놓으면 안되며 病이 많고 敗絶한다.

*단 이 向은 向 공부의 好材다.

(22-생8)

우선수에 向上檢證으로 生死向. 즉 生向死破다. 生墓向이 될 墓를 넘었기 때문에 **過宮水不立向**이다. 넘치는 것은 모자람만 못하다. 이는 長壽하지 못하고 財物도 잃는다.

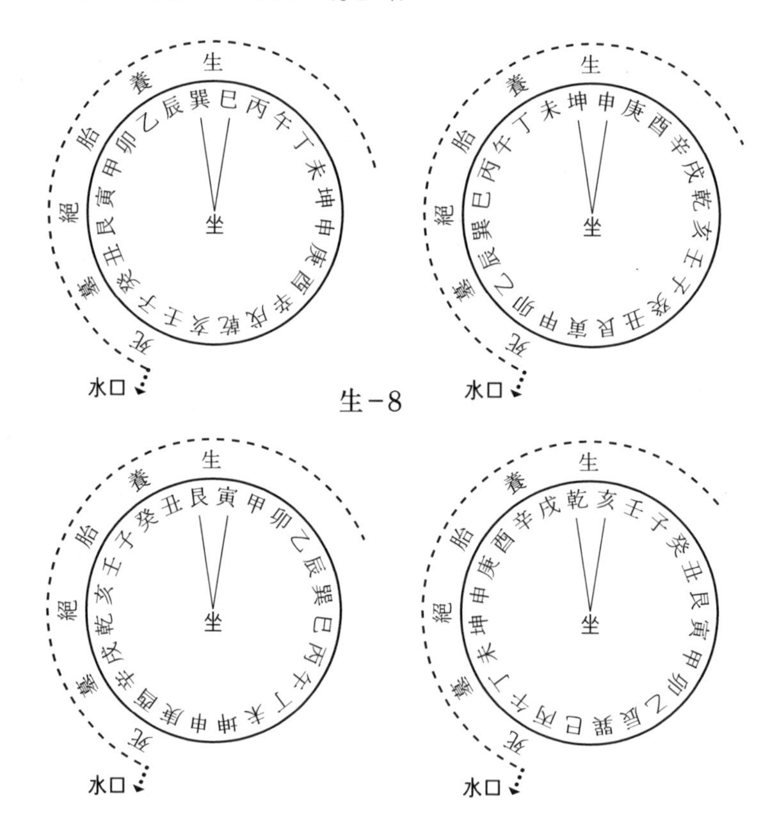

生-8

(22-생9) 기존 정생향

우선수에 本局檢證으로 生墓向인 **生向墓破**이고 向上檢證으로도 **生向墓破**다. 이 向명칭은 확실한 生向墓破지만 지금까지 正生向으로 통용돼 왔다. 旺方水가 生向을 지나 墓方去水하니 三合連珠格이다. 楊公의 **救貧水法**이다. 旺墓向 즉, 旺向墓破와 더불어 極貴格이다. 金星水가 玉帶纏腰(옥대전요 : 옥으로 만든 띠를 허리에 찼다)하고 賢妻孝子 富貴 多福하며 모든 子孫이 잘 된다.

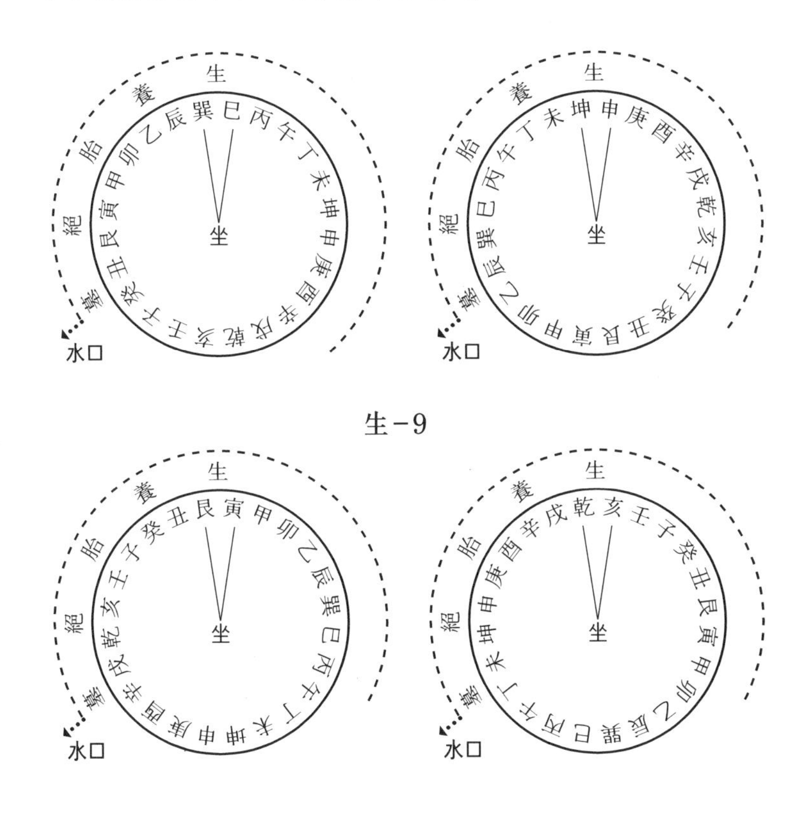

生-9

(22-생10)

우선수에 向上檢證으로 生絕向. 즉 **生向絕破**다. 물이 生墓向(生向墓破)이 될 墓에 조금 못 미치는 **交如不及水不立向**이다. 초년엔 人丁도 나고 長壽하나 나중엔 不利하다.

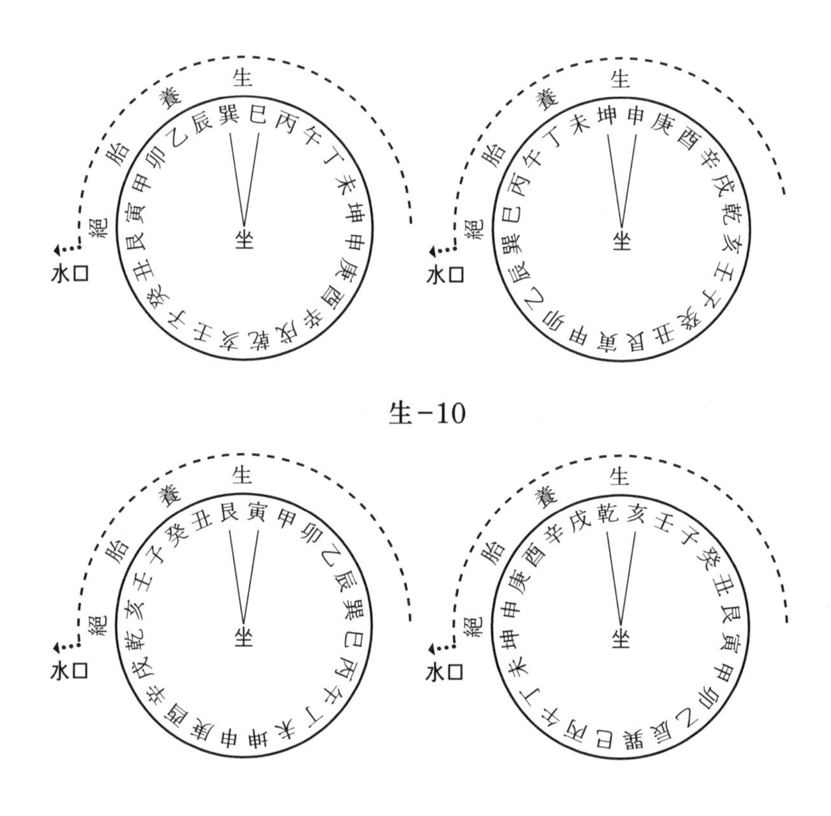

生-10

(22-생11)

우선수에 向上檢證으로 生胎向. 즉 **生向胎破**다. **生沖胎不立向**이다. 초년엔 人丁 財物 長壽를 누리다 나중엔 絕嗣한다.

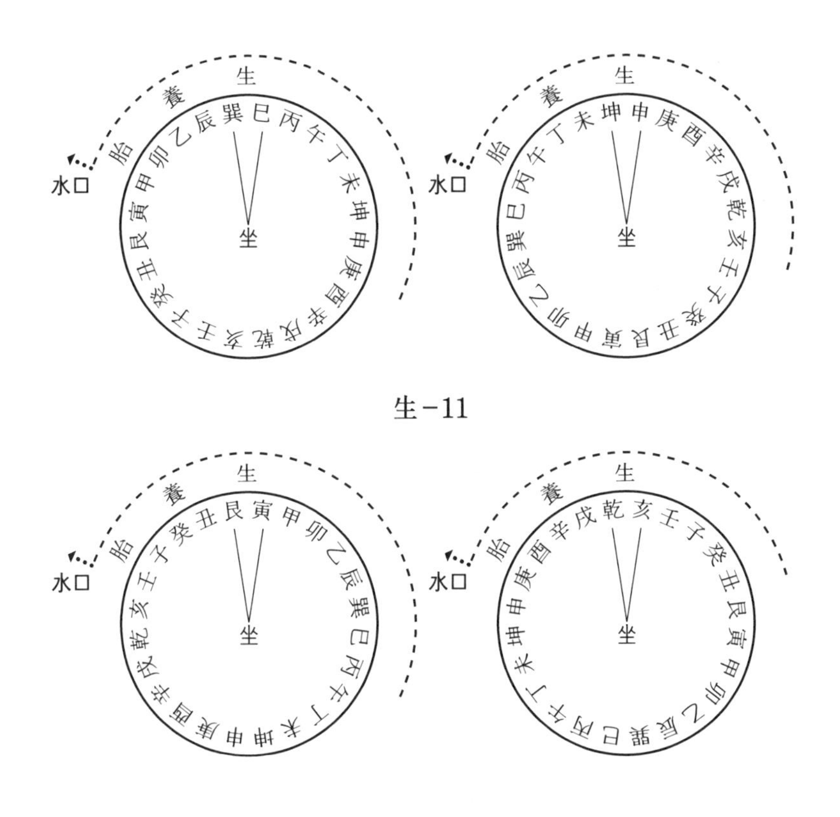

(22-생12) 기존 차고자생향

우선수에 向上檢證으로 生養向. 즉 **生向養破**다. 그동안 自生向 借庫自生向 借庫消水自生向 絕處自生向 등으로 알려져 왔다. 당초부터 이向은 本局으론 絕向墓破, 向上으론 生向養破인데도 가까운 庫를 빌어 썼다는 美名下에 借庫消水自生向이란 비논리적인 向 명칭이 통용돼 왔다. 논리를 명확히 전개한 문헌이 없어 本局과 向上 중 아무것에도 檢證되지 않은 論理不在다. 패철상엔 황천이다. 그러나 이것이 楊公의 **救貧水法**이다. 富貴長壽 人丁大旺하고 次男이 먼저 發福하지만 吉龍吉砂면 長男이 먼저 發福한다.

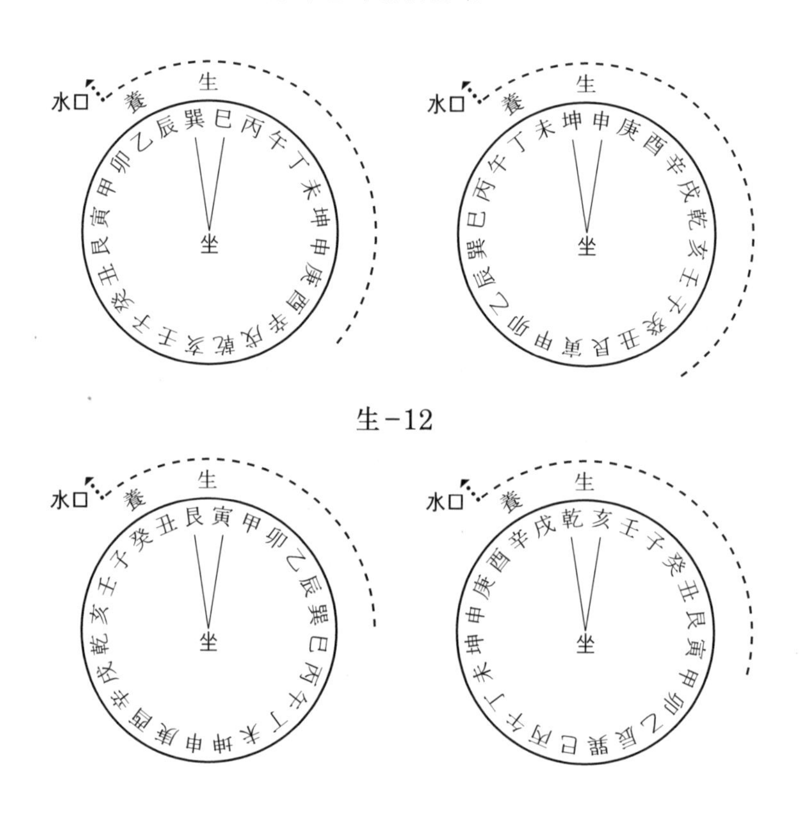

生-12

(22-생13) 기존 절향절파

우선수에 向上檢證으로 向破方 一致의 生生向인 **生向生破**다. 그동안 絕向絕破 當面出煞法 등으로 알려진 이 向은 非正庫去水로 本局檢證은 不可다. 그렇다고 向上논리를 적용한 向 명칭도 없다. 絕向絕破로 보는 논리를 명확히 전개한 문헌도 없다. 근거가 불확실한 論

理不在의 명칭만 통용돼 왔다. 그러나 이것이 **進神水法**이다. 堂面去水, 百步轉欄 龍眞穴的하면 大富大貴 人丁興旺 男女長壽한다. 백보전란은 穴場앞 130미터 정도에서 水口가 꽉 잠긴 채 去水하는 것이다. 生을 沖한다고 하지 않는다.

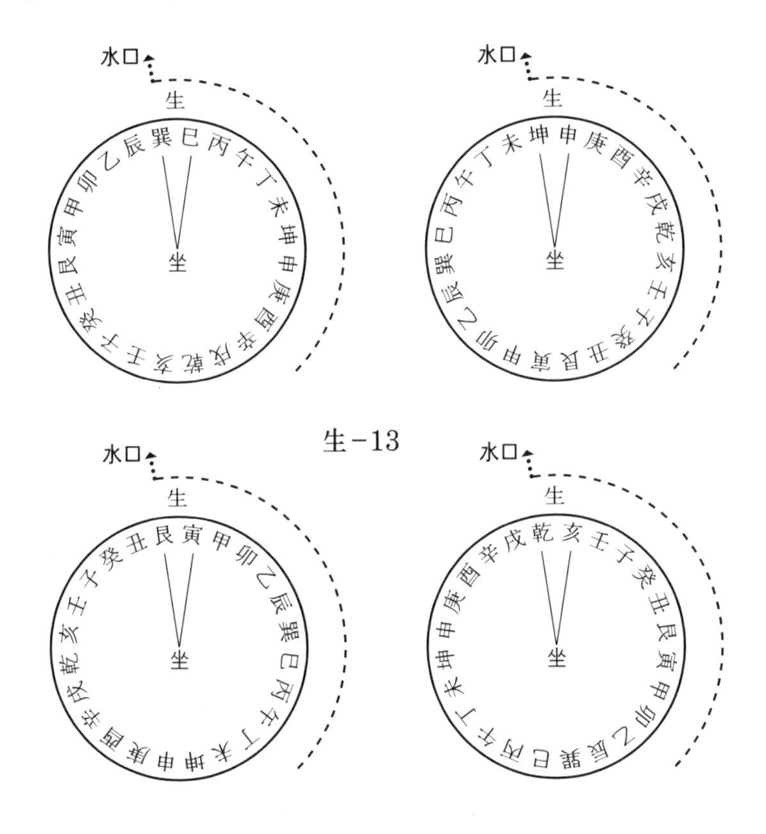

生-13

《 旺向篇 》

壬子 丙午 甲卯 庚酉를 바라보는 旺向 爲主의 解說. 壬子 丙午 甲卯 庚酉향은 左旋水가 合法이다.

(23-왕1)

좌선수에 向破方 一致하나 水法不合으로 旺沖旺. 즉 **旺沖旺破**로 **旺沖旺不立向**이다. 向上檢證결과 當面의 旺을 沖하는 大殺을 犯해 敗絕한다. 旺旺向인 旺向旺破가 아니다. 旺向旺破는 우선수가 合法이다. 人丁은 있으나 財物은 없어 范丹이처럼 가난해진다.

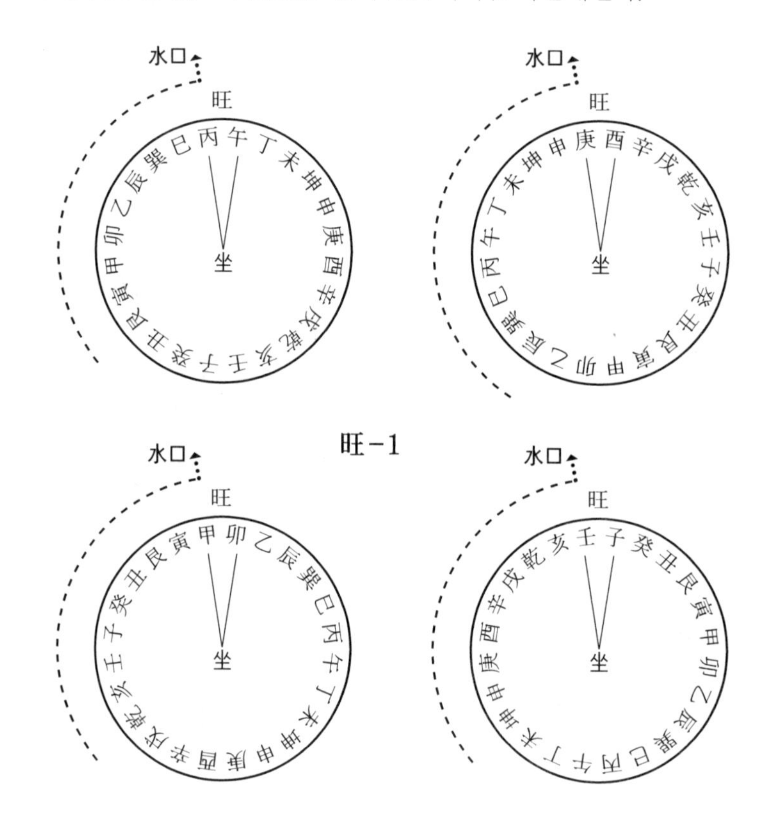

旺-1

(23-왕2) 기존 차고자왕향

좌선수에 向上檢證으로 旺衰向. 즉 **旺向衰破**다. 그동안 自旺向 借

庫自旺向 借庫消水自旺向 死處縫旺向 등으로 알려져 왔다. 당초부터 이向은 本局으론 死向墓破였지만 死向이라고 하지 않았다. 가까운 곳의 庫를 빌어 썼다는 美名下에 借庫自旺이란 비논리적인 向 명칭이 통용돼 왔다. 논리를 명확히 전개한 문헌이 없어 論理不在다. 水口가 順行으로 첫庫를 지나 다음 庫에서 형성됐더라면 旺墓向(旺向墓破)으로 貴格이지만 그렇지 못하다. 그러나 이것이 楊公의 **救貧水法**이다. 生養向(生向養破)의 경우와 같은 惟有衰方可去來다. 유유쇠방가거래란? 衰方은 去水, 來水 모두 무방하다.

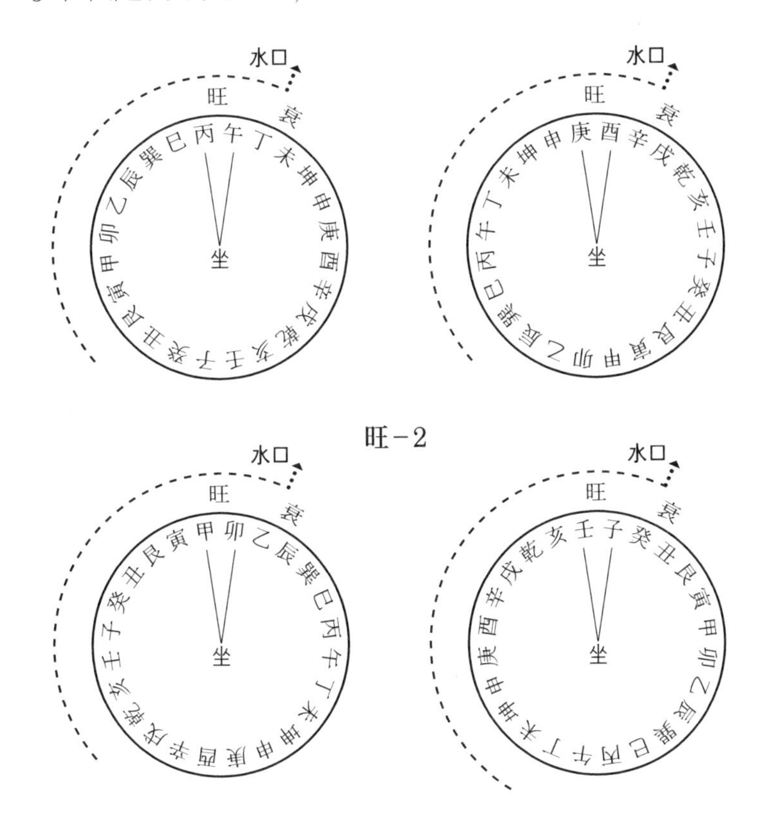

旺-2

(23-왕3)

좌선수에 向上檢證으로 旺病向. 즉 **旺向病破**로 **旺沖病不立向**다. 病方去水하니 短命寡宿水(단명과숙수)다. 男子가 壽를 못하고 家業이 敗하고 絕嗣하며 질병이 侵犯한다. 먼저 셋째가 敗하고 장차는 모두 亡하게 된다.

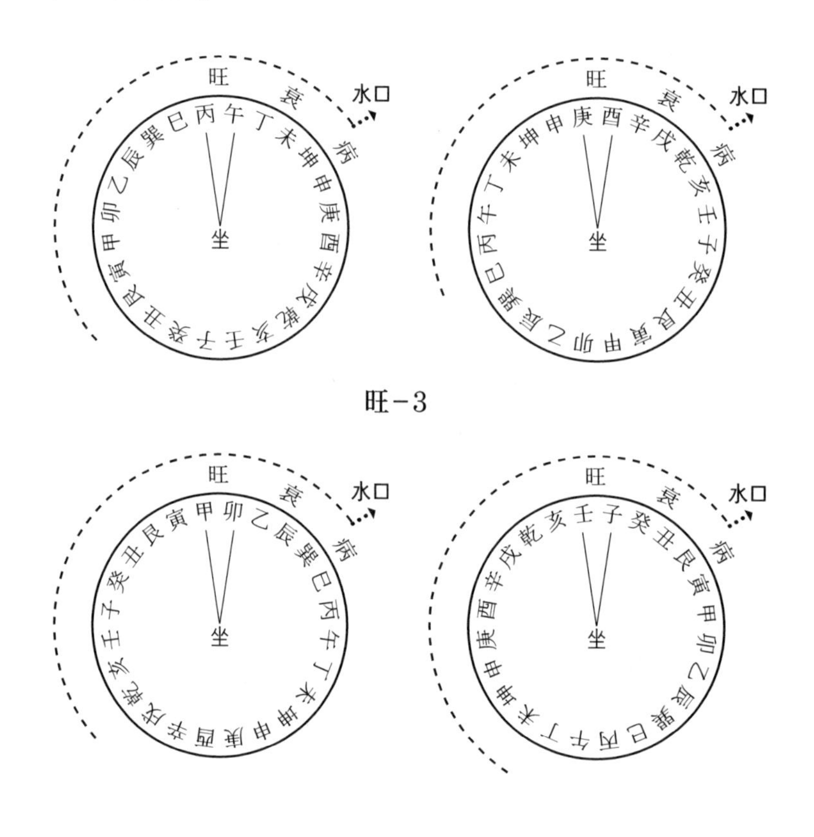

旺-3

(23-왕4)

좌선수에 向上檢證으로 旺死向. 즉 **旺向死破**다. 물이 旺墓向이 될

墓에 조금 못 미치는 **交如不及水不立向**이다. 顔會가 30살에 夭壽를 마친 水이다. 人丁이 있으면 財物이 없고 財物이 있으면 人丁이 없다. 福.祿.壽를 동시에 가질 수 없다.

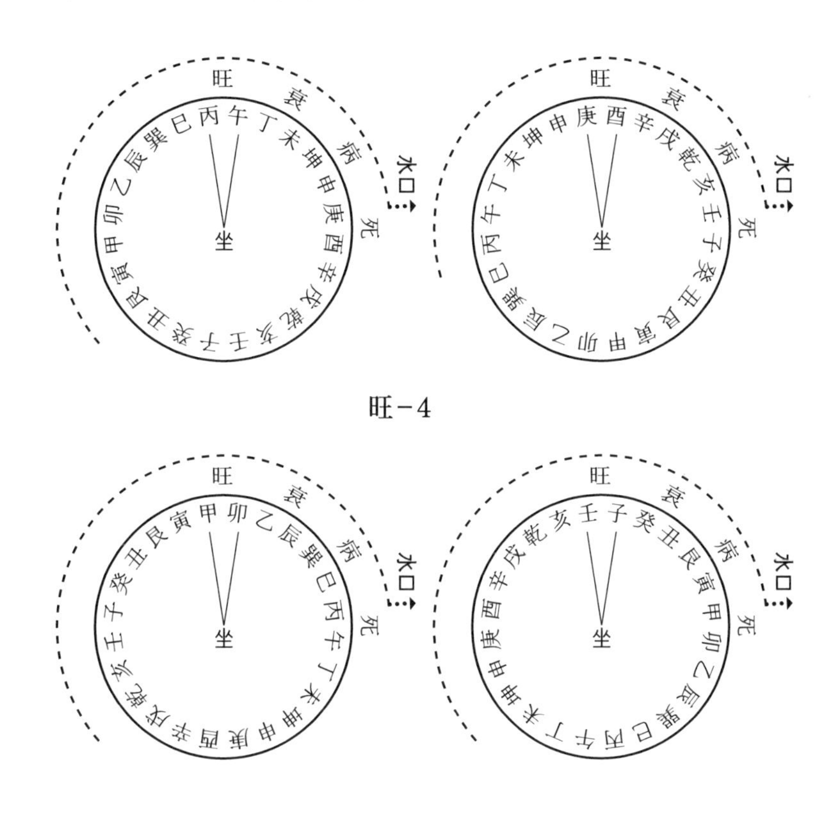

旺-4

(23-왕5) 기존 정왕향

좌선수에 本局檢證으로도 旺墓向. 즉 **旺向墓破**고 向上檢證으로도 **旺向墓破**다. 이 向명칭은 확실한 旺向墓破지만 지금까지 正旺向으로 통용돼 왔다. 生方水가 旺向을지나 墓方去水하니 貴無價의 三合

連珠格이다. 이것이 楊公의 **救貧水法**이다. 이 向은 生墓向과 더불어 極貴格이다. 金星水가 玉帶纏要(옥대전요 : 玉으로 만든 띠를 허리에 찼다)하니 大富大貴 人丁昌盛 忠孝賢良 長壽多福하다. 旺方의 山이 肥滿 重厚하고 旺方에 물이 모여들면 옛 中國의 큰 富者인 석숭처럼 된다.

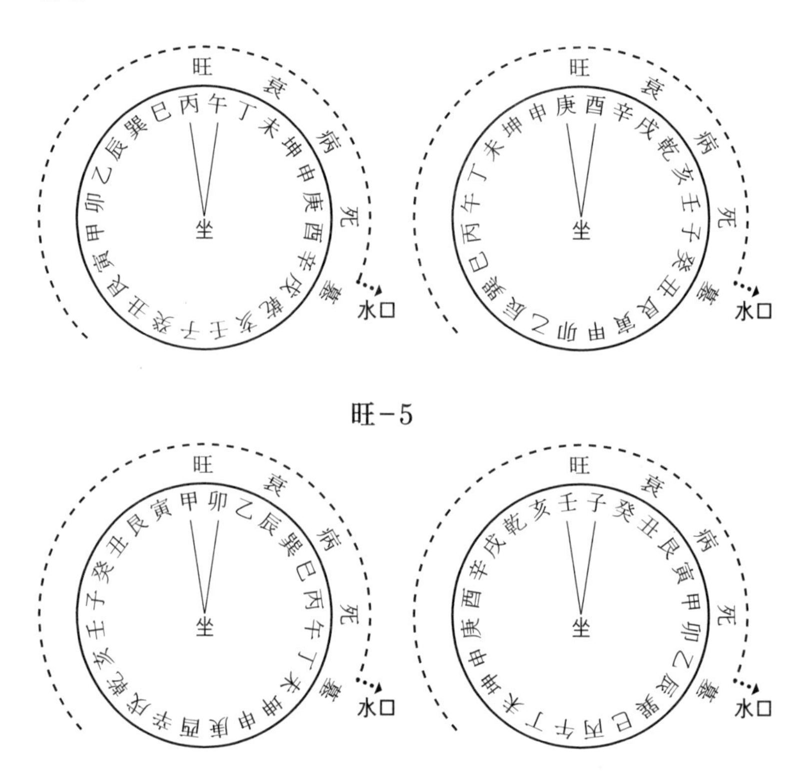

旺－5

(23－왕6)

좌선수에 向上檢證으로 旺絕向. 즉 **旺向絕破**다. 旺墓向이 될 墓를

넘었기 때문에 **過宮水不立向**이다. 넘치는 것은 모자람만 못하다. 太公이 八十歲에 文王을 만나는 格이다. 초년에는 人丁이 나고 壽를 하지만 財物은 없어진다.

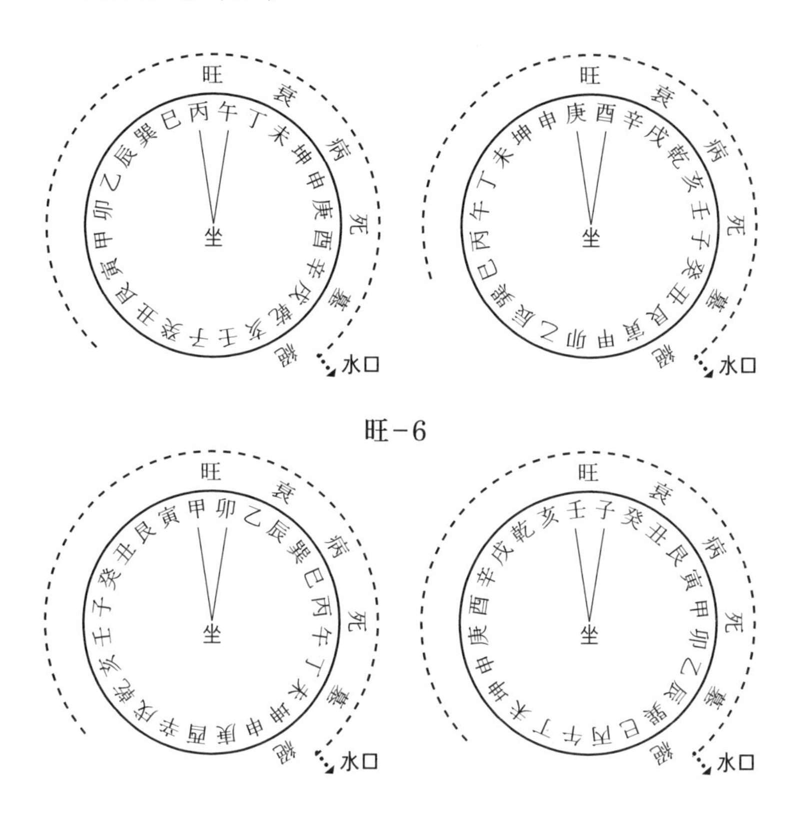

旺-6

(23-왕7)

물이 向의 180도 반대편 穴뒤로 去水하니 **超過宮水不立向**이다. 이 向에서 左旋水 右旋水를 논하는 것은 無意味하다. 正庫水口가 아니므로 本局檢證은 불가다. 向上檢證으로 左旋水면 **旺向胎破**, 右旋水

도 **旺向胎破**이다. 左·右旋水 모두 旺向胎破이다. 左旋水의 向上檢證을 위해 向에다 旺를 얹어 水口까지 12運星 **順行**하면 旺衰病死墓絕胎가돼 旺向胎破가 된다. 右旋水 역시 向上檢證을 위해 向에 旺을 얹어 水口까지 12運星 **逆行**하면 旺官帶浴生養胎가 돼 旺向胎破가 된다. 向과 정반대 방위에 있는 水口는 물의 좌·우선을 불문하고 향 명칭이 같다. 壽를 하면 財物은 없어지고 초년에 人丁과 財物에 차질이 생기다 말년엔 敗絕한다.*이向은 向공부의 好材다.

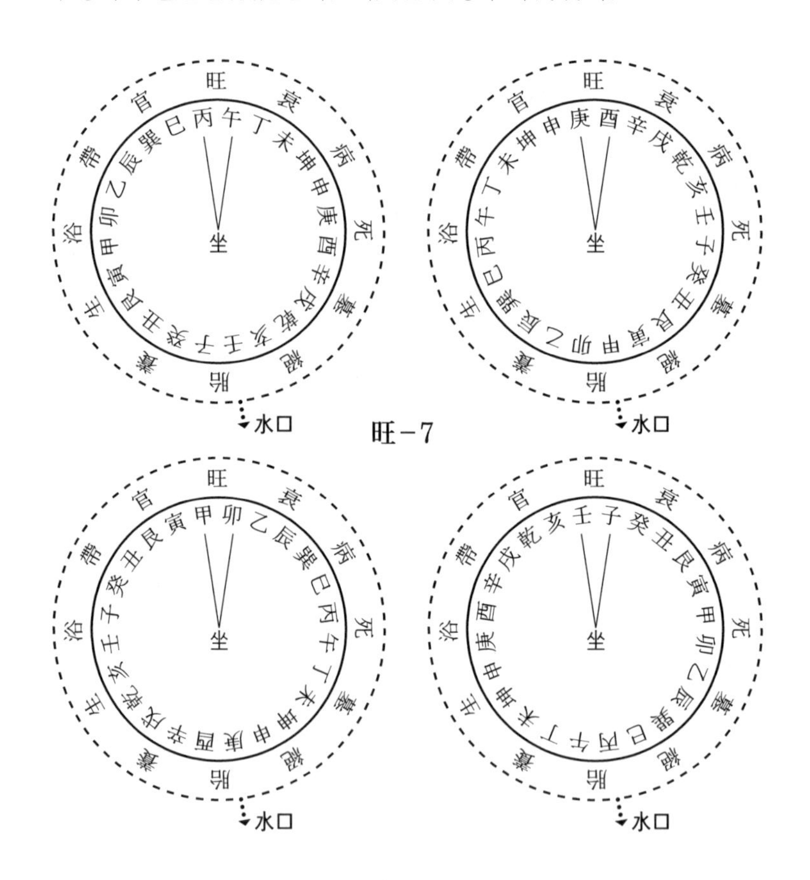

旺-7

(23-왕8)

우선수에 向上檢證으로 旺養向. 즉 **旺向養破**라 **旺沖養不立向**이고 本局으론 **浴向墓破**라 浴沖墓不立向이다. 向上檢證을 위해 向에 旺을 얹고 水口까지 12運星을 逆行하니 旺 官 帶 浴 生 養이 돼 旺向養破다. 正庫去水이기 때문에 水口에다 墓를 얹고 12運星을 順行하니 墓 絶 胎 養 生 浴이 돼 浴向墓破다. 向上으로 일원화했다. 어린이들이 傷하고 財物이 敗하고 絕嗣한다.

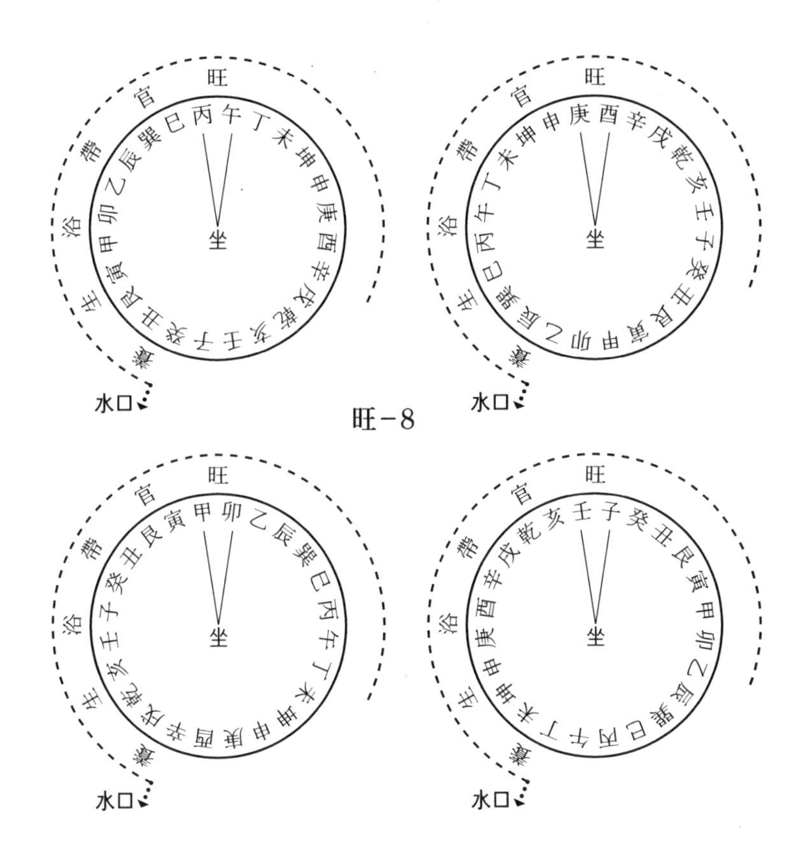

旺-8

(23-왕9)

우선수에 向上檢證으로 旺生向. 즉 **旺向生破**라 **旺沖生不立向**이다. 生方去水하니 비록 財物은 있으나 어린이를 키우기 어렵고 財物은 있으면 子息이 없으니 10중 8~9는 敗絕한다고 한다.

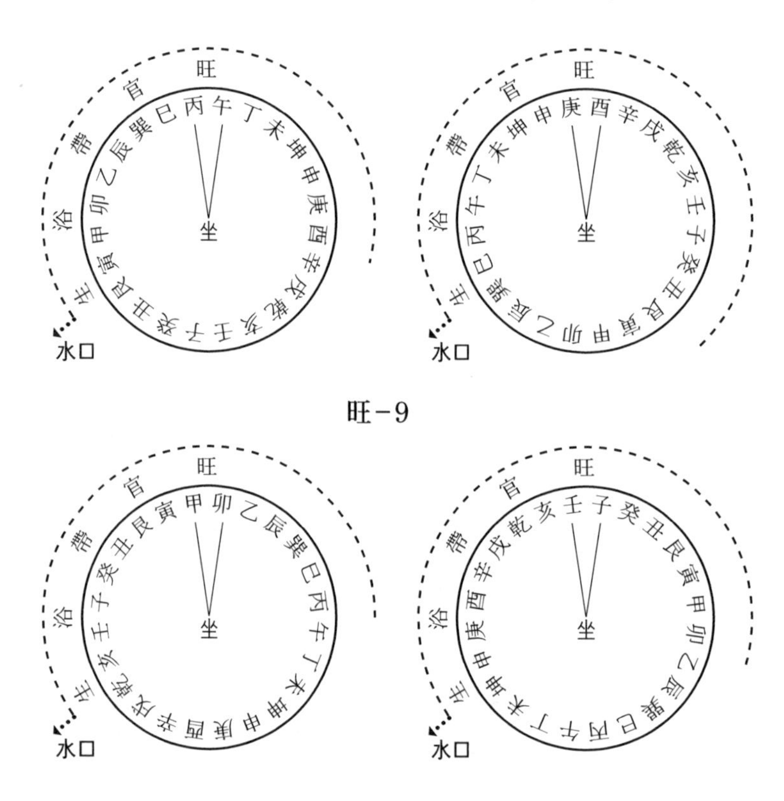

旺-9

(23-왕10) 기존 문고자왕향

우선수에 向上檢證으로 旺浴向. 즉 **旺向浴破**다. 그동안 文庫自旺向 文庫消水自旺向 浴處縫旺向 등으로 알려져 왔다. 당초부터 이向

은 非正庫去水라 本局으로는 檢證不可였고 向上으론 엄연히 旺向浴破인데도 논리체계 없이 文庫 自生 등으로 통용돼 왔다. 논리를 명확히 전개한 문헌이 없어 論理不在다. 그러나 이것이 **進神水法**이다. '祿存流盡佩金魚' (록존유진패금어 : 갑경병임방에서 물이 끝나면 金을 꿰어찬다)라는 向이다. 富貴多福하고 人丁興旺하다. 龍眞穴的하지 않으면 敗絕한다.

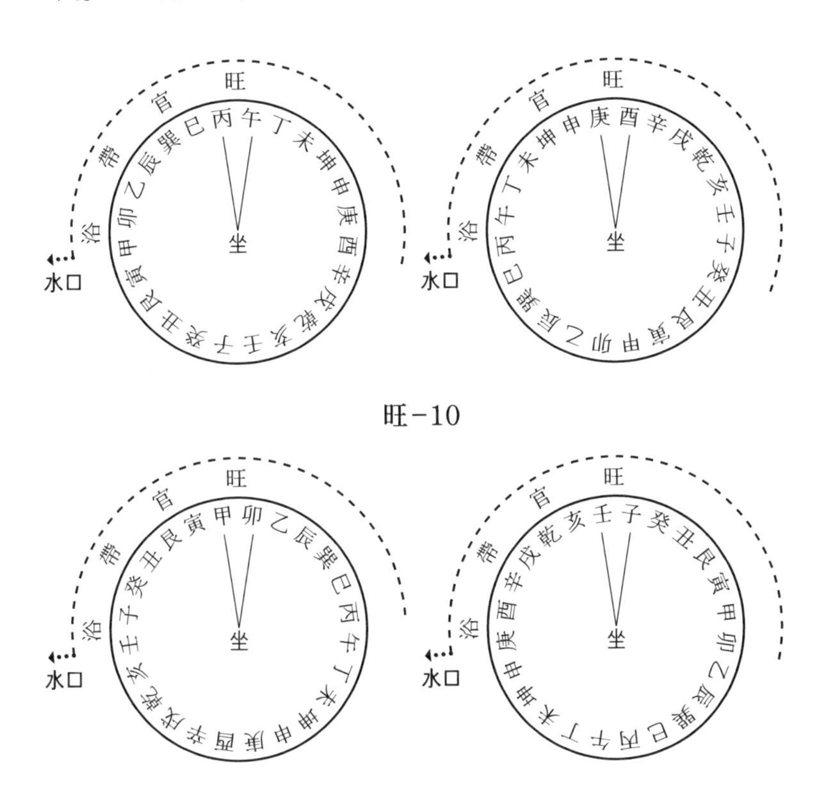

旺-10

(23-왕11)

우선수에 向上檢證으로 旺帶向. 즉 **旺向帶破**라 **旺沖帶不立向**이고 本局檢證으론 **胎向墓破**라 胎沖墓不立向이다. 向上으로 일원화했다. 단 그동안에도 本局胎向이라고 하지 않았다. 帶와 胎를 沖했으니 婦女와 幼年期의 寵命한 자녀가 傷하고 財物도 敗絕한다.

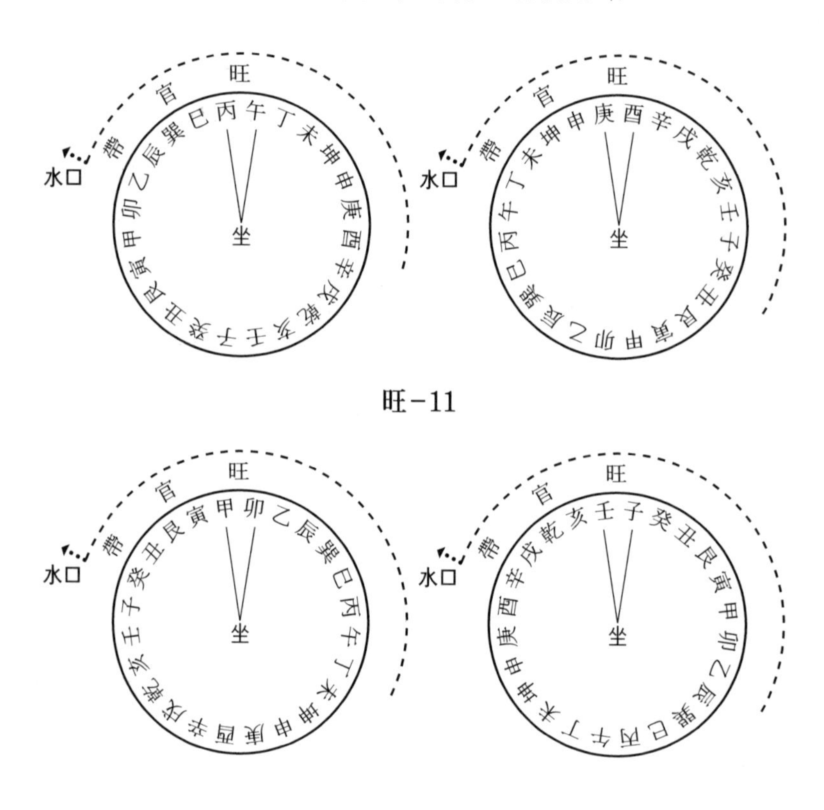

旺-11

(23-왕12)

우선수에 向上檢證으로 旺沖官. 즉 **旺沖官破**다. 官을 沖해 **殺人大**

黃泉 不立凶向이다. 아들들이 傷하고 敗絕한다. 向 중에서 가장 흉한 향이다. 패철상에도 엄연히 황천이다.

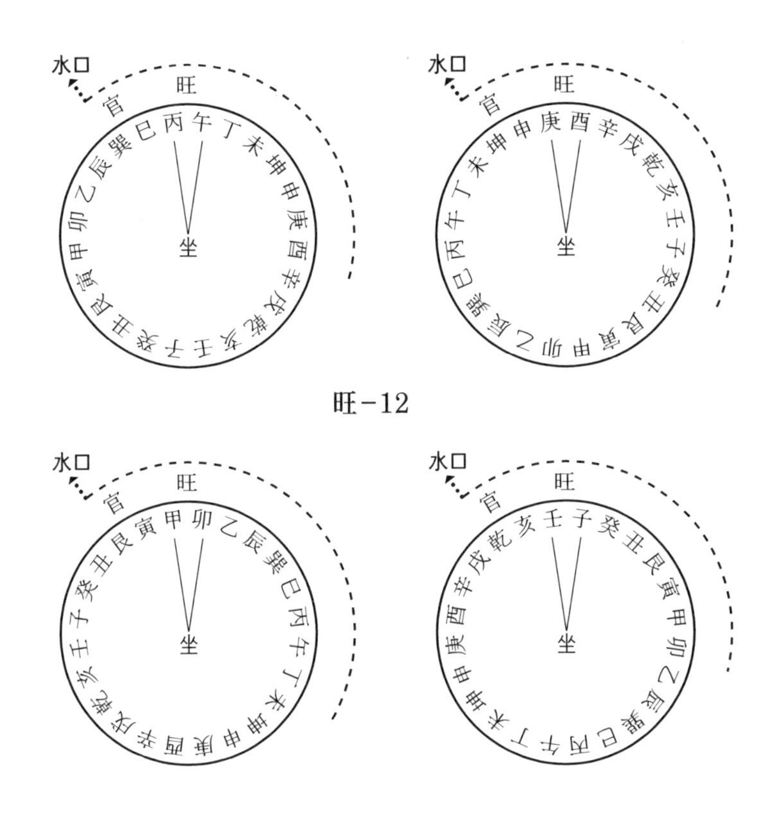

旺-12

(23-왕13) 기존 태향태파

우선수에 向上檢證으로 向破方 一致의 旺旺向인 **旺向旺破**다. 그동안 胎向胎破(流) 胎向 胎向胎方出水 등으로 알려진 이向은 非正庫去水로 本局檢證은 不可다. 그렇다고 向上논리를 적용한 向 명칭도 없다. 胎向胎破로 보는 논리를 명확히 전개한 문헌도 없다. 근거가 불확실한 論理不在의 명칭만 통용돼 왔다. 그러나 이것이 **進神水法**이다. 堂面去水, 百步轉欄 龍眞穴的하면 大富大貴하며 人丁이 興旺하나 혹 壽를 못하는 자가 생긴다. 旺을 沖한다고 하지 않는다.

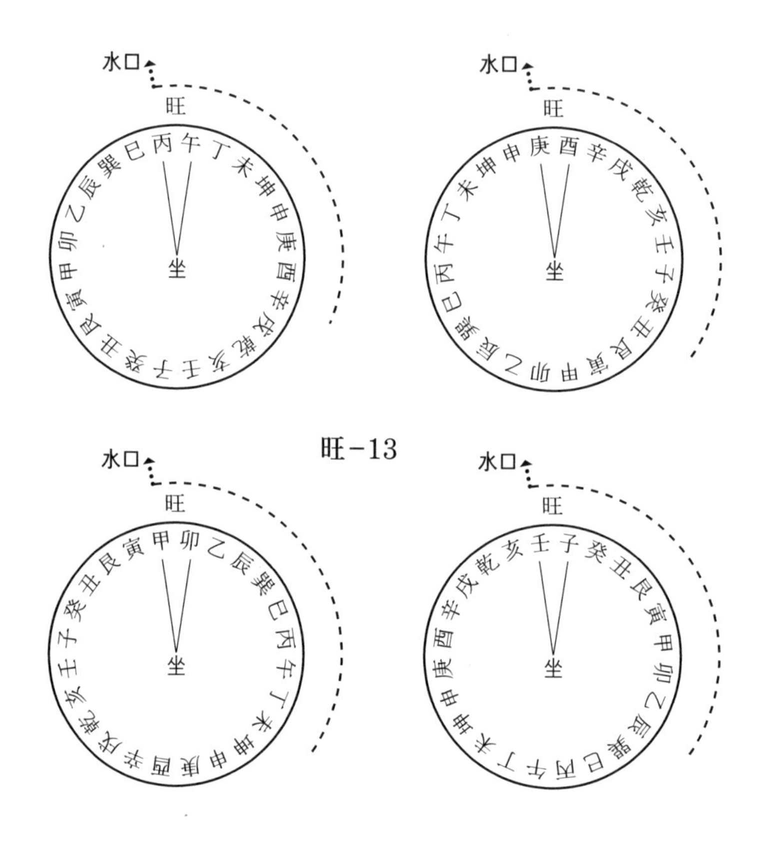

旺-13

《 墓向篇 》

乙辰 辛戌 丁未 癸丑을 바라보는 墓向 爲主의 解說. 乙辰 辛戌 丁未 癸丑향은 左旋水가 合法이다.

(24-묘1) 기존 묘향묘파

좌선수 向上檢證으로 墓墓向인 **墓向墓破**다. 本局으로 보아도, 向上으로 봐도 墓向墓破다. 法則에 하자 없는 墓向墓破인데도 88向法에서는 제외되고 96向論에만 포함된 것에 대한 명확한 논리를 전개한 문헌은 없다. 향명칭의 論理不在다. 墓向當面去水로 向破方 一致다. 楊公救貧의 進神水法이다. 百步轉欄하면 大富大貴 人丁興旺 男女長壽한다. 龍眞穴的하지 못하면 敗絶한다. 墓를 沖한다고 하지 않는다.

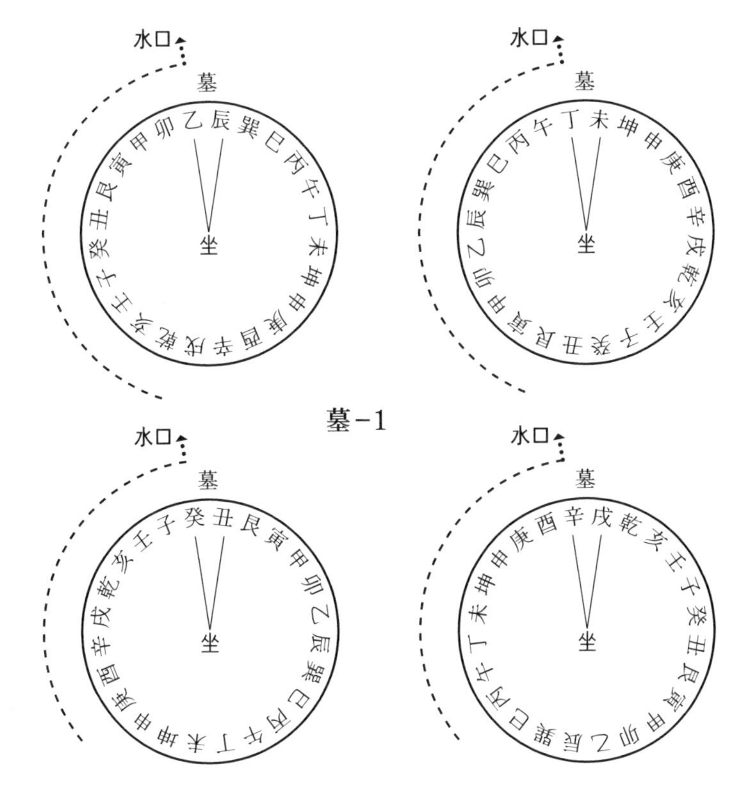

墓-1

(24-묘2) 기존 정묘향

좌선수에 墓絕向인 **墓向絕破**다. 그동안 正墓向으로 알려진 이 向은 非正庫去水라 本局으론 檢證不可이고 向上으론 墓向絕破였다. 그러나 논리체계를 갖춘 向명칭 근거도 없이 正墓向 墓向 등으로 통용돼왔다. 이에 대한 명확한 논리를 전개한 문헌은 없다. 향 명칭의 論理不在다. 패철상엔 황천이다. 그러나 이것이 楊公의 **救貧水法**이다. 다음은 古書의 四個 墓絕向의 표현이다.

— 丁坤終時萬斯箱(정곤종시만사상)은 丁未向 坤申破면 큰 부자된다.

— 癸歸艮位發文章(계귀간위발문장)은 癸丑向艮寅破면 문장가난다.

— 乙向巽流淸富貴(을향손류청부귀)는 乙辰向 巽巳破면 부귀한다.

— 辛入乾宮百萬庄(신입건궁백만장)은 辛戌向 乾亥破면 큰 부자된다.

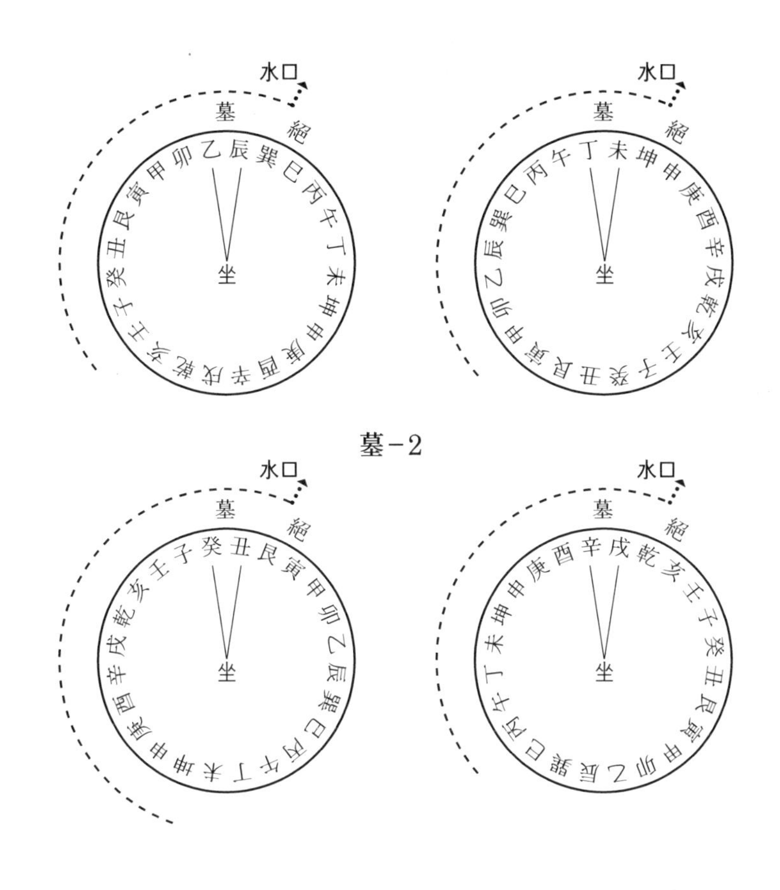

墓-2

(24-묘3)

좌선수에 向上檢證으로 墓胎向. 즉 **墓向胎破**라 **墓沖胎不立向**이다. 人丁은 있으나 財物은 없다. 간혹 初年에 發富發貴하고 壽를 하

는 者도 있으나 不發하는 者와 短命하는 者가 半半이다.

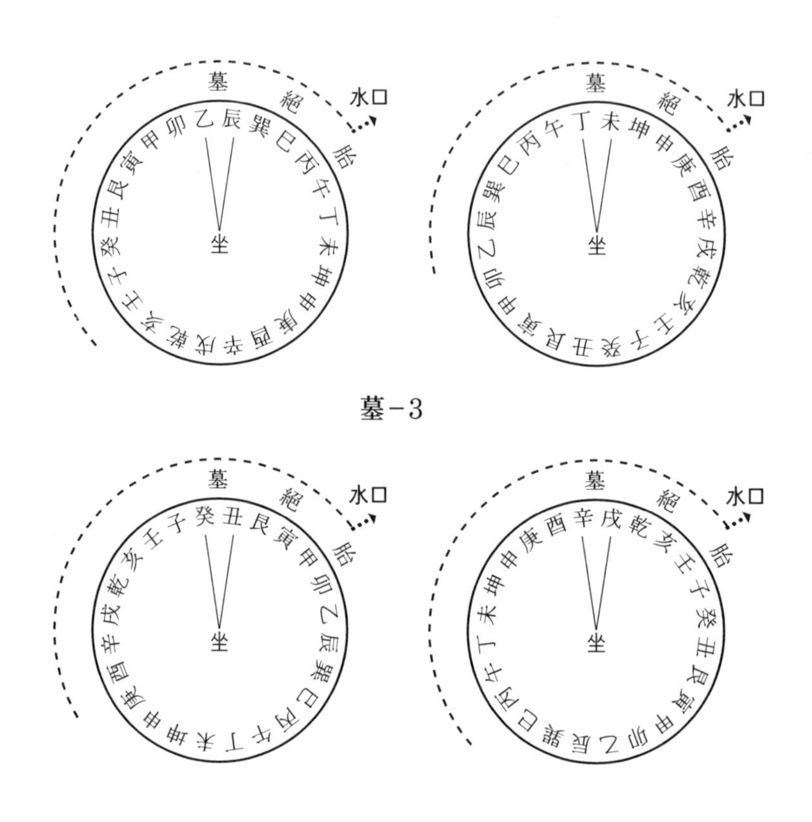

墓-3

(24-묘4)

좌선수에 向上檢證으로 墓養向. 즉 **墓向養破**라 **墓沖養不立向**이고 本局으론 衰墓向. 즉 衰向墓破라 衰沖墓不立向이다. 12運星을 向인 墓에서 水口인 養까지 順行으로 墓 絕 胎 養까지 짚으니 向上養破라 墓向養破다.

또 12運星을 正庫水口인 墓에서 向인 衰까지 逆行으로 墓 死 丙 衰까지 짚으니 本局衰向이라 衰向墓破다. 向上으로 일원화 했다. 凶向이라 人丁과 財物이 不發이다.

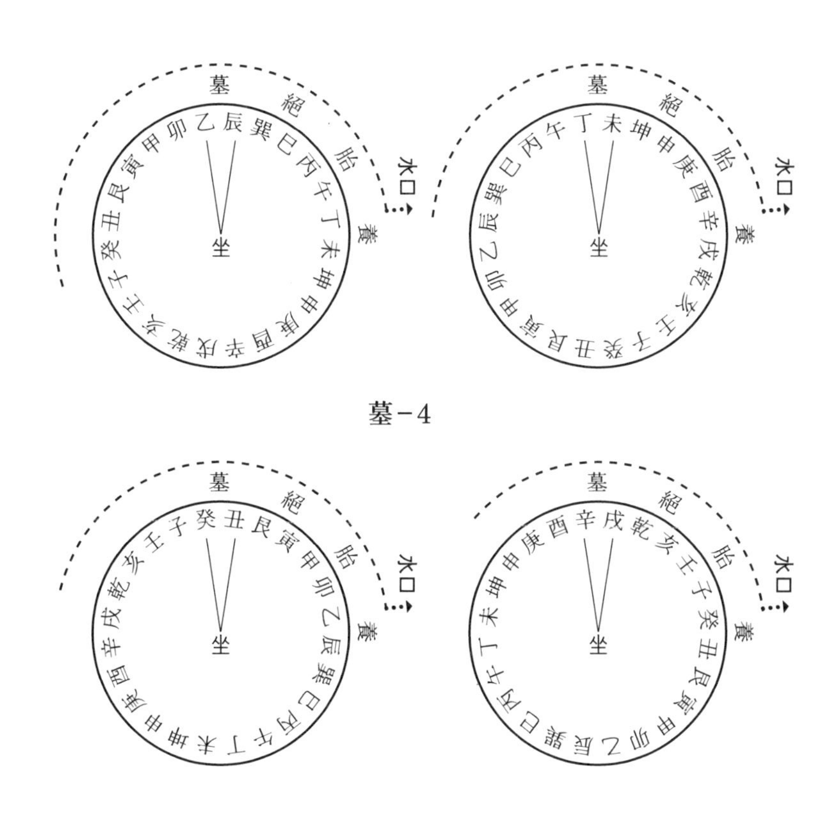

墓-4

(24-묘5)

좌선수에 向上檢證으로 墓生向. 즉 **墓向生破**라 **墓沖生不立向**이

다. 生方去水로 生을 沖하니 人丁과 財物이 날로 衰하고 드디어 絕嗣한다.

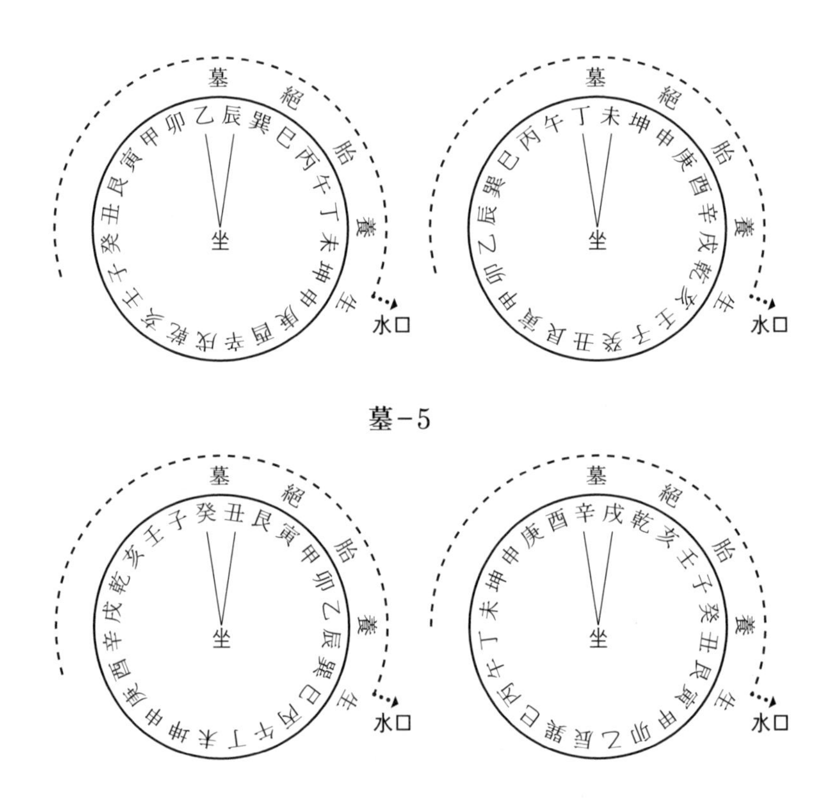

墓-5

(24-묘6) 기존 쇠향태파

좌선수에 向上檢證으로 墓浴向. 즉 **墓向浴破**다. 그동안 衰向 衰向胎破 등으로 알려져 왔다. 당초부터 이向은 非正庫去水라 本局으론 檢證不可였고 向上으론 엄연히 墓向浴破인데도 논리체계 없이 衰向,

衰向胎破 등으로 통용돼 왔다. 논리를 명확히 전개한 문헌이 없어 향명칭의 論理不在다. 그러나 이것이 **進神水法**이다. 古書엔 "平洋穴後一尺低 個個兒孫會讀書"라며 "穴뒤가 한자씩 낮아지면 자손들마다 글공부를 잘한다"고 적고 있다. 穴뒤로 물이 나가려면 穴뒤가 낮아야 한다. 平野地에서 發福하고 山地에선 敗絶한다. 發富發貴 複數雙展한다. 浴方去水하면 '祿存流盡佩金魚'(甲庚丙壬서 물이 끝나면 金을 꿰어찬다)라는 旺浴向, 즉 旺向浴破처럼 吉格이다.

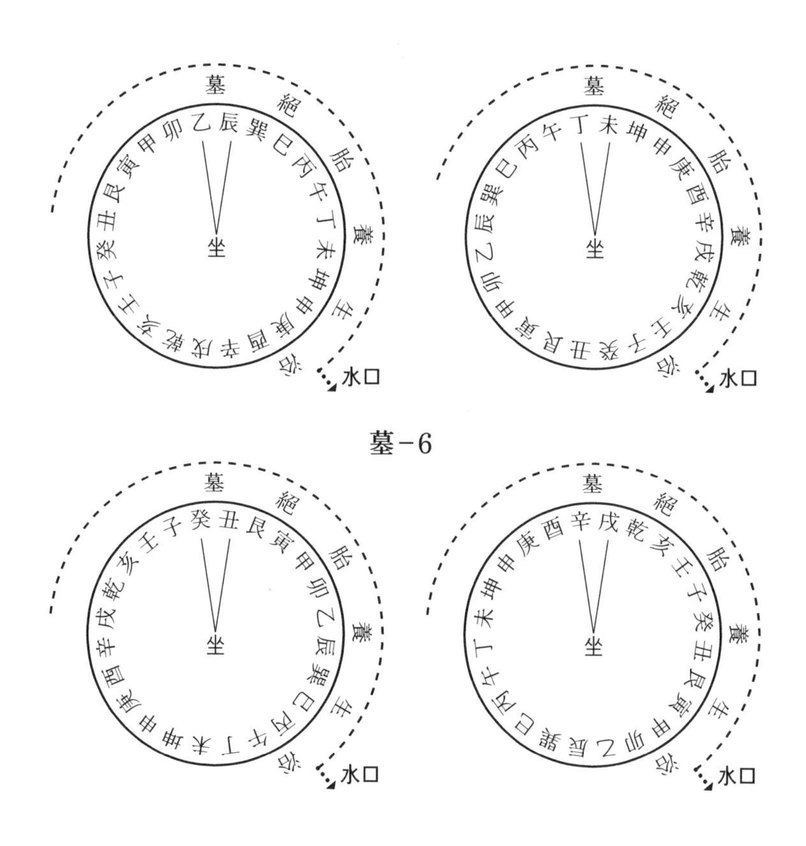

墓-6

(24-묘7)

물이 向의 180도 반대편인 穴뒤로 去水하니 **超過宮水不立向**이다. 이 向에서 左旋水 右旋水를 논하는 것은 無意味하다. 左旋水면 向上으론 **墓向帶破**이고 本局으론 **帶向墓破**다. 右旋水도 向上으론 墓向帶破이고 本局으론 帶向墓破다. 左·右旋水, 向上·本局 모두 墓帶向

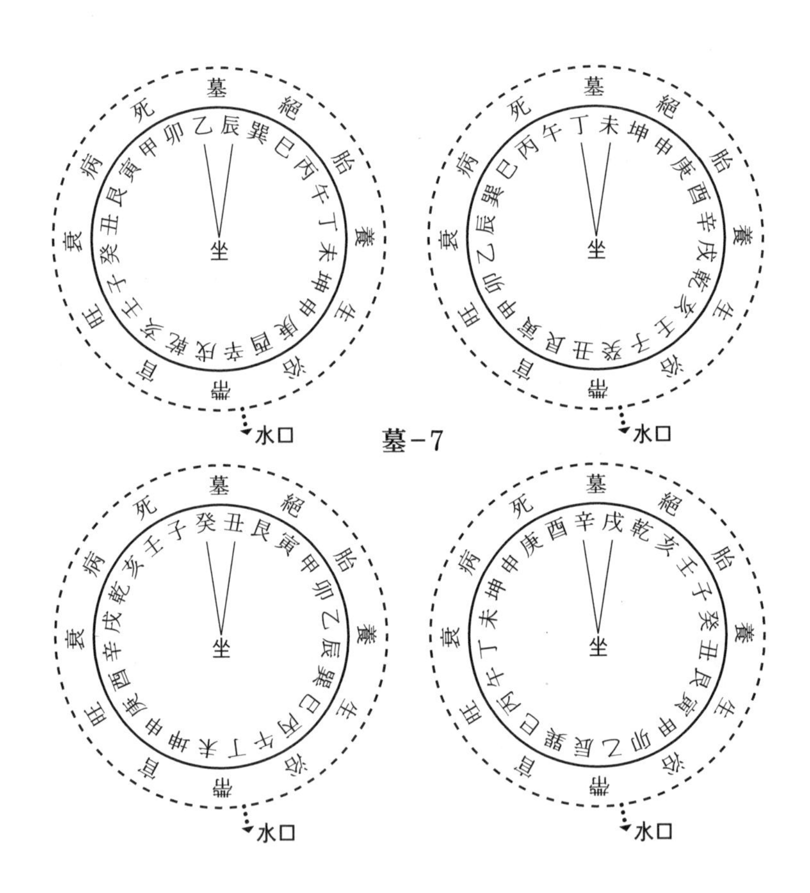

墓-7

아니면 帶墓向이다.

左旋水의 向上檢證을 위해 向에다 墓를 얹어 水口까지 12運星 順行하면 墓絶胎養生浴帶가 돼 墓向帶破가 된다. 또 水口가 正庫이므로 本局檢證을 위해 水口에다 墓를 얹어 向까지 12運星을 逆行하면 墓死病衰旺官帶가 돼 帶向墓破가 된다.

右旋水의 向上檢證을 위해 向에다 墓를 얹어 水口까지 12運星 逆行하면 墓死病衰旺官帶가 돼 墓向帶破가 된다. 역시 水口가 正庫이므로 本局檢證을 위해 水口에다 墓를 얹어 向까지 12運星을 逆行하면 墓絶胎養生浴帶가 돼 帶向墓破가 된다.

결론적으로 墓帶向인 墓向帶破, 帶墓向인 帶向墓破 모두 못쓰는 向이다.

* 단 이向은 向공부의 好材다.

(24-묘8)

우선수에 向上檢證으로 墓官向. 즉 **墓向官破**라 **墓沖官不立向**이다. 官을 沖하니 財敗하고 少年養育이 어려우며 男女愊死하고 夭壽가 어렵다. 子息들이 長, 次孫 順으로 敗한다.

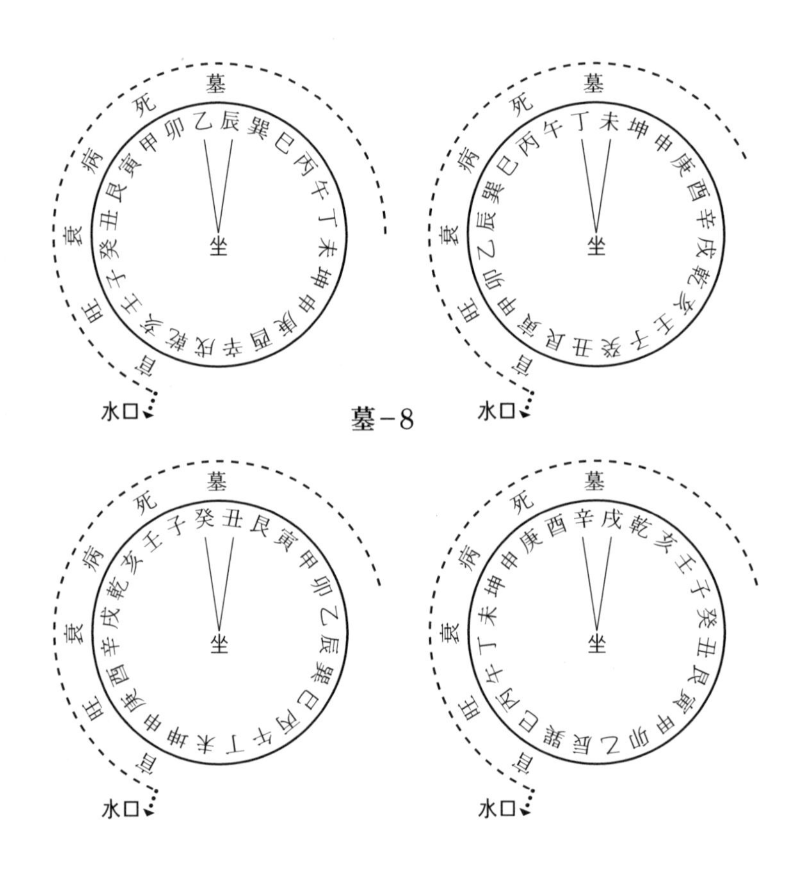

墓-8

(24-묘9)

우선수에 向上檢證으로 墓旺向. 즉 **墓向旺破**라 **墓沖旺不立向**이다. 旺을 沖하니 人丁은 배출되나 오래되면 短命 絕孫 敗財한다.

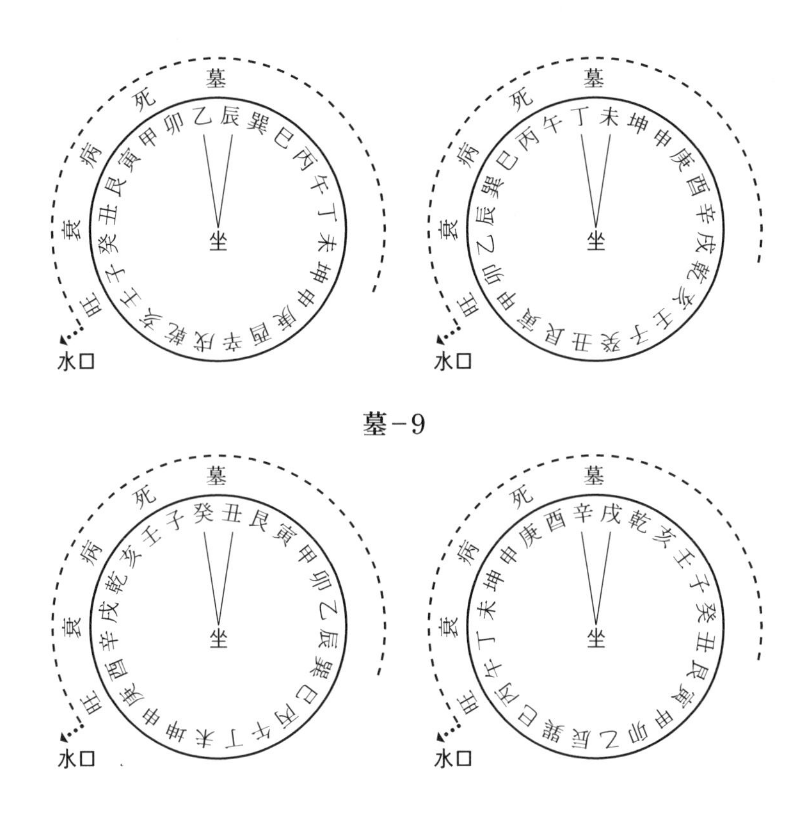

墓-9

(24-묘10)

우선수에 向上檢證으론 墓衰向, 즉 **墓向衰破**라 **墓沖衰不立向**이고 本局으론 養墓向, 즉 養向墓破라 養沖墓不立向이다. 向上으로 일원

화했다. 초년엔 人丁배출되나 財物은 없다. 公明은 불리하다.

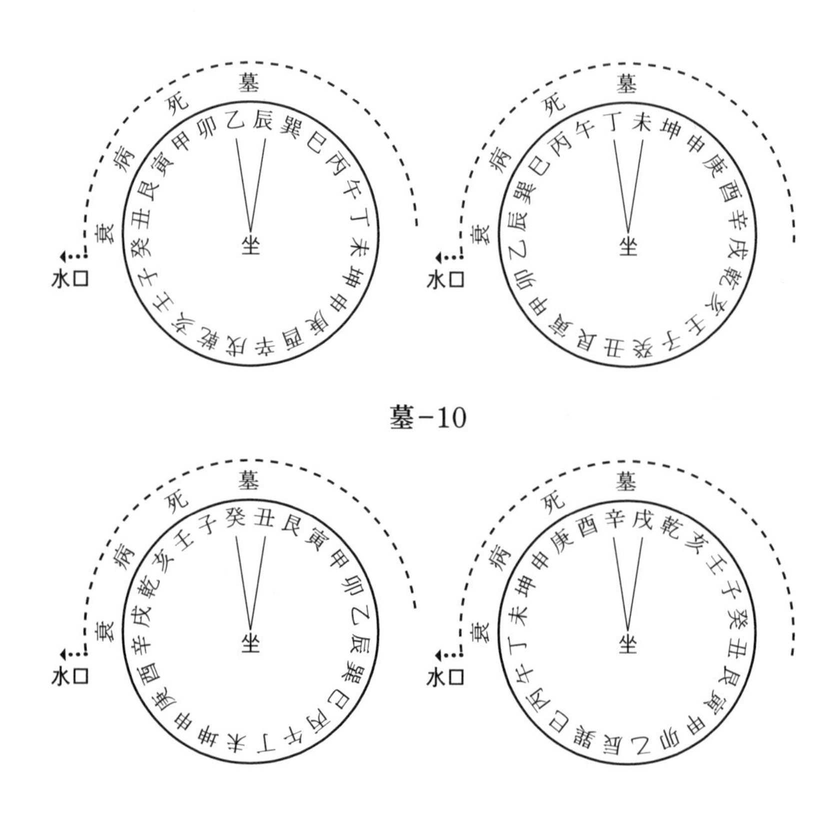

墓-10

(24-묘11) 기존 정양향

우선수에 向上檢證으로 墓病向, 즉 **墓向病破**다. 그동안 正養向으로 알려져 온 이向은 非正庫去水라 本局檢證은 不可다. 向上으로 보면 엄연한 墓向病破인데도 논리체계를 갖춘 근거도 없이 正養向 養向으로 통용돼왔다. 명확한 논리를 전개한 문헌이 없어 향 명칭의 論

理不在다. 그러나 이것이 楊公의 **救貧水法**이다. '貴人祿馬上御街' 로서 向中에서 가장 吉하다고 한다. 人丁과 財物이 旺하고 公明顯達하여 忠孝賢良한 子孫이 나고 男女모두 長壽하고 子女가 다 잘되고 특히 셋째가 잘 된다고 한다.

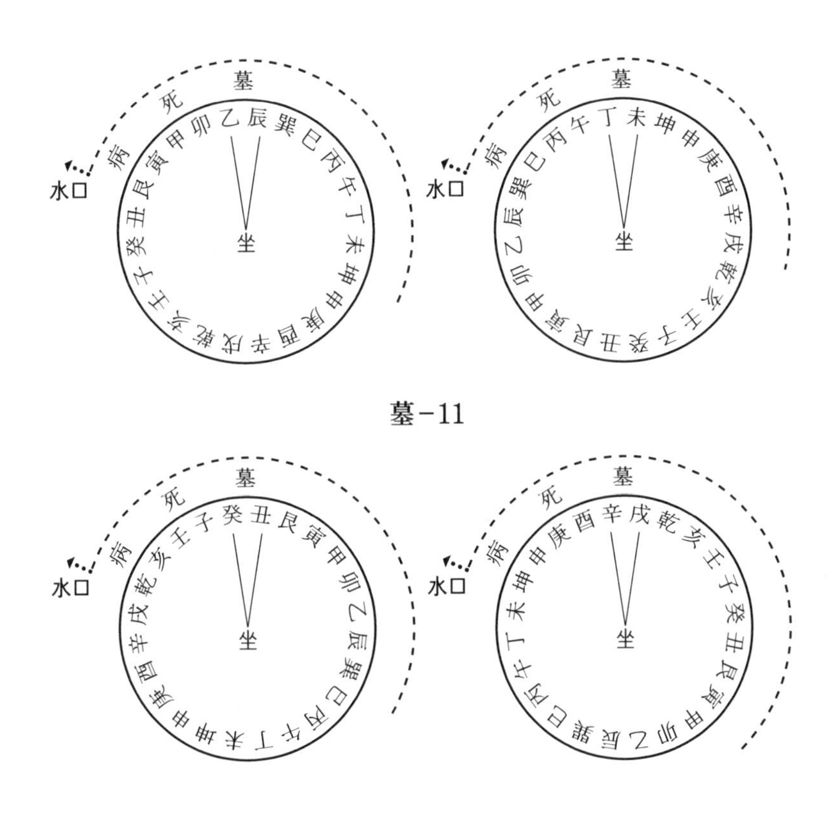

墓-11

(24-묘12)

우선수에 向上檢證으로 墓死向. 즉 **墓向死破**다. 向의 祿位(丁向의 祿은 午, 乙向의 祿은 卯, 癸向의 祿은 子, 辛向의 祿은 酉)를 沖해 **小**

黃泉不立向이다. 간혹 壽 하는 사람이 있어도 窮乏(궁핍) 愊死(핍사) 財敗(재패)한다.

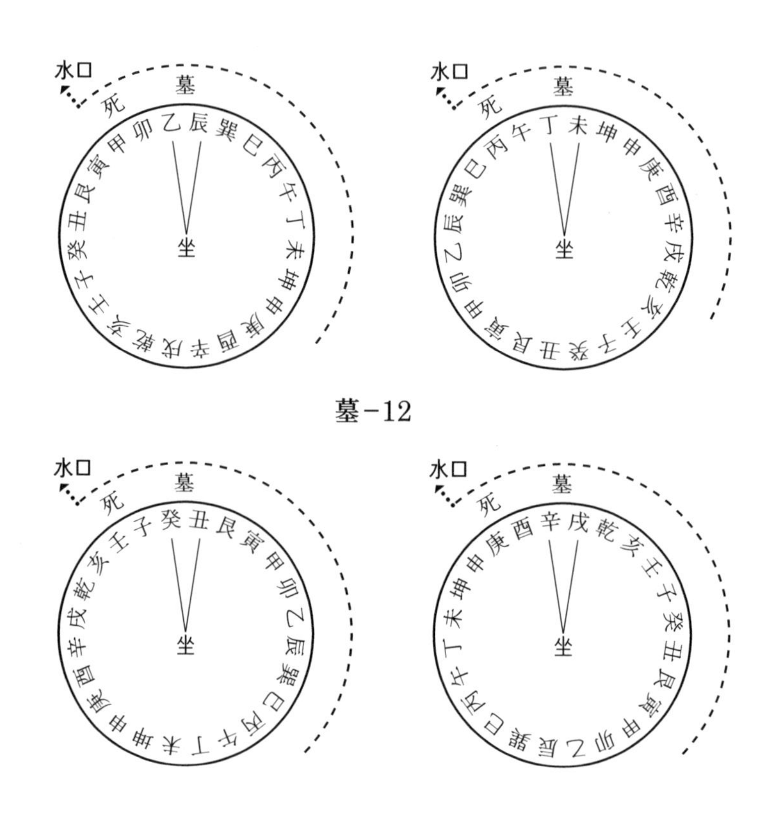

墓-12

(24-묘13)

우선수에 向破方 一致하나 水法不合으로 墓沖墓, 즉 **墓沖墓破**다. 向上檢證결과 當面의 墓를 沖하는 大殺을 犯해 **墓庫黃泉不立向**이다. 墓墓向인 墓向墓破가 아니다. 墓向墓破는 좌선수가 合法이다. 黃泉殺을 받아 敗絕한다. 古書에는 當面墓向을 다음과 같이 적고 있다.

丁未向 右旋水 丁破 丁庚坤上是黃泉(정경곤상시황천)

癸丑向 右旋水 癸破 甲癸向中憂見艮(갑계향중우견간)

乙辰向 右旋水 乙破 乙丙須防巽水先(을병수방손수선)

辛戌向 右旋水 辛破 辛壬水路怕當乾(신임수로파당건)

* 墓墓向(墓向墓破) : 乙辰 辛戌 丁未 癸丑向에 乙辛丁癸破.

* 生生向(生向生破) : 乾亥 坤申 艮寅 巽巳向에 乾坤艮巽破.

* 旺旺向(旺向旺破) : 壬子 丙午 甲卯 庚酉에 甲庚丙壬破.

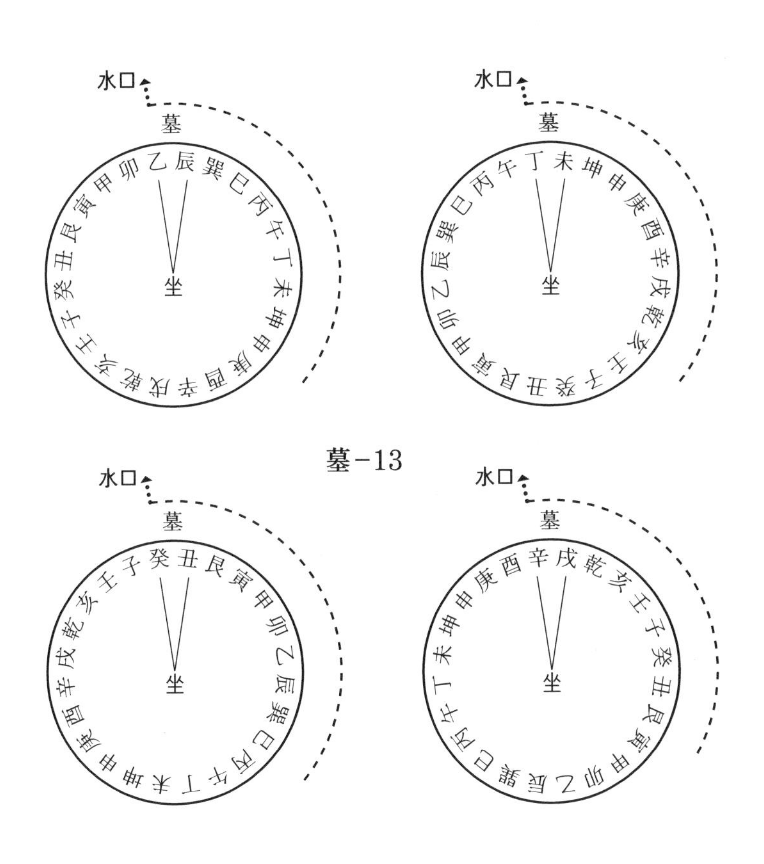

墓-13

論文의 向別 名稱과 旋水						
向順序	生 向		旺 向		墓 向	
	向 名	旋水	向 名	旋水	向 名	旋水
1	生沖生破	左旋	旺沖旺破	左旋	**墓向墓破**	左旋
2	**生向浴破**	左旋	**旺向衰破**	左旋	**墓向絕破**	左旋
3	生向帶破	左旋	旺向病破	左旋	墓向胎破	左旋
4	生向官破	左旋	旺向死破	左旋	墓向養破	左旋
5	生向旺破	左旋	**旺向墓破**	左旋	墓向生破	左旋
6	生向衰破	左旋	旺向絕破	左旋	**墓向浴破**	左旋
7	生向病破	左右 無關	旺向胎破	左右 無關	墓向帶破 帶向墓破	左右 無關
8	生向死破	右旋	旺向養破	右旋	墓向官破	右旋
9	**生向墓破**	右旋	旺向生破	右旋	墓向旺破	右旋
10	生向絕破	右旋	**旺向浴破**	右旋	墓向衰破	右旋
11	生向胎破	右旋	旺向帶破	右旋	**墓向病破**	右旋
12	**生向養破**	右旋	旺向官破 **大黃泉**	右旋	墓向死破 **小黃泉**	右旋
13	**生向生破**	右旋	**旺向旺破**	右旋	墓沖墓破	右旋

*墓 浴 破……………………3向共通 吉水.

*養 衰 病 破 ………………3向選別 吉水.

*生 帶 官 旺 死 胎 破……3向共通 凶水.

重要向法表를 論文의 形態로 變更

向 / 破	↰ 生向墓破	↱ 旺向墓破	↱ 墓向絕破	↰ 墓向病破	↰ 生向養破	↱ 旺向衰破	↱ 生向浴破	↰ 旺向浴破	↱ 墓向墓破	↰ 生向生破	↰ 旺向旺破	↱ 墓向浴破	↰ 大黃泉	↰ 小黃泉
辛戌	艮寅	丙午			乾亥	庚酉			辛戌					
乾亥			辛戌	癸丑						乾亥			壬子	
壬子							乾亥	甲卯			壬子	丁未		癸丑
癸丑	巽巳	庚酉			艮寅	壬子			癸丑					
艮寅			癸丑	乙辰						艮寅			甲卯	
甲卯							艮寅	丙午			甲卯	辛戌		乙辰
乙辰	坤申	壬子			巽巳	甲卯			乙辰					
巽巳			乙辰	丁未						巽巳			丙午	
丙午							巽巳	庚酉			丙午	癸丑		丁未
丁未	乾亥	甲卯			坤申	丙午			丁未					
坤申			丁未	申戌						坤申			庚酉	
庚酉							坤申	壬子			庚酉	乙辰		辛戌

※ 向法 總 整理.

吉 凶向 합계는 總 312향이다.

이중 96向은 吉向이고 216向은 凶向이다.

이를 吉 凶별로 정리하면 다음과 같다.

吉向 96向

吉向은 大 中 小로 분류 할 수 있다.

生向 旺向 墓向을 大向으로 본다. …………(1×3= 3向)

大向은 四個中向으로 늘어十二中向이 된다.(3×4=12向)

中向은八個小向으로늘어九十六小向이 된다.(12×8=96向)

3大向이 12中向과 96小向으로 분류되는 과정은 〈표-甲〉과 같다.

凶向 216向

凶向은 大 中 小로 분류할 수 있다.

凶生向 凶旺向 凶墓向을 大凶向으로 본다.(1×3= 3向)

大凶向은 9個中凶向으로 늘어나 모두 27中凶向이 된다.

(3×9= 27向)

中凶向은 8個小凶向으로 늘어나 모두 216小凶向이 된다.

(27×8=216向)

3大凶向이 27中凶向과 216小凶向으로 분류되는 과정은 〈표-乙〉과 같다.

통합전후 대(3) 중(12) 소(96) 길향별 분류 〈 표-甲 〉			
	大向	中向	小向
向法	吉生向	前 正生向	巽向 巳向 坤向 申向 乾向 亥向 艮向 寅向
		後 生向墓破	
		前 借庫自生向	巽向 巳向 坤向 申向 乾向 亥向 艮向 寅向
		後 生向養破	
		前 文庫自生向	巽向 巳向 坤向 申向 乾向 亥向 艮向 寅向
		後 生向浴破	
		前 絕向絕破	巽向 巳向 坤向 申向 乾向 亥向 艮向 寅向
		後 生向生破	
		4中向	32小向
	吉旺向	前 正旺向	丙向 午向 庚向 酉向 壬向 子向 甲向 卯向
		後 旺向墓破	
		前 借庫自旺向	丙向 午向 庚向 酉向 壬向 子向 甲向 卯向
		後 旺向衰破	
		前 文庫自旺向	丙向 午向 庚向 酉向 壬向 子向 甲向 卯向
		後 旺向浴破	
		前 胎向胎破	丙向 午向 庚向 酉向 壬向 子向 甲向 卯向
		後 旺向旺破	
		4中向	32小向
	吉墓向	前 正墓向	乙向 辰向 丁向 未向 辛向 戌向 癸向 丑向
		後 墓向絕破	
		前 正養向	乙向 辰向 丁向 未向 辛向 戌向 癸向 丑向
		後 墓向病破	
		前 衰向胎破	乙向 辰向 丁向 未向 辛向 戌向 癸向 丑向
		後 墓向浴破	
		前 墓向墓破	乙向 辰向 丁向 未向 辛向 戌向 癸向 丑向
		後 墓向墓破	
		4中向	32小向
向計	3大向	12中向	96小向
96小向은 모두 吉向으로서 左旋水 右旋水 水口方位에 따라 定해진다.			

통합전 대(3) 중(27) 소(216)흉향별 분류〈표-乙〉

	대	중	소
	흉생향	생충생파	손향 사향 곤향 신향 건향 해향 간향 인향
		생향대파	손향 사향 곤향 신향 건향 해향 간향 인향
		생향관파	손향 사향 곤향 신향 건향 해향 간향 인향
		생향왕파	손향 사향 곤향 신향 건향 해향 간향 인향
		생향쇠파	손향 사향 곤향 신향 건향 해향 간향 인향
		생향병파	손향 사향 곤향 신향 건향 해향 간향 인향
		생향사파	손향 사향 곤향 신향 건향 해향 간향 인향
		생향절파	손향 사향 곤향 신향 건향 해향 간향 인향
		생향태파	손향 사향 곤향 신향 건향 해향 간향 인향
		중흉향9	소흉향 72
	흉왕향	왕충왕파	병향 오향 경향 유향 임향 자향 갑향 묘향
		왕향병파	병향 오향 경향 유향 임향 자향 갑향 묘향
		왕향사파	병향 오향 경향 유향 임향 자향 갑향 묘향
		왕향절파	병향 오향 경향 유향 임향 자향 갑향 묘향
		왕향태파	병향 오향 경향 유향 임향 자향 갑향 묘향
		왕향양파	병향 오향 경향 유향 임향 자향 갑향 묘향
		왕향생파	병향 오향 경향 유향 임향 자향 갑향 묘향
		왕향대파	병향 오향 경향 유향 임향 자향 갑향 묘향
		왕향관파.대황	병향 오향 경향 유향 임향 자향 갑향 묘향
		중흉향9	소흉향 72
	흉묘향	묘향태파	을향 진향 정향 미향 신향 술향 계향 축향
		묘향왕파	을향 진향 정향 미향 신향 술향 계향 축향
		묘향생파	을향 진향 정향 미향 신향 술향 계향 축향
		묘향대파	을향 진향 정향 미향 신향 술향 계향 축향
		묘향관파	을향 진향 정향 미향 신향 술향 계향 축향
		묘향왕파	을향 진향 정향 미향 신향 술향 계향 축향
		묘향쇠파	을향 진향 정향 미향 신향 술향 계향 축향
		묘향사파.소황	을향 진향 정향 미향 신향 술향 계향 축향
		묘충묘파	을향 진향 정향 미향 신향 술향 계향 축향
		중흉향9	소흉향 72
계	대3	중 27	소216
위 향명은 필자가 수향법통합으로 통일한 흉향의 명칭이다.			

호순신의 지리신법편

호순신(胡舜申)의 지리신법(地理新法)이란 어떤 것인가? 向法은 向과 水口간에 「1대1」 개념인 반면 地理新法은 山과 水口간의 「1대1」 개념이다. 向法은 水口와 向이 法에 맞지 않으면 墓자리 하나만 안 쓰면 되지만 地理新法은 山과 水口가 法에 맞지 않으면 山전체의 많은 墓자리(穴)를 못쓴다는 논리가 성립된다. 어떤 것을 龍으로 볼 것이냐? 어느 위치에서 龍 五行을 측정할 것이냐? 등 풍수유파에 따라 「1대1」 개념이 달라질 수는 있다. 저자의 생각은 "지리신법은 음택에 關한 限 일정 면적 내 여러墓자리를 水口하나의 방위에 따라 '쓸 수 있다' '쓸 수 없다' 로 판정하는 포괄적 의미를 띄고 있다"고 본다.

學人들은 壬子 癸丑 艮寅 甲卯 乙辰 巽巳와 같은 雙山에 익숙하다. 그러나 雙山과는 달리 글字가 엮어진 子癸 丑艮 寅甲 卯辰 등에는 익숙하지 못하다. 地理新法은 子癸 丑艮 寅甲 卯辰 식으로 기존 雙山의 뒷 글字인 十二支가 앞에 붙고 기존 雙山의 앞 글字인 天干 글字가 뒤에 붙는 변형으로 엮어져 작용한다. 向法이 雙山으로 得破를 따지는데 비해 地理新法은 기존 雙山의 뒤쪽 글字인 地支와 뒤따라오는 雙山의 앞쪽 글字인 天干을 붙인 雙山을 만들어 한 개의 得水處나 破口로 본다.

向法은 得破를 墓 絕 胎 養 生 浴 帶 官 旺 衰 病 死 등 胞胎法(12運星)으로 吉凶을 따지는데 비해 地理新法은 12運星을 破軍 祿存 貪狼 文曲 武曲 右弼 巨門 左輔 廉貞 등 九星에 배속시켜 九星法으로 吉凶을 따진다.

破軍(묘) 祿存(절, 태) 貪狼(양, 생) 文曲(욕, 대) 武曲(관, 왕) 右弼 巨門 左輔(쇠) 廉貞(병, 사)이다. (괄호 안은 배속된 12운성이다.) 九星이 12運星을 거느리는 비율을 보면 九星 하나에 12運星이 둘씩 배속돼있고 이 가운데 1 : 2가 가장 많다. 그러나 破軍은 12運星 중 墓 하나만을 거느려 1 : 1의 비율이다. 右弼 巨門 左輔는 12運星 중 衰 하나를 공동으로 거느려 3 : 1의 비율이다. 佩鐵에서 地理新法을 적용하는 법은 다음과 같다.

예1) 癸丑龍의 丑坐 未向에 酉辛破면 癸丑龍은 洪範五行上 土龍이고 辛酉는 12運星 浴方去水요 浴方은 九星法上 文曲에 해당돼 吉하다.

예2) 辛戌龍의 戌坐 辰向에 辰巽破면 水龍에 墓方去水라 破軍에 해당돼 凶하다. 破軍에는 물이 들어와도 안되고 나가도 안 된다.

예3) 丙午龍에 丁未坐 癸丑坐 子癸破이면 火龍에 胎方去水라 祿存에 해당돼 吉方去水이다.

예4) 艮龍에 子坐 午向에 辰破이면 木龍에 衰方去水로 左輔 巨門 右弼로 吉方去水이다. 來去水 모두 吉水다.

예5) 乾亥龍에 酉坐 卯向이고 丁未破면 金龍에 浴帶方去水로 門曲이라 吉方去水이다.

來龍의 洪範五行이 水이면 著者가 만든 圖表를 佩鐵의 正針 子에 맞춰놓고 得水와 破口를 九星水法으로 감별하면 된다. (地理新法 龍水關係表 및 四龍別水口圖 25)

地理新法의 龍水關係表

祿存		破軍	廉貞		左輔	巨門	右弼	武曲		文曲		貪狼		九星	
去 吉		去 來 禁	去 吉		去 來 吉	去 來 吉	去 來 吉	來 吉		去 吉		來 吉		水 去 來 吉 凶	
胎	絕	墓	死	病	衰			旺	官	帶	浴	生	養	星運二十	
午丁	巳丙	辰巽	卯乙	寅甲	艮	丑	癸	子	亥壬	戌乾	酉辛	申庚	未坤	未坤庚癸丑 子寅辰辛申戌巽甲	龍土 龍水
子癸	亥壬	戌乾	酉辛	申庚	坤	未	丁	午	巳丙	辰巽	卯乙	寅甲	丑艮	丙午乙壬	龍火
酉辛	申庚	未坤	午丁	巳丙	巽	辰	乙	卯	寅甲	丑艮	子癸	亥壬	戌乾	卯艮巳	龍木
卯乙	寅甲	丑艮	子癸	亥壬	乾	戌	辛	酉	申庚	未坤	午丁	巳丙	辰巽	酉丁乾亥	龍金

그림 25. **地理新法 四龍別水口圖**

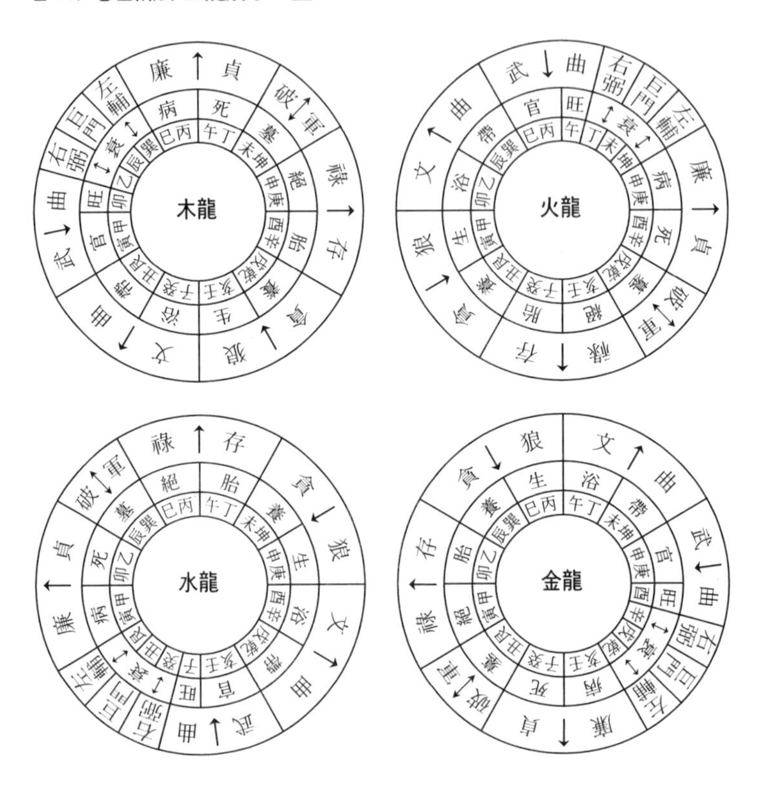

용별수구도의 12운성 중 旺을 水龍엔 子, 火龍엔 午, 木龍엔 卯, 金龍엔 酉(패철 정침)와 일치시키면 九星水法으로 물의 來去에 따른 吉凶을 檢證할 수 있다.

1.정침 2.홍법 3.운성 4.구성 5.봉침 6.왕래 7.오행

3 구성편(九星篇) 집중연구

구성으로 오결 방위 택일의 길흉을 검증한다

제3편 구성편(九星篇) 집중연구

구성으로 오결 방위 택일의 길흉을 검증한다

(1) 기존의 九星 외우기를 팽개쳐라.

九星은 八卦의 變卦때 마다 星辰을 붙여 吉凶을 논하는 것이다.(陽陰順 배열)

☰ 乾三連(건삼련)　☷ 坤三絕(곤삼절)

☵ 坎中連(감중련)　☲ 離虛中(이허중)

☱ 兌上絕(태상절)　☳ 震下連(진하련)

☶ 艮上連(간상련)　☴ 巽下絕(손하절)

一上破軍(일상파군) 二中祿存(이중록존) 三下巨門(삼하거문) 四中貪狼(사중탐랑) 五上文曲(오상문곡) 六中廉貞(육중염정) 七下武曲(칠하무곡) 八中輔弼(팔중보필)도 있다.

그러나 이런 것을 종류별로 다 외우다가는 정작 本論에 들어가기도 前에 九星은 어렵다고 포기할지도 모른다.

학인에 따라 다르겠지만 풍수공부를 하려면 理氣論을 무시하지 않는 한, 九星法은 많이 쓰인다.

따라서 복잡한 九星體系를 學人나름대로 단순화시켜서 어떤 式이든 머리에 넣어 둬야 한다.

원칙대로 외우거나 변칙적으로 외우거나 나름대로의 방법으로 외워서 뜻을 알고 있으면 된다.(그림 26 손바닥 구성도)

그림 26. **손바닥 구성도**

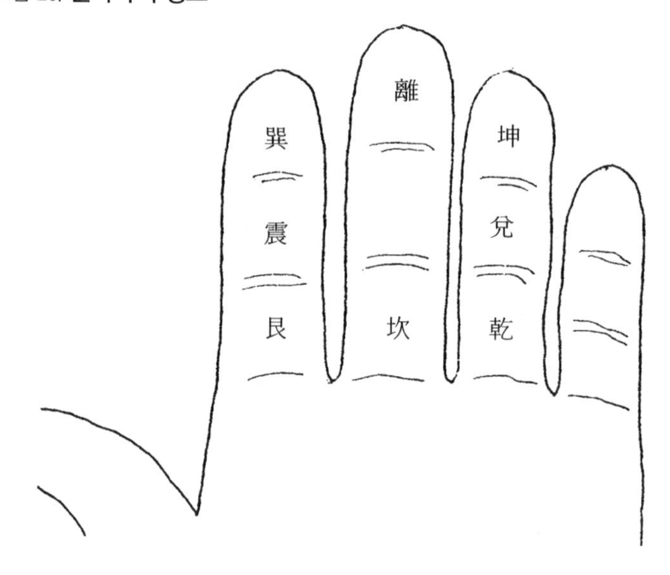

※九星八卦

乾 坤 艮 巽 坎 離 震 兌는 卦의 명칭이다.

☰ 三連 ☷ 三絕 ☶ 上連 ☴ 下絕 ☵ 中連 ☲ 虛中 ☳ 下連 ☱ 上絕은 爻(효)의 모양을 文字化 한 것이다. 즉 〈卦명칭+爻모양=卦單語〉이다. 이것은 결국 八卦 기억하는 방법을 文字化해 놓은 單語다. 學人들은 이것을 액면대로 외우는 것 자체도 공부에 부담이 된다.

그러나 원칙은 다음과 같다.

① 乾三連은 爻세개가 ☰ 이어졌다고 三連이다.

② 坤三絕은 爻세개가 ☷ 끊어졌다고 三絕이다.

③ 艮上連은 爻세개 중 위의 것만 ☶ 이어졌다고 上連이다.

④ 巽下絕은 爻세개 중 아래 것만 ☴ 끊어졌다고 下絕이다.

⑤ 坎中連은 爻세개 중 가운데 것만 ☵ 이어졌다고 中連이다.

⑥ 離虛中은 爻세개 중 가운데 것만 ☲ 끊어졌다고 離中絕로 하지 않고 離虛中이라고 한다. 다른 것은 모두 連 絕로 일관성이 있는데 이것만은 虛를 집어넣어 虛中이다.

⑦ 震下連은 爻세개 중 아래 것만 ☳ 이어졌다고 下連이다.

⑧ 兌上絕은 爻세개 중 위의 것만 ☱ 끊어졌다고 上絕이다.

글3字짜리 單語 여덟 개를 외우는 것보다 八卦의 卦글字만 보아도 爻의 모양이 떠오르고, 卦글字의 音만 들어도 爻의 모양이 떠올라야 한다. 건삼연 태상절 진하연 곤삼절 감중연 손하절 간상연 이허중 식으로 외우면 언제든지 3글字로 된 단어를 통째로 들먹이지 않으면 變卦를 진행할 수 없어 현장에서 손가락으로 卦를 뽑거나 變卦에 따른 吉格을 끌어내지 못한다. 다소 쉽게 九星法을 익히는 문제를 다루겠지만 여기서는 뜻만 이해하기로 한다.

※八卦納甲法

八卦에 배속시킨 天干 地支는 다음과 같다.

乾甲 : 乾은 甲을 거느린다.

坤乙 : 坤은 乙을 거느린다.

艮丙 : 艮은 丙을 거느린다.

巽辛 : 巽은 辛을 거느린다.

申坎(子)辰癸 : 坎(子)은 申辰癸를 거느린다.

寅離(午)戌壬 : 離(午)는 寅戌壬을 거느린다.

亥震(卯)未庚 : 震(卯)은 亥未庚을 거느린다.

巳兌(酉)丑丁 : 兌(酉)는 巳丑丁을 거느린다.

八卦 納甲法을 외우는 데는 위의 것이 효율적이다.

풍수학인들은 이미 三合五行에 익숙한 이후부터 納甲을 접하기 때문에 三合五行의 마지막 글字 뒤에 干支(癸 壬 庚 丁)을 붙이는 것이 또 다른 패턴의 卦單語 암기를 안 해도 되는 이점이 있다.

이로써 24방위는 반드시 八卦에 소속된다는 것을 알 수 있다. 佩鐵의 24방위엔 子 午 卯 酉로 돼 있으나 구성 팔괘엔 坎 離 震 兌로 돼있는 것은 九星자체가 周易에서 나왔기 때문이다.

※八星表

九星八卦의 의미는 용도에 따라 각각 다르게 나와 있으나 여러 가지 용도별 의미는 後述하기로 하고 그 중 하나를 열거하면 다음과 같다.

一上破軍은 파멸 절손의 의미(死)를 가진다.

二中祿存은 질병 단명의 의미(短)를 가진다.

三下巨門은 인덕 지배자 의미(君)를 가진다.

四中貪狼은 재벌 재물의 의미(臣)를 가진다.

五上文曲은 선비 청빈의 의미(文)를 가진다.

六中廉貞은 도둑 부랑아 의미(不)를 가진다.

七下武曲은 무관 장군의 의미(將)를 가진다.

八中輔弼은 보조 후원자 의미(卒)를 가진다.

＊이상은 저자가 나름대로 붙인 九星의 의미이다.

※八卦의 爻形 기억법

글字 자체를 외운다. 무지(拇指)와 새끼손가락을 제외한 식지(食指) 중지(中指) 무명지(無名指) 등 3손가락으로 괘를 만들어 보자(그림 27의 1~8)

① ☰乾 ☷坤 ☵坎 ☲離는 陽이라서 금방 머릿 속에 입력된다. 陽이란 중간爻(작대기)를 없앴을 때 아래위의 爻모양이 똑 같다.

— 乾은 왼손의 손가락 셋을 모두 펴라 (그림 27-1)

— 坤은 왼손의 손가락 셋을 모두 꺾어라 (그림 27-2)

— 坎은 왼손의 손가락 셋을 꺾은 상태에서 가운데 것만 펴라.(그림 27-3)

— 離는 왼손의 손가락 셋을 편 상태에서 가운데 것만 꺾어라.(그림 27-4)

② ☱兌 ☳震 ☶艮 ☴巽은 陰이다.

陰이란 중간爻(작대기)를 없앴을 때 위아래의 爻모양이 다르다. 兌 震 艮 巽을 납작한 글씨처럼 예서체로 썼다고 가상하자.

— 兌는 兌字 윗 부분의 글字를 납작하게 눌러(一 一) 썼다고 가정하라. 그러면 上爻의 끊어진 것이 연상된다. 왼손 손가락 셋 중 위의 것만 꺾어라.(그림 27-5)

— 震은 비雨字의 양쪽 두개씩의 빗줄기(二 二)를 포인트로 잡아라. 그러면 上爻 中爻가 끊어진 것이 연상된다. 왼손 손가락 셋 중 아래 것만 펴라.(그림 27-6)

— 艮은 궁여지책이지만 제일 윗 부분을 一字(一)로 생각하라. 그러면 上爻가 이어진 것으로 연상된다. 왼손 손가락 셋 중에서 위의 것만 펴라.(그림 27-7)

— 巽역시 아랫부분의 八字를 납작하게 눌러(一 一) 썼다고 가정하라. 그러면 下爻의 끊어진 것으로 연상된다. 왼손 손가락 셋 중 아래 것만 꺾어라.(그림 27의-8)

그림 27. **손가락 팔괘**

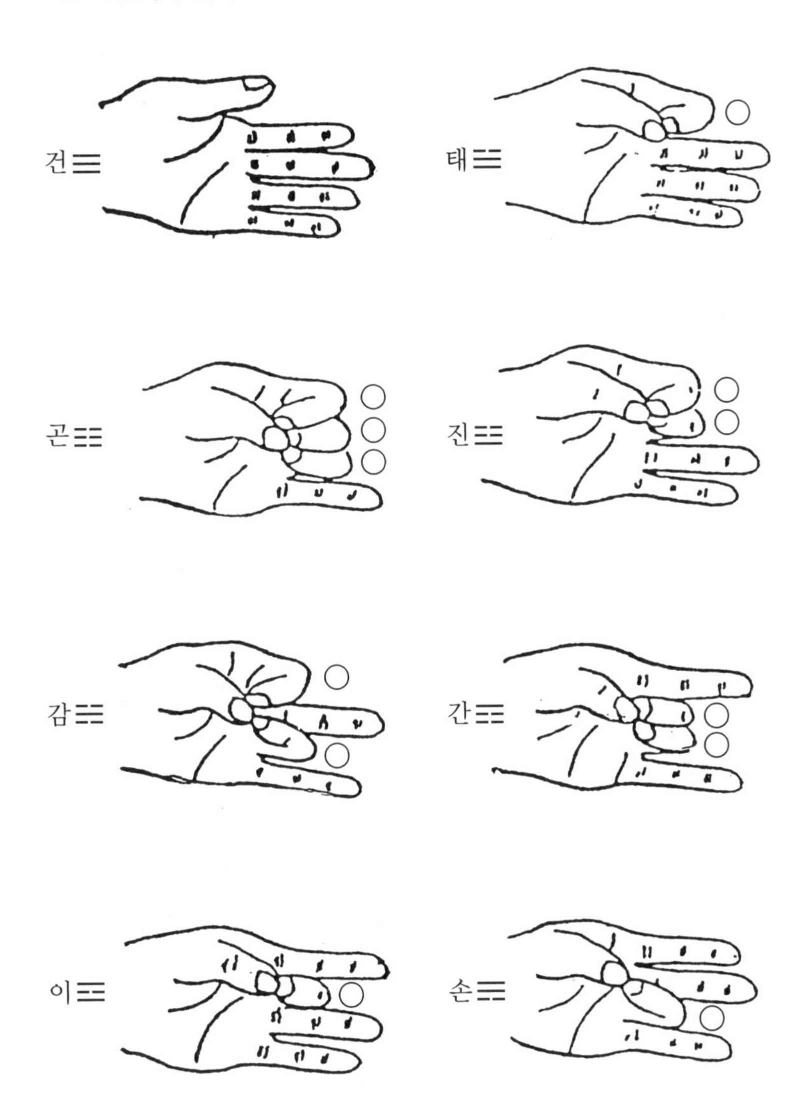

글字모양으로 기억해두면 외울 필요없이 글字만 보면 八卦(괘)의 모양이 떠오르고 卦의 音을 듣기만 해도 八卦의 모양이 연상된다.

저자가 이 부분에서 八卦의 모양을 바로 알아야 한다고 주장하는 것은 다음과 같은 이유가 있다.

건삼연 곤삼절…식 암기는 외국어 단어 암기식이다.

九星學人들은 이 분야만큼은 외국어 공부하듯이 팔괘를 알아 가지고는 변괘시킬 때 한 박자 늦은 사고력 때문에 실무에서 해독이 늦다. 빨리 알아야 될 필요성이야 없지만 구성의 복잡한 과정을 생략할 필요는 있다.

"저런 卦는 세 글字로된 單語가 뭐더라" "저 卦는 두 글字로 된 八個星辰은 뭐더라"는 식의 불필요한 학습과정을 줄이자는 것이다. 變卦의 順番에서 九星의 意味가 이미 定해져 있기 때문에 바로 九星의 答(意味)을 알고 그 意味와 관계가 있는 卦名은 나중에 알아도 되고 몰라도 괜찮은 것이다.

왜냐하면 九星 研究결과 變卦의 順番에 이미 九星의 意味가 定해져 있고 卦名은 별 意味가 없었다. 變卦의 順番別 九星의 意味는 吉星의 경우 3. 4. 7 1. 2. 6 1. 3. 6 이외의 것은 없었다. 九星編에서 詳述한다.

⑵ 九個星神을 말한다.

九星은 破軍 祿存 巨門 貪狼 文曲 廉貞 武曲 左輔 右弼 등 星神을 말하는 것이다. 이 가운데 左輔 右弼은 合稱, 輔弼 또는 伏吟(복음)이

라고도 한다. 巨門 貪狼 武曲은 三吉星으로 吉格이고 文曲 廉貞 破軍 祿存은 凶星이다. 星辰은 變卦때마다 의미가 달라져 길흉을 논하는 근원이 된다.

九星法은 玄妙經에 기록돼 있고 풍수사들이 많이 활용하고 있다. 龍의 形象에 吉格과 凶格이 있듯이 물(水)의 形象도 吉格과 凶格이 있다. 九星으로 龍水의 길흉을 따져보는 것도 중요한 공부다.

破軍은 絕命의 의미를 갖는다(死)
祿存은 絕體의 의미를 갖는다(短)
巨門은 天醫의 의미를 갖는다(君)
貪狼은 生氣의 의미를 갖는다(臣)
文曲은 遊魂의 의미를 갖는다(文)
廉貞은 禍害의 의미를 갖는다(不)
武曲은 福德의 의미를 갖는다(將)
輔弼은 歸魂(伏吟)의 의미를 갖는다(卒)

九星法을 적용한 先天山法(龍水法) 後天水法(坐水法) 天地卦法(龍坐法) 輔星卦法(向水法)은 墓의 吉凶을 가린다. 이밖에 九星法을 적용한 生氣福德法은 사람의 나이별 日辰 吉凶을, 十干屬卦看生氣法은 집坐의 吉凶을, 門路法은 집坐에 따른 大門방위의 吉凶을 가린다.

① 先天山法

先天山法은 龍과 水의 관계를 보는 것으로 龍과 水를 納甲法에 의해 八卦에 배속시킨 후 龍八卦와 水八卦가 어떤 관계를 갖는지를 보는 것이다.

② 後天水法

後天水法은 坐와 水의 관계를 보는 것으로 坐와 水(破)方位를 納甲法에 의해 八卦에 배속시킨 후 坐八卦와 破八卦가 어떤 관계를 갖는지를 보는 것이다.

③ 天地卦

天地卦法은 龍과 坐의 관계를 보는 것으로 龍과 坐를 八卦에 배속시켜 龍八卦와 坐八卦가 龍이 淨陰이면 坐도 淨陰이라야 하고 龍이 淨陽이면 坐도 淨陽이라야 한다.

④ 輔星卦

輔星卦法은 向과 水의 관계를 보는 것으로 向과 水(破)를 八卦에 배속시켜 向八卦와 破八卦가 向이 淨陰이면 水도 淨陰이라야 하고 向이 淨陽이면 水도 淨陽이라야 한다.

⑤ 生氣福德法

나에게는 어떤 日辰이 좋은 날인가?

나이에 따라 日辰別로 吉凶이 있는 것을 알아보는 것이 生氣 福德法이다. 내 나이가 八卦중 어느 卦에 배속됐는지 卦를 뽑은 後 나의 卦(我卦)를 變卦시켜서 生氣 天醫 福德날을 찾는 것이다. 이 法은 상세히 後術한다.

⑥ 十干屬卦看生氣法

나에게는 어떤 坐의 집이 좋은가?

生年太歲의 十干이 八卦의 어느卦에 배속되는지 卦를 뽑고 그 我卦를 變卦시켜서 닫는 方位가 生氣 天醫 福德方位 이면 집의 坐로서 吉格이다.

⑦ 門路法

나의 집(坐)에는 어떤 方位의 大門이 좋은가?

十干屬卦看生氣法에 의해 집의 坐가 定해지면 이 집의 坐가 배속된 我家卦를 變卦시켜서 닫는 方位가 生氣 延年 天德方位이면 大門의 方位로서 吉格이다.

(3) 九星의 종류별 星神을 다 외우려면 머리가 터진다.

著者는 九星과 관련, 變卦에 따른 3개의 吉凶表와 1개의 變卦早見表를 작성한다. 九星으로 吉凶을 보는 분야가 本書에 수록된 일곱개 외에도 더 있을 것으로 보인다.

현재 있는 것마저도 變卦의 順番에 의해서 吉凶이 일관성이 없고 星神 解說 吉凶이 가지각색이다. 즉 九星이란 陰宅분야인 墓의 경우 龍이면 龍, 坐면 坐, 得破면 得破, 向이면 向의 方位를 보아 九星의 어느 卦에 해당되는지를 보는 本卦를 뽑는다.

陽宅분야인 住宅의 경우에도 坐면 坐, 門이면 門, 廚房이면 廚房의 方位를 보아 九星의 어느 卦에 해당되는지 本卦를 뽑는다. 이렇게 뽑은 本卦를 變卦시켜서 그 變卦의 意味가 어떤 것인지를 따져 吉凶을 가늠하는 것이다.

① 著者가 九星을 공부하는 과정에서 터득한 것을 나름대로 기술

하면 다음과 같다. 九星을 쉽게 외우고 뜻을 즉시 파악하기 위해 巨門 貪狼 武曲 文曲 輔弼 廉貞 祿存 破軍 등으로 된 2글字를 1글字로 줄여 死 短 君 臣 文 不 將 卒 等式으로 단순화시켰다. 따라서 九星의 여덟 가지 意味인 吉凶을 다음과 같이 命名했다.

○仁德 支配者의 의미를 가진 巨門은 君으로

○支配者의 參謀와 財閥의 의미를 가진 貪狼은 臣으로

○武官 將軍의 의미를 가진 武曲은 將으로

○선비 淸貧의 의미를 가진 文曲은 文으로

○輔助 後援者의 의미를 가진 輔弼(伏吟)은 卒로

○盜賊 不良兒의 의미를 가진 廉貞은 不로

○疾病 短命의 의미를 가진 祿存은 短으로

○客死 絕孫의 의미를 가진 破軍은 死로 命名했다.

② 조직사회의 계층을 다음과 같은 상황으로 설정했다.

○支配者가 있으면 민중인 卒이 있고

○支配者 주변에 그를 떠받드는 참모그룹이 있다.

○支配者와 참모그룹, 즉 상류층 이외엔 모두 卒로 봤다.

○그러나 卒 중에서도 甲男乙女처럼 평범한 卒이 있고

○學文을 하는 청빈한 卒

○행실이 나쁜 불량한 卒

○命이 짧아 단명하는 卒

○운명이 기구해 절손하는 卒 등이 있을 수 있다고 보는 것이다.

③ 이것을 다시 다음과 같이 줄 세우기를 해봤다.

支配者는 임금으로 설정해 임금을 '君' 으로 명명하고

支配者를 떠받드는 참모그룹인 文武百官과 臣下 財閥을 '臣' 으로 명명하고 軍은 그 우두머리를 將軍으로 설정해 '將' 으로 명명했다.

○卒중에서 學文하는 淸貧한 卒을 文筆家로 설정해 '文' 으로 명명하고

○行實이 나쁜 卒을 不良兒로 설정해 '不' 로 명명하고

○短命하는 卒을 短命者로 설정해 '短' 으로 명명했다.

○卒중에서 客死 絕孫運을 가진者에겐 죽음을 설정해 '死' 로 명명하고

○學文하는 者도아니고 行實나쁜 者도 아니고 短命 客死의 위험도 없는 평범한 甲男乙女는 그냥 '卒' 로 명명함.

風水學人 諸位는 나름대로 기억을 잘 하는 방법을 연구하면 좋을 것이다. 손가락으로 變卦를 짚을 줄 아는 風水師는 다음과 같은 圖表만 기억하면 山에서 혹은 建物 터에서 바로 九星을 實務에 使用할 수 있다.

다만 破軍 祿存 巨門 貪狼 文曲 廉貞 武曲 伏吟 輔弼 五鬼 六殺 歸魂 絕體 絕命 天德 等의 용어는 책마다 분야마다 차이가 있었으나 巨門 貪狼 武曲과 生氣 天醫 福德 만큼은 不變이었다.

예1) 子坐 午向에 坤破(坤방위)일 경우 後天水法으로 보면 午向은 寅離(午)戌壬으로 離卦가 向卦다. 離卦의 4번째 變卦는 坤이고 坤은

貪狼 臣이다.

따라서 支配者는 못돼도 參謀그룹엔 屬하는 吉格이다.

예2) 艮坐 坤向에 乾破(乾방위)일 경우 後天水法으로 보면 坤向은 坤乙로 坤卦가 向卦다. 坤卦의 3번째 變卦는 乾이고 乾은 支配者 君이다.

따라서 支配者는 九星의 星辰 중 最高 吉格이다.

* 一. 八卦의 變卦別 九星名稱(横 變卦順)									
變卦順番	1	2	3	4	5	6	7	8	吉番
乾卦	兌	震	坤	坎	巽	艮	離	乾	
坤卦	艮	巽	乾	離	震	兌	坎	坤	
先天山法	文曲	祿存	巨門	貪狼	廉貞	破軍	武曲	伏吟	3.4.7
後天水法	破軍	祿存	巨門	貪狼	文曲	廉貞	武曲	伏吟	3.4.7
天地卦	貪狼 (生氣)	巨門 (天醫)	祿存 (絕體)	文曲 (遊魂)	廉貞 (禍害)	武曲 (福德)	破軍 (絕命)	輔弼 (歸魂)	1.2.6
輔星卦	文曲	祿存	巨門	貪狼	廉貞	破軍	武曲	輔弼	3.4.7
生氣福德法	生氣	天醫	絕體	遊魂	禍害	福德	絕命	歸魂	1.2.6
十干生氣法	生氣	天醫	絕體	遊魂	禍害	福德	絕命	歸魂	1.2.6
門路法	生氣	五鬼	延年	六殺	禍害	天德	絕命	歸魂	1.3.6

(4) 왼손가락의 움직임에서 이미 八卦가 나타나 있다.(위의 그림 27)

* 二. 八卦의 用度別 變卦 吉凶表 (橫 變卦順)									
變卦順番	1	2	3	4	5	6	7	8	吉番
乾卦의 變化	兌	震	坤	坎	巽	艮	離	乾	
坤卦의 變化	艮	巽	乾	離	震	兌	坎	坤	
先天山法 (龍과水)	文	短	**君**	**臣**	不	死	**將**	卒	3.4.7
後天水法 (坐와水)	死	短	**君**	**臣**	文	不	**將**	卒	3.4.7
天地卦(龍坐)	**臣**	**君**	短	文	不	**將**	死	卒	1.2.6
輔星卦(向水)	文	短	**君**	**臣**	不	死	**將**	卒	3.4.7
生氣福德法	**臣**	**君**	短	文	不	**將**	死	卒	1.2.6
十干屬卦 看生氣法	**臣**	**君**	短	文	不	**將**	死	卒	1.2.6
門路法	**臣**	**短**	**君**	不	文	**將**	死	卒	1.3.6

* 三. 八卦의 變卦 早見表 (縱 橫 變卦順)								
八卦 / 變卦	乾	兌	震	坤	坎	巽	艮	離
1變	兌	乾	離	艮	巽	坎	坤	震
2變	震	離	乾	巽	艮	坤	坎	兌
3變	坤	艮	巽	乾	離	震	兌	坎
4變	坎	巽	艮	離	乾	兌	震	坤
5變	巽	坎	坤	震	兌	乾	離	艮
6變	艮	坤	坎	兌	震	離	乾	巽
7變	離	震	兌	坎	坤	艮	巽	乾
8變	乾	兌	震	坤	坎	巽	艮	離

(5) 압축된 星神의 吉凶은 다음과 같다.

文 短 君 臣 不 死 將 卒 3 4 7 선천산법.

文 短 君 臣 不 死 將 卒 3 4 7 보성괘(向水法).

死 短 君 臣 文 不 將 卒 3 4 7 후천수법.

臣 君 短 文 不 將 死 卒 1 2 6 천지괘(龍坐法).

臣 君 短 文 不 將 死 卒 1 2 6 생기복덕법.

臣 君 短 文 不 將 死 卒 1 2 6 십간속괘간생기법.

臣 短 君 不 文 將 死 卒 1 3 6 문로법(門路法).

風水學人들은 위의 것만 알아도 九星을 구사할 수 있다.

① 先天山法과 輔星卦法(向水)은 文 短 君 臣 不 死 將 卒 배열이 같다. 後天水法은 死 短 君 臣 文 不 將 卒로 배열돼 先天山法과 輔星卦法은 약간만 다르다.

그러나 先天山法 輔星卦法 後天水法은 3번變卦, 4번變卦, 7번變卦에서 支配者(3), 參謀(4), 將軍(7)이 배출되는 吉格은 동일하다.

② 天地卦法(龍坐) 生氣福德法 十干屬卦看生氣法은 臣 君 短 文 不 將 死 卒 배열이 같다

1번變卦, 2번變卦, 6번變卦에서 支配者(1), 參謀(2), 將軍(6)이 배출되는 吉格이다.

③ 門路法은 臣 短 君 文 不 將 死 卒로 배열돼 있다.

1번變卦, 3번變卦, 6번變卦에서 支配者(1),財閥(3),將軍(6)이 배출되는 吉格이다.

* 四. 八卦의 變卦 早見表(縱 橫 變卦順)								
八卦 / 變卦	☰	☱	☳	☷	☵	☴	☶	☲
1變	☱	☰	☲	☶	☴	☵	☷	☳
2變	☳	☲	☰	☴	☶	☷	☵	☱
3變	☷	☶	☴	☰	☲	☳	☱	☵
4變	☵	☴	☶	☲	☰	☱	☳	☷
5變	☴	☵	☷	☳	☱	☰	☲	☶
6變	☶	☷	☵	☱	☳	☲	☰	☴
7變	☲	☳	☱	☵	☷	☶	☴	☰
8變	☰	☱	☳	☷	☵	☴	☶	☲

다음은 참고 문헌별 선천산법 후천수법 천지괘 보성괘

생기복덕법 십간속괘간생기법 문로법의 요점을 정리한 것이다. 짙은 글씨가 길성이다. 법마다 책마다 길성의 순서가 일치하지 않는다.

구성의 변괘 순서대로 길성의 배치가 안된 이유는 뭘까?

先天山法

이 龍에는 무슨 坐가 좋은가? 龍坐法이다.

1	2	3	4	5	6	7	8
文	短	**君**	**臣**	不	死	**將**	卒
文	祿	**巨**	**貪**	廉	破	**武**	伏
		吉	吉			吉	

(『明堂全書』 明文堂 徐선술 徐선계 저 韓松溪 譯 1997. 268쪽)

後天水法

이 向에는 무슨 水(破)가 좋은가? 向水法이다.

1	2	3	4	5	6	7	8
死	短	**君**	**臣**	文	不	**將**	卒
破	祿	**巨**	**貪**	文	廉	**武**	伏
		吉	吉			吉	

(『明堂全書』 明文堂 徐선술 徐선계 저 韓松溪 譯 1997. 266쪽)

註 : 명당전서의 선천산법과 후천수법에는 용과 좌를 보는 법으로 서술했으나 필자는 용과 수를 보는 것이라고 간주한다.

先天山法

이 龍에는 무슨 坐가 좋은가? 龍坐法이다.

1	2	3	4	5	6	7	8
文	短	**君**	**臣**	不	死	**將**	卒
文	祿	**巨**	**貪**	廉	破	**武**	伏
		吉	吉			吉	

(『易學大辭典』 明文堂 韓重洙 曺誠佑 共著 1994. 72쪽)

後天水法

이 向에는 무슨 水(破)가 좋은가? 向水法이다.

1	2	3	4	5	6	7	8
死	短	**君**	**臣**	文	不	**將**	卒
破	祿	**巨**	**貪**	文	廉	**武**	伏
		吉	吉			吉	

(『易學大辭典』 明文堂 韓重洙 曺誠佑 共著 1994. 73쪽)

註 : 역학대사전의 후천수법에는 향과 수를 보는 법으로 서술했으나 필자는 용과 수를 보는 것이라고 간주한다.

先天山法

이 龍에는 무슨 得破가 좋은가? 龍水法이다.

1	2	3	4	5	6	7	8
文	短	**君**	**臣**	不	死	**將**	卒
文	祿	**巨**	**貪**	廉	破	**武**	伏
		吉	吉			吉	

(『明堂寶鑑』 韓林院 韓重洙 著 1993. 469쪽)

後天水法

이 坐에는 무슨 水(破)가 좋은가? 坐水法이다.

1	2	3	4	5	6	7	8
死	短	**君**	**臣**	文	不	**將**	卒
破	祿	**巨**	**貪**	文	廉	**武**	伏
		吉	吉			吉	

(『明堂寶鑑』 韓林院 韓重洙 著 1993. 471쪽)

天地卦(龍坐法)

이 龍에는 무슨 坐가 좋은가? 龍坐法이다.

1	2	3	4	5	6	7	8
臣	**君**	短	文	不	**將**	死	卒
貪狼	**巨門**	祿存	文曲	廉貞	**武曲**	破軍	輔弼
生氣	**天醫**	絶體	遊魂	禍害	**福德**	絶命	歸魂
吉	吉				吉		

(『신 羅經硏究』 동학사 申 坪 著 1996. 60쪽)

輔星卦(向水法)

이 向에는 무슨 水(破)가 좋은가? 向水法이다.

1	2	3	4	5	6	7	8
文	短	**君**	**臣**	不	死	**將**	卒
文	祿	**巨**	**貪**	廉	破	**武**	伏
		吉	吉			吉	

(『신 羅經硏究』 동학사 申 坪 著 1996. 66쪽)

生氣 福德法

나에게는 무슨 날(日辰)이 좋은가?

1	2	3	4	5	6	7	8
臣	**君**	短	文	不	**將**	死	卒
生氣	**天醫**	絕體	遊魂	禍害	**福德**	絕命	歸魂
吉	吉				吉		

(『明堂寶鑑』 韓林院 韓重洙 著 1993. 430쪽)

十干屬卦看生氣法

나에게는 어떤 坐(八卦)의 집이 좋은가?

1	2	3	4	5	6	7	8
臣	**君**	短	文	不	**將**	死	卒
生氣	**天醫**	絕體	遊魂	禍害	**福德**	絕命	歸魂
吉	吉				吉		

(『靑烏經』 明文堂 韓重洙 譯 1996. 142쪽)

門路法

나의 집(坐)은 어떤 方位(八卦)의 大門 좋은가?

1	2	3	4	5	6	7	8
臣	短	**君**	文	不	**將**	死	卒
生氣	五鬼	**延年**	六殺	禍害	**天德**	絕命	歸魂
吉		**吉**			吉		

(『靑烏經』 明文堂 韓重洙 譯 1996. 144쪽)

門. 廚 方位法(門. 廚)

나의 집(坐)에는 어떤 方位(八卦)의 大門과 廚房이 좋은가?

1	2	3	4	5	6	7	8
臣	短	**君**	文	不	**將**	死	卒
生氣	五鬼	**延年**	六殺	禍害	**天乙**	絕命	伏吟
吉		**吉**			吉		

(『大韓民曆』 陽宅大要篇 明文堂)

1. 生氣 東四宅 上吉, 西四宅 小吉 吉

2. 五鬼 凶

3. 延年 東四宅 中吉, 西四宅 上吉 吉

4. 六殺 凶

5. 禍害 凶

6. 天乙 東四宅 小吉, 西四宅 中吉 吉

7. 絕命 凶

8. 伏吟 吉 凶 半半

東四宅은 坎離震巽 西四宅은 乾坤艮兌

(6) 九星別 吉凶은 이렇다.

[1] 先天山法(陽龍 陽水 陰龍 陰水 3.4.7)

이 龍에는 무슨 水가 좋은가? 先天山法은 龍과 水의 관계를 納甲法에 의해 八卦에 배속(정음정양)시켜 龍八卦와 水八卦가 어떤 관계를 갖는지를 보는 것이다.

1	2	3	4	5	6	7	8
文	短	**君**	**臣**	不	死	**將**	卒
文	祿	**巨**	**貪**	廉	破	**武**	伏
		吉	吉			吉	

龍八卦를 보고 水八卦를 定하는 것이다.

즉 龍八卦가 淨陰이면 水八卦도 淨陰이라야 되고 龍八卦가 淨陽이면 水八卦도 淨陽이라야 된다.

* 先天山法 變卦 早見表 (縱 橫 變卦順)								
水 \ 龍	乾	兌	震	坤	坎	巽	艮	離
1變	兌	乾	離	艮	巽	坎	坤	震
2變	震	離	乾	巽	艮	坤	坎	兌
3變	坤	艮	巽	乾	離	震	兌	坎
4變	坎	巽	艮	離	乾	兌	震	坤
5變	巽	坎	坤	震	兌	乾	離	艮
6變	艮	坤	坎	兌	震	離	乾	巽
7變	離	震	兌	坎	坤	艮	巽	乾
8變	乾	兌	震	坤	坎	巽	艮	離

八卦(龍)의 變卦(水) 早見表를 봐가며 八卦龍別 吉한 水의 八卦를 알아본다.

3 4 7

① 乾괘용이면 坤 坎 離괘 水가 吉格이다.

② 兌괘용이면 艮 巽 震괘 水가 吉格이다.

③ 震괘용이면 巽 艮 兌괘 水가 吉格이다.

④ 坤괘용이면 乾 離 坎괘 水가 吉格이다.

⑤ 坎괘용이면 離 乾 坤괘 水가 吉格이다.

⑥ 巽괘용이면 震 兌 艮괘 水가 吉格이다.

⑦ 艮괘용이면 兌 震 巽괘 水가 吉格이다.

⑧ 離괘용이면 坎 坤 乾괘 水가 吉格이다.

예 ① 乾龍에 子破이면 일단 陽龍에 陽破다.

龍八卦는 乾卦이고 水八卦는 坎卦인 셈이다.

위에서 언급했듯이 乾卦가 4번 變卦를 거쳐야 坎卦가 되고 4번 變卦는 吉格(臣)이다.

예 ② 兌龍에 辛破이면 일단 陰龍에 陰破다.

龍八卦는 兌卦이고 水八卦는 巽卦인 셈이다. 辛은 巽辛이기 때문이다. 위에서 언급했듯이 兌卦가 4번 變卦를 거쳐야 巽卦가 되고 4번 變卦는 吉格(臣)이다.

예 ③ 震龍에 巽破이면 일단 陰龍에 陰破다.

龍八卦는 震卦이고 水八卦는 巽卦인 셈이다.

위에서 언급했듯이 震卦가 3번 變卦를 거쳐야 巽卦가 되고 3번 變卦는 吉格(君)이다.

예 ④ 坤龍에 午破이면 일단 陽龍에 陽破다.

龍八卦는 坤卦이고 水八卦는 離卦인 셈이다.

위에서 언급했듯이 坤卦가 4번 變卦를 거쳐야 離卦가 되고 4번 變卦는 吉格(臣)이다.

예 ⑤ 坎龍에 乾破이면 일단 陽龍에 陽破다.

龍八卦는 坎卦이고 水八卦는 乾卦인 셈이다.

위에서 언급했듯이 坎卦가 4번 變卦를 거쳐야 乾卦가 되고 4번 變卦는 吉格(臣)이다.

예 ⑥ 巽龍에 艮破이면 일단 陰龍에 陰破다.

龍八卦는 巽卦이고 水八卦는 艮卦인 셈이다.

위에서 언급했듯이 巽卦가 7번 變卦를 거쳐야 艮卦가 되고 7번 變

卦는 吉格(將)이다.

예 ⑦ 艮龍에 卯破이면 일단 陰龍에 陰破다.

龍八卦는 艮卦이고 水八卦는 震卦인 셈이다. 卯는 亥卯(震)未庚이기 때문이다.

위에서 언급했듯이 艮卦가 4번 變卦를 거쳐야 震卦가 되고 4번 變卦는 吉格(臣)이다.

예 ⑧ 離龍에 申破이면 일단 陽龍에 陽破다.

龍八卦는 離卦이고 水八卦는 坎卦인 셈이다.

위에서 언급했듯이 離卦가 3번 變卦를 거쳐야 坎卦가 되고 3번 變卦는 吉格(君)이다.

2 後天水法(陽坐 陽破 陰坐 陰破 3.4.7)

이 坐에는 무슨 水(破)가 좋은가?

後天水法은 坐와 水(得破)관계를 보는 것으로 坐와 水(得破)方位를 納甲法에 의해 八卦에 배속(정음정양법)시킨 후 坐八卦와 水(得破)八卦가 어떤 관계를 갖는지를 보는 것이다.

1	2	3	4	5	6	7	8
死	短	**君**	**臣**	文	不	**將**	卒
破	祿	**巨**	**貪**	文	廉	**武**	伏
		吉	吉			吉	

八卦(坐)의 變卦(得水. 破口) 早見表를 봐가며 八卦坐別 吉한 得水處와 吉한 破口處의 八卦를 알아본다.

3 4 7

1) 乾卦坐이면 坤 坎 離괘 得破가 吉格이다.

2) 兌卦坐이면 艮 巽 震괘 得破가 吉格이다.

3) 震卦坐이면 巽 艮 兌괘 得破가 吉格이다.

4) 坤卦坐이면 乾 離 坎괘 得破가 吉格이다.

5) 坎卦坐이면 離 乾 坤괘 得破가 吉格이다.

6) 巽卦坐이면 震 兌 艮괘 得破가 吉格이다.

7) 艮卦坐이면 兌 震 巽괘 得破가 吉格이다.

8) 離卦坐이면 坎 坤 乾괘 得破가 吉格이다.

＊ 後天水法 變卦 早見表 (縱 橫 變卦順)

坐 / 水	乾	兌	震	坤	坎	巽	艮	離
1變	兌	乾	離	艮	巽	坎	坤	震
2變	震	離	乾	巽	艮	坤	坎	兌
3變	**坤**	**艮**	**巽**	**乾**	**離**	**震**	**兌**	**坎**
4變	**坎**	**巽**	**艮**	**離**	**乾**	**兌**	**震**	**坤**
5變	巽	坎	坤	震	兌	乾	離	艮
6變	艮	坤	坎	兌	震	離	乾	巽
7變	**離**	**震**	**兌**	**坎**	**坤**	**艮**	**巽**	**乾**
8變	乾	兌	震	坤	坎	巽	艮	離

예 ①

乾卦坐에 離卦得(寅방위) 坤卦破이면 일단 陽坐에 陽得破이다. 坐八卦는 乾卦이고 得八卦는 離卦이고 破八卦는 坤卦인 셈이다. 寅은 寅午(離)戌壬이기 때문에 離卦이다. 위에서 언급했듯이 乾卦가 7번 變卦를 거쳐야 離卦(將)가 되고 3번 變卦를 해야 吉格인 坤卦(君)가 된다.

예 ②

兌卦坐에 艮卦得(丙방위) 震卦破(亥방위)이면 일단 陰坐에 陰得破이다. 坐八卦는 兌卦이고 得八卦는 艮卦이고 破八卦는 震卦이다. 丙은 艮丙이라 艮卦이고 亥는 亥卯(震)未庚이라 震卦이다. 언급했듯이 兌卦가 3번 變卦를 거쳐야 艮卦(君)가 되고 7번 變卦를 해야 吉格인 震卦(將)가 된다.

예 ③

震卦坐에 兌卦得(丑방위) 艮卦破간(丙방위)이면 陰坐에 陰得破이다. 坐八卦는 震卦이고 得八卦는 兌卦이며 破八卦는 艮卦이다. 丑은 死酉(兌)丑丁이라 兌卦이고 丙은 艮丙이라 艮卦이다. 震卦가 7번 變卦를 거쳐야 兌卦(將)가 되고 4번 變卦를 해야 吉格인 艮卦(臣)가 된다.

예 ④

坤卦坐에 乾卦得 坎卦破(辰방위)이면 일단 陽坐에 陽得破이다. 坐八卦는 坤卦이고 得八卦는 乾卦이고 破八卦는 坎卦이다. 辰는 申子(坎)辰癸라 坎卦이다.

坤卦가 3번 變卦를 거쳐야 乾卦(君)가 되고 7번 變卦를 해야 吉格(將)인 坎卦가 된다.

예 ⑤

坎卦坐에 坤卦得(坤방위) 坎卦破(辰방위)이면 일단 陽坐에 陽得破이다. 坐八卦는 坎卦이고 得八卦는 坤卦이고 破八卦는 坎卦이다. 辰은 申子(坎)辰癸이니 坎卦이다

坎卦가 7번 變卦를 거쳐야 坤卦(君)가 되고 8번 變卦를 하면 本卦인 坎卦가 된다. 본괘 역시 吉格(卒)이다.

卒의 당초 意味는 輔弼이다. 補助者가 있다는 자체는 좋은 것이다.

예 ⑥

巽卦坐에 兌卦得이고 艮卦破이면 일단 陰坐에 陰得破이다. 坐八卦는 巽卦이고 得八卦는 兌卦이며 破八卦는 艮卦이다. 巽卦가 4번 變卦를 해야 兌卦(臣)가 되고 7번 變卦를 해야 艮卦가 돼 吉格(將)이다.

예 ⑦

艮卦坐에 震卦得(未방위) 巽卦破(辛방위)이면 일단 陰坐에 陰得破이다. 坐八卦는 艮卦이고 得八卦는 震卦이고 破八卦는 巽卦이다. 未는 亥卯(震)未庚이라 震卦이고 辛은 巽辛이라 巽卦이다. 艮卦가 4번 變卦를 해야 震卦(臣)가 되고 7번 變卦를 해야 吉格인 巽卦(將)가 된다.

예 ⑧

離卦坐(午방위)에 乾卦得(甲방위) 坤卦破(坤방위)이면 이는 陽坐에

陽得破이다. 坐八卦는 離卦이고 得八卦는 乾卦이고 破八卦는 坤卦이다. 甲은 乾甲이라 乾卦이다.

離卦가 7번 變卦를 하면 乾卦(將)가 되고 4번을 變卦하면 坤卦(臣)가 된다. 다음은 八八向法에 나오는 最上吉格인 正旺向인데 後天水法의 淨陰 淨陽과 일치한다.

㉮ 坎卦坐(子방위)에 坎卦得(申방위) 坎卦破(辰방위)이면 이는 전형적인 陽坐에 陽得破이다. 坎괘가 8번 變卦를 거치면 本卦로 되돌아간다. 坐八卦는 坎卦이고 得八卦도 坎卦이고 破八卦도 坎卦이다. 필자가 8번째 變卦에 부여한 의미는 卒이었으나 8번 變卦한 本卦의 당초 九星의 意味는 輔弼이었다. 輔弼 3개가 도우니 가장 좋은 것이라 하겠다. 八八向法에 나오는 三合五行 三合聯珠格의 最上吉格이 바로 이것이다.

㉯ 離卦坐(午방위)에 離卦得(寅방위) 離卦破(戌방위)이면 이는 전형적인 陽坐에 陽得破이다. 離卦가 8번 變卦를 거치면 本卦로 되돌아간다. 坐八卦는 離卦이고 得八卦도 離坎卦이고 破八卦도 離卦이다. 8번째 變卦에 부여한 이미는 卒이었으나 당초의 意味는 輔弼이다. 보필 3개가 도우니 最上吉格이다. 八八向法에 나오는 三合五行 三合聯珠格이 바로 이것이다.

㉰ 震卦坐(卯방위)에 震卦得(亥방위) 震卦破(未방위)이면 이는 전형적인 陰坐에 陰得破이다. 震卦가 8번 變卦를 거치면 本卦로 되돌아간다. 坐八卦 得八卦 破八卦 모두가 震卦이다. 8번째 變卦에 부여한 의미는 卒로 命名했으나 8번 變卦한 本卦의 당초 意味는 輔弼이

다. 輔弼 3개가 도우니 가장 좋은 것이라 하겠다. 八八向法에 나오는 三合五行 三合聯珠格의 最上吉格이 바로 이것이다.

㉣ 兌卦坐(酉방위)에 兌卦得(巳방위) 兌卦破(丑방위)이면 이는 전형적인 陰坐에 陰得破이다. 兌卦가 8번 變卦를 거치면 本卦로 되돌아간다. 坐八卦 得八卦 破八卦 모두가 兌卦이다. 8번째 變卦에 부여한 의미는 卒로 命名했으나 8번 變卦한 本卦의 당초 意味는 輔弼이다. 輔弼 3개가 도우니 가장 좋은 것이라 하겠다. 八八向法에 나오는 三合五行 三合聯珠格의 最上吉格이 바로 이것이다.

③ 天地卦法(陰龍 陽坐 陽龍 陰坐 1.2.6)

이 龍에는 무슨 坐가 좋은가?

天地卦法은 龍과 坐의 관계를 보는 것으로 龍과 坐를 八卦에 배속(納甲法)시킨 후 龍八卦와 坐八卦가 龍이 淨陰이면 坐는 淨陽이라야 하고 龍이 淨陽이면 坐는 淨陰이라야 한다.

1	2	3	4	5	6	7	8
臣	**君**	短	文	不	**將**	死	卒
貪狼	**巨門**	祿存	文曲	廉貞	**武曲**	破軍	輔弼
生氣	**天醫**	絕體	遊魂	禍害	**福德**	絕命	歸魂
吉	吉				吉		

다시 말하면 入首龍을 納甲法에 대입시키고 그 八卦를 變卦 시킨

다. 그리고 生氣 天醫 福德 3개 吉卦를 가지고 納甲法에 해당하는 方位를 끌어들여 그 方位 중에서 坐를 定한다.

① 入首龍이 乾이면 1兌 2震 3坤 4坎 5巽 6艮 7離 8乾이라 1兌 2震 6艮과 本體인 8乾이 吉하다. 따라서 入首龍이 淨陽(乾)이면 坐는 淨陰(兌 震 艮)이거나 本體인 淨陽(乾)이라야 한다. 兌(巳酉丑丁) 震(亥卯未庚) 艮(艮丙) 乾(乾甲) 중에서 坐를 定한다. 다시 말하면 乾방위와 甲방위에서 龍이 入首하면 巳 酉 丑 丁 亥 卯 未 庚 艮 丙 乾 甲坐 등 12개 坐를 놓을 수 있다는 것이다. 震亥庚 艮丙(辛) (巽)兌丁은 淨陰이다. 풍수용어 三吉六秀 중 巽辛만 없는 吉方位를 이룬다.

② 入首龍이 兌이면 1乾 2離 3艮 4巽 5坎 6坤 7震 8兌이라 1乾 2離 6坤과 本體인 8兌가 吉하다. 따라서 入首龍이 淨陰(兌)이면 坐는 淨陽(乾 離 坤)이거나 本體인 淨陰(兌)이라야 한다. 乾(乾甲) 離(寅午戌壬) 坤(坤乙) 兌(巳酉丑丁)중에서 坐를 定한다. 다시 말하면 巳 酉 丑 丁방위에서 龍이 入首했을 경우 乾 甲 寅 午 戌 壬 坤 乙 巳 酉 丑 丁坐 등 14개坐를 놓을 수 있다는 것이다.

③ 入首龍이 震이면 1離 2乾 3巽 4艮 5坤 6坎 7兌 8震이라 1離 2乾 6坎과 本體인 8震이 吉하다. 따라서 入首龍이 淨陰(震)이면 坐는 淨陽(離 乾 坎)이거나 本體인 淨陰(震)이라야 한다. 離(寅午戌壬) 乾(乾甲) 坎(申子辰癸) 震(亥卯未庚) 중에서 坐를 定한다. 다시 말하면 亥 卯 未 庚방위에서 龍이 入首했을 경우 寅 午 戌 壬 乾 甲 申 子 辰 癸 亥 卯 未 庚坐 등을 놓을 수 있다는 것이다.

④ 入首龍이 坤이면 1艮 2巽 3乾 4離 5震 6兌 7坎 8坤이라 1艮 2巽 6兌와 본체인 8坤이 吉하다. 따라서 入首龍이 淨陽(坤)이면 坐는 淨陰(艮 巽 兌)이거나 本體인 淨陽(坤)이라야 한다. 艮(艮丙) 巽(巽辛) 兌(巳酉丑丁) 坤(坤乙) 중에서 坐를 定한다. 다시 말하면 坤방위와 乙방위에서 龍이 入首했을 경우에는 艮 丙 巽 辛 巳 酉 丑 丁 坤 乙 坐 등 10개의 坐를 놓을 수 있다는 것이다.

體를 삼는 坤을 제외한 艮 巽 兌는 淨陰으로 풍수용어 三吉六秀 중 六秀(艮丙辛 巽兌丁)에 해당된다.

⑤ 入首龍이 坎이면 1巽 2艮 3離 4乾 5兌 6震 7坤 8坎이라 1巽 2艮 6震과 本體인 8坎이 吉하다. 따라서 入首龍이 淨陽(坎)이면 坐는 淨陰(巽 艮 震)이거나 本體인 淨陽(坎)이라야 한다. 巽(巽辛) 艮(艮丙) 震(亥卯未庚) 坎(申子辰癸) 중에서 坐를 定한다. 다시 말하면 申 子 震 癸방위에서 龍이 入首했을 경우 巽 辛 艮 丙 亥 卯 未 庚 申 子 辰 癸 坐 등 12개의 坐를 놓을 수 있다는 것이다.

⑥ 入首龍이 巽이면 1坎 2坤 3震 4兌 5乾 6離 7艮 8巽이라 1坎 2坤 6離와 本體인 8巽이 吉하다. 따라서 入首龍이 淨陰(巽)이면 坐는 淨陽(坎 坤 離)이거나 本體인 淨陰(巽)이라야 한다. 坎(申子辰癸) 坤(坤乙) 離에(寅午戌壬) 巽(巽辛) 중에서 坐를 定한다. 다시 말하면 巽방위와 辛방위에서 龍이 入首했을 경우 申 子 辰 癸 坤 乙 寅 午 戌 壬 巽 辛坐 등 12개의 坐를 놓을 수 있다는 것이다.

⑦ 入首龍이 艮이면 1坤 2坎 3兌 4震 5離 6乾 7巽 8艮이라 1坤 2坎 6乾과 本體인 8艮이 吉하다. 따라서 入首龍이 淨陰(艮)이면 坐는

淨陽(坤 坎 乾)이거나 本體인 淨陰(艮)이라야 한다. 坤(坤乙) 坎(申子辰癸) 乾(乾甲) 艮(艮丙) 중에서 坐를 定한다. 다시 말하면 艮방위와 丙방위에서 龍이 入首했을 경우 坤 乙 申 子 辰 癸 乾 甲 艮 丙坐 등 10개의 坐를 놓을 수 있다는 것이다.

⑧ 入首龍이 離이면 1震 2兌 3坎 4坤 5艮 6巽 7乾 8離라 1震 2兌 6巽과 本體인 8離가 吉하다. 따라서 入首龍이 淨陽(離)이면 坐는 淨陰(震 兌 巽)이거나 本體인 淨陽(離)이라야 한다. 震(亥卯未庚) 兌(巳酉丑丁) 巽(巽辛) 離(寅午戌壬) 중에서 坐를 定한다. 다시 말하면 寅 午 戌 壬방위에서 龍이 入首했을 경우 亥 卯 未 庚 巳 酉 丑 丁 巽 辛 寅 午 戌 壬坐 등 14개의 坐를 놓을 수 있다는 것이다. (신평 『신나경연구』 동학사 58쪽)

＊ 天地卦 變卦 早見表 (縱 橫 變卦順)

龍 坐	乾	兌	震	坤	坎	巽	艮	離
1. 生氣	兌	乾	離	艮	巽	坎	坤	震
2. 天醫	震	離	乾	巽	艮	坤	坎	兌
3. 絕體	坤	艮	巽	乾	離	震	兌	坎
4. 遊魂	坎	巽	艮	離	乾	兌	震	坤
5. 禍害	巽	坎	坤	震	兌	乾	離	艮
6. 福德	艮	坤	坎	兌	震	離	乾	巽
7. 絕命	離	震	兌	坎	坤	艮	巽	乾
8. 本宮	乾	兌	震	坤	坎	巽	艮	離

4 輔星卦法(陽向 陽破 陰向 陰破 3.4.7)

이 向에는 무슨水(破)가 좋은가?

輔星卦法은 向과 水의 관계를 보는 것으로 向과 水를 八卦에 배속시킨 후 向八卦와 水八卦가 向이 淨陰이면 水도 淨陰이라야 하고 向이 淨陽이면 水도 淨陽이라야 한다. 8章에서는 이런龍에는 이런 坐를 놓아야 된다는 것을 알았다. 輔星卦法은 "이런 向에는 이런 水라야 吉格이다"라는 向을 기준으로 水를 대조하는 것이다.

1	2	3	4	5	6	7	8
文	短	**君**	**臣**	不	死	**將**	卒
文曲	祿存	**巨門**	**貪狼**	廉貞	破軍	**武曲**	輔弼
離	震	**兌**	**坎**	坤	艮	**巽**	乾離
		吉	吉			吉	

淨陰淨陽법에 의한 向과 淨陰淨陽法에 의한 得 破方位를 갖고 吉凶을 따지는 것이 輔星卦法이다.

向이 소속한 九星八卦를 變卦시켜서 巨門 破軍 武曲에 해당되는 吉卦방위에서 得破가 이뤄지면 吉格이다.

① 淨陽의 例(離卦)

子坐 午向에 坤申方位에서 물이 들어와 乙辰方位로 물이 나간다면 吉格이다.

왜냐하면 午向은 寅午(離)戌壬으로 離卦이며 離卦는 陽이고 따라서 陽向에 坤得乙破는 坤卦이니 陽局이다.

離괘의 變卦를 보면 1변하면 震卦, 2변하면 兌卦, 3변하면 坎卦, 4변하면 坤卦, 5변하면 艮卦, 6변하면 巽卦, 7변하면 乾卦, 8변하면 離卦가 돼 本卦로 되돌아간다.

이것은 本卦가 1변하면 文曲, 2변하면 祿存, 3변하면 巨門, 4변하면 貪狼, 5변하면 廉貞, 6변하면 破軍, 7변하면 武曲, 8변하면 輔弼의 의미로 바뀐다.

變卦 과정에서 吉格은 90%이상이 巨門 貪狼 武曲이며, 이것들은 대부분 3번째 4번째 7번째에서 자리잡고 있다.

따라서 午向인 경우 本卦는 離卦다. 향과 수를 보는 보성괘법에서 離卦는 3坎 巨門 , 4坤 貪狼 , 7乾 武曲이다.

本卦인 離[寅午(離)戌壬], 坎[申子(坎)辰癸], 坤[坤乙], 乾[乾甲]은 모두 淨陰淨陽의 陽이기에 陽局이다.

따라서 子坐午向에 乙辰破는 陽向에 陽得破인 陽局이니 吉格이다. 淨陰淨陽法에 離 坎 坤 乾은 陽이다.

② 淨陰의 例(巽卦)

乾坐巽向에 庚酉得에 丑破라면 이것은 陰向에 陰得破에 陰局이다. 巽向巽卦의 變卦를 보면 1坎 2坤 3震 4兌 5乾 6離 7艮 8巽卦가 된다. 3震(해묘미庚)은 得이고 4兌(사酉축정)도 得이며 또한 4兌(사유丑정)는 破가된다. 庚酉가 得이고 丑이 破이기 때문이다. 즉 陰向에 陰得破

에 陰局이니 吉格이다. 淨陰淨陽法에 巽 艮 震 兌는 陰이다.

輔星卦法은 後天水法과 비슷하다. 다만 水의 方位를 놓고 吉凶이 다를 뿐이다. 즉 水의 吉方位는 같은데 凶水의 方位가 약간 다르다는 것이다. 輔星卦에서는 1번 변괘의 뜻이 文인데 後天水法에선 死로 돼 있고 5번 변괘의 뜻은 輔星卦에서는 不인데 後天水法에서는 文으로 됐고 6번 변괘의 뜻 역시 輔星에는 死, 後天에는 不로 돼 있다.

	1	2	3	4	5	6	7	8
輔星卦	文	短	君	臣	不	巳	將	卒
後天水法	死	短	君	臣	文	不	將	卒

※輔星卦法과 後天水法이 거의 비슷해 중복되지만 조견표를 한번 더 싣는다.

* 輔星卦 變卦早見表 (縱 橫 變卦順)								
水 / 向	文曲 1	祿存 2	巨門 3吉	貪狼 4吉	廉貞 5	破軍 6	武曲 7吉	輔弼 8
乾甲	兌	震	**坤**	**坎**	巽	艮	**離**	乾
巳兌(酉)丑丁	乾	離	**艮**	**巽**	坎	坤	**震**	兌
亥震(卯)未庚	離	乾	**巽**	**艮**	坤	坎	**兌**	震
坤乙	艮	巽	**乾**	**離**	震	兌	**坎**	坤
申坎(子)辰癸	巽	艮	**離**	**乾**	兌	震	**坤**	坎
巽辛	坎	坤	**震**	**兌**	乾	離	**艮**	巽
艮丙	坤	坎	**兌**	**震**	離	乾	**巽**	艮
寅離(午)戌壬	震	兌	**坎**	**坤**	艮	巽	**乾**	離

① 乾卦向(乾 甲방위 중 乾방위)에 離卦得(寅방위) 坤卦破(坤방위)이면 일단 陽向에 陽得破이다

向八卦는 乾卦이고 得八卦는 離卦이고 破八卦는 坤卦인 셈이다. 寅은 寅午(離)戌壬이기 때문에 離卦이다.

위에서 언급했듯이 乾卦가 7번 變卦를 거쳐야 離卦(將)가 되고 3번 變卦를 해야 吉格인 坤卦(君)가 된다.

② 兌卦向(死酉丑丁방위 중 酉방위)에 艮卦得(丙방위) 震卦破(亥방위)이면 일단 陰向에 陰得破이다. 向八卦는 兌卦이고 得八卦는 艮卦이고 破八卦는 震卦이다. 丙은 艮丙이라 艮卦이고 亥는 亥卯(震)未庚이라 震卦이다.

언급했듯이 兌卦가 3번 變卦를 거쳐야 艮卦(君)가 되고 7번 變卦를 해야 吉格인 震卦(將)가 된다.

③ 震卦向(亥卯未庚방위 중 卯방위)에 兌卦得(丑방위) 艮卦破(丙방위)이면 陰向에 陰得破이다. 向八卦는 震卦이고 得八卦는 兌卦이며 破八卦는 艮卦이다. 丑은 死酉(兌)丑丁이라 兌卦이고 丙은 艮丙이라 艮卦이다.

震卦가 7번 變卦를 거쳐야 兌卦(將)가 되고 3번 變卦를 해야 吉格인 艮卦(君)가 된다.

④ 坤卦向(坤乙방위 중 坤방위)에 乾卦得 坎卦破(辰방위)이면 일단 陽향에 陽得破이다. 向八卦는 坤卦이고 得八卦는 乾卦이고 破八卦는 坎卦이다. 辰는 申子(坎)辰癸라 坎卦이다. 坤卦가 3번 變卦를 거쳐야 乾卦(君)가 되고 7번 變卦를 해야 吉格(將)인 坎卦가 된다.

⑤ 坎卦向(申子辰癸방위 중 子방위)에 坤卦得(坤방위) 坎卦破(辰방위)이면 일단 陽向에 陽得破이다. 向八卦는 坎卦이고 得八卦는 坤卦이고 破八卦는 坎卦이다. 辰은 申子(坎)辰癸이니 坎卦이다. 坎卦가 7번 變卦를 거쳐야 坤卦(君)가 되고 8번 變卦를 하면 本卦인 坎卦가 된다. 본괘 역시 吉格(卒)이다. 卒의 당초 意味는 輔弼이다. 補助者가 있다는 자체는 좋은 것이다.

⑥ 巽卦向(巽申방위 중 巽방위)에 兌卦得이고 艮卦破이면 일단 陰向에 陰得破이다. 向八卦는 巽卦이고 得八卦는 兌卦이며 破八卦는 艮卦이다. 巽卦가 4번 變卦를 해야 兌卦(臣)가 되고 7번 變卦 해야 艮卦가 돼 吉格(將)이다.

⑦ 艮卦向(艮丙방위 중 艮방위)에 震卦得(未방위) 巽卦破(辛방위)이면 일단 陰向에 陰得破이다. 向八卦는 艮卦이고 得八卦는 震卦이고 破八卦는 巽卦이다. 未는 亥卯(震)未庚이라 震卦이고 辛은 巽辛이라 巽卦이다. 艮卦가 4번 變卦를 해야 震卦(臣)가 되고 7번 變卦를 해야 吉格인 巽卦(將)가 된다.

⑧ 離卦向(寅午戌壬방위 중 午방위)에 乾卦得(甲방위) 坤卦破(坤방위)이면 이는 陽向에 陽得破이다. 向八卦는 離卦이고 得八卦는 乾卦이고 破八卦는 坤卦이다. 甲은 乾甲이라 乾卦이다. 離卦가 7번 變卦를 하면 乾卦(將)가 되고 4번을 變卦하면 坤卦(臣)가 된다.

八十八向法에 나오는 最上吉格인 正旺向은 後天水法의 淨陰淨陽과 일치한다.

5 生氣福德法 (八卦 1.2.6)

나에게는 어떤 日辰이 좋은 날인가?

나이에 따라 日辰別로 吉凶이 있는 것을 알아보는 것이 生氣 福德法이다. 이 法은 大韓民曆의 表에서 잘 나타나 있으나 여기서는 八卦를 손바닥에서 돌려 사람들 각각의 生氣 天醫 福德日을 알아내는 방식을 설명하겠다.

自身의 나이가 八卦 중 어느 卦에 배속됐는지 卦를 뽑은 後 자신의 卦를 變卦시켜서 生氣 天醫 福德날을 찾는다.

1	2	3	4	5	6	7	8
臣	**君**	短	文	不	**將**	死	卒
生氣	**天醫**	絕體	遊魂	禍害	**福德**	絕命	歸魂
吉	**吉**				**吉**		

○生氣 福德 八神의 吉凶.

① 生氣(생기)는 〈臣〉大吉한 日辰이다.

② 天醫(천의)는 〈君〉大吉한 日辰이다.

③ 絕體(절체)는 〈短〉吉凶도 아닌 보통日辰. 사용가능.

④ 遊魂(유혼)는 〈文〉吉凶도 아닌 보통日辰. 사용가능.

⑤ 禍害(화해)는 〈不〉大凶한 日辰이다.

⑥ 福德(복덕)는 〈將〉大吉한 日辰이다.

⑦ 絕命(절명)는 〈死〉大凶한 日辰이다.

⑧ 歸魂(귀혼)는 〈卒〉吉凶도 아닌 보통日辰. 사용가능.

大吉日辰 3개, 大凶日辰 2개, 보통日辰 3개이다.

君 臣 將은 大吉格이요, 不 死는 大凶格이요, 短 文 卒은 보통格이다.

○男子는 順行, 女子는 逆行으로 九星八卦를 돌린다.

男子는 九宮의 상단중앙에서 즉 離宮에서 1歲를 출발 順行하고 女子는 九宮의 하단중앙에서 즉 坎宮에서 1歲를 출발 逆行한다.

단 男子는 離궁1살 坤궁을 뛰어넘고(뛰어넘는 곳은 이때 한 번 뿐이다) 兌궁2살 乾궁3살 坎궁4살 艮궁5살 震궁6살 巽궁7살 離궁8살 坤궁9살 兌궁10살로 계속 이어진다. 이렇게 되면 坎궁20살 震궁30살 離궁40상 兌궁50살 坎궁60살 震궁70살 離궁80살이 된다. 順行인 시계방향으로 돌았음을 알 수 있다.

또 女子는 坎궁1살 乾궁2살 兌궁3살 坤궁4살 離궁5살 巽궁6살 震궁7살 艮궁을 뛰어넘고(뛰어넘는 곳은 이때 한 번 뿐이다) 坎궁8살 乾궁9살 兌궁10살로 계속 이어진다. 이렇게 되면 離궁20살 震궁30살 坎궁40살 兌궁50살 離궁60살震궁70살 坎궁80살이 된다. 逆行인 시계반대방향으로 돌았음을 알 수 있다.

八卦 중 나의 나이는 어떤 卦에 해당되나?		
→ 남7. 15. 23. 31. 39. 47. 55. ↓ 여6. 13. 21. 29. 37. 45. 53. 61	남자출발 → 남1. 8. 16. 24. 32. 40. 48. 56. ← 여자 여5. 12. 20. 28. 36. 44. 52. 60	○↓남9. 17. 25. 33. 41. 49. 57. ← 여4. 11. 19. 27. 35. 43. 51. 59.
↑남6. 14. 22. 30. 38. 46. 54. ↓ 여7. 14. 22. 30. 38. 46. 54	남자 →→ ↓ ↓ ↑ ↑ 여자 →→	↓남2. 10. 18. 26. 34. 42 50. 58 ↑ 여3. 10. 18. 26. 34. 42 .50. 58
↑남5. 13. 21. 29. 37. 45. 53. 61 → 여○. 15. 23. 31. 39. 47. 55	← 남자 남4. 12. 20. 28. 36. 44 52. 60 여자출발 → 여1. 8. 16. 24. 32. 40. 48. 56	← 남3. 11. 19. 27. 35. 43. 51. 59 ↑ 여2. 9. 17. 25. 33. 41. 49. 57

예① 男子 50세

표에서 보는 봐와 같이 兌궁이 남자50세다.

兌卦를 찾아내는 이 자체를 卦를 뽑는다고 한다.

兌卦를 本卦로 삼는 50세의 生氣 福德法은 다음과 같다.

兌괘의 變卦를 보면 1變卦가 乾으로 生氣日이며 2變卦가 離로써 天醫日이며 6變卦가 坤으로써 福德日이다.

	1	2	3	4	5	6	7	8
兌卦	**乾**	**離**	艮	巽	坎	**坤**	震	兌
	生氣	天醫				福德		

따라서 日辰中에서 戌乾亥가 生氣日, 離(午)가 天醫日, 未坤申이 福德日이다.

日辰에는

乾坤艮巽(四胎)日辰은 없으니 戌乾亥中 戌日과 亥日만 生氣日이다. 干支는 사용하지 않아 丙午丁日중 午日만 天醫日로 쓴다. 未坤申日 역시 四胎는 일진에 쓰지 않기 때문에 未日과 申日만 福德日이다.

* 生氣 福德 變卦 早見表(縱 橫 變卦順)								
變卦 卦 變卦	乾	兌	震	坤	坎	巽	艮	離
1變 生氣	兌	乾	離	艮	巽	坎	坤	震
2變 天醫	震	離	乾	巽	艮	坤	坎	兌
3變 絕體	坤	艮	巽	乾	離	震	兌	坎
4變 遊魂	坎	巽	艮	離	乾	兌	震	坤
5變 禍害	巽	坎	坤	震	兌	乾	離	艮
6變 福德	艮	坤	坎	兌	震	離	乾	巽
7變 絕命	離	震	兌	坎	坤	艮	巽	乾
8變 歸魂	乾	兌	震	坤	坎	巽	艮	離

예② 女子 50세

女子 50세 역시 男子 50세 처럼 兌宮이 本卦이다.

男子는 離宮에서 시계방향으로, 女子는 坎宮에서 시계 반대방향으로 돌았는데 男女가 兌宮에서 50세를 자리잡았다. 이것이 本卦이다. 日辰上의 生氣福德日은 男子의 것과 똑같다.

예③ 男子 45세

표에 보면 艮宮에서 男子45세가 자리잡았다.

艮卦가 變卦되는 과정은 다음과 같다.

	1	2	3	4	5	6	7	8
艮卦	**坤**	**坎**	兌	震	離	**乾**	巽	艮
	生氣	**天醫**				**福德**		

未坤申가 生氣日, 坎(子)이 天醫日, 戌乾亥가 福德日이다.

예④ 女子 45세

표에서 보면 巽宮에서 女子45세가 자리잡았다.

巽卦가 變卦되는 과정은 다음과 같다.

	1	2	3	4	5	6	7	8
巽卦	**坎**	**坤**	震	兌	乾	**離**	艮	巽
	生氣	**天醫**				**福德**		

子(坎)이 生氣日, 未坤申이 天醫日, 離(午)이 福德日이다.

6 十干屬卦看生氣法(納甲 1.2.6)

○ 나에게는 어떤 坐의 집이 좋은가?

이는 나의 生年太歲 十干이 八卦의 어느 卦에 배속되느냐를 보는 것이다. 生年太歲의 十干이 八卦의 어느卦에 배속되는지 卦를 뽑고 그 卦를 變卦시켜서 닫는 方位가 生氣 天醫 福德方位이면 집의 坐로서 吉格이다.

나에게는 어떤 坐의 집이 좋은가?								
生年干	甲	乙己	丙戊	丁	庚	辛	壬	癸
納甲八卦	乾	坤	艮	兌	震	巽	離	坎

예) 甲子 甲戌 甲申 甲午 甲辰 甲寅生이면 乾卦이다.

乾卦를 變卦시키면 7번을 변화하는 과정에서 生氣房 天醫房 福德房에 해당하는 3개宮이 결정된다.

하나의 宮은 三山으로 3개 方位를 이룬다.

乾卦의 경우 1변兌괘, 2변震괘, 3변坤괘, 4변坎괘, 5변巽괘, 6변艮괘, 7변離괘, 8변乾괘가 돼 本卦로 되돌아간다.

1	2	3	4	5	6	7	8
臣	**君**	短	文	不	**將**	死	卒
生氣	**天醫**	絕體	遊魂	禍害	**福德**	絕命	歸魂
吉	吉				吉		

이젠 乾卦의 九星을 따져본다.

一上生氣는 兌, 二中天醫는 震, 三下絕體는 坤, 四中遊魂은 坎, 五

上大禍는 巽, 六中福德은 艮, 七下絕命은 離, 八中歸魂은 乾에 해당된다.

위의 8개宮 중에 兌宮이 生氣房이고 震宮이 天醫房이고 艮宮이 福德房이다. 따라서 生年에 甲字가 붙은 사람은 兌 震 艮坐의 집이 吉格이다. 한편 兌坐는 庚酉辛 三坐를, 震坐는 甲卯乙 三坐를, 艮坐는 丑艮寅 三坐를 意味하는 것이다.

○ 다음은 十干生別 八卦이다.

① 甲子 甲戌 甲申 甲午 甲辰 甲寅生은 乾卦이다.

② 乙丑 乙亥 乙酉 乙未 乙卯 乙巳生은 坤卦이다.

③ 丙寅 丙子 丙戌 丙申 丙午 丙辰生은 艮卦이다.

④ 丁卯 丁丑 丁亥 丁酉 丁未 丁巳生은 兌卦이다.

⑤ 戊辰 戊寅 戊子 戊戌 戊申 戊午生은 艮卦이다.

⑥ 己巳 己卯 己丑 己亥 己酉 己未生은 坤卦이다.

⑦ 庚午 庚辰 庚寅 庚子 庚戌 庚申生은 震卦이다.

⑧ 辛未 辛巳 辛卯 辛丑 辛亥 辛酉生은 巽卦이다.

⑨ 壬申 壬午 壬辰 壬寅 壬子 壬戌生은 離卦이다.

⑩ 癸酉 癸未 癸巳 癸卯 癸丑 癸亥生은 坎卦이다.

(靑烏經 韓重洙 譯 明文堂 1996 142쪽)

* 十干生氣法 變卦 早見表(縱 橫 變卦順)								
卦 / 坐 變卦	乾	兌	震	坤	坎	巽	艮	離
1變 臣 (生氣)	**兌**	**乾**	**離**	**艮**	**巽**	**坎**	**坤**	**震**
2變 君 (天醫)	**震**	**離**	**乾**	**巽**	**艮**	**坤**	**坎**	**兌**
3變 短 (絕體)	坤	艮	巽	乾	離	震	兌	坎
4變 文 (遊魂)	坎	巽	艮	離	乾	兌	震	坤
5變 不 (禍害)	巽	坎	坤	震	兌	乾	離	艮
6變 將 (福德)	**艮**	**坤**	**坎**	**兌**	**震**	**離**	**乾**	**巽**
7變 死 (絕命)	離	震	兌	坎	坤	艮	巽	乾
8變 卒 (歸魂	乾	兌	震	坤	坎	巽	艮	離

7 門路法 (문주조門主灶 八卦 1.3.6)

전편에서는 "나에게는 어떤 坐의 집이 좋은 가?"를 알아보았다. 나에게 좋은 집의 坐를 선택해서 집을 짓는다면 이제는 "大門을 어느 方位에 설치할 것인가?"를 알아보는 것이 門路法이다. 단 門路法은 八卦로 보며 一卦 三山이다. 즉 淨陰淨陽 아니다.

나의 집(坐)은 어떤 方位(八卦)의 大門 좋은가?

1	2	3	4	5	6	7	8
臣	短	**君**	文	不	**將**	死	卒
生氣	五鬼	**延年**	六殺	禍害	**天德**	絕命	歸魂
吉		吉			吉		

十干屬卦看生氣法을 상기해보자.

生年에 甲字가 붙은 甲生의 집坐는 8개宮 중에 兌宮이 生氣房이고 震宮이 天醫房이고 艮宮이 福德房이라고 했다. 따라서 甲生은 兌 震 艮卦의 집이 吉格이다.

兌 震 艮卦의 집에는 다음과 같은 變卦가 이뤄진다.

兌卦(庚酉辛坐)집의 대문은 乾 艮 坤 방위가 좋고

震卦(甲卯乙坐)집의 대문은 離 巽 坎 방위가 좋고

艮卦(丑艮寅坐)집의 대문은 坤 兌 乾 방위가 좋다

나의 집(坐)에는 어떤 方位(八卦)의 大門이 좋은가?

十干屬卦看生氣法(九星法)에 의해 집의 卦가 定해지면 이 집의 卦가 배속된 八卦를 變卦시켜서 닫는 方位가 生氣 延年 天德方位이면 大門의 方位로서 吉格이다.

* 門路法 變卦 早見表(縱 橫 變卦順)

干生	九星門 / 吉家坐	1 生氣•臣	2 短	3 延年•君	4 文	5 不	6 天德•將	7 死	8 卒
甲生 乾卦	1兌 生氣	乾	離	艮	巽	坎	坤	震	兌
	2震 天醫	離	乾	巽	艮	坤	坎	兌	震
	6艮 福德	坤	坎	兌	震	離	乾	巽	艮
乙生 坤卦	1艮 生氣	坤	坎	兌	震	離	乾	巽	艮
	2巽 天醫	坎	坤	震	兌	乾	離	艮	巽
	6兌 福德	乾	離	艮	巽	坎	坤	震	兌
丙生 艮卦	1坤 生氣	艮	巽	乾	離	震	兌	坎	坤
	2坎 天醫	巽	艮	離	乾	兌	震	坤	坎
	6乾 福德	兌	震	坤	坎	巽	艮	離	乾
丁生 兌卦	1乾 生氣	兌	震	坤	坎	巽	艮	離	乾
	2離 天醫	震	兌	坎	坤	艮	巽	乾	離
	6坤 福德	艮	巽	乾	離	震	兌	坎	坤
戊生 艮卦	1坤 生氣	艮	巽	乾	離	震	兌	坎	坤
	2坎 天醫	巽	艮	離	乾	兌	震	坤	坎
	6乾 福德	兌	震	坤	坎	巽	艮	離	乾

* 門路法 變卦 早見表(縱 橫 變卦順)									
干生	九星門 / 吉家坐	1 **生氣 • 臣**	2 短	3 **延年 • 君**	4 文	5 不	6 **福德 • 將**	7 死	8 卒
己生 坤卦	1艮 生氣	坤	坎	兌	震	離	乾	巽	艮
	2巽 天醫	坎	坤	震	兌	乾	離	艮	巽
	6兌 福德	乾	離	艮	巽	坎	坤	震	兌
庚生 震卦	1離 生氣	震	兌	坎	坤	艮	巽	乾	離
	2乾 天醫	兌	震	坤	坎	巽	艮	離	乾
	6坎 福德	巽	艮	離	乾	兌	震	坤	坎
辛生 巽卦	1坎 生氣	巽	艮	離	乾	兌	震	坤	坎
	2坤 天醫	艮	巽	乾	離	震	兌	坎	坤
	6離 福德	震	兌	坎	坤	艮	巽	乾	離
壬生 離卦	1震 生氣	離	乾	巽	艮	坤	坎	兌	震
	2兌 天醫	乾	離	艮	巽	坎	坤	震	兌
	6巽 福德	坎	坤	震	兌	乾	離	艮	巽
癸生 坎卦	1巽 生氣	坎	坤	震	兌	乾	離	艮	巽
	2艮 天醫	坤	坎	兌	震	離	乾	巽	艮
	6震 福德	離	乾	巽	艮	坤	坎	兌	震

※생기복덕법, 구궁궁합법

破軍은 絶命의 의미를 갖는다(死)

祿存은 絶體의 의미를 갖는다(短)

巨門은 天醫의 의미를 갖는다(君) 吉

貪狼은 生氣의 의미를 갖는다(臣) 吉

文曲은 遊魂의 의미를 갖는다(文)

廉貞은 禍害의 의미를 갖는다(不)

武曲은 福德의 의미를 갖는다(將)　吉

輔弼은 歸魂(伏吟)의 의미를 갖는다(卒)

※이사

天祿(천록) 吉, 眼損(안손) 凶, 食神(식신)　吉

徵破(징파) 凶, 五鬼(오귀) 凶, 合食(합식)　吉

進鬼(진귀) 凶, 官印(관인) 吉, 退食(퇴식)　凶

※門(문) 廚房(주방) 灶(부엌). 一卦三山八卦法적용

伏吟(복음) 길흉반반

五鬼(오귀) 흉

天乙(천을) 길 (동사택 소길 서사택 중길)

生氣(생기) 길 (동사택 상길 서사택 소길)

延年(연년) 길 (동사택 중길 서사택 상길)

絕命(절명) 흉

禍害(화해) 흉

六殺(육살) 흉

東四宅은 坎離震巽 西四宅은 乾坤艮兌

4 자백편(紫白篇) 집중연구

紫白으로 오결 방위 택일의 길흉을 검증한다

제4편 자백편(紫白篇) 집중연구

紫白으로 오결 방위 택일의 길흉을 검증한다

(1) 紫白의 근본을 알 필요까지는 없다.

(그림 26 손바닥구성도 참조)

자백은 너무 복잡하다. 그래서 자백공부는 다른 분야에 비해 노력이 많이 필요하다. 자백으로 연월일시의 길흉과 24방위의 길흉을 보아 집을 짓거나 묘의 좌를 보거나 장사택일 이사택일 등에 사용하기도 한다. 자백에는 풍수학인들이 꼭 알아야 할 부분이 있으나 여기에서는 총론만 다루겠다.

다음은 紫白의 기본이다. (표 1)

紫白은 九宮으로 이뤄지는데 그 중 1개궁의 紫와 3개궁의 白이 吉하다. 그래서 紫白이다.

一白(坎宮) → 二黑(坤宮) → 三碧(震宮) → 四綠(巽宮) → 五黃(中宮) → 六白(乾宮) → 七赤(兌宮) → 八白(艮宮) → 九紫(離宮)

〈표 1〉 기본 紫白表		
四綠 巽	**九紫 離**	二黑 坤
三碧 震	五黃 中	七赤 兌
八白 艮	**一白 坎**	**六白 乾**

위 표의 9개의 칸을 宮이라고 한다.

九宮은 坎 坤 震 巽 黃 乾 兌 艮 離이며 이 위치는 변하지 않는다. 九宮은 一坎 二坤 三震 四巽 五黃 六乾 七兌 八艮 九離 등으로 번호(숫자)가 부여돼 있다.

紫白은 白 黑 碧 綠 黃 白 赤 白 紫이며 年月日時에 따라 九宮안에서 위치가 변한다. 그리고 一白 二黑 三碧 四綠 五黃 六白 七赤 八白 九紫 등으로 번호(숫자)가 부여돼 있다.

九宮은 방위의 개념을 갖고있고 紫白은 길흉의 개념을 갖고 있다. 九宮과 紫白은 상관관계도 함께 갖고 있다. 紫白은 紫白 독자적으로 紫하나와 白셋은 吉한 것으로 분류돼 있지만 九宮의 위치에 따라 紫白의 吉凶도 五行生剋에 의해 가변성을 가진다. 紫白은 年月日時에 따라 九宮안에서 자리가 달라진다. 紫白의 이동이란 것은 一白 二黑 三碧 四綠 五黃 六白 七赤 八白 九紫 중 어느 것이 中宮에 들어가느냐와 중궁수 順 · 逆行여부의 문제이다. 다시 말해서 2004년에는 五黃이 中宮에 들어가는 해라면 紫白이 들어가는 자리(宮)는 위(표 1)의 기본 紫白表에서처럼 자리를 잡는 것이다.

다음은 어떤 해(年)의 入中宮數가 八白인 경우의 年紫白表이다.(표 2)

〈표 2〉 八白入中宮 年 紫 白 表		
七赤 巽	三碧 離	五黃 坤
六白 震	八白 中	一白 兌
二黑 艮	四綠 坎	九紫 乾

中宮에 八白, 乾宮에 九紫, 兌宮에 一白, 艮宮에 二黑, 離宮에 三碧, 坎宮에 四綠, 坤宮에 五黃, 震宮에 六白, 巽宮에 七赤이 자리잡았다. 이로써 1紫白表와 2紫白表에서 보듯 九宮(坎 坤 震 巽 黃 乾 兌 艮 離)은 그 자리에 있는데 紫白(一白 二黑 三碧 四綠 五黃 六白 七赤 八白 九紫)은 이동한 사실을 알 수 있다.

결국 "紫白이 어떤 宮으로 이동했느냐"를 보는 것은 "어떤 운이 어떤 방위로 이동했느냐"와 같은 것이다.

다음은 자백(白 黑 碧 綠 黃 白 赤 白 紫)이 가진 대체적인 運數의 의미를 살펴본 것이다.

① 一白 : 함정 곤경에 처해 헤어나지 못하는 형상이다.

苦=고통스럽다.

② 二黑 : 개척을 하려고 하나 아직 여명이 오지 않았다.

暗=아직 어둡다.

③ 三碧 : 동방에 해가 떠오르니 진취적이라 미래가 밝다.

明=밝아온다.

④ 四綠 : 기운 왕성하고 패기 넘쳐 길운에 접어들었다.

上=왕위를 오르는 단계다.

⑤ 五黃 : 동서남북을 총지휘하는 황제의 위치에 오르다.

皇=왕위에 올라 천하를 얻다.

⑥ 六白 : 최고의 위치에서 내려올 때 조심을 해야 한다.

下=왕위를 내려가는 단계다.

⑦ 七赤 : 유혹을 경계하며 안정하고 경거망동 하지마라.

安=안정하라.

⑧ 八白 : 요행횡재를 바라지 마라. 십중팔구는 패배한다.

敗=승률 10%다.

⑨ 九紫 : 紫氣가 태양에 기운을 더해 욱일승천 성공한다.

騰=다시 오른다.

다음은 一白 二黑 三碧 四綠 五黃 六白 七赤 八白 九紫를 저자가 運數를 볼 때 나름대로 붙인 의미이다.

❶ 一苦 : 고통스럽다.

❷ 二暗 : 아직 어둡다.

❸ 三明 : 밝아온다.

❹ 四上 : 왕위를 오르는 단계다.

❺ 五皇 : 왕위에 올라 천하를 얻다.

❻ 六下 : 왕위를 내려가는 단계다.

❼ 七安 : 안정하라.

❽ 八敗 : 승률 10%다.

❾ 九騰 : 다시 오른다.

다음은 집을 지을 때나 장사를 치를 때, 즉 造葬에 사용하는 紫白의 대체적인 의미이다.

造葬時에는 一白 六白 八白 九紫만 吉格으로 쓴다.

一白은 九星에서 貪狼과 같은 것이다.

六白은 九星에서 武曲과 같은 것이다.

八白은 九星에서 輔星과 같은 것이다.

九紫는 九星에서 弼星과 같은 것이다.

紫白에는 年紫白 月紫白 日紫白 時紫白 등이 있다.

㉠ 年紫白 : 올해는 어떤運이 어떤방위(궁)로 이동했나?

㉡ 月紫白 : 이달엔 어떤運이 어떤방위(궁)로 이동했나?

㉢ 日紫白 : 오늘은 어떤運이 어떤방위(궁)로 이동했나?

㉣ 時紫白 : 이시간 어떤運이 어떤방위(궁)로 이동했나?

등을 알아보는 것이다.

다음은 方位學으로 본 六凶方위이다.

① 年破방위 ② 月破방위 ③ 五黃방위 ④ 暗劍방위

⑤ 本命방위 ⑥ 赤殺방위 등이다.

△ 年破방위는 그 해의 충 방위다.

△ 月破방위는 그 달의 충 방위다.

△ 오황방은 五黃의 숫자방위이다.

△ 암검방은 五黃방위의 충 방위다.

△ 본명방은 본인의 생년태세에 붙은 九星의 숫자방위다.

△ 적살방은 本命방위의 충 방위다.

년파 월파 오황 암검 본명 적살방위를 피하라.

다음은 紫白의 方位吉凶 요점이다.

① 당년 충 년파. ② 당월 충 월파. ③ 오황.

④ 오황 충 암검. ⑤ 본명. ⑥ 본명 충 적살.

(2) 民曆을 참고해 中宮數만 알면 紫白을 운용할 수 있다.

紫白을 보려면 九宮의 中宮에 넣을 中宮數를 求할 줄 알아야한다. 中宮數를 求하는 과정과 방법 그리고 中宮數 入中宮 후 어떤 경우 順行하고 어떤 경우 逆行하는지를 알아야 한다.

다음은 저자가 紫白공부 중 정리한 요점이다.

① 年紫白

上 中 下.

1 4 7. 起甲子年 → 逆行 → 當年 太歲着 = 當年中宮數. 中宮數 入中宮 → 順行 = 年紫白완성

② 月紫白

上 中 下.

8　5　2. 起正月 → 逆行 → 12月進行中 當月着 = 當月中宮數. 中宮數 入中宮 → 順行= 月紫白완성

③ 日紫白

陽遁

上 中 下.

1　7　4. 起甲子日 → 順行 → 當日 日辰着 = 當日中宮數. 中宮數 入中宮 → 順行= 日紫白완성

陰遁

上 中 下.

9　3　6. 起甲子日 → 逆行 → 當日 日辰着 = 當日中宮數. 中宮數 入中宮 → 逆行= 日紫白완성

④ 時紫白

陽遁

上 中 下.

1　7　4. 起甲子時 → 順行 → 當時 干支着 = 當時中宮數. 中宮數 入中宮 → 順行= 時紫白완성

陰遁

上 中 下.

9 3 6. 起甲子時 → 逆行 → 當時 干支着 = 當時中宮數. 中宮數入中宮 → 逆行=時紫白완성

다음은 年月日時 紫白의 上 中 下元이다.

年紫白용 180年三元

上元 : 서기1864년 甲子年~1923년 癸亥年

1白 起甲子年 逆行후 順行

中元 : 서기1924년 甲子年~1983년 癸亥年

4綠 起甲子年 逆行후 順行

下元 : 서기1984년 甲子年~2043년 癸亥年

7赤 起甲子年 逆行후 順行

月紫白용 12支年三元

上元 : 子午卯酉年 8白 起正月 逆行후 順行

中元 : 辰戌丑未年 5黃 起正月 逆行후 順行

下元 : 寅申巳亥年 2黑 起正月 逆行후 順行

日紫白용 24節氣三元

陽遁(겨울에서 여름으로 가는 것. 冬至에서 夏至전까지)

上元 : 冬至 小寒 大寒 立春 1白 起甲子日 順行후 順行

中元 : 雨水 驚蟄 春分 淸明 7赤 起甲子日 順行후 順行

下元 : 穀雨 立夏 小滿 芒種 4綠 起甲子日 順行후 順行

陰遁(여름에서 겨울로 가는 것. 夏至에서 冬至전까지)

上元 : 夏至 小暑 大暑 立秋 9紫 起甲子日 逆行후 逆行

中元 : 處暑 白露 秋分 寒露 3白 起甲子日 逆行후 逆行

下元 : 霜降 立冬 小雪 大雪 6白 起甲子日 逆行후 逆行

時紫白용 60日辰三元

上元 : 甲子日 乙丑日 丙寅日 丁卯日 戊辰日

中元 : 己巳日 庚午日 辛未日 壬申日 癸酉日

下元 : 甲戌日 乙亥日 丙子日 丁丑日 戊寅日

上元 : 己卯日 庚辰日 辛巳日 壬午日 癸未日

中元 : 甲申日 乙酉日 丙戌日 丁亥日 戊子日

下元 : 己丑日 庚寅日 辛卯日 壬辰日 癸巳日

上元 : 甲午日 乙未日 丙申日 丁酉日 戊戌日

中元 : 己亥日 庚子日 辛丑日 壬寅日 癸卯日

下元 : 甲辰日 乙巳日 丙午日 丁未日 戊申日

上元 : 己酉日 庚戌日 辛亥日 壬子日 癸丑日

中元 : 甲寅日 乙卯日 丙辰日 丁巳日 戊午日

下元 : 己未日 庚申日 辛酉日 壬戌日 癸亥日

다음은 陽遁 陰遁 時三元別 起甲子時 出發宮이다

陽遁(冬至에서 夏至전까지)

上元 : 1白 起甲子時 順行 當時干支着, 時中宮數 入中宮 順行, 紫白完成

中元 : 7赤 起甲子時 順行 當時干支着, 時中宮數 入中宮 順行, 紫白完成

下元 : 4綠 起甲子時 順行 當時干支着, 時中宮數 入中宮 順行, 紫白完成

陰遁(夏至에서 冬至전까지)

上元 : 9紫 起甲子時 逆行 當時干支着, 時中宮數 入中宮 逆行, 紫白完成

中元 : 3碧 起甲子時 逆行 當時干支着, 時中宮數 入中宮 逆行, 紫白完成

下元 : 6白 起甲子時 逆行 當時干支着, 時中宮數 入中宮 逆行, 紫白完成

(3) 구궁도의 음둔역행(陰遁逆行)은 순행(順行)으로 짚되 숫자만 역(逆)으로 세어 가면 헷갈리지 않는다.(표 3)

〈표 3〉 五黃入中宮 逆行紫白表		
6白	1白	8白
7赤	5黃	3碧
2黑	9紫	4綠

(4) 年月日時 紫白 집중연구.

1 年紫白

年紫白은 "이런 해(年)에는 어떤運이 어떤方位(宮)로 이동했느냐" 즉, "紫白이 어디로 이동했느냐"를 보는 것이다. 가장 간단한 문제는 民曆을 보면 단순한 답이 나와 있다. 그러나 민력도 없고 10년전 또는 10년후의 것을 알아야 할 때가 있다. 그것은 移葬 또는 건축을 위해 未來의 運을 보려면, 적어도 10여년을 내다보고 擇日을 하거나 10년 20년 30년 이전에 葬한 墓의 감정을 해보려면 과거와 미래의 紫白을 알면 좋다. 단 과거의 民曆이 없으면 다음과 같은 방법으로 年紫白을 알아낸다.

年紫白을 알기 위해서는 다음과 같은 60년 주기의 三元을 알아야 한다.

다음 三元은 180年을 세 등분한 것이다.

上元 : 서기1864년 甲子年~1923년 癸亥年

1白 起甲子 逆行후 順行.

中元 : 서기1924년 甲子年~1983년 癸亥年

4綠 起甲子 逆行후 順行.

下元 : 서기1984년 甲子年~2043년 癸亥年

7赤 起甲子 逆行후 順行.

年紫白 요점

上 中 下.

1　4　7. 起 甲子年 → 逆行 →當年 太歲着= 當年中宮數 中宮數 入中宮 →順行= 年紫白

「2002 FIFA WORLD CUP KOREA JAPAN 」이 개최된 西紀 2002年의 年紫白은?

① 西紀 2002年은 三元 중 下元이다.

② 下元의 起甲子는 七赤이다.

③ 七赤에서 起甲子 逆行해서 도착할 當年太歲 干支는 壬午다.(서기2002년은 壬午年이다)

④ 七赤에서 출발, 逆行한 甲子가 19번째 壬午를 맞아 도착한 宮은 兌宮이다.

⑤ 兌宮의 數는 七이다.

⑥ 이로써 서기 2002년(壬午年)의 中宮數는 七赤이다.

※民曆에는 다음과 같이 기록돼 있다.(사진 6)

사진 6 **임오년신방위도**

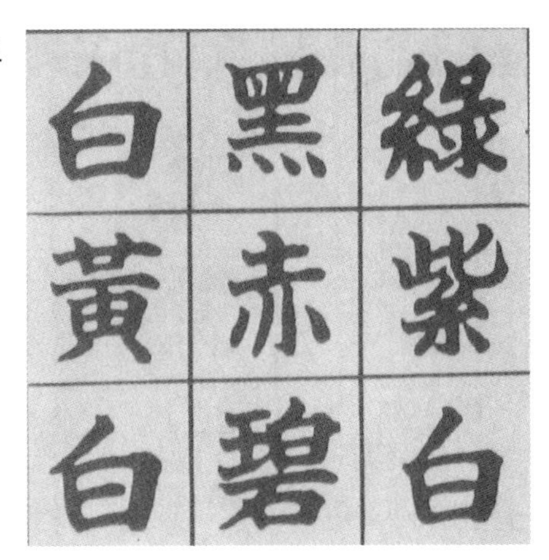

壬午年 中宮數 七赤 入中宮후 順行한 결과이다.(표 4)

○ 一白水는 土의 자리에 들어 土로부터 克을 당한다.

○ 二黑土는 火의 자리에 들어 火로부터 生을 받는다.

○ 三碧木은 水의 자리에 들어 水로부터 生을 받는다.

○ 四綠木은 土의 자리에 들어 土를 克한다.

○ 五黃土는 木의 자리에 들어 木으로 부터 克을 당한다.

○ 六白金은 木의 자리에 들어 木을 克한다.

○ 七赤金은 中央土 자리에 들어 土로부터 生을 받는다.

○ 八白土는 金의 자리에 들어 金을 生해준다.

○ 九紫火는 金의 자리에 들어 金을 克한다.

〈표 4〉 西紀 2002월드컵개최 壬 午 年 紫 白 表		
六白	二黑	四綠
五黃	七赤	九紫
一白	三碧	八白
二黑土는 남쪽火宮에 들어 火로부터 生을 받는다. 三碧木은 북쪽水宮에 들어 水로부터 生을 받는다.		

* 八白土가 金宮(서북쪽)에 들어가 宮을 生하는 꼴이다.

* 六白金이 木宮(동남쪽)에 들어가 宮을 克하는 꼴이다.

* 一白水가 土宮(동북쪽)에 들어가 宮으로부터 克을 당한다.

* 九紫火가 金宮(서쪽)에 들어가 宮을 克하는 꼴이다.

* 紫白은 아니라도 二黑土는 火宮(남쪽)에, 三碧木은 水宮(북쪽)에, 七赤金은 土宮(중앙)에 들어 生을 받으니 좋다.

* 四綠木은 土宮(남서쪽)에 들어 宮을 克하는 꼴이다.

* 五黃土는 木宮(동쪽)에 들어 宮으로부터 克을 당한다.

2 月紫白

月紫白은 "이런 달(月)에는 어떤運이 어떤 方位(宮)로 이동했느냐"를 보는 것이며 해가 바뀔 때마다 매년 열두달이 월별로 中宮數가 달라진다. 月紫白 中宮數를 求하기 위한 起正月 출발宮은 달(月)이 속한 해(年)가 子午卯酉年이냐 辰戌丑未年이냐 寅申巳亥年이냐에 따라 달라진다. 月中宮數를 求하기 위해 月紫白에서도 三元으로 나눈다. 子午卯酉年을 上元, 辰戌丑未年을 中元, 寅申巳亥年을 下元이라 한다. 年.日.時 紫白에서는 모두 起甲子해서 출발, 六十甲子의 마지막인 癸亥까지 간다. 그러나 月紫白에서는 起正月해서 一年 열두달의 끝인 十二月까지 간다. 月에도 月頭法에 의한 干支가 있으나 쓰지 않는다. 月中宮數를 求할 때는 起正月 逆行하고 中宮數를 入中宮한 후에는 順行 한다.

月紫白을 알기 위해서는 다음 三元을 알아야 한다.

다음 三元은 12支年을 세 등분한 것이다.

上元 : 子午卯酉年 8白 起正月 逆行후 順行

中元 : 辰戌丑未年 5黃 起正月 逆行후 順行

下元 : 寅申巳亥年 2黑 起正月 逆行후 順行

月紫白 요점.

上 中 下.

8 5 2. 起正月 逆行 12月까지 進行 當月干支着= 月中宮數. 中宮數 入中宮 順行=月紫白

서기 2002년 5월31일의 月紫白은?

① 이 날(31일)은 「2002 FIFA WORLD CUP KOREA JAPAN 」 개막일이다. 개막일이 소속된 달(月)의 紫白을 보려면 양력 5월31일이 소속한 음력 달(月)을 봐야 한다. 이 날은 음력 4月이고 24절기로도 4月이다.

② 4月은 어느 해(年)에 소속했느냐? 壬午年에 속했다.

③ 三元 중에서는 上元에 속해 8白에서 起 正月 한다.

④ 8白 起 正月은 逆行해야 한다.

⑤ 逆行으로 열두 달이 각각 제자리를 잡을 때 그 宮번호가 그 달의 中宮數다

⑥ 中宮數를 入中宮후 順行하면 月紫白을 알 수 있다.

⑦ 월드컵축구 개막달(月)은 음력으로는 4月이다.

⑧ 4月紫白 보는 요점은 八白 起正月 逆行 4月着宮이다.

⑨ 위의 ⑧항대로 도착한 4월은 (표-月1)에서 보는 바와 같이 五黃中央土가 中宮數다.

〈표-月1〉 2002年 壬午年 4月紫白表 (八白起正月逆行)		
5月 四綠	9月 九紫	7月 二黑
6月 三碧	**4月 五黃**	2月 11月 七赤
正月 10月 八 白	8月 一白	3月 12月 六白

⑩ 다음은 西紀 2002年 壬午年의 月別 中宮數이다.

1月 八白, 2月 七赤, 3월 六白, 4월 五黃, 5월 四綠,

6월 三碧, 7월 二黑, 8월 一白, 9월 九紫, 10월 八白,

11월七赤, 12월六白,

⑪ 음4月의 中宮數 五黃을 入中宮 順行하면 (표-月2)와 같고 음5月의 中宮水 4綠 入中宮 順行하면 (표-月3)과 같다.

民曆에는 一, 二, 三 … 등 숫자는 없고 黃 白 赤 白 紫 白 黑 碧 綠

으로 기록돼 있다.

〈표-月2〉 2002年 壬午年 4月紫白表		
4綠	9紫	2黑
3碧	5黃	7赤
8白	1白	6白
9火가 남쪽火宮에 들어 제자리를 잡아 比肩이다. 1水가 북쪽水宮에 들어 제자리를 잡아 比肩이다.		

〈표-月3〉 2002年 壬午年 5月紫白表		
3碧	8白	1白
2黑	4綠	6白
7赤	9紫	5黃
8土가 남火宮에 들어 火生土로 宮의 生을 得함. 9火가 북水宮에 들어 水剋火로 宮의 剋을 당해 敗함		

⑫ 음4월엔 개막전, 한 · 폴전, 한 · 미전이, 나머지 주요경기는 음5월에 열렸다. 남쪽과 북쪽의 자백분석은 월드컵 자백분석에 참고가 된다.

⑬ 方位學的 해설.

＊方位의 六凶은?

첫째 年破방위, 둘째 月破방위, 셋째 五黃방위, 넷째 暗劍방위, 다섯째 本命방위, 여섯째 赤殺방위이다.

— 년파방위는 그해 충방위 즉 그해의 맞은편 방위이다.

— 월파방위는 그달 충방위 즉 그달의 맞은편 방위이다.

— 오황방은 五字가 붙은 방위이다.

— 암검방은 五黃방의 충방위 즉 五黃맞은편 방위이다.

— 본명방은 본인생년태세에 붙은 九星 數字를 의미한다.

— 적살방은 본명방의 충방위 즉 본명 맞은편 방위이다.

＊方位 六凶을 근거로 한 4月의 方位吉凶해설.

— 壬午年 午는 離宮이다. 離宮방위의 沖은 坎宮방위이다. 坎宮방위가 壬午年의 年破방위이다.

— 四月의 地支는 巳다. 巳의 八卦배속은 辰巽巳 巽宮이다. 巽의 沖은 乾이니 乾宮이 四月의 月破방위이다.

— 五黃방과 暗劍방은 가릴 수 없다. 왜냐하면 五黃이 中宮에있기 때문이다. 中宮의 五黃은 四方으로 통솔, 좋지 않은 영향을 미친다고도 한다.

— 本命방은 사람에 따라 달라 개인적으로 보아야 한다.

1947年生의 경우를 본다면 本命방은 八白(丁亥年의 九星)이 자리잡은 艮宮방위이고 本命방 맞은 방위인 坤宮방이 赤殺방위이다. 따라서 정해생의 임오년 4월은 북쪽坎宮(년파) 북서쪽 乾宮(월파) 북동쪽 艮宮(본명) 남서쪽坤宮(적살)이 흉방위이다.

＊方位 六凶을 근거로 한 5月의 方位吉凶해설.

— 壬午年 午는 離宮이다. 離宮의 沖은 坎宮이다. 坎宮방이 壬午年의 年破방위이다.

— 五月의 地支는 午다. 午의 八卦배속은 丙午丁 離宮이다. 離宮의 沖은 坎宮이니 坎宮이 五月의 月破방위이다.

— 五黃방은 乾宮방이고 暗劍방은 乾의 沖인 巽宮이다.

— 本命방은 사람에 따라 달라 개인적으로 보아야 한다.

1947年生의 경우를 본다면 本命방은 八白(丁亥年의 九星)이 자리 잡은 離宮방이고 本命방 맞은 방위인 坎宮방위가 赤殺방위이다.

정해생의 임오년 5월은 북쪽 坎宮(세파) 북쪽 坎宮(월파) 북서쪽 乾宮(오황방) 동남쪽 巽宮(암검) 남쪽 離宮(본명) 북쪽 坎宮(적살)이 흉방위이다.

③-1 日紫白

日紫白은 "이런 날(日)에는 어떤運이 어떤 方位(宮)로 이동했느냐"를 보는 것이며 날(日辰)이 바뀔 때마다 紫白이 자리를 이동한다. 年紫白 月紫白처럼 日紫白도 운용방법은 대동소이하나 복잡 난해하기는 마찬가지다.

(1) 日紫白을 알기 위해서는 다음과 같은 陽遁 陰遁別 日辰 三元을 알아야 한다. 三元은 24節氣를 陽 陰遁별로 각각 三分한 것이다.

日紫白

陽遁(겨울에서 여름으로 가는 것. 冬至에서 夏至전까지)

上元 : 冬至 小寒 大寒 立春 1白 起甲子日 順行후 順行

中元 : 雨水 驚蟄 春分 淸明 7赤 起甲子日 順行후 順行

下元 : 穀雨 立夏 小滿 芒種 4綠 起甲子日 順行후 順行

陰遁(여름에서 겨울로 가는 것. 夏至에서 冬至전까지)

上元 : 夏至 小暑 大暑 立秋 9紫 起甲子日 逆行후 逆行

中元 : 處暑 白露 秋分 寒露 3碧 起甲子日 逆行후 逆行

下元 : 霜降 立冬 小雪 大雪 6白 起甲子日 逆行후 逆行

⑵ 日紫白 요점

陽遁

上 中 下.

1 7 4. 起甲子日 → 順行 → 當日日辰着= 當日中宮數. 中宮數入中宮 → 順行= 日紫白

陰遁

上 中 下.

9 3 6. 起甲子日 → 逆行 → 當日日辰着= 當日中宮數. 中宮數入中宮 → 逆行= 日紫白

⑶ 다음은 日紫白의 운용순서 및 방법이다.

① 日辰이 속한 24절기의 陽遁 陰遁을 알아야 한다.

② 日辰이 속한 三元을 알아야 한다.

③ 日辰 三元을 알면 그 三元의 起甲子宮을 알 수 있다.

④ 起甲子宮(甲子가 出發할 宮)을 알았으면 陽遁 陰遁에 따라 甲子가 順行 逆行여부가 결정된다.

⑤ 順行 逆行해서 日辰이 倒着한 宮의 數가 日紫白을 보기 위해 필수적인 中宮數가 된다.

⑥ 中宮數를 求할 때 甲子를 順行했으면 紫白 볼 때도 順行하고 甲子를 逆行했으면 紫白 볼 때도 逆行한다.

⑷ 서기 2002년 5월31일의 日紫白은?

— 이날(31일)은 「2002 FIFA WORLD CUP KOREA JAPAN」 개막일이다. 陰曆으로 壬午年 4月 20日 日辰은 己亥이다. 이 날은 24節氣로도 4月이다.

— 4月20日의 日辰 己亥를 陽遁인지 陰遁인지 上元인지 中元인지 下元인지를 보면 **陽遁**(冬至~夏至)이고 **下元**(小滿~芒種)이다.

— 己亥日은 下元에 속해 **四綠 起甲子**해야 한다.

— 陽遁下元은 四綠에서 起甲子, **順行**해서 日辰인 己亥까지 간다.

— 甲子가 四綠에서 順行해서 日辰인 **己亥**까지 가면서 36번째 三震宮에 자리잡을 때 그 자리, 즉 宮번호 三이 그 날(日)의 中宮數다(표-日1)

— 그 날(壬午年4月20日 己亥日)의 紫白을 보기 위해서는 中宮數 三을 **入中宮** 후 順行한다.(표-日2).

— 지금까지 韓.日월드컵 개막年月日의 紫白을 보기 위한 中宮水를 구한 결과 年紫白은 七赤, 月紫白은 五黃, 日紫白은 三碧인 것을

알았다.

— 風水學人은 年月日紫白으로 관련분야의 吉凶을 점검할 수 있으면 좋다.

〈표-日1〉 2002年 5月 31日(壬午年4月20日 己亥日)入中宮數 求하는法 四綠 甲子出發 順行 36번째인 己亥가 震宮에 倒着.		
出發 1 甲子. 10癸酉. 19壬午 28 辛卯. 四巽	6 己巳. 15戊寅. 24丁亥33 丙申. 九離	8 辛未. 17庚辰. 26己丑 35 戊戌. 二坤
9壬申.18辛巳.27庚寅 36己亥(**倒着**). 三震	2乙丑. 11甲戌. 20癸未 29壬辰 五黃.	4丁卯. 13丙子. 22乙酉 31甲午. 七兌
5 戊辰. 14丁丑. 23丙戌 32乙未. 八艮	7 庚午. 16己卯. 25戊子 34丁酉. 一坎	3丙寅. 12乙亥. 21甲申 30癸巳. 六乾

〈표-日2〉 2002年 5월31일 (壬午年4月20日 己亥日) 紫白表 三中宮 順行		
二黑	七赤	九紫
一白	**三碧**	五黃
六白	八白	四綠

③-2 재미로 분석해 본 「2002 FIFA WORLD CUP KOREA JAPAN」 주요경기별 日紫白.

*게임에서 실력이 대등한 경우 자백방위가 다소 유리하다는 것이지 실력이 모자라는 데도 유리하다는 것은 아니다.

〈개막전 : 日紫白〉

① 세네갈 1 : 0 프랑스

5月31日(己亥) 金曜日 서울월드컵 경기장. 음4월.

己亥日=陽遁 順行 下元 四起甲子~己亥日着= 中宮數 入中宮~順行=日 紫白完成.

四綠에서 출발한 甲子가 순행한 끝에 己亥를 만난 宮은 三震이다. 甲子로 부터 36번째 닿은 三이 中宮數다.

己亥日의 중궁수 3을 입중궁 순행한 일자백표.(표-日3)

〈표-日3〉 2002. 5. 31. 己亥日 3중궁		
2	7남	9
동 1	3	5 서
6	8북	4

日紫白만으로 본 남쪽과 북쪽의 길흉은?

남쪽은 七赤金이 九離火에 들어가 剋당한다.

북쪽은 八白土가 一坎水에 들어가 剋한다

剋을 당하는 것 보다 剋하는 편이 낫다.

북쪽의 운이 좋다고 볼 수 있다. 어느 팀이든 북쪽에서 남쪽으로 공격할 때 골을 넣을 운이라 할 수 있다. 우리나라 월드컵 경기장은 남북진영으로 나뉘어져 있다. 전 · 후반을 남북으로 진영을 바꿔가며 공수를 펼침으로써 日紫白의 運은 양쪽이 동일하다.

〈D조 예선리그전 : 日紫白〉

② 한국 2 : 0 폴란드

6月 4日(癸卯) 火曜日 釜山아시아드경기장. 음4월.

癸卯日=陽遁 順行 下元 四起甲子~癸卯日着=中宮數 入中宮~順行=日 紫白完成.

四綠에서 출발한 甲子가 순행한 끝에 癸卯를 만난 宮은 七兌다. 甲子로 부터 40번째 닿은 七이 中宮數다.

癸卯日의 중궁수 7을 입중궁 순행한 일자백표(표-日4).

〈표-日4〉 2002. 6. 4. 癸卯日 7중궁		
6	2남	4
동 5	7	9 서
1	3북	8

日紫白만으로 본 남쪽과 북쪽의 길흉은?

남쪽은 二黑土가 九離火에 들어가 生을 받는다.

북쪽은 三碧木이 一坎水에 들어가 生을 받는다.

日紫白의 運은 양쪽이 동일하다.

③ 한국 1 : 1 미국

6月10日(己酉) 月曜日 大邱. 음4월.

己酉日=陽遁 順行 下元 四起甲子~己酉日着=中宮數 入中宮~順行=日 紫白完成.

四綠에서 출발한 甲子가 순행한 끝에 己酉를 만난 宮은 四巽이다. 甲子로 부터 46번째 닿은 四가 中宮數다.

己酉日의 중궁수 4를 입중궁 순행한 일자백표(표-日5).

〈표-日5〉 2002. 6. 10. 己酉日 4중궁		
3	8남	1
동 2	4	6 서
7	9북	5

日紫白만으로 본 남쪽과 북쪽의 길흉은?

남쪽은 八白土가 九離火에 들어가 生을 받는다.

북쪽은 九紫火가 一坎水에 들어가 剋을 당한다.

남쪽의 운이 좋다고 볼 수 있다.

④ 한국 1 : 0 포르투갈

6月14日(癸丑) 金曜日 仁川. 음5월.

癸丑日=陽遁 順行 下元 四起甲子~癸丑日着=中宮數 入中宮~順行=日 紫白完成.

四綠에서 출발한 甲子가 순행한 끝에 癸丑을 만난 宮은 八艮이다.

甲子로 부터 50번째 닿은 八이 中宮數다.

癸丑日의 중궁수 8을 입중궁 순행한 일자백표(표-日6).

〈표-日6〉 2002 .6. 14. 癸丑日 8중궁		
7	3남	5
동 6	8	1 서
2	4북	9

日紫白만으로 본 남쪽과 북쪽의 길흉은?

남쪽은 三碧木이 九離火에 들어가 生을 뺏긴다.

북쪽은 四綠木이 一坎水에 들어가 生을 받는다.

북쪽의 운이 좋다고 볼 수 있다.

〈16강전 : 日紫白〉

⑤ 한국 2 : 1 이태리.

6월18일 (丁巳) 火曜日 大田. 음5월.

丁巳日=陽遁 順行 下元 四起甲子~丁巳日着=中宮數 入中宮~順行=日 紫白完成.

四綠에서 출발한 甲子가 순행한 끝에 丁巳를 만난 宮은 三震이다. 甲子로 부터 54번째 닿은 三이 中宮數다.

丁巳日의 중궁수 3을 입중궁 순행한 일자백표(표－日7).

〈표－日7〉 2002. 6. 18. 丁巳日 3중궁		
2	7남	9
동 1	3	5 서
6	8북	4

日紫白만으로 본 남쪽과 북쪽의 길흉은?

남쪽은 七赤金이 九離火에 들어가 剋을 당한다.

북쪽은 八白土가 一坎水에 들어가 剋한다.

북쪽의 운이 좋다고 볼 수 있다.

〈8강전 : 日紫白〉

⑥ 한국 5 : 3 스페인 승부킥

6월22일(辛酉) 土曜日 光州. 음5월.

辛酉日=*陽遁 順行 下元 四起甲子～辛酉日着=中宮數 入中宮～順行=日 紫白完成.

四綠에서 출발한 甲子가 순행한 끝에 辛酉를 만난 宮은 七兌다. 甲子로 부터 58번째 닿은 七이 中宮數다.

辛酉日의 중궁수 7을 입중궁 순행한 일자백표(표-日8).

〈표-日8〉 2002. 6. 22. 辛酉日 7중궁		
6	2 남	4
동 5	7	9 서
1	3북	8

日紫白만으로 본 남쪽과 북쪽의 길흉은?

남쪽은 二黑土가 九離火에 들어가 生을 받는다.

북쪽은 三碧木이 一坎水에 들어가 生을 받는다.

日紫白의 運은 양쪽이 동일하다.

* 한국과 스페인은 紫白상으로는 양팀이 똑같은 조건이다. 丙申時에서 전·후반을, 丁酉時에 연장 전·후반을 남북진영을 공평하게 바꿔 뛰었다. 역시 丁酉時에 같은 방향을 향해 승부차기를 해 조건이 공평했다.

* 하지(6월21일)가 지났어도 22일을 양둔으로 보는 것은 22일의 일진이 辛酉日로서 이틀(壬戌 癸亥)이 지나야 壬午年의 실질적인 양둔이 끝나기 때문이다. 음둔 양둔의 분기점은 하지와 가장 가까운 날의 癸亥日과 甲子日이다. 즉 「양둔…乙卯 丙辰 丁巳 戊午 己未 庚申 辛酉 壬戌 癸亥 분기점 甲子 乙丑 丙寅 丁卯 戊辰 己巳 庚午 辛未 壬申…음둔」으로 22일(辛酉), 23일(壬戌), 24일(癸亥)까지가 양둔이고 음둔은 25일(甲子) 26일(乙丑) 27일(丙寅)로 이어진다.

〈4강전 : 日紫白〉

⑦ 한국 0 : 1 독일

6월25일(甲子) 火曜日 서울. 음5월.

甲子日=陰遁 逆行 上元 九起甲子~甲子日着=中宮數 入中宮~逆行=日 紫白完成.

九紫에서 출발한 甲子가 역행한 끝에 甲子를 만난 宮은 九離다. 甲子로 부터 1번째 닿은 九가 中宮數다.

甲子日의 중궁수 9를 입중궁 역행한 일자백표(표-日9).

〈표-日9〉 2002. 6. 25. 甲子日 9중궁		
1	5남	3
동 2	9	7 서
6	4북	8

日紫白만으로 본 남쪽과 북쪽의 길흉은?

남쪽은 五黃土가 九離火에 들어가 生을 받는다.

북쪽은 四綠木이 一坎水에 들어가 生을 받는다.

日紫白의 運은 양쪽이 동일하다.

단 남쪽은 甲子日(日辰)의 沖方인 것이 흠결이라 남쪽보다는 북쪽운이 좋다고 볼 수 있다.

〈3, 4위전 : 日紫白〉

⑧ 한국 2 : 3 터키.

6월29일(戊辰) 土曜日 大邱. 음5월.

戊辰日=陰遁 逆行 上元 九起甲子~戊辰日着=中宮數 入中宮~逆行=紫白完成.

九紫에서 출발한 甲子가 역행한 끝에 戊辰을 만난 宮은 五中央이다. 甲子로 부터 5번째 닿은 五가 中宮數다.

戊辰日의 중궁수 5를 입중궁 역행한 일자백표(표-日10).

〈표-日10〉 2002. 6. 29. 戊辰日 5중궁		
6	1남	8
동 7	5	3 서
2	9북	4

日紫白만으로 본 남쪽과 북쪽의 길흉은?

남쪽은 一白水가 九離火에 들어가 剋을 한다.

북쪽은 九紫火가 一坎水에 들어가 剋을 당한다.

남쪽의 운이 좋다고 볼 수 있다.

〈결승전 : 日紫白〉

⑨ 2 브라질 : 독일 0

6월30일(己巳) 日曜日 日本 요꼬하마. 음5월

己巳日=陰遁 逆行 上元 九起甲子~己巳日着=中宮數 入中宮~逆

行=紫白完成.

九紫에서 출발한 甲子가 역행한 끝에 己巳를 만난 宮은 四巽이다. 甲子로 부터 6번째 닿은 四가 中宮數다.

己巳日의 중궁수 4를 입중궁 역행한 일자백표(표-日11).

〈표-日11〉 2002 .6. 30. 己巳日 4중궁		
5	9남	7
동 6	4	2 서
1	8북	3

日紫白만으로 본 남쪽과 북쪽의 길흉은?

남쪽은 제자리(九紫火가 九離火에 듬)에 들어 比肩이다.

북쪽은 八白土가 一坎水에 들어 剋을 한다.

북쪽운이 좋다고 볼 수 있다.

브라질은 후반전 남쪽에서 북쪽으로 공격할 때 2골을 넣었다. TV 화면상 전반전엔 브라질이 좌(북쪽)에서 우(남쪽)로, 후반전엔 우(남쪽)에서 좌(북쪽)로 공격했다.

→ ← 방향은 TV화면상의 공격방향이다.

「→의 경우 북쪽에서 남쪽으로」「←의 경우 남쪽에서 북쪽으로」 공격하는 것이 확인됐다. 이같은 사실은 일본 요코하마 월드컵 경기장을 인터넷으로 클릭해서 확인한 것이다.

4-1 時紫白

時紫白은 "이런 시(時)에는 어떤運이 어떤 方位(宮)로 이동했느냐"를 보는 것이다. 日辰에 배속된 시간이 바뀔 때마다 時紫白이 달라진다. 時紫白은 年月日時 紫白가운데 가장 난해하지만 풍수사는 알아둬야 한다. 年月日紫白은 이해됐으니 時紫白을 논한다. 월드컵 축구(「2002 FIFA WORLD CUP KOREA JAPAN」)의 승운을 時紫白으로 분석해 본다. 개막전인 프랑스와 세네갈전, D조 예선인 한국과 폴란드전, 한국과 미국전, 한국과 포르투갈전, 이태리와의 16강전, 스페인과의 8강전, 독일과의 4강전, 터키와의 3 · 4위전, 브라질과 독일의 결승전 등 총 9경기의 전 후반, 연장전 전 후반별 시간을 時紫白으로 보기로 한다. 개막전에서 세네갈은 프랑스를 1대0으로 이겨 파란을 일으켰다.

예선리그전에서 우리나라는 폴란드를 2대0으로, 포르투갈을 1대0으로 각각 꺾었고 미국과는 1대1 무승부를 기록, 조예선 전적 2승1무로 승점 7점을 얻어 16강에 진출했다. 우리나라는 이태리와 8강을 가리는 토너먼트전에서 전 후반 1골씩을 주고받는 접전 끝에 연장전까지 벌여 안정환의 골든골로 8강에 올랐다. 우리나라는 4강을 가리는 대 스페인전에서도 연장전까지 벌여 0대0 무승부를 기록, 승부차기 끝에 5대3으로 승리해 꿈의 4강에 진출했다. 브라질. 터키. 독일과 함께 4강에 합류한 우리나라는 결승 진출권을 놓고 독일과 격돌했으나 후반전에 1점을 내줘 1대0으로 분패했다. 우승을 다투는 결승전 진출은 좌절됐으나 「아름다운 패배」란 신조어를 낳고 3, 4위 전에 진출, 터키에 패해 4위에 그쳤다.

(1) **時紫白을 봐야 할 時의 時干支(日辰別 六十甲子時)를 알아야 한다.** 그리고는 甲子時가 順. 逆行하다가 時干支가 머문 宮의 숫자가 入中宮數가 된다.

다음은 時紫白을 볼 때 日辰을 上中下 三元으로 분류한 것이다. 三元은 60甲子를 세 등분한 것이다.

上元日 : 甲子 乙丑 丙寅 丁卯 戊辰
中元日 : 己巳 庚午 辛未 壬申 癸酉
下元日 : 甲戌 乙亥 丙子 丁丑 戊寅

上元日 : 己卯 庚辰 辛巳 壬午 癸未
中元日 : 甲申 乙酉 丙戌 丁亥 戊子
下元日 : 己丑 庚寅 辛卯 壬辰 癸巳
上元日 : 甲午 乙未 丙申 丁酉 戊戌
中元日 : 己亥 庚子 辛丑 壬寅 癸卯
下元日 : 甲辰 乙巳 丙午 丁未 戊申

上元日 : 己酉 庚戌 辛亥 壬子 癸丑
中元日 : 甲寅 乙卯 丙辰 丁巳 戊午
下元日 : 己未 庚申 辛酉 壬戌 癸亥

時紫白을 볼 때 甲子時가 順. 逆行하다가 사용자가 필요한 당일의 時干支가 머문 宮의 숫자가 中宮數가 된다.

(2) 時紫白의 요점

陽遁

上元이면 1궁, 中元이면 7궁, 下元이면 4궁에서 起甲子時, 順行해서 時紫白을 봐야할 時干支가 宮에 도착하면 그 宮의 數를 入中宮, 順行시켜 九宮의 紫白을 본다.

陰遁

上元이면 9궁, 中元이면 3궁, 下元이면 6궁에서 起甲子時, 逆行해서 時紫白을 봐야할 時干支가 宮에 도착하면 그 宮의 數를 入中宮, 逆行시켜 九宮의 紫白을 본다.

(3) 다음은 上 中 下元으로 나눈 日辰別 陽遁 陰遁別 起甲子時 出發宮이다.

陽遁(冬至 → 夏至)

上元 : 1白 起甲子時 順行 時干支着宮= 中宮數.

中宮數 入中宮후 順行하면 紫白이 九宮中에 자리잡는다.

中元 : 7赤 起甲子時 順行 時干支宮着宮= 中宮數.

中宮數 入中宮후 順行하면 紫白이 九宮中에 자리잡는다.

下元 : 4綠 起甲子時 順行 時干支宮着宮= 中宮數.

中宮數 入中宮후 順行하면 紫白이 九宮中에 자리잡는다.

陰遁(夏至 → 冬至)

上元 : 9紫 起甲子時 逆行 時干支宮着宮= 中宮數.

中宮數 入中宮후 逆行하면 紫白이 九宮에 자리잡는다.

中元 : 3碧 起甲子時 逆行 時干支宮着宮= 中宮數.

中宮數 入中宮후 逆行하면 紫白이 九宮中에 자리잡는다.

下元 : 6白 起甲子時 逆行 時干支宮着宮= 中宮數.

中宮數 入中宮후 逆行하면 紫白이 九宮中에 자리잡는다.

⑷ 다음은 時紫白 운용의 요점이다.

① 時紫白의 中宮數를 어떻게 求하는가?

② 時紫白의 中宮數를 入中宮후 順行은 어떻게 출발해 어떻게 돌고, 逆行은 어떻게 출발해 어떻게 도는가?

③ 中宮數를 入中宮, 順行과 逆行을 해서 紫白이 宮에 자리를 잡으면 時紫白의 운용과정은 끝난다.

(5) 다음은 「2002 FIFA WORLD CUP KOREA JAPAN」 주요 경기시간이다.

〈개막전 : 時紫白〉

① 프랑스와 세네갈 5月31日 金曜日 저녁 8時 30分 서울. 己亥日에 甲子時頭라.

전반(8시30분~ 9시30분) 甲戌時

후반(9시30분~10시30분) 乙亥時

己亥日은 陽遁에 中元으로 7起甲子

〈D조 예선리그전 : 時紫白〉

② 한국과 폴란드 6月 4日 火曜日 저녁 8時30分 釜山.

癸卯日에 壬子時頭라.

전반(8시30분~ 9시30분) 壬戌時

후반(9시30분~10시30분) 癸亥時

癸卯日은 陽遁에 中元으로 7起甲子

③ 한국과 미국 6月10日 月曜日 오후 3時30分 大邱.

己酉日에 甲子時頭라.

전반(3시30분~4시30분) 壬申時

후반(4시30분~5시30분) 壬申時

己酉日에 陽遁은 上元으로 1起甲子

④ 한국과 포르투갈 6月14日 金曜日 저녁 8時30分 仁川. 癸丑日

에 壬子時頭라.

전반(8시30분~ 9시30분) 壬戌時

후반(9시30분~10시30분) 癸亥時

癸丑日에 陽遁은 上元으로 1起甲子

〈16강전 : 時紫白〉

⑤ 한국과 이태리 6월18일 화요일 저녁 8시30분 대전.

丁巳日에 庚子時頭라.

전반(8시30분~ 9시30분) 庚戌時

후반(9시30분~10시30분) 辛亥時

연장전반(10시35분~10시50분) 辛亥時

연장후반(10시50분~11시 5분) 辛亥時

丁巳日은 陽遁에 中元으로 7起甲子

〈8강전 : 時紫白〉

⑥ 한국과 스페인 6월22일 토요일 오후 3시30분 광주.

辛酉日에 戊子時頭라.

전반(3시30분~4시30분) 丙申時

후반(4시30분~5시30분) 丙申時

연장전반(5시35분~5시50분) 丁酉時

연장후반(5시50분~6시 5분) 丁酉時

승부차기(6시 5분~) 丁酉時.

辛酉日은 陽遁에 下元으로 4起甲子

〈4강전 : 時紫白〉

⑦ 한국과 독일 6월25일 화요일 저녁 8시30분 서울.

甲子日에 甲子時頭라.

전반(8시30분~ 9시30분) 甲戌時

후반(9시30분~10시30분) 乙亥時.

甲子日은 陰遁에 上元으로 9起甲子

〈3, 4위전 : 時紫白〉

⑧ 한국과 터키 6월29일 토요일 저녁 8시 대구.

戊辰日에 壬子時頭라.

전반(8시~ 9시)은 壬戌時.

후반(9시~10시)은 초반30분간 즉 9시30분까지는 壬戌時.

단 9시30분 이후 11시30분까지는 癸亥時.

戊辰日은 陰遁에 上元 9起甲子

〈결승전 : 時紫白〉

⑨ 브라질과독일 6월30일 일요일 저녁8시 일본요꼬하마.

己巳日에 甲子時頭라.

전반(8시~ 9시) 甲戌時(일본 동경 표준시 기준)

후반(9시~10시) 乙亥時(일본 동경 표준시 기준)

己巳日은 陰遁 中元 3起甲子

(6) **다음은 「2002 FIFA WORLD CUP KOREA JAPAN」 주요 경기별 日辰과 時干支의 출현 배경**

〈개막전 : **時紫白**〉

●세네갈 : 프랑스. 5月31日 저녁 8時30分.

31日의 日辰은 己亥日. 己亥日은 中元.

中元은 **七赤起甲子時**. 己亥日이 속한 절기가 冬至~夏至간이라 陽遁. 陽遁은 **順行**

저녁 8時30分의 12支時는 戌時,

己日의 戌時 時頭法은 甲己日=甲子時頭,

甲己日 戌時의 時干支는 甲戌時

甲己日 亥時의 時干支는 乙亥時.

전반 七赤起甲子時~順行~甲戌時着.

후반 七赤起甲子時~順行~乙亥時着.

〈조 예선리그전 : **時紫白**〉

●한국 : 폴란드. 6月 4日 저녁 8時30分.

4日의 日辰은 癸卯日, 癸卯日은 中元

中元은 **七綠起甲子時**. 癸卯日이 이 속한 절기가 冬至~夏至간이라 陽遁. 陽遁은 **順行**

저녁 8時30分의 12支時는 **戌時**,

癸日의 戌時 時頭法은 戊癸日=壬子時頭,

戊癸日 戌時의 時干支는 **壬戌時**.

戊癸日 亥時의 時干支는 **癸亥時**.

전반 七赤起甲子時~順行~壬戌時着

후반 七赤起甲子時~順行~癸亥時着

●한국 : 미국. 6月10日 오후 3時30分.

10日의 日辰은 己酉日,己酉일은 上元

上元은 **一白起甲子時**. 己酉日이 속한 절기가 冬至~夏至간이라 陽遁, 陽遁은 **順行**

오후 3時30分의 12支時는 申時,

己日의 申時 時頭法은 甲己日=甲子時頭,

甲己日 申時의 時干支는 **壬申時**.

전. 후반 모두 壬申時

전반 一白起甲子時~順行~壬申時着

후반 一白起甲子時~順行~壬申時着

●한국 : 포르투갈. 6月14日 저녁 8時30分.

6월14일의 日辰은 癸丑日, 癸丑日은 上元.

上元은 **一白起甲子時**. 癸丑日이 속한 절기가 冬至~夏至간이라 陽遁, 陽遁은 **順行**.

저녁 8時30分의 12支時는 **戌時**,

癸日의 戌時 時頭法은 戊癸日=壬子時頭,

戊癸日 戌時의 時干支는 **壬戌時**.

戊癸日 亥時의 時干支는 **癸亥時**.

전반 一白起甲子時~順行~壬戌時着

후반 一白起甲子時~順行~癸亥時着

〈16강전 : 時紫白〉

●한국 : 이태리. 6월18일 화요일 저녁 8시30분

6월18일 日辰은 丁巳日. 丁巳日은 中元.

中元은 **七赤起甲子時**. 丁巳日이 속한 절기가 冬至~夏至간이라 陽遁, 陽遁은 **順行**. 丁巳日은 庚子時頭라

전반(8시30분~ 9시30분) **庚戌時**

후반(9시30분~10시30분) **辛亥時**

연장전반(10시35분~10시50분) 辛亥時

연장후반(10시50분~11시 5분) 辛亥時

전반 七赤起甲子時~順行~庚戌時着

후반 七赤起甲子時~順行~辛亥時着

연장전반 七赤起甲子時~順行~辛亥時着

연장후반 七赤起甲子時~順行~辛亥時着

〈8강전 : 時紫白〉

●한국 : 스페인. 6월22일 토요일 오후 3시30분.

6월18일 일진은 辛酉日. 辛酉日은 下元

下元은 **四綠起甲子時**. 辛酉日이 속한 절기가 冬至~夏至간이라 陽遁. 陽遁은 **順行**. 辛酉日은 戊子時頭라

전반(3시30분~4시30분) **丙申時**

후반(4시30분~5시30분) **丙申時**

연장전반(5시35분~5시50분) **丁酉時**.

연장후반(5시50분~6시 5분) **丁酉時**.

승부차기(6시 5분~7시30분) **丁酉時**.

전 후반　　　　　四綠起甲子時~順行~丙申時

연장전, 승부차기　四綠起甲子時~順行~丁酉時

〈4강전 : 時紫白〉

●한국 : 독일 6월25일 화요일 저녁 8시30분.

6월25일 일진은 甲子日. 甲子日은 上元

上元은 **九紫起甲子時**. 甲子日은 속한 절기가 夏至~冬至間이라 陰遁. 陰遁은 **逆行**. 甲子日은 甲子時頭라

전반(8시30분~ 9시30분)은 **甲戌時**

후반(9시30분~10시30분)은 **乙亥時**.

전반 九紫起甲子時~逆行~甲戌時着

후반 九紫起甲子時~逆行~乙亥時着

〈3, 4위전 : 時紫白〉

●한국 : 터키. 6월29일 토요일 저녁 8시.

6월29일 일진은 戊辰日. 戊辰日은 上元

上元은 **九紫起甲子時**. 戊辰日은 속한 절기가 夏至~冬至間이라 陰遁. 陰遁은 **逆行**. 戊辰日은 壬子時頭라

전반(8시~9시)은 **壬戌時**.(7시30분~9시30분 壬戌時로 봤기 때문이다)

후반(9시~10시)은 **壬戌時와 癸亥時**.(7시30분~9시30분 戌時로, 9시30분~11시30분 癸亥時로 봤기 때문이다)

전반 九紫起甲子時~逆行~壬戌時着

후반 초30분간 九紫起甲子時~逆行~壬戌時着

30분이후 九紫起甲子時~逆行~癸亥時着

〈결승전 : 時紫白〉

●브라질 : 독일. 6월30일 일요일 저녁 8시.

6월30일 일진은 己巳日. 己巳日은 中元

中元은 **三碧起甲子時**. 己巳日이 속한 절기가 夏至~冬至간이라 陰遁. 음둔은 **逆行**. 己巳日은 甲子時頭라.

전반전 8시~ 9시까지는 **甲戌時**(일본은 동경 표준시 기준)

후반전 9시~10시까지는 **乙亥時**(일본은 동경 표준시 기준)

전반 三碧起甲子時~逆行~甲戌時着

후반 三碧起甲子時~逆行~乙亥時着

(7)「2002 FIFA WORLD CUP KOREA JAPAN」의 주요 경기일의 양둔 음둔.

주요경기 대부분이 冬至에서 夏至로 가는 陽遁에서 개최돼 順行이었고 4강전을 벌인 6월25일(甲子日)부터는 夏至(25日)에서 冬至로 가는 陰遁이라 逆行이었다.

개막전 中元, 한 · 폴란드전 下元, 한 · 미전 上元, 한 · 포르트갈전 上元, 한 · 이태리전 中元, 한 · 스페인전은 下元 등은 陽遁이었고 한 · 독전 上元, 한 · 터키전 上元, 결승전 中元 등은 陰遁이었다.

이상과 같이 陽陰遁 順逆行 日辰別三元을 알았으니 이제는 紫白을 실행만 하면 된다.

주의할 것은 順 逆行은 24節氣의 陽遁 陰遁 을 따르고 起甲子時出發宮은 日辰別 三元表에 따른다.

(8) 다음은「2002 FIFA WORLD CUP KOREA JAPAN」개막전 예선전 16강전, 8강전, 4강전 3. 4위전, 결승전 등 주요경기의 時紫白으로 보기 위해 求한 中宮數다.

〈개막전 : 時紫白〉

●프랑스 : 세네갈

전반 七赤起甲子時~順行~甲戌時着.

후반 七赤起甲子時~順行~乙亥時着.

전반 8시30분~ 9시30분 甲戌時 프랑스 →← 세네갈 (골)

후반 9시30분~10시30분 乙亥時 세네갈 →← 프랑스.

七赤에서 출발한 甲子時가 순행해서 11번째로 자리를 옮겨 경기전반전인 甲戌時엔 八艮宮에, 후반전인 乙亥時엔 九離宮에 들게되니 그 宮의 숫자 八과 九가 中宮數다. 八과 九를 入中宮 順行해서 時紫白이 어느宮에 자리잡는지를 보는 것이다.

〈조 예선리그 : 時紫白〉

●한국 : 폴란드

전반 七赤起甲子時~順行~壬戌時着.

후반 七赤起甲子時~順行~癸亥時着.

전반 8시30분~ 9시30분 壬戌時 폴란드 →← 한국(골.골)

후반 9시30분~10시30분 癸亥時 한국 →← 폴란드

七赤에서 출발한 甲子時가 순행해서 59번째로 자리를 옮겨 경기전반전인 壬戌時엔 二坤宮에 후반전인 癸亥時엔三震宮에 들게 되니 그 宮의 숫자 二와 三이 中宮數다. 二아 三을 入中宮 順行해서 時紫白이 어느宮에 자리잡는지를 보는 것이다.

●한국 : 미국

전반 一白起甲子時~順行~壬申時着.

후반 一白起甲子時~順行~壬申時着.

전반 3시30분~4시30분 壬申時 한국 →← 미국 (골)

후반 4시30분~5시30분 壬申時 미국 →← 한국 (골)

一白에서 출발한 甲子時가 순행해서 9번째로 자리를 옮겨 경기전 후반전 내내 壬申時이르러 九離宮에 들게 되니 그 宮의 숫자 九가 中宮數다. 九를 入中宮 順行해서 時紫白이 어느宮에 자리잡는지를 보는 것이다.

●한국 : 포루투갈

전반 一白起甲子時~順行~壬戌時着.

후반 一白起甲子時~順行~癸亥時着.

전반 8시30분~ 9시30분 壬戌時 포르투칼 →← 한국

후반 9시30분~10시30분 癸亥時 (골) 한국 →← 포르투칼

一白에서 출발한 甲子時가 순행해서 59번째로 자리를 옮겨 경기 전반전인 壬戌時엔 五黃宮에, 후반전인 癸亥時엔 六乾宮에 들게되니 그 宮의 숫자 五와 六이中宮數다.

五와 六을 入中宮 順行해서 時紫白이 어느宮에 자리잡는지를 보는 것이다.

〈16강전 : 時紫白〉

●한국 : 이태리

전반 七赤起甲子時~順行~庚戌時着

후반 七赤起甲子時~順行~辛亥時着

연장전반 七赤起甲子時~順行~辛亥時着

연장후반 七赤起甲子時~順行~辛亥時着

전반 8시30분~ 9시30분 庚戌時 한국 →← 이태리(골)

후반 9시30분~10시30분 辛亥時 이태리 →← 한국(골)

연장前 10:35~10:50분 辛亥時 한국 →← 이태리

연장後 10:50~11:05분 辛亥時 이태리 →← 한국(골든골)

七赤에서 출발한 甲子時가 順行해서 경기 전반전인 庚戌時에 八艮宮에, 경기 후반전과 경기 연장전시간인 辛亥時에 九離宮에 들게 되니 그宮의 숫자 八과 九가 中宮數다. 八과 九를 入中宮 순행해서 時紫白이 어느 宮에 자리잡는지를 보는 것이다.

〈8강전 : 時紫白〉

●한국 : 스페인.

전반 四綠起甲子時~順行~丙申時着

후반 四綠起甲子時~順行~丙申時着

연장전반 四綠起甲子時~順行~丁酉時着

연장후반 四綠起甲子時~順行~丁酉時着

승부차기 四綠起甲子時~順行~丁酉時着

전반 3시30분~4시30분 丙申時 스페인 →← 한국

후반 4시30분~5시30분 丙申時 한국 →← 스페인

연장전반 5시35분~5시50분 丁酉時 한국 →← 스페인

연장후반 5시50분~6시 5분 丁酉時 스페인 →← 한국

승부차기 6시10분~ 丁酉時 ← 한국 5 : 스페인 3

四綠에서 출발한 甲子時가 順行해서 경기 전후반전 시간인 丙申時엔 九離宮에 들고 연장전과 승부차기 시간인 丁酉時엔 一坎宮에 들게되니 그 宮의 숫자 九와 一이 中宮數다. 九와 一을 入中宮 순행해서 時紫白이 어느 宮에 자리잡는지를 보는 것이다.

〈4강전 : 時紫白〉

●한국 : 독일.

전반 九紫起甲子時~逆行~甲戌時着

전반 九紫起甲子時~逆行~乙亥時着

전반 8시30분~ 9시30분 甲戌時　　한국 →← 독일

후반 9시30분~10시30분 乙亥時 (골) 독일 →← 한국

九紫에서 출발한 甲子時가 逆行해서 경기전반전시간인 **甲戌時**엔 **八艮宮**에 들고 후반전시간인 **乙亥時**엔 **七兌宮**에 들게되니 그 宮의 숫자 八과 七이 中宮數다. 八과 七을 入中宮 역행해서 時紫白이 어디에 자리잡나를 본다.

〈3, 4위전 : 時紫白〉

●한국 : 터키

전반. 후반30분 이전 九紫起甲子時~逆行~壬戌時着

후반30분 이후 九紫起甲子時~逆行~癸亥時着

전반(8시~ 9시)은 壬戌時.

후반(9시~10시)은 초반30분간 즉 9시30분까지는 壬戌時.

9시30분 이후 11시30분까지는 癸亥時.

전반　　　　(골) 한국 →← 터키 (골 . 골 . 골)

후반　　　　　　터키 →← 한국 (골)

九紫에서 출발한 甲子時가 逆行해서 경기전반전시간인 壬戌時엔 五中宮에 들고 후반전시간인 癸亥時엔 四巽宮에 들게되니 그 宮의 숫자 五와 四가 中宮數다. 五와 四를 入中宮 역행해서 時紫白이 어디에 자리잡나를 본다.

* 6월29일 日辰은 戊辰日. 戊辰日은 上元. 上元은 **九紫起甲子時**. 戊辰日이 속한 절기가 夏至~冬至間이라 陰遁. 陰遁은 **逆行**한다. 戊辰日은 壬子時頭라 전반전인 8시 9시까지는 **壬戌時**(7시30분부터 9시30분까지가 壬戌時이니까)이고 후반전(9시부터 10시까지)은 초반 30분까지 즉 9시30분까지는 壬戌時이고 9시30분 이후 11시30분까지는 **癸亥時**이니 경기를 마칠 때인 10시까지는 癸亥時이다.

〈결승전 : 時紫白〉

●브라질 : 독일

전반 三碧起甲子時~逆行~甲戌時着.

후반 三碧起甲子時~逆行~乙亥時着.

전반(8시~ 9시) 甲戌時(일본 동경 표준시 기준)

후반(9시~10시) 乙亥時(일본 동경 표준시 기준)

전반전　브라질→ ←독일　독일→ ←브라질

후반전　브라질→ ←독일　독일→ ←브라질

三碧에서 출발한 甲子時가 逆行해서 경기 전반전 시간인 甲戌時엔 二坤宮에 들고 후반전 시간인 乙亥時엔 一坎宮에 들게되니 二와 一이 中宮數다. 二와 一을 入中宮 역행해서 時紫白이 어디에 자리잡나를 본다.

* 6월30일 日辰은 己巳日이고. 己巳日의 三元은 中元.

中元은 **三碧起甲子時**. 己巳日의 절기는 夏至~冬至간, 夏至~冬至간의 陰 陽遁은 陰遁, 陰遁은 **逆行**

己巳日은 甲子時頭라 전반전인 8시~9시까지는 **甲戌時**(일본 동경 표준시 기준)이고 후반전인 9시부터 10시까지는 **乙亥時**(9시~11시가 일본 동경 표준시 기준 乙亥時니까)

(9)十二支時와 표준시간의 비교. ( )안은 日本東京時보다 우리나라가 30분 늦다고 해서 사용하는 시간이다.

子時 : 어제 23시~오늘 1시(어제 23시30분~오늘 1시30분)

丑時 : 오늘 01시~03시까지(오늘 01시30분부터 2시간)

寅時 : 오늘 03시~05시까지(오늘 03시30분부터 2시간)

卯時 : 오늘 05시~07시까지 (오늘 05시30분부터 2시간)

辰時 : 오늘 07시~09시까지 (오늘 07시30분부터 2시간)

巳時 : 오늘 09시~11시까지 (오늘 09시30분부터 2시간)

午時 : 오늘 11시~13시까지 (오늘 11시30분부터 2시간)

未時 : 오늘 13시~15시까지 (오늘 13시30분부터 2시간)

申時 : 오늘 15시~17시까지 (오늘 15시30분부터 2시간)

酉時 : 오늘 17시~19시까지 (오늘 17시30분부터 2시간)

戌時 : 오늘 19시~21시까지 (오늘 19시30분부터 2시간)

亥時 : 오늘 21시~23시까지 (오늘 21시30분부터 2시간)

子時 : 오늘 23시~내일 1시(오늘 23시30분~내일 1시30분)

⑽ 時紫白 陽遁 陰遁別 복습편

例 ① 2002년 5월9일 낮 12시의 時紫白을 본다.

陽曆	陰曆
2002년	壬午年
5월	3月 (24節氣 乙巳月: 月頭法에 의함)
9일	27日 (丁丑日)
12시	12時 (丙午時: 時頭法에 의함)

紫白을 보기 위해 기초자료를 정리하면 다음과 같다.

이날은 陰曆으로 壬午年 3月27日 丁丑日 午時이다.

丁丑日은 下元이다. 下元은 **四綠起甲子時**이다.

丁丑日이 속한 5月9日이 節氣上으로 立夏~小滿간이라 **陽遁**이다.

陽遁은 **順行**이다.

낮 12時는 午時이다. 丁日의 午時는 時頭法으로 丁壬=庚子時이다. 丁壬日 午時의 時干支는 **丙午時**이다.

따라서 **四綠起甲子時~順行~丙午時着**이다.

이상과 같이 일진의 **下元**. 하원의 **起甲子宮**.

일진 소속월의 **陰陽遁**. 음양둔별 **順逆行**

당해 時의 **時干支** 등을 알았으니 실행만 남았다.

이제는 **四綠**에서 甲子時를 일으켜 **順行**하다가 **丙午時**가 도래하면 그 방으로 들어가면 된다.

丙午時가 들어간 宮의 숫자가 紫白을 알아보기 위해 求하려고 했던 中宮數이다. 下元을 알아야 四綠을 알고, 四綠을 甲子時의 出發宮으로 삼는다. 陽遁을 알아야 順行할 것을 알고 丙午時를 알아야 甲子時의 終着宮을 안다.

丙午時가 머무는 곳이 무슨宮이냐? 그 宮의 숫자가 어느 것이냐를 보아 숫자를 中宮數로 삼는다.

中宮數를 入中宮해서 그 당시의 日辰이 陽遁에 속하면 順行 陰遁에 속하면 逆行해서 紫白이 자리잡은 宮을 보고 吉凶으로 대조해보는 것이다.

丙午時 1단계 실행 〈표-時1〉을 한다.

甲子時를 四綠에서 출발시켜 順行한다.

甲子時가 43번째 도달한 곳에서 丙午時가 출현했다.

그 곳이 坎宮이었다. 1坎宮이라 坎宮은 숫자가 1이다.

1이란 이 숫자를 求하려고…, 1이란 中宮數를 求하려고 지금까지 어렵고 힘든 작업을 한 것이다.

풍수의 形象論 理氣論 중 가장 난해한 분야가 紫白이고 紫白중에서도 時紫白篇이다.

〈표-時1〉 1단계 4기갑자~병오착, 43번째		
갑자1.10.19.28.37	6.15.24.33.42	8.17.26.35.
9 18.27.36.	2.11.20.29.38.	4.13.22.31.40.
5.14.23.32.41	7.16.25.34.**43병오**	3.12.21.30.39.

丙午時 2단계 실행 〈표-時2〉을 한다.

中宮數인 1이란 숫자를 中宮에 넣고 順行만 하면 紫白이 어느 곳(宮)에 닫는지를 알 수 있다.

〈표-時2〉 2단계 1 중궁 순행		
9	5	7
8	1	3
4	6	2

丁丑日 午時인 낮11시(11시30분)~낮1시(1시30분)까지 2시간 동안 紫白이 머무는 宮을 보면 六白은 北쪽(坎)에, 八白은 東쪽(震)에, 九紫는 東南쪽(巽)에 자리잡았고 一白은 中宮에 들어갔다. 따라서 坎 震 巽方位가 吉方이라 할 수 있다.

葬事의 경우 이 시간에 이 方位의 坐를 下棺하면 吉하다고 한다.

단 震宮에는 八白土가 들어 宮(震木)으로부터 克을 당하는 형국이라 吉함이 반감됐다. 그러나 六白金은 坎에 들어 宮(坎水)으로부터 生을 받는 형국이고 九紫火도 宮(巽木)으로부터 生을 받는 형국이라 吉하다.

例 ② 2002년 9월22일 오전10시의 時紫白을 보자.

이날은 陰曆 壬午年 8月16日 癸巳日 丁巳時이다.

癸巳日이 소속한 달(月)이 夏至에서 冬至로 가는 節氣 속에 있어 陰遁이다. 癸巳日의 日辰 三元은 下元이다.

陰遁下元은 六白起甲子時다. 陰遁은 逆行이다.

時干支인 丁巳時가 나오면 방에 자리를 잡는다.

甲子時 1단계 실행 〈표-時3〉

甲子時를 六白에서 출발시켜 逆行한다.

六乾起甲子時가 逆行해서 54번째만에 丁巳時에 도달한 宮이 七兌宮이라 兌宮의 숫자 七이 中宮數다.

〈표-時3〉 **1단계 6기갑자 역행 7정사착 54번째**		
갑신21	을묘52	갑진41
갑오31	갑술11	정사54
병진53	갑인51	갑자1

甲子時 2단계 실행 〈표-時4〉

中宮數 七을 求했으니 이제는 七을 入中宮해서 九宮을 逆行하면

다음 도표와 같이 紫白이 자리를 잡는다.

〈표-時4〉 2단계 7중궁 역행		
8	3	1
9	7	5
4	2	6

例 ③ 1999年(己卯年)10月3日(丙辰日)낮12時의 時紫白.

丙辰日 三元은 中元이고 陰遁中元은 三碧起甲子時이다.

陰遁은 逆行이고 丙辰日의 12時는 甲午時이다.

三碧에서 起甲子時가 出發해서 逆行으로 돈다.

31번째 宮인 九離宮 도착하면 甲午時가 출현해 九離宮에 머문다.

甲午時 1단계 실행 〈표-時5〉

〈표-時5〉 1단계 三碧 起甲子時 逆行해서 甲午時가 倒着하는 宮은 離宮이고 離宮의 숫자 九는 甲午時紫白을 求할 中宮數가 된다.		
9壬申時 18辛巳時 27庚寅時	4丁卯時 13丙子時 22乙酉時 31甲午時 **倒着**	2乙丑時 11甲戌時 20癸未時 29壬辰時
出發 1甲子時 10癸酉時 19壬午時 28辛卯時	8辛未時 17庚辰時 26己丑時	6己巳時 15戊寅時 24丁亥時
5戊辰時 14丁丑時 23丙戌時	3丙寅時 12乙亥時 21甲申時 30癸巳時	7庚午時 16己卯時 25戊子時

甲午時 2단계 실행 〈표-時6〉

다시 九를 入中宮하여 逆行하면 巽宮에는 1白이, 艮宮에는 6白이, 乾宮에는 8白이, 中宮에는 九紫가 자리를 잡는다.

〈표-時6〉 2단계 9 중궁 역행		
1	5	3
2	9	7
6	4	8

4-2 재미로 분석해 본「2002 FIFA WORLD CUP KOREA JAPAN」개막전, 예선전, 16강전, 8강전, 4강전, 3·4위전, 결승전의 時紫白.

*게임에서 실력이 대등한 경우 자백방위가 다소 유리하다는 것이지 실력이 모자라는 데도 유리하다는 것은 아니다.

※時紫白해설의 이해를 위한 참고사항.

→ ← 방향은 TV화면상의 공격방향이다.「→은 북쪽서남쪽으로」「←은 남쪽서 북쪽으로」공격이다.

이같은 사실은 월드컵경기장을 인터넷 검색한 결과 나타났다. 우리나라 10개 경기장은 본부석과 중계방송 메인 카메라가 서쪽에 위치하고 골문은 남쪽과 북쪽에 있다.

〈개막전 : 時紫白〉

① 프랑스와 세네갈전

2002年 5月31日 金저녁 8時30分 서울 월드컵경기장.

己亥日 甲子時頭

전반(8시30분~ 9시30분) 甲戌時

후반(9시30분~10시30분) 乙亥時

己亥日 中元 陽遁 順行 7起甲子 入中宮數 順行 紫白完成

전반 七赤起甲子時~順行~甲戌時着=중궁수(八)

후반 七赤起甲子時~順行~乙亥時着=중궁수(九)

七兌에서 출발한 甲子時가 순행해서 전반전 경기시간인 甲戌時엔 八艮宮(11번째)에, 후반전 경기시간인 乙亥時엔 九離宮에(12번째) 드니 八과 九가 中宮數다.

전반전엔 八을, 후반전엔 九를 入中宮, 順行해서 時紫白이 어느宮에 자리잡는지를 보는 것이다.

전반 甲戌時

프랑스 → ← 세네갈 1골(전반 30분 파브부바디오프)

후반 乙亥時

세네갈 → ← 프랑스

0프랑스 : 세네갈 1

전반 30분 세네갈의 파브부바디오프가 성공시킨 결승골은 남쪽에서 북쪽으로(TV화면상 ← 오른쪽에서 왼쪽으로) 공격해 득점한 것이다.(표-時7)

한 골을 넣은 후 세네갈 선수들이 유니폼 상의를 벗어 잔디 위에 깔아 놓고 춤을 추는 특이한 골세리모니가 아직도 기억에 남는다.

〈표-時7〉	전반 0프 : 세1		후반 0세 : 프0		
8중궁			9중궁		
7	3南세	5	8	4南프	6
東6	8	1西	東7	9	2西
2	4北프	9	3	5北세	1

* 실제상황과 시자백은? N

전반전 : 남쪽은 3木이 火宮에 들어가 木生火로 宮을 生해줌으로서 宮에게 生을 뺏긴다. 북쪽은 4木이 水宮에 들어가 水生木으로 宮으로부터 生을 받는다. **북쪽이 유리.**

후반전 : 남쪽은 4木이 火宮에 들어가 木生火로 宮을 生해주어 宮에게 生을 뺏긴다. 북쪽은 5土가 水宮에 들어가 土剋水로 宮을 剋해 宮을 이긴다. **북쪽이 유리.**

다음은 己亥日의 3입중궁 순행 일자백표(표-日7)다.

〈표-日7〉 2002.5.31.己亥日 3중궁		
2	7남	9
동 1	3	5 서
6	8북	4

＊일자백과 실제상황은?

7赤金이 남쪽 9離火宮에 들어가 火剋金에 의해 7이 宮으로부터 剋을 당해 **敗**한다. 8白土가 북쪽 1坎水宮에 들어가 土剋水로 8이 宮을 剋해 **勝**한다. **북쪽이 유리**하다고 볼 수 있다. 전 후반을 진영을 교차해 공격함으로써 일자백 운은 동일하다.

〈D조 예선리그전 : 時紫白〉

② 한국과 폴란드전

2002年 6月 4日 火曜日 저녁 8時30分 釜山아시아드.

癸卯日 壬子時頭

전반(8시30분~ 9시30분) 壬戌時

후반(9시30분~10시30분) 癸亥時

癸卯日 中元 陽遁 順行 7起甲子 入中宮數 順行 紫白完成

전반 七赤起甲子時~順行~壬戌時着=중궁수(二)

후반 七赤起甲子時~順行~癸亥時着=중궁수(三)

七兌에서 출발한 甲子時가 순행해서 전반전 경기시간인 壬戌時에 二坤宮(59번째)에, 후반전 경기시간인 癸亥時에 三震宮(60번째)에 드니 二와 三이 中宮水다

전반전엔 二를, 후반전엔 三을 入中宮, 順行해서 時紫白이 어느宮에 자리잡는지를 보는 것이다.

전반 壬戌時

(전반 26분 황선홍) 1골 한국 → ← 폴란드

후반 癸亥時

폴란드 → ← 한국 1골(후반 8분 유상철)

한국 2 : 0 폴란드

한국과 폴란드전 전반전에 한국이 성공시킨 2골 중 전반전 26분 이을용의 패스를 받아 황선홍이 외발 슛으로 성공시킨 골은 북쪽에서 동쪽으로(TV화면상 좌에서 우로) 공격해 득점한 것이고 후반 8분 유상철이 성공시킨 골은 남쪽에서 북쪽으로(TV화면상 우에서 좌로) 공격해 득점한 것이다. 한국은 전후반 각각 1점씩을 뽑아냄으로써 월드컵 첫 승을 해냈다. (표-時8)

〈표-時8〉 전반 한1 : 0폴			후반 폴0 : 1한		
2중궁			3중궁		
1	6南폴	8	2	7南한	9
東9	2	4西	東1	3	5西
5	7北한	3	6	8北폴	4

* 실제상황과 시자백은? on

전반전 : 남쪽은 6金이 火宮에 들어가 火克金으로 宮으로부터 剋을 당해 宮에게 敗한다. 북쪽은 7金이 水宮으로 들어가 金生水로 宮을 生해줌으로서 宮에게 生을 뺏긴다. **북쪽이 유리.**

후반전: 남쪽은 7金이 火宮에 들어가 火克金으로 宮으로부터 剋을 당해 宮에게 敗한다. 북쪽은 8土가 水宮에 들어가 土克水로 剋해 宮을 이긴다. **북쪽이 유리.**

다음은 癸卯日의 7입중궁 순행 일자백표다.(표-日8)

〈표-日8〉 2002.6.4.癸卯日 7중궁		
6	2남	4
동 5	7	9 서
1	3북	8

* 일자백과 실제상황은?

2黑土가 남쪽 9離火宮에 들어가 火生土에 의해 2가 宮으로부터 生을 得한다. 3碧木이 북쪽 1坎水宮에 들어가 水生木에 의해 3이 宮으로부터 生을 得한다. 남북이 모두 生을 받아 **일자백 운은 동일하다.**

③ 한국과 미국전

2002年 6月10日 月曜日 오후 3時30分 大邱.

己酉日 甲子時頭

전반(3시30분~4시30분) 壬申時

후반(4시30분~5시30분) 壬申時

己酉日 上元 陽遁 順行 1起甲子 入中宮數 順行 紫白完成

전. 후반 모두 壬申時

전반 一白起甲子時~順行~壬申時着=중궁수(九)

후반 一白起甲子時~順行~壬申時着=중궁수(九)

一白에서 출발한 甲子時가 순행해서 전.후반전 경기시간인 壬申時엔 九離宮(9번째)에 들게되니 그 宮의 숫자 九가 中宮數다. 九를 入中宮 順行해서 時紫白이 어느宮에 자리잡는지를 보는 것이다.

전반 壬申時　한국 → ← 미국 1골(전반 24분 메시스)

후반 壬申時　미국 → ← 한국 1골(후반 33분 안정환)

한국 1 : 1 미국

한 · 미전에서 전반엔 미국이, 후반전엔 한국이 각각 1골씩을 남쪽에서 북쪽으로 공격할 때 성공시켰다. TV화면상 우에서 좌로 공격이 남쪽에서 북쪽으로 공격이다.

이날 한국은 전반23분 메시스에게 당한 실점을 후반 33분 이을용의 패스를 받은 안정환이 헤딩슛으로 만회, 1대1 무승부를 기록, 한국이 16강으로 갈 수 있는 길을 열었다. 미국은 전반에, 한국은 후반에

한 골씩을 넣었다. 양팀 모두 시자백 운이 좋지 않을 때 골을 넣었다.(표-時9)

〈표-時9〉 전반 한0 : 1미			후반 0미: 한1		
9중궁			9중궁		
8	4南미	6	8	4南한	6
東7	9	2西	東7	9	2西
3	5北한	1	3	5北미	1

* 실제상황과 시자백은? N

전후반 후반전 : 모두 남쪽은 4木이 火宮에 들어가 木生火로 宮을 生해줌으로서 宮에게 生을 뺏긴다. 북쪽은 5土가 水宮에 들어가 土克水로 宮을 剋함으로서 宮을 이긴다. **북쪽이 유리.**

다음은 己酉日 4입중궁 순행 일자백표다. (표-日9)

〈표-日9〉 2002.6.10.己酉日 4중궁		
3	8남	1
동 2	4	6 서
7	9북	5

* 일자백과 실제상황?

8白土가 남쪽 9離火宮에 들어가 火生土에 의해 8이 宮으로부터 生을 得한다.

9紫火가 북쪽 1坎水宮에 들어가 水剋火에 의해 9가 宮으로부터 剋을 당해 敗한다. **남쪽이 유리.**

④ 한국과 포르투갈전

2002年 6月14日 金曜日 저녁 8時30分 仁川.

癸丑日 壬子時頭

전반(8시30분~ 9시30분) 壬戌時

후반(9시30분~10시30분) 癸亥時

癸丑日 上元 陽遁 順行 1起甲子 入中宮數 順行 紫白完成

전반 一白起甲子時~順行~壬戌時着=중궁수(五)

후반 一白起甲子時~順行~癸亥時着=중궁수(六)

一白에서 출발한 甲子時가 순행해서 전반전 경기시간인 壬戌時엔 五黃宮(59번째)에, 후반전 경기시간인 癸亥時엔 六乾宮(60번째)에 들게되니 그 宮의 숫자 五와 六이中宮數다. 전반전엔 五를, 후반전앤 六을 入中宮 順行해서 時紫白이 어느宮에 자리잡는지를 보는 것이다.

전반	포루투칼 → ← 한국
후반 (후반25분 박지성) 1골	한국 → ← 포루투칼
	한국 1 : 0 포르투갈

한국과 포르투갈전에서 후반 25분 한국의 박지성이 이영표의 패스를 받아 절묘하게 성공시킨 결승골은 북쪽에서 남쪽으로 공격할 때 뽑아 낸 것이다. (표-時10)

〈표-時10〉 전반 0포:한0			후반 한1 : 0포		
5중궁			6중궁		
4	9南한	2	5	1南포	3
東3	5	7西	東4	6	8西
8	1北포	6	9	2北한	7

* 실제상황과 시자백은??

전반전 : 남쪽과 북쪽의 자백이 **모두 제자리**(9火는 火宮에, 1水는 水宮에)에 들어가 비견(比肩)이다. 남쪽 북쪽의 운이 **동일하다.**

후반전 : 남쪽은 1水가 火宮에 들어가 水剋火로 宮을 剋해 이겼다. 북쪽 역시 2土가 水宮에 들어가 土克水로 宮을 剋해 이겼다. 남쪽 북쪽의 운이 동일하다.

다음은 癸丑日 8입중궁 순행 일자백표다. (표-日10)

〈표-日10〉 2002.6.14.癸丑日 8중궁		
7	3남	5
동 6	8	1 서
2	4북	9

* 일자백과 실제상황은?

3碧木이 남쪽 9離火宮에 들어가 木生火에 의해 3이 宮을生해 失한다. 4碧木이 북쪽 1坎水宮에 들어가 土剋水에 의해 宮으로부터 4가 生을 得한다. **북쪽이 유리.**

〈16강전 : **時紫白**〉

⑤ 한국과 이태리전

2002년 6월18일 화요일 저녁 8시30분 대전.

丁巳日 庚子時頭

전반(8시30분~ 9시30분) 庚戌時

후반(9시30분~10시30분) 辛亥時

연장전반(10시35분~10시50분) 辛亥時

연장후반(10시50분~11시 5분) 辛亥時

丁巳日 中元 陽遁 順行 7起甲子 入中宮數 順行 紫白完成

전반 **七赤起甲子時~順行~庚戌時着=중궁수(八)**

후반 **七赤起甲子時~順行~辛亥時着=중궁수(九)**

연장전반 **七赤起甲子時~順行~辛亥時着=중궁수(九)**

연장후반 **七赤起甲子時~順行~辛亥時着=중궁수(九)**

전반전 : 七赤起甲子時~順行~庚戌時着

七赤에서 출발한 甲子時가 順行해서 경기 전반전(8시30분 9시30분)인 庚戌時엔 八艮宮(47번째)에 들어 그 宮의 數八을 入中宮 順行 후 時紫白을 본다.

후반전 : 七赤起甲子時~順行~辛亥時着

七赤에서 출발한 甲子時가 順行해서 경기후반전(9시30분 10시30분)인 辛亥時엔 九離宮(48번째)에 들어 그 宮의 數 九를 入中宮 順行 후 時紫白을 본다.

연장전 후반 : 七赤起甲子時~順行~辛亥時着

七赤에서 출발한 甲子時가 順行해서 경기 연장전(10시35 11시10분)인 辛亥時엔 九離宮(48번째)에 들어 그 宮의 數 九를 入中宮 順行 후 時紫白을 본다.

후반과 연장전은 運이 동일하다.

전반	한국 →← 이태리 1골 (전반 18분 비에리)
후반	이태리 →← 한국 1골 (후반 43분 설기현)
연장전반	한국 →← 이태리
연장후반	이태리 →← 한국 골든골 (연장후반 12분 안정환)
	한국 2 : 1 이태리

한국과 이태리전에서 전반 18분에는 이태리의 비에리 선수가 헤딩슛으로, 후반 43분에는 한국의 설기현 선수가 왼발 슛으로 각각 1골씩을 뽑아 연장전에 들어갔다.

이태리는 전반전 남쪽에서 북쪽으로 공격할 때 성공시켰고 한국도 역시 후반전 남쪽에서 북쪽으로 공격할 때 성공시켰다. 연장전반을 득점없이 보내고 연장후반 12분 안정환이 헤딩슛으로 골든 골을 성공시켰다. 골든 골이 터진 연장후반 역시 남쪽에서 북쪽으로 공격할 때였다.

이날 승리로 한국은 꿈의 8강을 이루었다.(표-時 11)

〈표-時11〉 전반 0 한 : 이 1			후반.연장전.후반 0 이 : 한 2		
8중궁			9중궁		
7	3南이	5	8	4南한	6
東6	8	1西	東7	9	2西
2	4北한	9	3	5北이	1

* 실제상황과 시자백은? N

전반전: 남쪽은 3木이 火宮에 들어가 木生火로 宮을 生해주어 宮에게 生을 뺏긴다. 북쪽은 4木이 水宮에 들어가 水生木으로 宮으로부터 生을 받는다. **북쪽이 유리.**

후반전: 남쪽은 4木이 火宮에 들어가 木生火로 宮을 生행주어 宮에게 生을 뺏긴다. 북쪽은 5土가 水宮에 들어가 土克水로 宮을 剋함으로 宮을 이긴다. **북쪽이 유리.**

다음은 丁巳日 3입중궁 순행 일자백표다.(표-日11)

〈표-日11〉 2002.6.18.丁巳日 3중궁		
2	7남	9
동 1	3	5 서
6	8북	4

* 일자백과 실제상황은?

7赤金이 남쪽 9離火宮에 들어가 火剋金에 의해 7이 宮으로부터 剋을 당해 **敗**한다. 8白土가 북쪽 1坎水宮에 들어가 土剋水로 8이 宮을 剋해 **勝**한다. **북쪽이 유리.**

〈8강전 : 時紫白〉

⑥ 한국과 스페인전

2002년 6월22일 토요일 오후 3시30분 광주.

辛酉日 戊子時頭

전반(3시30분~4시30분) 丙申時

후반(4시30분~5시30분) 丙申時

연장전반(5시35분~5시50분) 丁酉時

연장후반(5시50분~6시 5분) 丁酉時

승부차기(6시10분~) 丁酉時.

辛酉日 下元 陽遁 順行 4起甲子 入中宮數 順行 紫白完成

전 후반 四綠起甲子時~順行~丙申時=중궁수(九)

연장.승부킥 四綠起甲子時~順行~丁酉時=중궁수(一)

四綠에서 출발한 甲子時가 順行해서 경기 전 후반전(3시30분~5시30분)시간인 丙申時엔 九離宮(33번째)에 들고 연장전과 승부차기 시간인 丁酉時엔 一坎宮(34번째)에 들어 그 宮의 숫자 九와 一이 中宮數다. 전후반전엔 九를, 연장과 승부킥 땐 一을 入中宮 順行후 時紫白이 어디에 있나를 본다.

전반	스페인 → ← 한국
후반	한국 → ← 스페인
연장전반	한국 → ← 스페인
연장후반	스페인 → ← 한국
승부차기	스페인 3 : 5 한국

양팀모두 ←방향으로 차 넣었다.

한국과 스페인전은 전후반 연장전 후반에서도 우열을 가리지 못하고 남쪽에서 북쪽 골대를 향해 차넣는 승부차기를 했다. 승부차기는 북쪽 골 포스터에서 실시됐다. 따라서 時紫白運은 동일하다.

전후반과 연장전 후반을 남북으로 진영을 바꾸어 경기함으로써 時紫白運(9입중궁)은 동일했다. 다만 그 날의 실력만이 승패를 갈랐다. 이날 경기의 승리로 한국은 마침내 4강에 진입했다. 다만 다음 (표-時12)에서는 남북진영에 한국 스페인을 표시할 필요가 없다. 전후반은 9중궁이고 연장전후반과 승부차기는 1중궁으로 조건이 동일하기 때문이다.

〈표-時12〉 전. 후반 0 : 0			연장전. 후반 0 : 0 승부킥 한 5 : 3스		
	9중궁			1중궁	
8	4南	6	9	5南	7
東7	9	2西	東8	1	3西
3	5北	1	4	6北	2

* 실제상황과 시자백은? N

전. 후반전 : 남쪽은 4木이 火宮에 들어가 木生火로 宮을 生해 줌으로서 生을 뺏긴다. 북쪽은 5土가 水宮에 들어가 土克水로 宮을 剋함으로서 宮을이긴다. **북쪽이 유리**.

연장전 전.후반과 승부차기 : 남쪽은 5土가 火宮에 들어가 火生土

로 宮으로부터 生을 받는다. 북쪽은 6金이 水宮에 들어가 金生水로 宮을 生해 줌으로서 生을 뺏긴다. **남쪽이 유리**.

다음은 辛酉日 7입중궁 순행 일자백표다.(표-日12)

〈표-日12〉 **2002.6.22.辛酉日 7중궁**		
6	2 남	4
동 5	7	9 서
1	3북	8

* 일자백과 실제상황은?

2黑土가 남쪽 9離火宮에 들어가 火生土에 의해 2가 宮으로부터 生을 得한다. 3碧木이 북쪽 1坎水宮에 들어가 水生木에 의해 3이 宮으로부터 生을 得한다. 남북이 모두 生을 받아 일**자백 운은 동일하다**.

〈4강전 : 時紫白〉

⑦ 한국과 독일전

2002년 6월25일 화요일 저녁 8시30분 서울.

甲子日 甲子時頭

전반(8시30분~ 9시30분) 甲戌時

후반(9시30분~10시30분) 乙亥時.

甲子日 上元 陰遁 逆行 9起甲子 入中宮數 逆行 紫白完成

전반 九紫起甲子時~逆行~甲戌時着=중궁수(八)

후반 九紫起甲子時~逆行~乙亥時着=중궁수(七)

九紫에서 출발한 甲子時가 逆行해서 경기 전반전 시간인 甲戌時엔 八艮宮(11번째)에 들고 후반전 시간인 乙亥時엔 七兌宮(12번째)에 드니 그 宮의 숫자 八과 七이 中宮數다. 전반전엔 八을, 후반전엔 七을 入中宮, 逆行후 時紫白이 어디에 자리잡나를 본다

전반 한국 → ← 독일

후반 (후반30분 미하엘발라크) 1골 독일 → ← 한국

독일 1 : 0 한국

한국과 독일전에서 독일은 후반30분 미하엘 발라크가 북쪽에서 남쪽으로 공격할 때 1골 넣었다. TV화면상 좌에서 우로 공격이 북쪽에서 남쪽으로 공격이다.

이날 경기에서 패함으로서 한국은 지고도 잘 싸웠다는 평가를 받았다. (표-時13)

〈표-時13〉 전반 0한 : 독0			후반 독1 : 0한		
8중궁			7중궁		
9	4南독	2	8	3南한	1
東1	8	6西	東9	7	5西
5	3北한	7	4	2北독	6

* 실제상황과 시자백은? no

전반전 : 남쪽은 4木이 火宮에 들어가 木生火로 宮을 生해주어 宮에게 生을 뺏긴다. 북쪽은 3木이 水宮에 들어가 水生木으로 宮으로부터 生을 받는다. **북쪽이 유리.**

후반전 : 남쪽은 3木이 火宮에 들어가 木生火로 宮을 生해 줌으로서 宮에게 生을 뺏긴다. 북쪽은 2土가 水宮에 들어가 土剋水로 宮을 剋해 이긴다. **북쪽이 유리.**

다음은 甲子日 9입중궁 역행 일자백표다.(표-日13)

〈표-日13〉 2002.6.25.甲子日 9중궁		
1	5남	3
동 2	9	7 서
6	4북	8

* 일자백과 실제상황은?

5中土가 남쪽 9離火宮에 들어가 火生土에 의해 5가 宮으로부터 生을 받으니 得한다. 4碧木이 북쪽 1坎水宮에 들어가 水生木에 의해 4가 宮으로부터 生을 받으니 得한다. 양쪽의 **일자백 운은 동일하다**고 볼 수 있다.

다만 甲子日과 子沖이라 남쪽은 좋지 않다고 볼 수 있다. 그렇다면 **북쪽이 다소 유리.**

〈3.4위전 : 時紫白〉

⑧ 한국과 터키전

2002년 6월29일 토요일 저녁 8시 대구.

戊辰日 壬子時頭

전반(8시~ 9시)은 壬戌時.

후반(9시~10시)은 초반 30분간 즉 9시30분까지는 壬戌時.

9시30분 이후 11시30분까지는 癸亥時.

戊辰日 上元 陰遁 逆行 9起甲子 入中宮數 逆行 紫白完成

전반.후반 30분이전:

九紫起甲子時~逆行~壬戌時着=중궁수(五)

후반 30분이후:

九紫起甲子時~逆行~癸亥時着=중궁수(四)

九紫에서 출발한 甲子時가 逆行해서 경기 전반전(8시~9시)인 壬戌時엔 五黃中宮(59번째)에 들고 후반전(9시~10시)인 癸亥時엔 四巽宮(60번째)에 드니 그 宮의 숫자 五와 四가 中宮數다. 전반과 후반 30분까지는 五를, 후반 30분 이후는 四를 入中宮, 逆行후 時紫白을 본다.

전반 1 한국 → ← 터키 3

후반 0 터키 → ← 한국 1

한국 2 : 3 터키

전반전 터키는 남쪽에서 북으로 공격할 때 3점을 넣었고 한국은 북쪽에서 남쪽으로 공격할 때 1점을 넣었다. 후반전엔 한국이 남쪽에서 북쪽으로 공격할 때 1골 넣었다. 이날 전반 11초만에 터키의 하칸 쉬퀴르가 터뜨린 골은 역대 올림픽사상 최단시간 골로 기록됐다. 이어 전반 9분 이을용이 직접프리킥을 골로 연결시켰으나 13분과 32분 연달아 골을 허용해 후반 48분 송종국이 1골을 성공시켰지만 승패에

영향을 미치지 못했다.(표-時14)

〈표-時14〉 전반 1한:터3			후반 0터: 한1		
5중궁			4중궁		
6	1南터	8	5	9南한	7
東7	5	3西	東6	4	2西
2	9北한	4	1	8北터	3

* 실제상황과 시자백은? on

전반전: 남쪽은 1水가 火宮에 들어가 水剋火로 宮을 剋해 이긴다. 북쪽은 9火가 水宮에 들어가 水剋火에 의해 宮이 剋을 당해 敗한다. **남쪽이 유리.**

후반전: 남쪽은 9火가 제자리(火宮)에 들어가 비견이다. 북쪽은 8土가 水宮에 들어가 土克水로 宮을 剋해 이긴다. **북쪽이 유리.**

다음은 戊辰日 5입중궁 역행 일자백표다.(표-日14)

〈표-日14〉 2002.6.29.戊辰日 5중궁		
6	1남	8
동 7	5	3 서
2	9북	4

* 일자백과 실제상황은?

1坎水가 남쪽9離火宮에 들어가 水剋火로 1이 宮을 剋함으로서 勝한다. 8紫火가 북쪽1坎水宮에 들어가 水剋火에 의해 9가 宮으로부터 剋을 당해 敗한다. **남쪽이 유리.**

〈결승전 : 時紫白〉

⑨ 브라질과 독일전

2002년 6월30일 일요일 저녁 8시 일본 요꼬하마.

己巳日 甲子時頭

전반(8시~ 9시) 甲戌時(일본 동경 표준시 기준)

후반(9시~10시) 乙亥時(일본 동경 표준시 기준)

己巳日 中元 陰遁 逆行 3起甲子 入中宮數 逆行 紫白完成

전반 三碧起甲子時~逆行~甲戌時着=중궁수(二)

후반 三碧起甲子時~逆行~乙亥時着=중궁수(一)

三碧에서 출발한 甲子時가 逆行해서 경기 전반전(8시~9시)시간인 甲戌時엔 二坤宮(11번째)에 들고 후반전(9시~10시)시간인 乙亥時엔 一坎宮(12번째)에 드니 그 宮의 숫자 二와 一이 中宮數다. 전반전엔 二를, 후반전엔 一을 入中宮, 逆行후 時紫白이 어디에 자리잡나를 본다

전반전　　　브라질 → ← 독일

후반전　　　독일 → ← 브라질 (골 골)

브라질 2 : 0 독일

→ ← 방향은 TV화면상의 공격방향이다.

「→의 경우 북쪽에서 남쪽으로」「←의 경우 남쪽에서 북쪽으로」 공격하는 것이 확인 됐다. 이 같은 사실은 일본 요코하마 월드컵 경기장을 인터넷으로 클릭해서 확인한 것이다. 브라질과 독일 전에서 브라질은 후반전 남쪽에서 북쪽으로 공격할 때 2골을 넣었다.

TV화면상 좌에서 우로 공격이 북쪽에서 남쪽으로 공격이다. TV 화면상 전반전엔 브라질이 좌에서 우로, 후반전엔 우에서 좌로 공격했다. (표-時15)

〈표-時15〉 (전반) 브 0 : 0 독			(후반) 독 0 : 2 브		
2중궁			1중궁		
3	7南독	5	2	6南브	41
東4	2	9西	東3	1	8西
8	6北브	1	7	5北독	9

＊실제상황과 시자백은? N

전반전 : 남쪽은 7金이 火宮에 들어가 火剋金에 의해 宮으로부터 剋을 당해 敗한다. 북쪽은 6金이 水宮에 들어 金生水로 宮을 生해줌으로서 生을 뺏긴다. **남쪽이 유리.**

후반전 : 남쪽은 6金이 水宮에 들어가 金生水에 의해 宮을 生해줌으로서 生을 뺏긴다. 남쪽은 5土가 水宮에 들어가 土克水로 宮을 剋함으로서 이긴다. **북쪽이 유리.**

다음은 己巳日 4입중궁 역행한 일자백표다. (표-日15)

〈표-日15〉 2002.6.30.己巳日 4중궁		
5	9남	7
동 6	4	2 서
1	8북	3

* 일자백과 실제상황은?

9紫火가 남쪽 9離火宮에 드니 9가 제자리로 들어간 **比肩**(비견)이다. 8白土가 북쪽 1坎水宮에 들어가 土剋水에 의해 8이 宮을 剋함으로서 **勝**한다. **북쪽이 유리.**

※일본동경 표준시와 한국서울 표준시는 똑같이 12시다. 그러나 사실은 서울이 동경보다 32분 늦어야 맞다. 서울은 동경보다 해가 늦게 뜬다. 즉 동경이 12시면 서울은 12시32분이라야 옳다. 동경과 서울에 해시계를 각각 설치해 태양의 고도를 측정할 경우 동일한 각도가 되려면 32분의 차이가 난다. 紫白은 태양의 고도와 관계가 깊다. 그래서 紫白을 볼 때는 표준시에 30분을 더해 12支時를 사용한다. 표준午時는 낮11시~1시까지 2시간이지만 紫白午時는 11시30분~1시30분까지 2시간으로 본다.

서기 2002 壬午年紫白(월드컵개최년)		
六白	**二黑**	四綠
五黃	七赤	九紫
一白	**三碧**	八白
二黑土는 남쪽火宮에 들어 火로부터 生을 받는다. 三碧木은 북쪽水宮에 들어 水로부터 生을 받는다.		

4月紫白(월드컵개최월)			5月紫白(월드컵개최월)		
4綠	9紫	2黑	3碧	**8白**	1白
3碧	5黃	7赤	2黑	4綠	6白
8白	**1白**	6白	7赤	9紫	5黃
9火가 남쪽火宮에 들어 제자리를 잡아 比肩이다. 1水가 북쪽水宮에 들어 제자리를 잡아 比肩이다.			8土가 남火宮에 들어 火生土로 宮의 生을 得함. 9火가 북水宮에 들어 水剋火로 宮의 剋을 당해 敗함		

☆한국전 및 주요경기의 골 상황

① 세네갈 프랑스 개막전. 2002년 5월31일

전반 30분 세네갈의 파브 부바디오프가 골인, 1대0 승리.

② 한국과 폴란드 예선전. 2002년 6월4일

전반 26분 이을용이 강하게 밀어준 패스를 받은 황선홍이 가볍게 왼발 슛으로 1골. 후반 8분 유상철이 통열한 오른발 중거리 슛으로 1골. 2대 0승리

③ 한국과 미국 예선전. 2002년 6월10일

전반 24분 메시스가 선취골. 후반 33분 황선홍과 교체멤버로 투입된 안정환이 얻은 프리킥을 이을용이 문전으로 띄워 주자 헤딩슛 골인. 1대1 무승부.

④ 한국과 포르투갈 예선전. 2002년 6월14일

후반 25분 이영표가 포르투갈 진영 왼쪽에서 길게 넘겨준 볼을 박지성이 가슴으로 트래핑 한뒤 상대 수비수 콘세이상을 제치고 왼발로 차 넣어 골인 1대0 승리.

⑤ 한국과 이태리 8강전. 2002년 6월18일

전반 18분 이태리 비에리가 코너킥된 볼을 헤딩슛으로 연결 1골 선취. 후반 43분 황선홍이 찬 볼이 상대수비수 몸 맞고 흘러가는 볼을 설기현이 왼발로 차 넣어 1대1을 이룬후 연장후반 12분 이영표가 좌중간에서 올린 볼을 안정환이 헤딩슛으로 연결 골든골로 2대1 승리.

⑥ 한국과 스페인 4강전. 2002년 6월22일

연장전 전후반까지 득점없어 승부차기끝에 5대3 승리.

첫키커 황선홍 두번째 박지성 세번째 설기현 네번째 안정환 다섯번째 홍명보가 모두 승부차기를 골인시켰고 뭐니뭐니해도 이날의 수훈선수는 스페인의 호이킨의 네번째 골을 막아낸 한국의 골키퍼 이운재 선수였다.

⑦ 한국과 독일 준결승전. 2002년 6월25일

한국은 피로의 기색이 역력했던 후반 30분 미하일 발라크에게 1골을 내줘 분패, 결승진출 좌절.

⑧ 한국과 터키 3 · 4위전. 2002년 6월29일

전반시작한지 11초만에 터키의 하칸 쉬퀴르에 1골을 내준후 전반 9분 이을용이 직접 프리킥을 골로 연결시켰으나 전반 13분과 32분 하칸 쉬퀴르와 일한 만시즈에게 연달아 1골씩을 내줘 전반을 3대1로 끝냈다. 후반 48분 송종국이 1골을 만회. 3대2로 경기를 마무리 지었다.

⑨ 브라질 독일 결승전. 2002년 6월30일

후반 22분과 34분 브라질의 호나우두의 연속 골로 브라질이 대회 통산 다섯번째 우승을 차지했다.

자백 메모지			
년	동		
월	4동 5남 (1~3=4월) (4~9=5월)		
	일	시	
		전	후
1 프 쎄	북	북	북
2 한 폴	동	北	북
3 한 미	남	북	북
4 한 포	북	동?	동?
5 한 이	북	북	북
6 한 스	동	북?	남?
7 한 독	동	북	北
8 한 터	북	南	북
9 브 독	북	남	북

5 오행편(五行篇)

제5편 오행편(五行篇)

(1) 五行綜合早見表

오행종합 조견표						
오행별 \ 오행	수	화	목	금	토	비고
수오행	1. 6	2. 7	3. 8	4. 9	5. 10	
정오행	임자계해	병오정사	갑묘을인손	경유신신건	진술축미곤간	용좌향
쌍산오행	곤신. 임자. 을진.	간인. 병오. 신술	건해. 갑묘. 정미.	손사. 경유. 계축.		
삼합오행	곤임을 신자진	간병신 인오술	건갑정 해묘미	손경계 사유축		향득파
사대국오행	을진. 손사. 병오	신술. 건해. 임자	정미. 곤신. 경유	계축. 간인. 갑묘		향 수
팔괘오행	감	이	진 손	태 건	곤 간	
소현공오행	자인진임 신사손신	을병정유	갑계간해	건곤오묘	술축미경	
대현공오행	축묘사 간경정	미유해 손계갑	오신술 곤신임	자인진 건을병		
홍범오행	자인진갑 신술손신	병오을임	묘간사	유정건해	축미곤 경계	지리신법 오산년운법. 년극좌
성수오행	인신사해	갑경병임 자오묘유	건곤간손	진술축미	을신정계	좌 사
구묘오행	사유축 해묘미	신자진 인오술	간병신 곤임을	손경계 건갑정		
주마육임	축묘사 미유해	자인진 오신술	곤임을 간병신	건갑정 손경계		

五行綜合 早見表						
五行 / 五行別	水	火	木	金	土	備考
數五行	1. 6	2. 7	3. 8	4. 9	5.10	
正五行	壬子癸亥	丙午丁巳	甲卯乙寅 巽	庚酉辛申 乾	辰戌丑未坤艮	龍坐向
雙山五行	坤申.壬子.乙辰	艮寅.丙午.辛戌	乾亥.甲卯.丁未	巽巳.庚酉.癸丑		
三合五行	坤壬乙申子辰	艮丙辛寅午戌	乾甲丁亥卯未	巽庚癸巳酉丑		向得破
四大局五行	乙辰.巽巳.丙午	辛戌.乾亥,壬子	丁未.坤申.庚酉	癸丑.艮寅.甲卯		向 水
八卦五行	坎	離	震 巽	兌 乾	坤 艮	
小玄空五行	子寅辰壬申巳巽 辛	乙丙丁酉	甲癸艮亥	乾坤午卯	戌丑未庚	
大玄空五行	丑卯巳艮庚丁	未酉亥巽癸甲	午申戌坤辛壬	子寅辰乾乙丙		
洪範五行	子寅辰甲申戌巽辛	丙午乙壬	卯艮巳	酉丁乾亥	丑未坤庚癸	地理新法.五山年運法.年剋坐
星宿五行	寅申巳亥	甲庚丙壬子午卯酉	乾坤艮巽	辰戌丑未	乙申丁癸	坐 砂
舊墓五行	巳酉丑亥卯未	申子辰寅午戌	艮丙申坤壬乙	巽庚癸乾甲丁		
走馬六壬	丑卯巳未酉亥	子寅辰午申戌	坤壬乙艮丙辛	乾甲丁巽庚癸		

正五行 雙山 三合 四大局 洪範 星宿五行은 외워두자.

(2) 納音五行 早見表

납음오행 조견표				
갑자 을축 해중금	병인 정묘 노중화	무진 기사 대림목	경오 신미 노방토	임신 계유 검봉금
갑술 을해 산두화	병자 정축 간하수	무인 기묘 성두토	경진 신사 백랍금	임오 계미 양유목
갑신 을유 천중수	병술 정해 옥상토	무자 기축 벽력화	경인 신묘 송백목	임진 계사 장유수
갑오 을미 사중금	병신 정유 산하화	무술 기해 평지목	경자 신축 벽상토	임인 계묘 금박금
갑진 을사 복등화	병오 정미 천하수	무신 기유 대역토	경술 신해 채천금	임자 계축 상자목
갑인 을묘 대계수	병진 정사 사중토	무오 기미 천상화	경신 신유 석류목	임술 계해 대해수

納音五行 早見表				
甲子 乙丑 海中金	丙寅 丁卯 爐中火	戊辰 己巳 大林木	庚午 辛未 路傍土	壬申 癸酉 劍鋒金
甲戌 乙亥 山頭火	丙子 丁丑 澗下水	戊寅 己卯 城頭土	庚辰 辛巳 白鑞金	壬午 癸未 楊柳木
甲申 乙酉 泉中水	丙戌 丁亥 屋上土	戊子 己丑 霹靂火	庚寅 辛卯 松柏木	壬辰 癸巳 長流水
甲午 乙未 砂中金	丙申 丁酉 山河火	戊戌 己亥 平地木	庚子 辛丑 壁上土	壬寅 癸卯 金箔金
甲辰 乙巳 覆燈火	丙午 丁未 天河水	戊申 己酉 大驛土	庚戌 辛亥 釵釧金	壬子 癸丑 桑柘木
甲寅 乙卯 大溪水	丙辰 丁巳 砂中土	戊午 己未 天上火	庚申 辛酉 石榴木	壬戌 癸亥 大海水

(3) 洪範五行 早見表

홍범오행 조견표 (오산연운법)					
오산 / 좌 년	금	목	화	수	토
	유정건해	묘간사	병오을임	자인진갑 신술손신	축미곤 경계
갑기년	을축금운	신미토운	갑술화운	무진 목운	
을경년	정축수운	계미목운	병술토운	경진 금운	
병신년	기축화운	을미금운	무술목운	임진 수운	
정임년	신축토운	정미수운	경술금운	갑진 화운	
무계년	계축목운	기미화운	임술수운	병진 토운	

洪範五行 早見表 (五山年運法)					
五山 / 坐 年	金	木	火	水	土
	酉丁乾亥	卯艮巳	丙午乙壬	子寅辰甲 申戌巽辛	丑未坤 庚癸
甲己年	乙丑金運	辛未土運	甲戌火運	戊辰 木運	
乙庚年	丁丑水運	癸未木運	丙戌土運	庚辰 金運	
丙申年	己丑火運	乙未金運	戊戌木運	壬辰 水運	
丁壬年	辛丑土運	丁未水運	庚戌金運	甲辰 火運	
戊癸年	癸丑木運	己未火運	壬戌水運	丙辰 土運	

(4) 五行別 解說.

① 正五行.

정오행표						
오행 / 오행별	수	화	목	금	토	비고
정오행	임자계해	병오정사	갑묘을 인 손	경유신 신 건	진술축미 곤 간	용좌 향

正五行은 음택 양택의 坐와 向을 볼 때 사용한다.

모든 방위는 정오행으로 본다.

패철에서는 정침에 표시돼 있다.

② 雙山五行

쌍산오행표						
오행 / 오행별	수	화	목	금	토	비고
쌍산오행	곤신. 임자, 을진	간인. 병오, 신술	건해. 갑묘, 정미	손사. 경유, 계축		

쌍산오행은 24방위를 12방위로 축소해 干支를 묶어 놓은 것이다. 자오묘유의 오행이 정오행이다. 자오묘유와 삼합을 이루는 인신사해와 진술축미를 모두 자오묘유에 묶었고 오행은 정오행을 따랐다. 건곤간손 사유와 갑경병임 을신정계 팔간 등은 쌍산을 이루는 자오묘유 인신사해 진술축미 등 12지지에 따랐다. 패철의 정침으로 측정한다.

③ 三合五行.

삼합오행표						
오 행 / 오행별	수	화	목	금	토	비고
삼합오행	곤임을 신자진	간병신 인오술	건갑정 해묘미	손경계 사유축		향득파

三合五行은 四胞, 四正, 四庫 중 하나씩을 모아서 만든 오행이다. 四胞는 寅申巳亥, 四正은 子午卯酉, 四庫(四藏 四墓)는 辰戌丑未이다. 向과 得破를 보는 경우 亥得 卯向 未破, 巳得 酉向 丑破, 寅得 午向 戌破, 申得 子向 辰破 등을 三合五行으로 보아 三合聯珠格이라고 최고의 길格으로 보는 것이다. 패철의 봉침으로 측정한다.

④ 四大局五行

사대국오행표						
오 행 / 오행별	수	화	목	금	토	비고
사대국 오행	을진. 손사, 병오	신술. 건해, 임자	정미. 곤신, 경유	계축. 간인, 갑묘		향 수

사대국오행은 24방위를 4구역으로 구획정리한 것이 四大局이다. 朝鮮을 八道로, 大韓民國을 特別市와 廣域市 그리고 道로 나눈 것과 같다. 破口(水口)가 어디에 있느냐에 따라 무슨局 무슨向이라는 타이틀이 붙는다.

"그 墓는 무슨局, 무슨向, 무슨形이더라"고만 말하면 풍수가들은 墓의 주변국세를 당장에 머리 속에서 그려낸다. 사대국오행은 패철상의 局경계는 子癸, 卯乙, 午丁, 酉辛 사이다. 패철의 봉침으로 측정한다.

⑤ 洪範五行.

홍범오행표						
오 행 / 오행별	수	화	목	금	토	비고
홍범 오행	자인진 갑신술 손신	을병임 오	묘간사	유정건 해	경계축 미곤	지리신 법 용 수

洪範五行은 지리신법의 破口를 적용해 坐向을 定하려면 반드시 알아야 할 五行이다. 지리신법의 坐向은 來龍이 무슨龍이냐에 따라서 쓴다 못쓴다가 결정된다.

즉 來龍이 무슨龍인지를 24方位를 보고 그 방위를 洪範五行에 대입시켜 龍과 破가, 즉 龍水, 陰陽이 맞으면 定穴한다는 것이다. 패철의 정침으로 측정한다.

⑥ 星宿五行.

성수오행표						
오행 / 오행별	수	화	목	금	토	비고
성수오행	인신사 해	갑경병 임자오 묘 유	건곤간 손	진술축 미	을신정 계	좌 사

星宿五行은 坐와 砂의 관계를 보는 것이다. 砂의 五行이 坐를 生해주면 吉格이다. 패철 중침으로 측정한다.

6 택일편(擇日篇)

흉한 년월일시(年月日時)를 피해야

제6편 택일편(擇日篇)

흉한 년월일시(年月日時)를 피해야

1. 오기(五忌)

1) 삼살좌(三殺坐)

(1) 어떤해 어떤좌가 삼살좌냐?

三合五行으로 年을 묶고 三合五行의 중심 地支를 沖 하는 방위의 三山五行에 해당하는 地支가 三殺坐다.(표-1)

〈표-1〉 三合年의 沖은 三山五行(三殺坐)

四正年	子(水)	午(火)	卯(木)	酉(金)
三合年	申子辰	寅午戌	亥卯未	巳酉丑
三山五行 (三殺坐)	巳午未 (火)	亥子丑 (水)	申酉戌 (金)	寅卯辰 (木)
三殺坐요점 : 申子辰년엔 巳午未좌, 寅午戌년엔 亥子丑좌, 亥卯未년엔 申酉戌좌, 巳酉丑년엔 寅卯辰좌가 三殺坐다.				

申子辰년엔 巳午未좌, 寅午戌년엔 亥子丑좌, 亥卯未년엔 申酉戌좌, 巳酉丑년엔 寅卯辰좌가 三殺坐다.(구도6)

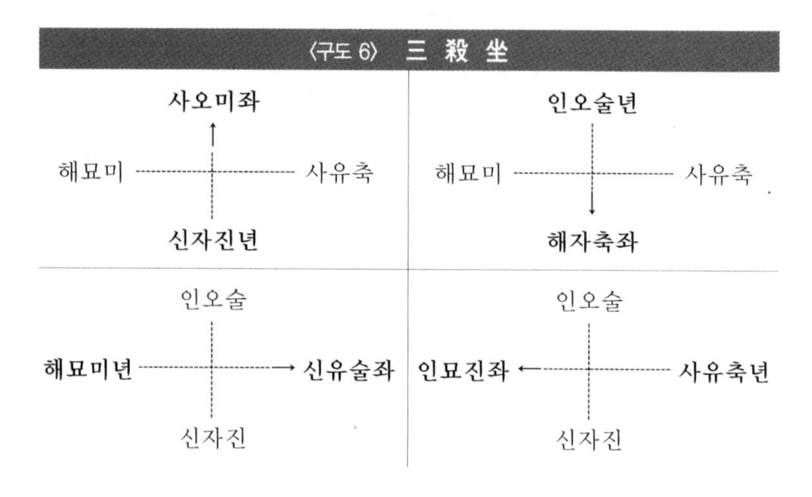

(2) 삼살좌는 어떻게 살피나?

① 三殺坐를 보려고 하는 당해 年 太歲의 地支를 三合五行에 배속(표-2)시킨다.

〈표-2〉 五行 早見表

五行	水	火	木	金	土	備考
三合年	申子辰	寅午戌	亥卯未	巳酉丑		
當該年 太歲 地支를 반드시 三合으로 묶는다.						

② 배속결과 地支三合年의 중심地支年과 沖방위를 이루는 地支坐가 殺坐가 된다.

③ 殺坐를 다시 三山坐에 배속(표-3)시킨다.

〈표-3〉 12 地支 三山表				
四正方位	子	午	卯	酉
三山坐	亥子丑	巳午未	寅卯辰	申酉戌
三殺坐는 三山坐에 배속시킨 3個地支를 三殺坐라 한다.				

④ 배속결과 殺坐는 반드시 三山坐의 중심에 위치한다.

⑤ 三殺坐는 殺坐의 左右 2개 地支坐를 합친 것이다.

⑥ 三殺坐에는 墓도 쓰지 않고 집도 짓지 않는다.

⑦ 단 除殺法으로 殺을 제거한 후 쓰면 無害하다.

2004年엔 어떤좌가 三殺坐냐?

서기 2004년이면 太歲가 甲申年이다.

① 甲申年의 地支는 申이다.

② 申의 三合은 申子辰(표-1)이다.

③ 申子辰의 중심 地支坐는 子坐이다.

④ 子坐의 沖방위는 午坐이다

⑤ 午坐의 三山坐, 즉 巳午未(표-3)가 三殺坐이다.

(3) 삼살좌의 제살법

※서기 2004년 갑신년의 三殺坐를 除殺 한다.

甲申年은 三殺坐가 巳, 午, 未이다.

법칙대로라면 2004년엔 巳 午 未 3개 坐엔 墓를 못쓴다.

初喪을 치러야 하는데 가진 것이라고는 발떼기 하나 뿐이고 형상의 생김새는 선택의 여지없이 당해 년도 三殺坐로 墓를 쓸 수밖에 없는 경우 실로 난감한 일이다.

다음과 같은 방법으로 살을 제거하면 사용할 수 있다.

① 2004년 三殺坐(巳午未)의 五行을 알아야 한다.

② 巳午未의 五行은 화(火)다.

③ 화(火)를 극(克)할 오행을 구(求)해야 한다.

④ 극하는데 사용할 오행은 納音五行이라야 한다.

⑤ 화(火)를 극하려면 수(水)를 구해야 한다.

⑥ 수(水)는 丙子 丁丑 甲申 乙酉 壬辰 癸巳 丙午 丁未 甲寅 乙卯 壬戌 癸亥 등에 12개가 있다.(표-4)

⑦ 납음오행의 수(水)를 이용해 正午行의 화(火)를 극(剋)해서 제살시키는 것이다.

⑧ 그러면 납음오행 수(水)를 어디서 구하느냐? 그것은 사람 또는 年月日時의 납음오행에서 구할 수 있다.

⑨ 사람에게서 구하는 방법은 喪主나 子孫들의 생년태세(生年太歲)를 납음오행에 대입시켜 수(水)에 해당되는 사람이 있으면 제살이 된다. 이는 상주와 자손이 많으면 제살시킬 확률이 높은 것이다.

⑩ 년월일시에서 구하는 방법은 초상의 경우 하관시가 당해 년월일시 납음오행 중에 수(水)가 들어있어야 된다. 수(水)가 들어 있지 않으면 날짜조정과 하관시 조정으로 수(水)가 들어 있는 일시를 찾으면

된다.

장례날 받는데는 묘의 좌를 아는 것이 선결문제다. 이것이 장례날 받는다는 것이다. 장례날을 받아야 부고를 작성하고 장례일정을 잡는 것이다.

이장의 경우는 시간적 여유를 갖고 수(水)가 들어있는 년월일시를 인위적으로 얼마든지 선택할 수 있다.

이장택일이란 바로 이런 것이다.

* 서기2004년 삼살좌는 저절로 제살됐다. 즉 '자연뺑 제살' 이다. 이 해의 태세인 갑신의 납음오행에 수가 있다. 그래서 수극화로 자연뺑으로 제살된 것이다.

(4) 삼살좌 제살법의 결론

상주가 많거나 상주의 자손이 많으면 저절로 제살될 확률이 높다. 상주와 자손의 생년태세 납음오행만 유효하다. 상주와 자손의 납음으로도 제살을 못시켰을 경우 水가 들어있는 년월일시를 찾는 수밖에 없다. "좋은 게 좋다"는 관점에서 이를 무시하지 말자.

초상 때는 어쩔 수 없다 하더라도 이장 때에는 시간을 갖고 원용할 수 있으니 굳이 무시할 것은 아닌 듯 싶다.

2) 년극좌(年剋坐)

(1) 어떤해(年) 어떤좌(坐)가 년극좌냐?

① 서기 2004년이면 太歲가 甲申年이다.

② 甲申年의 干支는 甲이라 甲己다.

③ 甲申年의 納音五行은 水다.(표-4)

④ 水가 剋할 수 있는 대상은 火다.

⑤ 洪範五行표에서 甲己年에 左 → 右로 가는 칸에 水가 剋할 火(火運)가 있다면 그것이 水剋火 年剋이다.(표-5)

⑥ 甲己年에 左 → 右로 갔더니 火運이 있다.

⑦ 火運에서 위 ↑로 갔더니 丙午乙壬이 있다.

⑧ 丙午乙壬이 甲申年(2004) 年剋坐다.

〈표-4〉 納音五行 早見表

甲子 乙丑 海中金	丙寅 丁卯 爐中火	戊辰 己巳 大林木	庚午 辛未 路傍土	壬申 癸酉 劍鋒金
甲戌 乙亥 山頭火	丙子 丁丑 澗下水	戊寅 己卯 城頭土	庚辰 辛巳 白鑞金	壬午 癸未 楊柳木
甲申 乙酉 泉中水	丙戌 丁亥 屋上土	戊子 己丑 霹靂火	庚寅 辛卯 松柏木	壬辰 癸巳 長流水
甲午 乙未 砂中金	丙申 丁酉 山河火	戊戌 己亥 平地木	庚子 辛丑 壁上土	壬寅 癸卯 金箔金
甲辰 乙巳 覆燈火	丙午 丁未 天河水	戊申 己酉 大驛土	庚戌 辛亥 釵釧金	壬子 癸丑 桑柘木
甲寅 乙卯 大溪水	丙辰 丁巳 砂中土	戊午 己未 天上火	庚申 辛酉 石榴木	壬戌 癸亥 大海水

(2) 년극좌는 어떻게 살피나?

① 年剋坐 관련 當年의 太歲를 알아야 한다.

② 當年 太歲의 納音五行을 알아야 한다.

③ 年剋坐 관련 당해 墓의 坐를 알아야 한다.

※太歲의 納音五行과 坐를 알았으면 洪範五行表(표-5)를 참조해서 다음 설명에 유의하라.

④ 當年太歲의 納音五行이 左 → 右로 진행한다.

⑤ 右로 진행 중 太歲 納音五行이 剋할 五行을 만난다.

⑥ 五行을 만난 곳에서 위 ↑ 로 가면 年剋坐가 있다.

⑦ 墓를 쓰려는 坐가 年剋坐에 해당하면 除殺 해야 한다.

⑧ 除殺法은 當年太歲의 納音五行을 剋하는 것이다.

⑨ 剋하는데 쓸 納音五行은 喪主 子孫 行事月日時의 納音五行에서 구한다.

⑩ 年剋坐에는 墓를 쓰지 않고 집도 짓지 않는다.

⑪ 除殺法으로 殺을 除去한 후 쓰면 無害하다.

〈표-5〉 **洪 範 五 行 表**

五山 / 坐 / 年	金	木	火	水	土
	酉丁乾亥	卯艮巳	**丙午乙壬**	子寅辰甲 申戌巽辛	丑未坤 庚癸
甲己年	乙丑 金運	辛未 土運	**甲戌 火運**	戊辰 木運	
乙庚年	丁丑 水運	癸未 木運	丙戌 土運	庚辰 金運	
丙辛年	己丑 火運	乙未 金運	戊戌 木運	壬辰 水運	
丁壬年	辛丑 土運	丁未 水運	庚戌 金運	甲辰 火運	
戊癸年	癸丑 木運	己未 火運	壬戌 水運	丙辰 土運	

(3) 년극좌의 제살법.

※西紀2004年 甲申年의 年剋坐를 除殺 한다.

年剋坐를 보는 洪範五行表(表-5)에 따라 甲己年(甲申年)의 年剋坐가 丙, 午, 乙, 壬 坐이다.

법칙대로는 2004年엔 丙 午 乙 壬 4개坐엔 墓를 못쓴다.

三殺坐편에서도 밝혔듯이 喪主가 갖고 있는 것이라고는 밭떼기 하나 뿐이고 땅의 생김새로 보아 年剋坐로 墓를 쓸 수밖에 없으면 꺼림칙하고 난감한 일이다. 그러나 다음과 같은 방법으로 殺을 제거시키면 사용할 수 있다.

① 甲申年의 경우 丙午乙壬 坐가 年剋坐다.

② 丙午乙壬 坐의 殺을 剋하는데 사용할 五行은 納音五行이라야 한다.

③ 剋해야 될 대상은 甲申年의 太歲 納音인 水다.

④ 水를 剋하려면 土가 필요하다. 土克水 이니까…

⑤ 토(土)는 庚午 辛未 戊寅 己卯 丙戌 丁亥 庚子 辛丑 戊申 己酉 丙辰 丁巳 등 12개가 있다.

⑥ 土는 喪主나 子孫의 生年太歲와 행사 年月日時의 納音五行에서 구할 수 있다.

⑦ 土剋水로 年剋坐를 除殺 시키는 것이다.

⑧ 喪主와 子孫이 많으면 除殺 확률이 높다.

⑨ 만약 喪主와 子孫의 生年太歲 納音五行에서 年剋에 사용할 五

行을 구하지 못했을 때는 행사 年月日時 納音五行에서 土를 구하기 위해 葬禮日 조정과 下棺時 조정으로 필요한 納音五行을 구할 수 있다.

移葬의 경우는 시간적 여유를 갖고 年剋에 필요한 五行이 들어있는 月日時를 얼마든지 선택할 수 있다.

이것이 移葬날을 받는다는 擇日이다.

(4) 년극좌 제살법의 결론 (구도 7)

〈구도 7〉 년극좌 제살법 요점

상주 자손 행사년월일시(납음오행 토)

↓

극

↓

갑신년 (납음오행 수)

↓

극

↓

병오을임좌(홍범오행 화)

상주가 많거나 상주의 자손이 많으면 저절로 제살될 확률이 높다. 제살용은 남자상주(喪主)와 남자자손의 생년태세 납음오행만 유효하다. 상주와 자손의 납음오행에 토가 없을 경우 토가 들어있는 년월일시를 찾는 수밖에 없다.

"좋은게 좋다"는 관점에서 이를 무시하지 않는게 좋을 것 같다. 초상 때는 어쩔 수 없다 하더라도 이장 때에는 시간을 갖고 원용할 수 있으니 굳이 무시할 것은 아닌 듯 싶다.

3) 태세향(太歲向)

(1) 어떤해(年) 어떤향(向)이 태세향(太歲向)이냐?

甲申年 太歲向은 甲申의 申을 정면으로 보는 것이 太歲向이다. 申을 정면으로 보는 좌는 寅坐이다. 寅坐申向을 놓지 않으면 太歲向을 피하는 것이다.

(2) 태세향은 어떻게 살피나? (그림28)

太歲를 이루는 地支를 정면으로 보는 것이 太歲向이다. 太歲를 바라보는 向으로 된 坐를 놓지 말라는 것이다. 太歲向은 패철에서 太歲 地支 글字의 반대편 地支 글字를 坐로 놓지 말라는 뜻과 같다. 太歲向 검증은 이처럼 단순하다.

(3) 태세향 제살법은 없다.

삼살좌. 년극좌는 제살법이 있으나 태세향 제살법은 없다. 태세향도 제살이 가능하다는 것이 저자의 생각이다.

삼살좌 제살법에서 좌의 정오행을 상주 자손 행사년월일시의 납음오행으로 살을 제거한 것을 익히 알고 있다.

태세향 제살도 이같은 방법으로 해서 안될 것도 없다.

그림28. **太歲向**

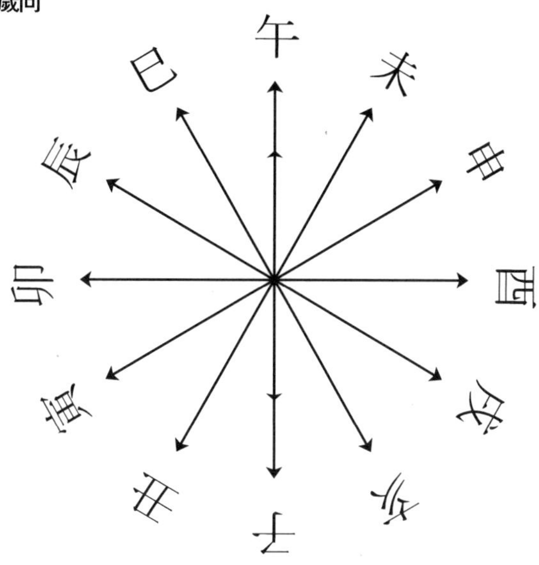

다만 향에다가 제살 시킬 수 없으니까 좌에다가 정오행을 붙여 상주와 자손 년월일시 납음오행으로 정오행을 극하면 될 것으로 본다.

(4) 태세향제살법의 결론은 좌 제살법을 쓰면 된다.

서기 2004년 갑신년의 태세향을 제살해 보자.

갑신년 태세향은 申향이다. 신향의 좌는 寅좌다.

인좌는 정오행으로 목이다. 목은 금극목 이기 때문에 금으로 극해서 제살시키면 되는 것이다. 금은 상주 자손 행사년월일시의 납음오행에서 찾으면 된다.

이장 때는 이장 예정지의 좌를 미리파악해서 태세향을 택일(년월일시)에 반영해야 한다. 이것이 이장택일이다.

제살에 등장한 사람 납음은 모두 남자의 것이라야 한다.

4) 이옹삼기법(李翁三忌法)

당신은 어떤 향 어떤 년월일시에 장(葬)하지 말아야 되는가?

띠향 띠년 띠충 연월일시에 장하지 말라는 것이다

(1) 띠 향(向)은 어떤 것인가? (표-6)

본명의 생년태세의 지지를 따서 '무슨 무슨띠' 라고 한다. '띠' 에는 자 축 인 묘… 등 12지지가 있다.

'띠 향을 하지 말라' 는 것은 결과적으로 향의 맞은편 '좌를 하지 말라' 는 것과 같은 것이다.

〈표-6〉 12지지와 충의 관계

12지지	자	축	인	묘	진	사	오	미	신	유	술	해
충	오	미	신	유	술	해	자	축	인	묘	진	사

① 망인이 쥐띠(자)라면 오좌자향을 하지 말라는 것이다.

② 망인이 말띠(오)라면 자좌오향을 하지 말라는 것이다.

③ 망인이 토끼띠(묘)라면 유좌묘향을 하지 말라는 것.

④ 망인이 닭띠(유)라면 묘좌유향을 하지 말라는 것이다.

⑤ 망인이 범띠(인)라면 신좌인향을 하지 말라는 것이다.

⑥ 망인이 원숭이띠(신)라면 인좌신향을 하지 말라는 것.

⑦ 망인이 뱀띠(사)라면 해좌사향을 하지 말라는 것이다.

⑧ 망인이 돼지띠(해)라면 사좌해향을 하지 말라는 것.

⑨ 망인이 용띠(진)라면 술좌진향을 하지 말라는 것이다.

⑩ 망인이 개띠(술)라면 진좌술향을 하지 말라는 것이다.

⑪ 망인이 소띠(축)라면 미좌축향을 하지 말라는 것이다.

⑫ 망인이 양띠(미)라면 축좌미향을 하지 말라는 것이다.

(2) 띠 년장(年葬)은 어떤 것인가?

본명의 생년태세의 지지를 따 '무슨 무슨띠' 라고 한다.

'띠' 에는 자 축 인 묘… 등 12지지가 있다. '띠년 장을 하지 말라' 는 것은 결과적으로 자신이 태어난 해에 해당하는 12지년에는 장(葬)을 하지 말라' 는 것과 같은 것이다.

① 망인이 쥐띠(자)라면 자년에 이장을 하지 말라는 것.

② 망인이 말띠(오)라면 오년에 이장을 하지 말라는 것.

③ 망인이 토끼띠(묘)라면 묘년에 이장을 하지 말라는 것.

④ 망인이 닭띠(유)라면 유년에 이장을 하지 말라는 것.

⑤ 망인이 범띠(인)라면 인년에 이장을 하지 말라는 것.

⑥ 망인이 원숭이띠(신)라면 신년에 이장을 말라는 것.

⑦ 망인이 뱀띠(사)라면 사년에 이장을 하지 말라는 것.

⑧ 망인이 돼지띠(해)라면 해년에 이장을 말라는 것.

⑨ 망인이 용띠(진)라면 진년에 이장을 하지 말라는 것.

⑩ 망인이 개띠(술)라면 술년에 이장을 하지 말라는 것.

⑪ 망인이 소띠(축)라면 축년에 이장을 하지 말라는 것.

⑫ 망인이 양띠(미)라면 미년에 이장을 하지 말라는 것.

위에서 이장을 하지 말라는 것은 초상의 경우는 미룰 수 없는 상황이라 당연히 장례를 치러야 하기 때문이다.

(3) 띠 충(沖)연월일시란 어떤 것인가?

본명의 생년태세의 지지를 따 '무슨 무슨띠' 라고 한다.

'띠' 에는 자 축 인 묘 진 사 오 미 신 유 술 해 라는 12지지가 있다.

띠 충 년월일시란 결과적으로 망인의 띠에 해당하는 12지지와 충하는 12지지가 들어있는 년월일시에는 장(葬)하지 말라는 것과 같은 것이다. 다음과 같은 띠 망인은

① 쥐띠(자)는 '오' 가 들어있는 년월일시에 장하지 말라.

② 말띠(오)는 '자' 가 들어있는 년월일시에 장하지 말라.

③ 토끼띠(묘)는 '유' 가 들어있는 년월일시에 장하지 말라.

④ 닭띠(유)는 '묘' 가 들어있는 년월일시에 장하지 말라.

⑤ 범띠(인)는 '신' 이 들어있는 년월일시에 장하지 말라.

⑥ 원숭이띠(신)는 '인' 이 들어있는 년월일시에 장하지 말라.

⑦ 뱀띠(사)는 '해' 가 들어있는 년월일시에 장하지 말라.

⑧ 돼지띠(해)는 '사' 가 들어있는 년월일시에 장하지 말라

⑨ 용띠(진)는 '술' 이 들어있는 년월일시에 장하지 말라.

⑩ 개띠(술)는 '진' 이 들어있는 년월일시에 장하지 말라.

⑪ 소띠(축)는 '미' 가 들어있는 년월일시에 장하지 말라.

⑫ 양띠(미)는 '축' 이 들어있는 년월일시에 장하지 말라.

(4) 이옹삼기(李翁三忌)란?

이씨가 지키는 세가지 금기를 뜻한다.

이씨는 경남 지방의 재야 풍수이다. 필자는 잠시 이 옹에게 사사한 적이 있다.

그가 장사를 치르면 무해 무득 하다는 소문 때문에 하루에 두세 집의 장사를 맡는 날도 있다.

하루 2~3건의 일을 치르는 날엔 패철로 좌만 봐주는 것이 고작이다. 그런데도 상주들이 우려하는 뒤탈이 없다고 한다.

이러한 재야풍수를 필자는 서기 2000년 가을부터 2001년 초여름까지 밀착동행, 여러 가지를 견학, 체험했다.

핵심은 띠향을 하지말고 띠년에 장하지 말고 띠충년월일시에 장하지 말라는 것이다.

이와 함께 이 옹이 철저히 지키는 것은 기좌법이었다.

그래서 감히 '이옹삼기'라는 타이틀로 띠향 띠년 띠충년월일시를 기하는 것을 본 편에 소개하는 것이다.

5) 忌坐法 〈표-7〉 〈표-8〉

〈표-7〉 (1) 이 생은 이 좌에 들어가지 말아야 한다	
생(生띠)	기좌(忌坐:山三災, 生前死後不立方, 大害坐)
자(子)	자미(子未)
축(丑)	축갑병인(丑甲丙寅)
인(寅)	사계(巳癸)
묘(卯)	유진(酉辰)
진(辰)	갑묘(甲卯)
사(巳)	축간인(丑艮寅)
오(午)	축간(丑艮)
미(未)	을손(乙巽)
신(申)	간진병해유(艮辰丙亥酉)
유(酉)	유자술(酉子戌)
술(戌)	묘유(卯酉)
해(亥)	축임신(丑壬申)

〈표-8〉 (2) 이 좌엔 이 생이 들어가지 말아야 한다.			
좌(坐)	기하는 생(忌生)	좌(坐)	기하는 생(忌生)
임(壬)	해(亥)	병(丙)	축신(丑申)
자(子)	자유(子酉)	오(午)	
계(癸)	인(寅)	정(丁)	
축(丑)	축사오해(丑巳午亥)	미(未)	자(子)
간(艮)	사오신(巳午申)	곤(坤)	
인(寅)	축사(丑巳)	신(申)	해(亥)
갑(甲)	축진(丑辰)	경(庚)	
묘(卯)	진술(辰戌)	유(酉)	묘신유술(卯申酉戌)
을(乙)	미(未)	신(辛)	
진(辰)	묘신(卯申)	술(戌)	유(酉)
손(巽)	미(未)	건(乾)	
사(巳)	인(寅)	해(亥)	신(申)

2. 오황(五黃)

1) 띠지 황천좌(支 黃泉坐)

당신의 띠지 황천좌는 어떤 것인가?

(1) 띠지 황천좌를 망명회두살(亡命回頭殺)이라고 한다.

入中宮한 甲子를 順. 逆行해서 亡人의 生年太歲가 나오면 그 宮에 머물고 머물게 된 그 宮이 黃泉殺이다.

亡人이 男子인 경우 甲子를 九宮에 入中宮하여 順行하다가 生年太歲 干支가 나오면 그 宮에 머물고 그 宮을 黃泉坐로 본다.

亡人이 女子인 경우 甲子를 九宮에 入中宮하여 逆行하다가 生年太歲 干支가 나오면 그 宮에 머물고 그 宮을 黃泉坐로 본다.

단 生年太歲가 中宮에 들었을 경우 男子는 坤宮으로 나가 자리잡고 女子는 艮宮으로 나가 자리잡는다.

生年太歲가 머문 곳이 24方位를 나눈 八卦方位 중 하나며 三山이다. 三山 3個坐를 黃泉坐로 본다. (표-9)

〈표-9〉 八卦方位

八卦	坎	艮	震	巽	離	坤	兌	乾
三山	壬子 癸	丑艮 寅	甲卯 乙	辰巽 巳	丙午 丁	未坤 申	庚酉 辛	戌乾 亥

(2) 띠支 黃泉坐의 例.

① 甲戌生의 경우 男子는 甲子 入中宮 출발후 11번째 順行끝에 甲

戌이 乾宮에 도착했고 女子는 甲子 入中宮 출발후 11번째 逆行끝에 甲戌이 巽宮에 도착했다. 따라서 甲戌生 男子는 戌乾亥坐, 女子는 辰巽巳坐가 黃泉坐다.(표-10)

〈표-10〉 갑술 男 띠支 황천살			갑술 女 띠支 황천살		
9임신	5무진	7경오	2을축 **11갑술**	6기사	4정묘
8신미	1갑자 10계유	3병인	3병인	1갑자 10계유	8신미
4정묘	6기사	2을축 **11갑술**	7경오	5무진	9임신

② 甲午生의 경우 男子는 甲子 入中宮 출발후 31번째 順行끝에 甲午가 艮宮에 도착했고 女子는 甲子 入中宮 출발후 31번째 逆行끝에 甲午가 坤宮에 도착했다. 따라서 甲午生 男子는 丑艮寅坐, 女子는 未坤申坐가 黃泉坐다.

〈표-11〉 갑오 男 띠支 황천살			갑오 女 띠支 황천살		
9,18,27,	5,14,23,	7,16,25,	2,11,20,29	6,15,24	4,13,22,31 **갑오**
8,17,26,	1**갑자**,10, 19,28,	3,12,21, 30,	3,12,21, 30	1**갑자**10, 19,28	8,17,26
4,13,22,31 **갑오.**	6,15,24,	2,11,20,2 9,	7,16,25	5,14,23	9,18,27

③ 甲寅生의 경우 男子는 甲子 入中宮 출발후 51번째順行끝에 甲寅이 坎宮에 도착했고 女子는 甲子 入中宮 출발후 51번째 逆行끝에 甲寅이 離宮에 도착했다. 따라서 甲寅生 男子는 壬子癸坐, 女子는 丙

午丁坐가 黃泉坐다.(표-12)

〈표-12〉 **갑인 男 띠支 황천살**			**갑인 女 띠支 황천살**		
	41 갑진		11갑술	**51갑인離**	31갑오
	1 갑자	21 갑신	21갑신	**1갑자**	
31갑오	**51갑인坎**	11 갑술	7	41갑진	

④ 癸酉生의 경우 男子는 甲子 入中宮 출발후 10번째 順行 끝에 癸酉가 中宮에 도착했고 女子는 甲子 入中宮 출발후 10번째 逆行끝에 癸酉가 中宮에 도착했다. 男女모두 10번째 順. 逆行끝에 中宮에 도착했다.

따라서 男子는 坤宮으로 나가야 하니 未坤申坐, 女子는 艮宮으로 나가야 하니 丑艮寅坐가 黃泉坐다.(표-13)

〈표-13〉 **계유 男 띠支 황천살**			**계유 女 띠支 황천살**		
9	5	**7(남 坤)**	2 11	6	4
8	1갑자. **10계유**	3	3	1갑자. **10계유**	8
4	6	2 11	**7(여 艮)**	5	9

⑤ 辛卯生의 경우 男子는 甲子 入中宮 출발 후 28번째 順行끝에 辛卯가 中宮에 도착했고 女子는 甲子 入中宮 출발 후 28번째 逆行끝에 辛卯가 中宮에 도착했다. 男女모두 28번째 順. 逆行끝에 中宮에 도착했다.

따라서 男子는 坤宮으로 나가야 하니 未坤申坐, 女子는 艮宮으로 나가야 하니 丑艮寅坐가 黃泉坐다.(표-14)

〈표-14〉 신묘 男 띠支 황천살			신묘 女 띠支 황천살		
9,18,27	5,14,23,	7,16,25, 남자	2,11,20,	6,15,24	4,13,22,
8,17,26	**1갑자**,10,19, **28신묘**,	3,12,21,	3,12,21,	**1갑자**,10,19, **28신묘**	8,17,26
4,13,22	6,15,24,	2,11,20,	7,16,25 **여자**	5,14,23	9,18,27

⑥ 己酉生의 경우 男子는 甲子 入中宮 출발후 46번째 順行끝에 己酉가 中宮에 도착했고 女子는 甲子 入中宮 출발후 46번째 逆行끝에 己酉가 中宮에 도착했다. 男女모두 46번째 順.逆行끝에 中宮에 도착했다.

따라서 男子는 坤宮으로 나가야 하니 未坤申坐, 女子는 艮宮으로 나가야 하니 丑艮寅坐가 黃泉坐다.(표-15)

〈표-15〉 기유 男 띠支 황천살			기유 女 띠支 황천살		
36	5	**16**	2	6	4
26	1갑자. **46기유**	3	3	1갑자. **46기유**	**26**
4	6	2	**16**	5	**36**

⑦ 甲子生의 경우 入中宮해서 출발해도 順.逆行할 것도 없고 자리가 倒着宮이다. 즉 남자 갑자생과 여자 갑자생은 中宮이다. 따라서 男子는 坤으로, 女子는 艮으로 나가기만 하면 된다.(표-16)

〈표-16〉 갑자생 男 띠支 황천살			갑자생 여 띠支황천살		
		坤 ☷			
	男 ↗ 1甲			1甲 ↙ 女	
			艮 ☶		

(3) 띠支 黃泉坐 要點.

入中宮 甲子出發 男 順行, 女 逆行. 生年太歲 干支倒着. 中宮着 男 坤女艮.

띠支 黃泉坐는 亡人의 亡年과는 無關하며 띠가 같은 亡人들끼리는 支 黃泉坐도 같다.

2) 띠干 黃泉坐

당신의 干 黃泉坐는 어떤 것인가?

(1) 띠干 黃泉坐를 亡年黃泉殺이라고도 한다.

入中宮한 當年의 月頭를 順行해서 亡人의 生年太歲가 나오면 그 宮에 머물고 머물게 된 그 宮이 黃泉殺이다.

男女亡人을 불문하고 當該年 月頭干支를 九宮에 入中宮하여 順行하다가 男女亡人의 生年太歲 干支가 나오면 그 宮에 머물고 그 宮을 黃泉坐로 본다. 生年太歲가 머문 곳이 24方位를 8方位로 나눈 八卦方位중 하나이며 三山이다. 三山 3個坐를 黃泉坐로 본다. (표-17)

〈표-17〉	年頭法(遁月法)	時頭法(遁時法)	
干年	月頭	干日	時頭
甲己年	丙寅月	甲己日	甲子時
乙庚年	戊寅月	乙庚日	丙子時
丙辛年	庚寅月	丙辛日	戊子時
丁壬年	壬寅月	丁壬日	庚子時
戊癸年	甲寅月	戊癸日	壬子時

(2) 띠干 黃泉坐의 例.

① 甲戌生의 경우 甲年의 月頭는 甲己年의 丙寅이다.

男女불문하고 丙寅 入中宮해서 出發후 9번째 順行끝에 甲戌이 巽宮에 도착했다. 따라서 甲戌生 亡人은 男女불문하고 辰巽巳坐가 黃泉坐다.(표-18)

〈표-18〉 갑술생 띠干 황천살		
9갑술 巽 ☴	5경오	7임신
8계유	1병인	3무진
4기사	6신미	2정묘

② 丙午生의 경우 丙年의 月頭는 丙辛年의 庚寅이다.

男女불문하고 庚寅 入中宮해서 出發후 17번째 順行끝에 丙午가 震宮에 도착했다. 따라서 丙午生 亡人은 男女불문하고 甲卯乙坐가 黃泉坐다.(표-19)

〈표-19〉 병오생 띠干 황천살		
9 무술	5갑오. 14계묘	7병신. 16을사
8정유.17병오震 ☳	1경인. 10기해	3임진. 12신축
4계사. 13임인	6을미. 15갑진	2신묘. 11경자

③ 戊寅生의 경우 戊年의 月頭는 戊癸年의 甲寅이다.

男女불문하고 甲寅 入中宮해서 出發후 25번째 順行끝에 戊寅이 坤宮에 도착했다. 따라서 戊寅生 亡人은 男女 불문하고 未坤申坐가 黃泉坐다.(표-20)

〈표-20〉 무인생 띠干 황천살		
9임술 18신미	5무오 14정묘 23병자	7경신 16기사 25무인 坤 ☷
8신유 17경오	1갑인 10계해 19임신	3병진 12을축 21갑술
4정사 13병인 22을해	6기미 15무진 24정축	2을묘 11갑자 20계유

④ 癸酉生의 경우 癸年의 月頭는 戊癸年의 甲寅이다.

男女불문하고 甲寅 入中宮해서 출발후 20번째 順行끝에 癸酉가 乾宮에 도착했다. 따라서 癸酉生 亡人은 男女 불문하고 戌乾亥坐가 黃泉坐다.(표-21)

〈표-21〉 계유 띠干 황천살		
9임술 18신미	5무오 14정묘	7경신 16기사
8신유 17경오	1갑인 10계해 19임신	3병진 12을축
4정사 13병인	6기미 15무진	2을묘 11갑자 20계유 乾 ☰

⑤ 辛卯生의 경우 辛年의 月頭는 丙辛年의 庚寅이다.

男女불문하고 庚寅 入中宮해서 출발후 2번째 順行끝에 辛卯가 乾宮에 도착했다. 따라서 辛卯生 亡人은 男女 불문하고 戌乾亥坐가 黃泉坐다.(표-22)

〈표-22〉 갑술생 띠干 황천살		
	1경인	
		2신묘 乾 ☰

⑥ 己酉年의 경우 己年의 月頭는 甲己年년의 丙寅이다.

男女불문하고 丙寅 入中宮해서 출발후 44번째 順行끝에 己酉가 震宮에 도착했다. 따라서 己酉生 亡人은 男女 불문하고 甲卯乙坐가 黃泉坐다.(표-23)

※干 黃泉坐에서는 男女를 불문, 順行이며 中宮에 도착했다고 男子는 坤으로, 女子는 艮으로 나가는 것이 없다. 中宮着이면 黃泉坐가 없는 것이다.

〈표-23〉 갑술생 띠干 황천살		
	14기묘	34기해
44기유 震 ☳	1병인	3무진
4기사	24기축	2정묘

⑦ 丙寅生 亡人은 庚寅 月頭라 庚寅 入中宮 順行 37번째면 中宮到着이고 丁亥生 亡人은 壬寅 月頭라 壬寅 入中宮 順行 46번째면 中宮到着이고 乙巳生 亡人은 戊寅 月頭라 戊寅 入中宮 順行 28번째면 中宮到着이다.(표-24)

따라서 丙寅 丁亥 乙巳生 亡人은 中宮을 출발한 月頭가 모두 中宮으로 되돌아와 干黃泉殺이 없는 것으로 본다.

〈표-24〉 띠干 황천살								
병인생			정해생			을사생		
36을축			45병술			27갑진		
35갑자	↘ 37병인 / 1경인 ↘	3임진	44을유	↘ 46정해 / 1임인 ↘	3갑진	26계묘	↘ 28을사 / 1무인 ↘	3경진
		2신묘			2계묘			2기묘

(3) 띠干 黃泉坐 要點.

入中宮 月頭出發 順行 男女生年太歲到着.

干 黃泉坐도 亡人의 亡年과는 無關하다. 干이 같은 亡人들 끼리는 干 黃泉坐도 같다.

3) 葬年 黃泉坐

葬年 黃泉坐란 어떤 것인가?

(1) 葬年 黃泉坐를 葬年 黃泉殺이라고도 한다.

入中宮한 葬年의 月頭를 順行해서 葬年太歲가 나오면 그 宮에 머물고 머물게 된 그 宮이 葬年의 黃泉殺이다.

男女亡人의 生年太歲를 불문하고 葬年太歲의 月頭를 九宮에 入中宮하여 順行하다가 葬年太歲 干支가 나오면 그 宮에 머물고 그 宮을 黃泉坐로 본다. 葬年 黃泉坐는 男女 및 生年太歲와 무관하다. 오직 葬年太歲가 같으면 葬年 黃泉坐도 같다. 葬年太歲가 머문 곳이 24方位를 8方位로 나눈 八卦方位중 하나이며 三山이다. 三山 3個坐를 그 해의 黃泉坐로 본다.

(2) 葬年 黃泉坐의 例.

① 甲戌年 葬의 경우 甲年의 月頭는 甲己年의 丙寅이다.

男女불문하고 丙寅 入中宮해서 9번째 順行끝에 甲戌이 巽宮에 도착했다. 따라서 甲戌年 葬은 辰巽巳坐가 黃泉坐다.

② 丙午年 葬의 경우 丙年의 月頭는 丙辛年의 庚寅이다.

男女불문하고 庚寅 入中宮해서 17번째 順行끝에 丙午가 震宮에 도착했다. 따라서 丙午年 葬은 男女불문하고 甲卯乙坐가 黃泉坐다.

③ 戊寅年 葬의 경우 戊年의 月頭는 戊癸年의 甲寅이다.

男女불문하고 甲寅 入中宮해서 25번째 順行끝에 戊寅이 坤宮에 도착했다. 따라서 戊寅年 葬은 男女 불문, 未坤申坐가 黃泉坐다.

④ 癸酉年 葬의 경우 癸年의 月頭는 戊癸年의 甲寅이다.

男女불문하고 甲寅 入中宮해서 20번째 順行끝에 癸酉가 乾宮에 도착했다. 따라서 癸酉年 葬은 男女 불문, 戌乾亥坐가 黃泉坐다.

⑤ 辛卯年 葬의 경우 辛年의 月頭는 丙辛年의 庚寅이다.

男女불문하고 庚寅 入中宮해서 2번째 順行끝에 辛卯가 乾宮에 도착했다. 따라서 辛卯年 葬은 男女 불문, 戌乾亥坐가 黃泉坐다.

⑥ 己酉年 葬의 경우 己年의 月頭는 甲己年의 丙寅이다.

男女불문하고 丙寅 入中宮해서 44번째 順行끝에 己酉가 震宮에 도착했다. 따라서 己酉年 葬은 男女 불문, 甲卯乙坐가 黃泉坐다.

葬年 黃泉坐에서는 男女를 불문, 月頭順行에 葬年太歲着이며 中宮着일 경우는 黃泉坐가 없는 것이다.

⑦ 丙寅年 葬은 庚寅 月頭라 庚寅 入中宮 順行 37번째면 中宮到着이고 丁亥年 葬은 壬寅 月頭라 壬寅 入中宮 順行 46번째면 中宮到着이고 乙巳年 葬은 戊寅 月頭라 戊寅 入中宮 順行 28번째면 中宮到着이다. 따라서 丙寅年 丁亥年 乙巳年 葬은 干黃泉殺이 없는 것으로 본다.

(3) 葬年 黃泉坐 要點.

入中宮 月頭出發 → 順行 葬年太歲着. 死亡한 해(年)가 같아 葬禮를 같은 해에 치르거나 같은해에 이장을 하면 葬年黃泉殺도 같다.

4) 三合 黃泉坐 (구도8)

당신의 三合 黃泉坐는 어떤 것인가?

(1) 三合五行에 배속된 生年地支別 黃泉坐이다.

三合 黃泉坐는 一貫性이 있어 단순암기가 가능하다.

즉 三合生의 末字에 四胎坐를 덧붙였다.

① 申子辰生 + 巽坐. 진손사를 염두에 두라

② 寅午戌生 + 乾坐. 술건해를 염두에 두라

③ 亥卯未生 + 坤坐. 미곤신을 염두에 두라

④ 巳酉丑生 + 艮坐. 축간인을 염두에 두라

〈구도 8〉 三 合 黃 泉 坐

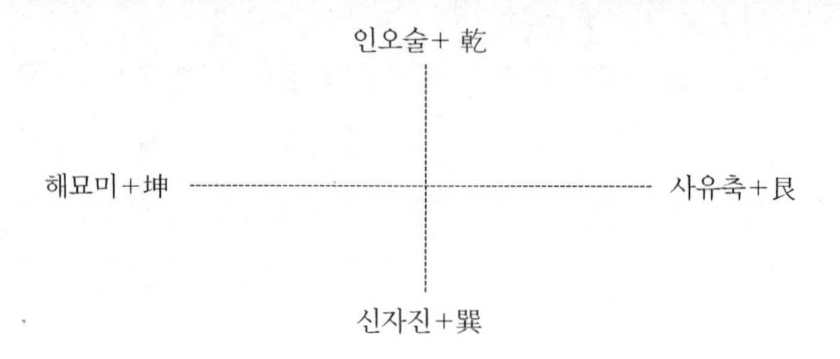

(2) 三合 黃泉坐의 例

① 申生 子生 辰生은 巽坐가 三合 黃泉坐다.

② 寅生 午生 戌生은 乾坐가 三合 黃泉坐다.

③ 亥生 卯生 未生은 坤坐가 三合 黃泉坐다.

④ 巳生 酉生 丑生은 艮坐가 三合 黃泉坐다.

5) 黃泉藁裡坐(구도9)

당신의 三合 黃泉藁裡坐는 어떤 것인가?

(1) 三合五行에 배속된 生年地支別 黃泉坐이다.

三合 黃泉藁裡坐는 一貫性이 있어 단순암기가 가능하다.

즉 三合生의 中字를 기준으로 90도를 順行한 四正方의 雙山을 덧붙였다.

① 申子辰生 + 甲卯坐. 자방에서 시계방향으로 90도 방위

② 寅午戌生 + 庚酉坐. 오방에서 시계방향으로 90도 방위

③ 亥卯未生 + 丙午坐. 묘방에서 시계방향으로 90도 방위

④ 巳酉丑生 + 壬子坐. 유방에서 시계방향으로 90도 방위

(2) 三合 黃泉藁裡坐의 例

① 申生 子生 辰生은 甲卯坐가 三合 黃泉藁裡坐다.

② 寅生 午生 戌生은 庚酉坐가 三合 黃泉藁裡坐다.

③ 亥生 卯生 未生은 丙午坐가 三合 黃泉藁裡坐다.

④ 巳生 酉生 丑生은 壬子坐가 三合 黃泉藁裡坐다.

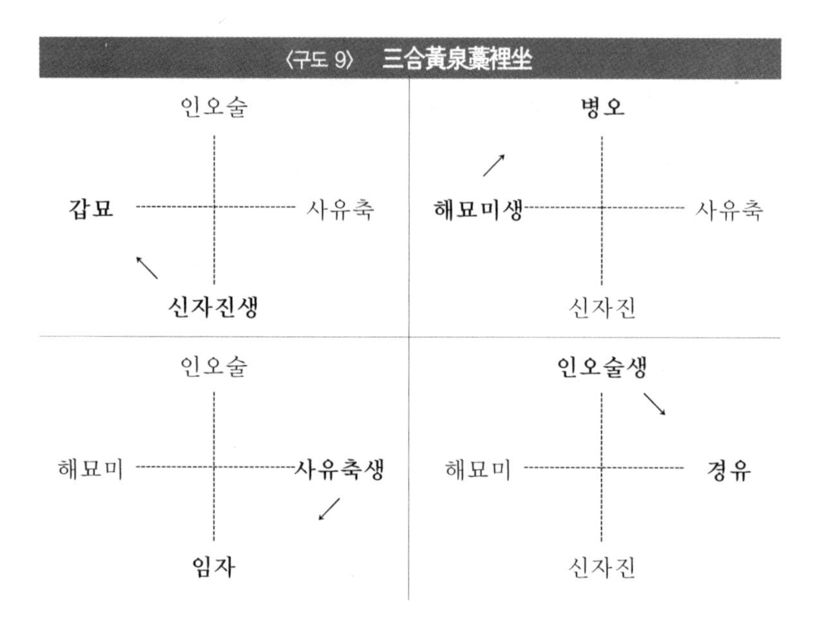

3. 무기(戊己)

1) 年戊己

⑴ 올해의 年戊己는 어느 달이며 年戊己 方位는 어느 쪽인가?

年頭法으로 月建을 起하여 中宮에 넣고 九宮을 順行해서 月建의 戊己라는 두 글字가 나타나면 그 것이 그 해의 戊己달(月)이고 月戊己이고 月戊己가 닿는 곳(宮)이 그 해(年)의 戊己 方位, 즉 年戊己 方位이다.

⑵ 「2002 FIFA WORLD CUP KOREA JAPAN」이 열린 西紀 2002年 壬午年 年戊己는 어느 달이며 年戊己 方位는 어느 方位인가?

〈표-25〉 年頭法 (遁月法이라고도 함)		
干年	月頭	備　　考
甲己年	丙寅	甲己年 첫 달인 正月의 月建은 丙寅이다.
乙庚年	戊寅	乙庚年 첫 달인 正月의 月建은 戊寅이다.
丙辛年	庚寅	丙辛年 첫 달인 正月의 月建은 庚寅이다.
丁壬年	壬寅	丁壬年 첫 달인 正月의 月建은 壬寅이다.
戊癸年	甲寅	戊癸年 첫 달인 正月의 月建은 甲寅이다.

① 年頭法(표-25)을 보니 壬午年의 干年은 丁壬年, 丁壬年의 月頭는 壬寅頭이다.

② 壬寅을 九宮의 中宮에 넣고 順行하니 壬寅(정월) 癸卯(2월) 甲辰(3월) 乙巳(4월) 丙午(5월) 丁未(6월) 戊申(7월) 己酉(8월) 庚戌(9월) 辛亥(10월) 壬子(11월) 癸丑(12월)이 된다.

③ 따라서 戊己字가든 戊申(7월) 己酉(8월)가 戊己月이다.

④ 年戊己宮(표-26)을 보니 戊申(7월)이 있는 坤宮과 己酉(8월)가 있는 震宮이 年戊己가 있는 方位이다.

⑤ 丁壬年에는 7月과 8月이 戊己月이고 坤方位와 震方位가 戊己方位이다.

⑥ 戊己方位에는 戊己殺이 있다고 한다.

〈표-26〉 年戊己九宮圖(壬寅入中宮의 경우)		
庚戌(9월)	丙午(5월)	**戊申(7월)**
己酉(8월)	壬寅(정월) 辛亥(10월)	甲辰(3월) 癸丑(12월)
乙巳(4월)	丁未(6월)	癸卯(2월) 壬子(11월)

2) 月戊己

(1) 이 달의 月戊己 方位는 어느 쪽인가?

年頭法에 의한 月建을 中宮에 넣고 九宮을 順行해서 戊己가 닫는 宮이 어디인가를 본다.

戊己殺이 닫는 方位는 大殺이라 大凶하다고 알려져있다.

(2) 「2002 FIFA WORLD CUP KOREA JAPAN」 개막일은 西紀 2002年 5月31日이다. 이 날은 陰曆으로 壬午年 4月 20日이고 日辰은 己亥이다.

壬午年 4月의 戊己方位는 어느 方位인가?

① 年頭法을 보니 壬午年은 丁壬年이라 壬寅頭이다.

② 壬寅頭가 正月이니 壬寅(正月) 癸卯(2月) 甲辰(3月) **乙巳(4月)** 丙午(5月) 丁未(6月) 戊申(7月) 己酉(8月) 庚戌(9月) 辛亥(10月) 壬子(11月) 癸丑(12月)이라 4月의 月建은 乙巳이다.

③ 乙巳入中宮, 九宮순행하면 다음표(표-27)와 같다.

〈표-27〉 **月戊己九宮圖(乙巳入中宮의 경우)**

癸丑	**己酉**	辛亥
壬子	**乙巳**	丁未
戊申	庚戌	丙午

④ 따라서 월드컵 개최일이 든 壬午年 4月은 艮宮과 離宮이 戊己方位이다.

⑤ 艮 離宮은 大殺이라 大凶하다.

⑥ 凶한 것은 太歲 歲破 三殺 모두 마찬가지다.

⑦ 만약 歲破坐를 놓는다면 太歲月에 大凶하다.(太歲向이나 歲破坐는 같다)

4. 삼별황(三別黃)

1) 葬日 黃泉殺이란 어떤 것인가?

葬日의 日辰을 入中宮, 九宮을 順行해서 墓의 坐가 배속된 宮에 도착하면 그 墓의 坐에 해당하는 喪主나 子孫이 피해를 입는다. 葬日은 年月 즉 太歲와 月建과는 무관하고 日辰만 中宮에 넣는다.

(1) 葬日이 甲子日이고 墓의 坐가 乾坐이면 어떤 子孫이 피해를 당하나?

乾坐이면 乾宮이다. (표-28 진한 글씨체)

乾宮에 든 乙丑 甲戌 癸未 壬辰 辛丑 庚戌 己未와 같은 生年干支를 가진 子孫은 일단 葬日 黃泉殺에 해당된다.

〈표-28〉 葬日이 甲子日일 경우 甲子 入中宮		
壬申 辛巳 庚寅 己亥 戊申 丁巳	戊辰 丁丑 丙戌 乙未 甲辰 癸丑 壬戌	庚午 己卯 戊子 丁酉 丙午 乙卯
辛未 庚辰 己丑 戊戌 丁未 丙辰	**甲子** 癸酉 壬午 辛卯 庚子 己酉 戊午	丙寅 乙亥 甲申 癸巳 壬寅 辛亥 庚申
丁卯 丙子 乙酉 甲午 癸卯 壬子 辛酉	己巳 戊寅 丁亥 丙申 乙巳 甲寅 癸亥(坎宮)	**乙丑 甲戌 癸未 壬辰 辛丑 庚戌 己未(乾宮)**

(2) 葬日이 甲子日이고 墓의 坐가 子坐이면 어떤 子孫이 해당되나?

子坐이면 坎宮이다. (표-29 진한글씨)

坎宮에 든 己巳 戊寅 丁亥 丙申 乙巳 甲寅 癸亥와 같은 生年干支를 가진 子孫은 일단 葬日 黃泉殺에 해당된다.

〈표-29〉 葬日이 甲子日일 경우 甲子 入中宮		
壬申 辛巳 庚寅 己亥 戊申 丁巳	戊辰 丁丑 丙戌 乙未 甲辰 癸丑 壬戌	庚午 己卯 戊子 丁酉 丙午 乙卯
辛未 庚辰 己丑 戊戌 丁未 丙辰	**甲子** 癸酉 壬午 辛卯 庚子 己酉 戊午	丙寅 乙亥 甲申 癸巳 壬寅 辛亥 庚申
丁卯 丙子 乙酉 甲午 癸卯 壬子 辛酉	**己巳 戊寅 丁亥 丙申 乙巳 甲寅 癸亥(坎宮)**	乙丑 甲戌 癸未 壬辰 辛丑 庚戌 己未(乾宮)

※葬日 黃泉殺을 보는데서 一貫性을 발견할 수 있다.

子午卯酉는 子午卯酉대로, 辰戌丑未는 辰戌丑未대로, 寅申巳亥는 寅申巳亥대로 地支가 몰려있음을 알 수 있다.

2) 移徙年黃泉殺이란?

移徙할 해(年)의 年頭(月頭)壬寅을 入中宮, 九宮을 順行해서 移徙할 方位의 宮에 干支가 到着하면 宮에 도착한 12地支에 해당하는 가족이, 즉 支에 해당하는 띠를 가진 가족이 피해를 입는다는 것이다.

(1) 西紀 2002年(壬午年)에 北쪽으로 移徙를 한다면 어떤 가족이

피해를 당하나?

北쪽은 坎宮이다. (표-30 진한글씨)

가족중에 丁未 丙辰 乙丑 甲戌 癸未 壬辰 辛丑生은 移徙 黃泉殺을 받을 수 있다.

〈표-30〉 **西紀 2002年 (壬午年) 月頭 壬寅 入中宮**		
庚戌 己未 戊辰 丁丑 丙戌 乙未	丙午 乙卯 甲子 癸酉 壬午 辛卯 庚子	戊申 丁巳 丙寅 乙亥 甲申 癸巳
己酉 戊午 丁卯 丙子 乙酉 甲午 (震宮 동쪽)	壬寅(月頭) 辛亥 庚申 己巳 戊寅 丁亥 丙申	甲辰 癸丑 壬戌 辛未 庚辰 己丑 戊戌
乙巳 甲寅 癸亥 壬申 辛巳 庚寅 己亥	**丁未 丙辰 乙丑** **甲戌 癸未 壬辰** **辛丑(坎宮)**	癸卯 壬子 辛酉 庚午 己卯 戊子 丁酉

(2) 서기 2002년에 東쪽으로 移徙를 한다면 어떤 가족이 피해를 당하나?

東쪽은 震宮이다. (표-31 진한글씨)

가족 중에 己酉 戊午 丁卯 丙子 乙酉 甲午生은 移徙 黃泉殺을 받을 수 있다.

〈표-31〉 西紀 2002年 (壬午年) 月頭 壬寅 入中宮		
庚戌 己未 戊辰 丁丑 丙戌 乙未	丙午 乙卯 甲子 癸酉 壬午 辛卯 庚子	戊申 丁巳 丙寅 乙亥 甲申 癸巳
己酉 戊午 丁卯 丙子 乙酉 甲午 (震宮 동쪽)	壬寅(月頭) 辛亥 庚申 己巳 戊寅 丁亥 丙申	甲辰 癸丑 壬戌 辛未 庚辰 己丑 戊戌
乙巳 甲寅 癸亥 壬申 辛巳 庚寅 己亥	丁未 丙辰 乙丑 甲戌 癸未 壬辰 辛丑(坎宮)	癸卯 壬子 辛酉 庚午 己卯 戊子 丁酉

※移徙 黃泉殺을 보는데서도 子午卯酉는 子午卯酉대로, 辰戌丑未는 辰戌丑未대로, 寅申巳亥는 寅申巳亥대로 地支가 몰려 있음을 알 수 있다.

*移徙年黃泉殺은 移徙와 관련된 많은 法術 중 하나일 뿐이지만 필자가 이기론풍수분야 황천살을 연구하면서 알게된 것을 기술한 것이다. 移徙분야에는 이사방위구궁입중도(移徙方位九宮入中圖), 이사방위도(移徙方位圖), 이사방위법(移徙方位法), 이사방위연령배치법(移徙方位年齡配置法), 이사운 보는법(移徙運보는法), 이사 길일(移徙吉日) 이사주당(移徙周堂) 등 많다.

3) 三災및 大將軍方이란?

(1) 당신은 어느 해(年)가 三災인가?

三災란 유년신살(流年神殺)이다. 세가지 災難이 아니라 三合生年支를 기준으로 胞胎法을 따져 病 死 墓(葬)에 해당하는 年地支이다.

胞胎法의 病, 死, 墓는 三合生年支의 가운데 글字, 즉 子 午 卯 酉에 왕(旺)을 얹어서 順行으로 돌아야 한다. 順行을 하면 공통점이, 즉 일관성이 드러난다.

※三合生별 三災年을 보자(표-32, 구도10)

① 申子辰 三合生의 中心글字는 子字이다.

'子' 字 위에 旺을 얹어 順行하면 子(旺), 丑(衰), 寅(病), 卯(死), 辰(墓), 巳(絕), 午(胎), 未(養), 申(生), 酉(浴), 戌(帶), 亥(官)이 된다. 申子辰생은 寅卯辰년이 三災年이다.

② 寅午戌 三合生의 中心글字는 午字이다.

'午' 字 위에 旺을 얹어 順行하면 午(旺), 未(衰), 申(病), 酉(死), 戌(墓), 亥(絕), 子(胎), 丑(養), 寅(生), 卯(浴), 辰(帶), 巳(官)이 된다. 寅午戌생은 申酉戌년이 三災년이다.

③ 亥卯未 三合生의 중심 글字는 卯字이다.

'卯' 字 위에 旺을 얹어 順行하면 卯(旺), 辰(衰), 巳(病), 午(死), 未(墓), 申(絕), 酉(胎), 戌(養), 亥(生), 子(浴), 丑(帶), 寅(官)이 된다. 亥卯未생은 巳午未년이 三災년이다.

④ 巳酉丑 三合生의 중심 글字는 酉字이다.

'酉' 字 위에 旺을 얹어 順行하면 酉(旺), 戌(衰), 亥(病), 子(死), 丑(墓), 寅(絕), 卯(胎), 辰(養), 巳(生), 午(浴), 未(帶), 申(官)이 된다. 巳酉丑생은 亥子丑년이 三災년이다.

寅申巳亥가 病, 子午卯酉가 死, 辰戌丑未가 墓로 나타남.

病에 해당하는 해가 들삼재(入三災)이고

死에 해당되는 해가 묵삼재(留三災)이고

墓에 해당하는 해가 날삼재(出三災)이다.

〈표-32〉 三合生과 三災年

三合中心生	子生	卯生	午生	酉生
三合生	申子辰生	亥卯未生	寅午戌生	巳酉丑生
三災年	寅卯辰年	巳午未年	申酉戌年	亥子丑年

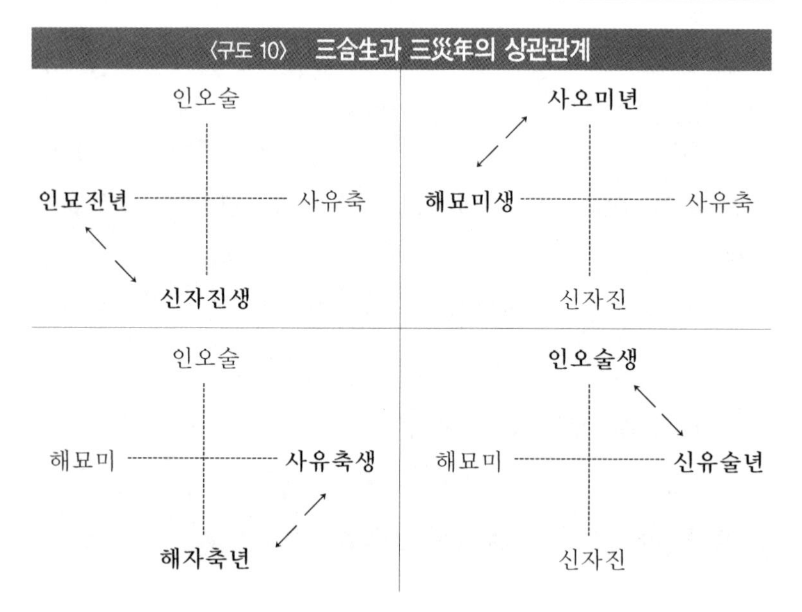

(2) 올해는 무슨 띠(生)가 三災인가?

三災年별 三合生을 보자 (표-33)

① 寅年 들삼재, 卯年 묵삼재, 辰年 날삼재, 寅卯辰 3年동안은 申

子辰生이 三災다.

② 亥年 들삼재, 子年 묵삼재, 丑年 날삼재, 亥子丑 3年동안은 巳酉丑生이 三災다.

③ 巳年 들삼재, 午年 묵삼재, 未年 날삼재, 巳午未 3年동안은 亥卯未生이 三災다.

④ 申年 들삼재, 酉年 묵삼재, 戌年 날삼재, 寅午戌 3年동안은 寅午戌生이 三災다.

〈표-33〉 **三災年과 三合生**

三合生 中字 子午卯酉를 方位로보면 大將軍方이다.				
三災年	亥子丑年	寅卯辰年	巳午未年	申酉戌年
三合生	巳酉丑生	申子辰生	亥卯未生	寅午戌生

(3) 올해는 어느 方位가 大將軍方인가?

연신방흉살(年神方凶殺)이다. 이 方位에 건물을 증축하거나 흙 다루는 일, 우물 파는 일을 하지 않는다.

표-34를 보면 大將軍方은 亥子丑年엔 酉方에, 寅卯辰年엔 子方에, 巳午未年엔 卯方에, 申酉戌年엔 午方에 있다.

〈표-34〉 **年別 大將軍 方位**

	子	午	卯	酉
年 / 方位	亥子丑年	巳午未年	寅卯辰年	申酉戌年
大將軍方	酉方	卯方	子方	午方

7 장법편(葬法篇)

체백(體魄)에 해로운 장법(葬法)을 피해야

제7편 장법편(葬法篇)

體魄에 害로운 葬法을 避해야

1) 장사(葬事)에 이것만은 지켜야 한다.

(1) 혈은 보물 다루듯 해야 한다.

사신(四神)과 모든 보호사(保護砂)는 혈장(穴場)을 위해 존재하며 穴은 그 혈장의 한복판에 있다. 穴에는 물, 바람, 나무뿌리, 벌레의 침해징후가 없이 단단한 흙이라야 하며 겉보기에 아무리 좋아도 속이 잘못됐으면 소용없다. 귀한 穴은 보물 다루듯 해야 한다. 생기있고 단단한 흙이 있는 혈판을 구멍 穴이라고 부른다. *이런 흙이라야 4각(角) 구멍(穴)을 팔 수 있기 때문이다. 반면 부엽토 잡석이 섞인 땅은 각진 구멍을 파기 어려워 穴이라고 하지 않는다. 穴이란 글자만 봐도 한자의 묘미는 독특하다.

풍수사는 눈을 패철의 자오침 한복판에 넣고 정침으로 坐向을, 중침으로 砂를, 봉침으로 水를 봐야 한다. 천광을 팔 때는 반드시 삽과 곡괭이를 사용하는 手작업으로 하는 것이 좋고 포크레인 등 장비로 파면 귀한 혈을 손상시킨다. 가능하면 수작업을 통해 칼로 두부자르듯 천광을 파면 가장 이상적이다. 하관 후엔 돌이 섞이지 않은 흙으로 단단히 다져야 한다.

관이 파손되지 않는 범위 내에서 정성껏 밟고 흙을 다져 물이 들어가지 않도록 해야 한다. 그리고 혈판 주위에 도랑을 만들지 말아야 한다. 빗물이 모여드는 협곡이나 계곡이 아니면 도랑물이 혈판으로 흘러들 경우가 없다. '긁어서 부스럼 만든다'는 말처럼 괜히 묘역 위와 옆에 도랑을 쳐서 빗물을 불러모아 물이 천광으로 스며들게 하는 우(愚)를 범할 수 있다. 혈판은 사람의 생살 같아 생살에 상처가 나면 병균이 침입하는 것은 뻔하다.

(2) 초상(初喪)엔 돌(石物)을 쓰지 않는 것이 좋다.

초상에는 석물이 바람직하지 않다. 이장계획이 없더라도 체백이 육탈(肉脫)될 때까지는 땅의 숨쉬기를 방해하는 석물은 쓰지 않는 것이 좋다. 석곽과 둘레석 등은 체백이 흙으로 돌아가는데 이롭지 않다. (사진 7)

특히 70년대 들어 부유층에 의해 만연되던 묘지의 과도한 석물 설치로 80~90년대를 지나 서기 2000년대 들면서 대부분의 면 단위마다 평균 3~4곳씩의 석재공장이 자리잡고 있다. 석재공장은 수요따

사진 7. **잔디로 잘 단장된 묘**

라 생겨나는 것이지만 석물이 많이 투입됐다고 좋은 것으로 보지는 않는다.

(3) 체백(體魄)이 육탈(肉脫)된 후 돌(石物)을 놓자.

체백의 육탈이 된 것으로 추정되는 시기에 둘레석을 하되 높지 않게 하는 것이 좋다. 또 자연상태의 내축 외축이 좋으면 돌로 축을 새로 쌓을 필요는 없다.

잔디가 왕성하게 잘자란 묘역의 봉분은 영구히 보존된다. 잔디묘역은 수시로 흙을 보충해주고 잡초만 제거하면 되지만 무거운 돌을 많이 쓴 묘역은 후손들에게 일거리를 제공할 수도 있다. 무너진 곳을 보수하고 비석과 상석을 놓는 것은 불가피한 경우다.

(4) 묘지 석물의 장 · 단점.

① 장점

석물을 많이 투입, 묘역을 꾸몄을 때 시각적으로 화려하고 한동안은 깨끗하다.

자리가 다소 부실해도 석물을 설치하고 토공 및 조경을 하면 인위적으로 괜찮은 자리가 된다. 석물을 설치해야만 자손 된 도리를 다하는 것으로 여기는 문중들의 분위기가 석물 수요를 부추기는 측면이 강하다.

② 단점

석물은 장구한 세월동안 원형대로 유지하기 어렵다.(사진 8)

사진 8. **무너진 석물**

사진 9. **양귀비 묘**

사진 10. **소릉**

무거운 돌을 떠받치는 흙은 풍우에 침식되는 등 석축은 결국엔 무너져 대규모 보수공사를 유발하고 이같은 현상은 되풀이된다.

묘역의 대부분은 평지가 아니기 때문에 하중이 많은 돌은 불안정한 상태를 오래도록 유지하지 못한다. 오래된 묘축이 원형을 유지한 경우가 드물다.

③ 대책

묘역의 잔디가 왕성하게 자라도록 해서 큰 일을 만들지 않는 것이 지혜롭다. 잔디는 겨울에 동사(凍死)하지 않도록 하고 흙만 보충해주면 거의 영구적으로 봉분과 묘역을 보호, 원형을 유지한다. 다만 1990년대 들어 우리나라 산야에 들어와 묘역을 침범한 국적불명의 잡풀들은 제거돼야 한다. 잡풀의 세력이 커지면 잔디가 살지 못한다. 또 잔디의 동사나 잔디에 일조권(日照權)을 침해하는 주변의 요소는 철저히 제거해야 한다.

이것저것 싫으면 중국의 楊貴妃 墓나 昭陵(심양 북릉공원내 청조2대 태종 묘)처럼 시멘트로 발라버리던가 자손이기를 포기하면 될 일이지만 그렇게는 할 수 없을 것이다.

(5) 葬事의 三吉六凶.

(1) 三吉

① 取吉避凶 ,즉 좋은 것은 취하고 흉한 것은 버렸다.

② 陰陽이 交媾하고 따뜻한 곳을 선택했다.

③ 혈 주변 높은곳은 부드럽게 꺼진곳은 편편하게 함.

(2) 六凶

① 壙중에 벌레가 있다.

② 陰陽이 맞지 않다.

③ 葬日(初喪제외)下棺時가 山運 喪主 死者와 맞지 않다.

④ 노력은 적게 하면서 큰 자리를 도모한다.

⑤ 권세를 앞세워 분에 넘치는 자리를 획득, 지나친 격식을 차려 장례를 치른다.

⑥ 장례 후 세인들의 입방아에 오르내린다.

2) 초상(初喪)

(1) 初喪의 意味는 이렇다.

풍수지리를 신봉한 사대부 집안은 황망 중 초상이 나면 준비가 덜 된 경우 나중에 吉地를 구하고 吉年月日時를 택해 移葬키로 계획, 초상은 대충 치렀다는 이야기가 많다.

吉地吉日吉時를 택하느라 집안에서 여러날 시신을 방치할 경우 부패 등 문제가 발생할 수 있어 급한대로 임시안장을 하는 것이 初喪이란 이름으로 행해진 葬事다. 서민들은 初喪 그 자체로서 장사가 끝난다.

(2) 왜 나중에 진짜 葬事를 치러야 하는가?

옛날 경남과 전남 남해안 섬지방에서는 시신을 풀로 덮어 2~3년간 두었다가 육탈된 후 유골만 흙 속에 파묻고 봉분을 만드는 진짜 장사를 치렀다 한다. 산 짐승으로부터의 피해를 감안해 집 가까운 밭 어귀나 산기슭에 치른 初喪이 草墳이다. 문자 그대로 '풀 무덤' 이라는 뜻으로 埋葬상태가 아닌 肉脫의 과정이기 때문이다.

(3) 葬이란 玉篇的 의미는 '장사지낼 장' 이다.

글자의 구성을 보면 艹 + 死 + 廾 = 葬이다.

이는 풀 위에 죽음을 얹고 죽음 위에 풀을 얹었다.

葬은 곧 草墳이다. 한자어가 만들어질 당시 풀 위에 죽은 사람을 누이고 그 위에 풀을 덮은 것이다.

漢字의 뜻이 이러할진대 수천 년 전부터 시신을 이렇게 처리(葬)한 것임을 부인할 수 없다. 漢字의 묘미라 아니할 수 없다.

3) 이장(移葬)

移葬한 墓는 葬事를 주도한 사람의 실력을 가늠할 수 있는 완결판이다. 移葬은 충분한 시간적 여유를 갖고 吉地와 吉年月日時를 擇해서 할 수 있다. 이장의 이러한 이점은 시간적 여유가 거의 없는 初喪과는 다르다.

선조들은 '葬을 함부로 해서는 안 된다' 는 이유에서 사람이 죽으면 初喪이라는 이름으로 不備한 장례를 치르고 그 후 충분한 준비를 거쳐 移葬을 한 것으로 볼 수 있다. 촉박한 시일 때문에 부실하게 장례를 치러도 初喪이기 때문에 면제부가 될 수 있지만 移葬까지도 무성의한 葬으로 끝나서는 안 된다는 인식이 있었던 것 같다.

○ 形象論, 理氣論(形氣論)이 총 동원돼 穴이 구해지고

○ 吉年月日時 선택, 즉 택일이 돼야 하는 것이며

○ 移葬할 때는 葬에 나쁘다는 요소는 모두 피해야 한다. 이상 3개 항을 지키며 차질 없이 이장하려면 그 일을 수행하는 주체는 전문가라야 한다.

전문가란 풍수서 가운데 가장 많은 사람들이 보는 책으로 공부한 사람일 것이다. 많은 사람이 보는 책이라면 그 만큼 풍수적 객관성이 뒷받침되기 때문이다. 꼭 책이라야만 하느냐? 고 한다면 "그렇다"고 답할 수밖에 없다. 비법이나 필사본들이 객관성을 확보해서 풍수서의 대열에 진입할 때를 고대한다.

사람들이 가장 많이 보는 풍수서란 가장 많이 팔리는 책일 것이다. 사람들이 가장 많이 보는 책과 가장 많이 팔리는 책을 엄격히 따질 방법은 없으나 그래도 많은 사람들이 보는 책을 보아야 葬事를 주관할 수 있지 않을까 하는 생각이다.

풍수서의 내용을 대체적으로 잘 아는지 모르는지의 여부는 풍수사가 실력이 있는지 없는지와 같은 질문이다. 풍수사의 실력을 객관적으로 검증할 방법이 없는게 풍수계의 문제점이다. 풍수의 실력유무를 살피는 것은 상주의 노력여하에 달려 있다.

"喪主는 風水(地官)에 속고.... 風水(地官)는 分金에 속고....." 라는 말이 무능한 풍수에게 면죄부를 준다.

喪主는 "당신(地士)에게 속았다"고 하니까 地士(당신)는 "分金에게

속혔다"며 佩鐵의 分金탓으로 돌린다는 말이다.

결국 亡人은 生前의 積德이, 喪主는 積德과 擇士(풍수사를 선택하는 일)가 중요하다는 말과 일맥상통한다.

"喪主는 風水(人)에 속고.... 風水(人)는 分金(쇠)에 속고...."란 풍수와 패철이 모두 상주를 속인다는 말이다.

속지 않으려면 喪主의 노력이 필요하다. 상주의 노력이란 실력 있는 풍수를 살피는 일. 또는 본인이 스스로 공부를 하는 일이다.

당당한 風水士는 葬事, 즉 移葬에 원용된 풍수의 形象論 理氣論을 기록으로 작성, 喪主에게 주어야 한다.

그리고 그 기록에 대한 물음에 답할 자세를 견지해야 한다. 그래야만 風水書의 법칙대로 葬했다고 자부할 수 있고 근거에 의해 葬한 것이라고 당당해질 수 있는 것이다. 근거 위주의 풍수사가 돼야 한다는 주장이다. 墓를 쓴 근거를 기록으로 남겨야 한다.

검사의 공소장처럼… 판사의 판결문처럼….

風水士도 그 많은 법칙 중 자신이 아는 것만이라도 원용한 것을 기록해야 한다. 그리고 그에 대한 답변요구가 있으면 주저하지 않고 답해야한다.

원칙과 근거없이 말 안하는 시신이라고 함부로 다룬다면 그 값은 되려 '부메랑' 이 되어 되돌아 올 것이다. 흔히들 사람이 죽어서 묻히는 자리 즉 墓를 千年幽宅(천년유택) 이라고 한다. 한번 눕혀지면 흙으로 완전히 돌아갈 때까지 천년세월이 소요된다는 뜻이다. 잘못 눕혀진 體魄(체백)은 산사람에 의해서만 움직일 수 있다. 산사람 같으면 누운 자리가 마음에 안 들면 스스로 일어나 자리를 옮기면 될 일이지만 死者는 그것이 불가능하다. 사자를 누일 자리를 두고 산사람들이 길흉을 구별해 놓은 게 풍수논리이자 현실이다.

風水人에 대한 호칭은 많다. 벼슬 '관' 자를 붙인 地官, 스승 '사' 자를 붙인 地師, 風水師, 地理師, 선비 '사' 자를 붙인 地士, 風水士, 地理士 등이 대표적인 예이다.

이상과 같은 호칭에 걸맞게 穴을 찾는 사람, 被葬者를 다루는 사람은 말 잘하는 재담꾼, 미 실현 이익에 대한 기대감(발복론)을 지나치게 강조하는 사람, 아는지 모르는지 천금같이 입만 무거운 사람, 없는 사실을 지어내는 小說家 같은 사람이 아니라 풍수문헌에 근거한 풍수 일을 하는 양심적 풍수사라야 한다. 安葬(안장)은 그래서 중요하다.

4) 葬事 等에 關한 法律중 핵심요약

장사란 사람이 사망하였을 때 시체를 처리하는 절차 및 방법에 관련 된 모든 일을 말한다.

이 법은 종전에는 매장 및 묘지 등에 관한 법률, 일명 장묘법이었다. 이제는 장사 등에 관한 법률, 일명 「장사법」으로 바뀌었다. 장묘법은 1961년 12월 5일 제정된 이후 5차례 개정을 거쳐 2001년 1월12일까지 시행됐고 「장사법」은 2001년 1월13일부터 전격 시행됐다.

雪心賦(설심부)에 '葬乘生氣 脈認來龍(장승생기 맥인내룡)' 이라 하여 "葬事(장사)는 生氣(생기)를 타야 하고 脈(맥)은 내려온 龍(용)을 쓸 수 있어야 한다"고 했다.

따라서 장사를 치를 때는 법에 저촉되지 않는 한 생기를 받을 수 있는 곳을 묘지로 택하는 것이 바람직하다.

(1) 예외규정

○장사법은 국립현충원인 소위 서울 동작동 국립묘지와 대전국립묘지는 이법을 적용하지 아니한다고 적용예외 규정을 두고 있다.

(2) 특례규정

○역사적 보존가치가 있는 묘지에 대해서는 관계기관의 심의 등을 거쳐 분묘의 면적과 분묘설치기간규정을 적용하지 아니한다는 적용완화 특례규정을 두고 있다.

(3) 시설별 해설

○납골이라함은 유골을 납골시설에 안치함을 말하고

○분묘라함은 시체나 유골을 매장하는 시설을 말함이고

○묘지라함은 분묘를 설치하는 구역을 말함이고

○화장장이라 함은 시체나유골을 화장하기 위한 시설이고

○납골시설이란 납골묘 납골당 납골탑 등 유골을 안치하기 위한 시설을 말한다.

(4) 처벌규정

○ 사망자를 24시간 이내에 매장 화장하면 1년 이하의 징역 또는 500만원이하의 벌금형에 처한다.(임신 7개월 미만의 사태. 전염병확산우려 사망자. 장기적출 완료자 제외)

○ 묘지의 사전매매 1년이하 징역 500만원이하 벌금

○ 지주 승낙없이 묘지 설치할 경우와 시 군 구의 승인없이 개장할 때 1년 이하 500만원 이하 벌금.

○ 금지구역 묘 설치 시 2년 이하 징역 1000만원이하 벌금

○ 명령 위반 시 1년이하징역 500만원이하 벌금

(5) 장례식 방해죄

○ 남의 묘를 파면 최저 징역 5년형이다. 벌금형이 없다.

○ 매장 후 매장지 관할 시 군 구에 신고해야 한다.

화장할 때도 사망진단서 등을 첨부, 화장장 관할 시 군 구에 신고해야 한다.

○ 유골을 다른 곳으로 옮기거나 화장 등 이장하는 등 총칭 改葬(개장)을 하려면 구 묘지 또는 신 묘지를 관할하는 시 군 구에 신고를 해야 한다.

(6) 매장

○ 시체 매장깊이는 1미터 이상

○ 화장유골 매장깊이 30센치 이상

(7) 면적제한

○ 개인 30평방미터 9평까지

○ 가족 묘지 1개당 100평방미터 30평까지

○ 종중(문중) 1000평방미터 300평까지

○ 법인 100.000평방미터 30.000평까지

○ 공통적용 : 80평방미터 24.2평 이상이면 별도 임목 벌채허가

득 해야

(8) 분묘의 높이 제한

○ 봉분은 지면으로 부터 1미터

○ 평분은 지면으로부터 50센치를 초과하면 안 된다.

(9) 묘지의 위치

○ 도로 철도 하천 또는 그 예정지역으로 부터 300미터 이상 떨어진 곳.

○ 20호 이상 민가지역, 학교, 공중이 수시 집합하는 시설 또는 장소로부터 500미터 이상 떨어진 곳.

○ 20호 이상 민가의 거리 계산은 마을의 제일 끝집을 기준한다.

(10) 분묘설치기간제한

○ 60년(15년은 기본이고 15년씩을 3회 연장가능 따라서 60년이 상한선이다)

○ 2001년 1월 12일 이전 설치 묘는 위법을 적용 받지 아니한다.

(11) 무연고 묘

○ 개장 3개월 전에 중앙일간 신문을 포함, 2개 이상 일간신문에 2회 이상공고 2번째 공고는 첫번 공고 일로부터 1개월 지난 뒤.

(12) 墳墓基地權(분묘기지권)과 타인 토지 위에 설치된 권리관계.

○ 조선고등법원 이래 대법원판례는 남의 땅에 있는 분묘도 지상권에 유사한 물권취득으로 판시하고 있다.

○ 분묘 기지권의 판례는 물권으로써 등기없이도 제 3자에게 대항할 수 있다. 근거는 한국의 관습을 들고 있다.

○ 우리국민들의 분묘에 대한 관념은 전통적인 조상숭배사상과 분묘에 영혼이 안주할 것이라는 토속신앙, 묘지위치가 자손의 운명에 영향을 미친다는 풍수지리설 등에서 비롯된 것이라고 판례는 들고 있다.

(13) 납골묘면적

○개인 10평방미터(3평)

○가족 30평방미터(9.07평)까지

○종중(문중) 100평방미터(30.3평)

○종교단체 500평방미터(151.3평)

○재단법인 100000평방미터(30.250평) 추정

(14) 납골당면적

○100평방미터 (30.3평)

8 축문편(祝文篇)

용도별 축문해설

제8편 祝文篇

용도별 축문해설

1) 先塋祝(선영축)

조상묘 옆에 후손묘 쓸때 조상묘에 告하는 祝

'이곳에 들어온다' 고 알리는 일명 告由祝이다.

2) 合葬祝(합장축)

(1) 조상묘 옆의 먼저 쓴 부친묘(考墓)를 헐고 모친상을 치르기 위해 부친묘 파묘 전에 올리는 고유축

(2) 조상묘 옆의 먼저 쓴 모친묘(妣墓)를 헐고 부친상을 치르기 위해 모친묘 파묘 전에 올리는 고유축

(3) 먼저 쓴 백부묘(伯父墓)를 헐고 백모상(伯母喪)을 치르기 위

해 백부묘 파묘 전에 조카가 올리는 고유축

⑷ 먼저 쓴 백모묘(伯母墓)를 헐고 백부상(伯父喪)을 치르기 위해 백모묘 파묘 전에 조카가 올리는 고유축

3) 移葬山神祝(이장산신축)

⑴ 先 山神祝(선 산신축) : 천광을 파기 전 산신께 고하는 축. 일명 개토제 축이다.

⑵ 後 山神祝(후 산신축) : 묘를 쓴 후 산신께 고하는 축

4) 平土祝(평토축).

⑴ 當日 新墓 平土祝(당일 신묘 평토축)

당일 단위 신묘 만든 후 올리는 평토축

⑵ 合葬後 平土祝(합장후 평토축)

다른 곳에 있는 구묘를 파서 오늘 초상 칠 신묘에 합장할 경우 초상 친 신묘에 읽는 축

5) 舊墓破墓祝(구묘파묘축)

구묘를 → 초상칠墓로 이장합장하기 위해 구묘파묘 때 축

구묘 유골을 초상칠墓로 이장합장 하기 위해 구묘를 파묘 할 때 이 축을 읽는다.

6) 先葬墓 破墓祝(선장묘 파묘축)

초상칠 체백 또는 他地구묘의 유골을 → 미리 써진묘에 합장하거나 쌍분을 만들 때 미리써진 묘에 읽는 고유축

(1) 미리 써진 선장고묘(先葬考墓)를 파묘할 때의 축

(2) 미리 써진 선장비묘(先葬妣墓)를 파묘할 때의 축

7) 移葬祝(이장축)

(1) 구묘 있는 선영 최존 일위에 '떠난다' 고 고하는 **선영고유축**

(2) 구묘 파묘전 **산신축**

① 考를 → 妣에 합장시킬 때

② 妣를 → 考에 합장시킬 때

③ 통상적 이장산신축(딴 곳으로 가련다)

(3) 구묘 파묘 **개토축**

(4) 신묘가 들어갈 선영 최존 일위에 '들어간다' 고 고하는 **선영고유축**

(5) 신묘 만들기 전 **산신축**

(6) 신묘 만든 후 **산신축**

(7) 신묘에 **제주축(평토축)**

8) 葬外祝(장외축)

(1) 우제축(虞祭祝) : 초우 재우 삼우가 있다.

① 부친상일 때

② 모친상일 때

③ 부모가 모두 돌아가셨을 때

(2) 삼우제해상축(三虞祭解喪祝) : 一名 李翁解喪祝

① 부친상일 때

② 모친상일 때

③ 부모가 모두 돌아가셨을 때

(3) 사초전 산신에 산신축(莎草前 山神祝)

(4) 사초후 묘전에 종료축(莎草後 終了祝)

(5) 입석전 산신에 산신축(立石前 山神祝)

(6) 입석후 묘전에 종료축(立石後 終了祝)

(7) 단갈입석 후 묘전에 종료축(單碣立石後 終了祝)

(8) 사초입석 후 묘전에 종료축(莎草立石後 終了祝)

용도별 축문

1) 先塋祝(선영축)

조상묘 옆에 후손묘 쓸 때 조상묘에 告하는 것이 先塋祝이다. '이 곳에 들어온다' 고 알리는 일명 告由祝.

유세차 당년태세 당월 초하루일진 삭 당일일진 현손 ○○ 감소

고우

현 고조고학생부군

현 고조비유인 전주 최씨지 묘

금위 증손 ○○ 영건택조 근이주과 용신 건고 근고

維歲次 壬午 四月 庚辰朔 二十一日庚子 **玄孫○○** 敢昭告于

顯 高祖考 學生府君

顯 高祖妣 孺人 全州 崔氏之 墓

今爲 **曾孫○○** 營建宅兆 謹以酒果 用伸 虔告 謹告

玄孫○○ : 조상 묘와 **상주**의 관계이다.

조상 묘가 상주의 고조이면 현손으로 써야 한다.

조상 묘가 상주의 6대조이면 6대손, 5대조이면 5대손, 고조이면 현손 (4대손), 증조이면 증손, 조부이면 효손으로 써야 한다.

曾孫○○ : 조상 묘와 **사망자**의 관계이다.

조상 묘가 사망자의 증조이면 증손으로 써야 한다.

조상 묘가 사망자의 6대조이면 6대손, 5대조이면 5대손, 고조면 현손(4대손), 증조이면 증손, 조부이면 효손으로 써야 한다.

※주의 : 현손이라고 쓴 것은 조상 묘와 **상주**와의 관계 때문이고 증손이라고 쓴 것은 조상 묘와 **사망자**와의 관계 때문이다.

단 사망자가 여자일 경우에는 **曾孫 ○○** 라고 쓰지 않고 **曾孫婦 孺人 淸州韓氏** 라고 써야 한다.

조상 묘가 사망자의 시(媤)6대조이면 6대손부, 시5대조이면 5대손부, 시고조면 현손부(4대손부), 시증조이면 증손부, 시조부이면 손부로 써야 한다.

① 合窆(합폄) 일 때.

"顯 高祖考 學生府君

顯 高祖妣 孺人 全州 崔氏之 墓"라고 쓰고

② 合窆이 아닐 때.

考位의 墓만 있을 때는 "顯 高祖考 學生 府君之 墓"로, 配位의 墓만 있을 때는 "顯 高祖妣 孺人 全州 崔氏之 墓"라고 쓴다.

③ 사망자의 考墓나 妣墓가 先塋에 있을 때는 **營建宅兆**대신 다음과 같이 쓴다.

— 先塋에 考墓가 있고 妣가 사망했을 때 '合窆于學生昌寧成氏之

墓' 라고 쓴다.

— 先塋에 妣墓가 있고 考가 사망했을 때 '合窆于孺人淸州韓氏之墓' 라고 쓴다.

※나의 6대조 = 나는 6대손(나는 6대의 손을 줄임)

2) 合葬祝(합장축)

(1) 조상 묘 옆의 먼저 쓴 부친묘(考墓)를 헐고 모친상을 치르려면 부친묘를 파묘하기 전에 이 고유축을 올려야 한다.

유세차 당년태세 당월 초하루일진 삭 당일 일진 고애자 ○○ 감소고우.

현 고학생부군지묘. ○○ 죄역 흉흔 **선비** 견배 일월 불거 장기 이계 금일합부 우묘좌 호천망극 근이청작 용신건고근고

※ ○○ 안에는 상주 이름을, **선비**는 유인 청주 한씨로 써도 된다.
부친상 상주는 고자, 모친상 상주는 애자.

維歲次 壬午 五月 庚戌朔 初二日辛亥 孤哀子 ○○ 敢昭告于

顯 考學生府君之 墓

○○ 罪逆 凶釁 **先妣**見背 日月不居 葬期已屆 今日合祔于墓左 昊天罔極 謹以淸酌 用伸 虔告 謹告

※ ○○ 에는 喪主名을, **先妣**는 孺人淸州 韓氏로 써도 된다.

※ 父親喪 : 孤子, 母親喪 : 哀子, 兩親喪 : 孤哀子

⑵ 조상묘 옆의 먼저 쓴 모친묘(妣墓)를 헐고 부친상을 치루려면 모친묘를 파묘하기 전에 이고유축을 읽어야 한다.

유세차 당년태세 당월 초하루일진 삭 당일 일진 고 · 애자 ○○ 감소고우.

현 비유인청주한씨지묘. ○○ 죄역 흉흔 **선고** 견배 일월불거 장기이계 금일합부 우묘우 호천망극 근이청작 용신 건고 근고

※○○ 안에는 상주이름을, **선고**는 학생부군창녕성공으로 써도 된다.

維歲次 壬午 五月 庚戌朔 初二日 辛亥 孤 · 哀子(孝子)

○○ 敢昭告于.

顯 妣孺人淸州韓氏之 墓.

○○ 罪逆 凶釁 **先考**見背 日月不居 葬期 已屆 今日合祔 于墓右 昊天罔極 謹以淸酌 用伸 虔告 謹告

※○○ 안에는 喪主이름을, **先考**는 學生府君昌寧成公으로 써도 된다.

⑶ 먼저 쓴 백부묘(伯父墓)를 헐고 백모상(伯母喪)을 치르기 위해 백부묘 파묘 전에 조카가 올리는 고유축

유세차 당년태세 당월 초하루일진 삭 당일 일진 질 ○○ 감소고우.

현 백부학생부군지묘

금 백모유인밀양박씨 이어 금월 ○○ 일 손세 장어 금일행 합장지

례 불승감통 근이청작 용신 건고 근고

維歲次 壬午 五月 庚戌朔 初二日 辛亥 姪 ○○ 敢昭告于

顯伯父學生府君之 墓

今 伯母孺人密陽朴氏 已於今月 日 損世 將於今日 行合葬之禮 不勝感痛 謹以淸酌 用伸 虔告 謹告

(4) 먼저 쓴 백모묘(伯母墓)를 헐고 백부상(伯父喪)을 치르기 위해 백모묘 파묘 전에 조카가 올리는 고유축.

유세차 당년태세 당월 초하루일진 삭 당일 일진 질 ○○ 감소고우.

현 백모유인밀양박씨지묘

금 백부 창녕성공 이어 금월 ○○ 일 손세 장어 금일행 합장지례 불승감통 근이청작 용신 건고 근고

※질 ○○ 는 사망자와 고유제를 올리는 사람과의 관계다. 장조카면 장질 ○○, 오촌조카면 당질 ○○ 이라고 쓴다.

維歲次 壬午 五月 庚戌朔 初二日 辛亥 姪 ○○ 敢昭告于.

顯 伯母孺人密陽朴氏之 墓.

今 伯父 昌寧成公 已於今月 ○○ 日 損世 將於今日 行合葬之禮 不勝感痛 謹以淸酌 用伸 虔告 謹告

※ 姪 ○○ 는 사망자와 고유제 올리는 사람과의 관계를 쓰되 장

조카면 長姪 ○○, 오촌조카면 堂姪 ○○ 이라고 쓴다.

3) 移葬 山神祝(이장 산신축)

(1) 先 山神祝(선 산신축) : 천광을 파기 전 산신께 고하는 축. 일명 개토제

유세차 당년태세 당월 초하루 일진 삭 당일 일진 **유학** ○○○ 감소고우.

토지지신 금위 학생창녕성공 ○○ 지묘 **영건택조**

신기보우 비무후간 근이청작 포해 지천우신 상향

※ **유학** ○○ 은 자손이 아니라도 祭를 올릴 수 있다.

합장할 경우 **영건택조**대신 '유인 동성이씨지묘' 라고 쓴다.

동일선영 내에 여러 기의 묘가 들어올 경우 고(考)와 비(妣)를 모두 기재한다.

維歲次 壬午 五月 庚戌朔 初二日 辛亥 **幼學** ○○○ 敢昭告于.

土地之神 今爲 學生昌寧成公 之墓 **營建宅兆**

神其保佑 俾無後艱 謹以淸酌 脯醢 祗薦于神 尙饗

※ 幼學 ○○ 은 子孫이 아니라도 祭를 올릴 수 있다.

合葬할 경우 **營建宅兆**대신 '孺人東城李氏 之墓' 라고 쓴다.

同一先塋 내에 여러 基의 墓가 들어올 경우 考와 妣를 모두 記載한다.

⑵ 後 山神祝(후 산신축) : 묘를 쓴 후 산신께 고하는 축

유세차 당년태세 당월 초하루 일진 삭 당일 일진 **유학** ○○○ 감소고우.

토지지신 금위 학생창녕성공 **건자유택** 신기보우 비무후간 근이청작 포해 지천우신 상향

※합장할 경우 **건자유택** 대신 '유인 동성이씨 금위장필 신기보우...' 라고 쓴다.

維歲次 壬午 五月 庚戌朔 初二日 辛亥 **幼學** ○○○ 敢昭告于.

土地之神 今爲 學生昌寧成公 **建玆幽宅** 神其保佑 俾無後艱 謹以淸酌 脯醢 祗薦于神 尙饗

※合葬할 경우 **建玆幽宅** 대신 '孺人 東城李氏之墓 今爲葬畢 神其保佑...' 라고 쓴다.

4) 平土祝(평토축)

⑴ 當日 新墓平土祝(당일 신묘평토축 : 신주를 만들 때)

당일 날 단위의 신묘 만든 후 올리는 평토축.

유세차 당년태세 당월 초하루일진 삭 당일 일진 고 · 애자(효자) ○○ 감소고우.

현 고학생부군(부친상일 때)

현 비유인 청주한씨(모친상일 때)

형귀둔석 신반실당 신주미성

복유존영 사구종신 시빙시의

※ 부친상 상주는 고자, 모친상 상주는 애자.

신주를 만들지 않을 때의 평토축은「.... 신반실당 복유존영 의고시안」으로 쓴다.

維歲次 壬午 五月 庚戌 朔 初二日 辛亥 孤.哀子(孝子)

○○ 敢昭告于.

顯 考學生府君(父親喪일 때)

顯 妣孺人 淸州韓氏(母親喪일 때)

形歸窀穸 神返室堂 神主未成

伏惟尊靈 舍旧從新 是憑是依.

※ 父親喪 喪主는 孤子, 母親喪 喪主는 哀子. 兩親喪喪主는 孤哀子

神主를 만들지 않을 때의 平土祝은「.... 神返室堂 伏惟尊靈 依故是安」으로 쓴다.

(2) 合葬後 平土祝(합장후 평토축)

다른 곳에 있는 구묘를 파서 오늘 초상칠 신묘에 합장할 경우 초상친 신묘에 읽는 축.

유세차 당년태세 당월 초하루일진 삭 당일 일진 고 · 애자(효자)

○○ 감소고우.

현 비유인 진주강씨지묘(유인묘는 구묘) 신개유택 합부(쌍분이면 쌍분)이 선고 학생부군 사필봉영 복유존영 영안체백

維 歲次 壬午 五月 庚戌朔 初二日 辛亥 孤 · 哀子(孝子)
○○ 敢昭告于.
顯 妣孺人晉州姜氏之墓(孺人墓는 旧墓)新改幽宅 合祔(쌍분이면 쌍분) 以先考學生府君 事畢封塋 伏惟尊靈 永安體魄

5) 旧墓破墓祝 (구묘파묘축)

구묘를 → 초상칠묘로 이장합장하기 위한 구묘파묘 때 축

구묘 유골을 초상칠묘로 이장합장 하기 위해 구묘를 파묘할 때 이 축을 읽는다.

유세차 당년태세 당월 초하루일진 삭 당일 일진 고 · 애자(효자)
○○ 감소고우.
현 고학생부군지묘(이장해야 할 구묘) 금개장우
현 비유인 청주한씨지묘(그대로 있을 묘)
행합장(쌍분이면 쌍분이라고 쓴다) 지례 감선 파분 복유존영 물진 물경

維 歲次 壬午 五月 庚戌 朔 初二日 辛亥 孤 · 哀子(孝子)
○○ 敢昭告于.

顯 考學生府君之墓(移葬해야 할 旧墓) 今改葬于

顯 妣孺人清州韓氏之墓(그대로 있을 묘)

行合葬(雙墳이면 雙墳이라고 쓴다) 之禮 敢先破墳 伏惟尊靈 勿震

勿驚

6) 先葬墓 破墓祝 (선장묘 파묘축)

초상칠 체백 또는 타지구묘유골을 → 미리 써진 묘에 합장하거나 쌍분을 만들 때 미리 써진 묘에 읽는 고유축.

(1) 미리 써진 선장고묘(先葬考墓)를 파묘할 때의 축

유세차 당년태세 당월 초하루일진 삭 당일일진 고 · 애자(효자)

○○ 감소고우

현 고학생부군지묘. 죄역 흉흔 **선비** 견배 일월불거 장기이계 장이

금일(또는 합봉일)

합봉 우묘좌 호천망극 근이청작 용신 건고 근고

維歲次 壬午 五月 庚戌朔 初二日 辛亥 孤 · 哀子(孝子)

○○ 敢昭告于.

顯 考學生府君之墓. 罪逆 凶釁 **先妣** 見背 日月不居 葬期已届 將以

今日(또는 合封日)

合封 于墓左 昊天罔極 謹以淸酌 用伸 虔告 謹告

(2) 미리 써진 선장비묘(先葬妣墓)를 파묘할 때의 축.

유세차 당년태세 당월 초하루일진 삭 당일일진 고 · 애자(효자)
○○ 감소고우
현 비유인청주한씨지묘. 죄역 흉흔 선고 견배 일월불거 장기이계 장이금일합부(또는 합부일) 우묘우 호천망극 근이청작 용신 건고 근고

維 歲次 壬午 五月 庚戌 朔 初二日 辛亥 孤 · 哀子(孝子)
○○ 敢昭告于.
顯 妣孺人淸州韓氏之 墓.
罪逆 凶舋 **先考** 見背 日月不居 葬期已屆 將以今日(또는 合祔日) 合祔于墓右 昊天罔極 謹以淸酌 用伸 虔告 謹告

7) 移葬祝(이장축)

(1) 구묘 있는 선영의 최존 일위에 **'떠난다'** 고 고하는 **고유축**

유세차 당년태세 당월 초하루일진 삭 당일일진 **5대손** ○○
감소고우
현 5대조고 학생부군
현 5대조비 유인 연일 정씨지 묘
증이 조고(비) 학생부군 **부장우차** 공유타환 장계폄천 우타소
근이청작 포해 지천우신 상 향

* 참고사항.

① 5대손은 최존 일위와의 관계이며 조고(비)는 제주(5대손)와의 관계임

② '공유타환' 을 '택조불리' 로...,

③ '근이청작 포해 지천우신 상 향' 을 '근이주과 용신 건고 근고' ...로도 쓴다.

維歲次 壬午 五月 庚戌朔 初三日 壬子 **五代孫** ○○ 敢昭告于

顯 五代祖考學生府君

顯 五代祖妣孺人延日鄭氏之墓

曾以 祖考(妣) 學生府君 **祔葬于此** 恐有他患 將啓窆 遷于他所 謹以

淸酌 脯醯 祗遷于神 尙饗

* 참고사항

① 五代孫은 최존 일위와의 관계이며 祖考(妣)는 祭主(五代孫)와의 관계임

② '恐有他患' 을 '宅兆不利' 로...,

③ '謹以淸酌 脯醯 祗遷于神 尙 饗' 을 '謹以酒果 用伸 虔告 謹告' ...로도 쓴다.

(2) 구묘 파묘전 산신축(山神祝)

① 考를 → 妣에 합장시킬 때

유세차 당년태세 당월 초하루일진 삭 당일일진 **유학** ○○○ 감소 고우

토지지신 금위 학생 진주강공 금위 합부 유인 진주하씨지묘 장계 폄천 우타소 근이청작 지천우신 상향

維歲次 壬午 五月 庚戌朔 初二日 辛亥 **幼學** ○○○ 敢昭告于

土地之神 今爲 學生 晉州姜公 合祔孺人晉州河氏之墓 將啓窆 遷于他所 謹以淸酌 祇薦于神 尙饗

② 妣를 → 考에 합장시킬 때

유세차 당년태세 당월 초하루일진 삭 당일일진 **유학** ○○○ 감소 고우

토지지신 금위 유인 진주하씨 합부 학생 진주강공지묘 장계폄천 우타소 근이청작 지천우신 상향

維歲次 壬午 五月 庚戌朔 初二日 辛亥 **幼學** ○○○ 敢昭告于

土地之神 今爲 孺人 晉州河氏 合祔 學生 晉州姜公之墓 將啓窆遷于他所 謹以淸酌 祇薦于神 尙 饗

③ 통상적 이장산신축(이곳은 나쁘다 딴 곳으로 가련다.)

유세차 당년태세 당월 초하루일진 삭 당일일진 **유학** ○○○ 감소 고우

토지지신 금위학생 진주강공(또는 유인진주 하씨)복택자지 공유타
환 장계폄천 우타소 근이청작 지천우신 상향

維歲次 壬午 五月 庚戌朔 初二日辛亥 **幼學** ○○○ 敢昭告于
土地之神 今爲 學生晉州姜公(또는孺人晉州 河氏)卜宅茲地 恐有他
患 將啓窆遷于他所 謹以淸酌 祇薦于神 尙 饗

※ **'합폄' 으로 장사를 치루려면 '금위합부 신기우지 상 향' 으로 써야 한다.**

합부 합봉 합폄의 사전적 의미는 다음과 같이 다르나 한 봉분 안에 고와 비를 함께 장한다는 뜻은 같다.

'합부' 는 합장이다. 즉 부부를 한 무덤에 장사한다는 뜻
'합봉' 은 합해서 흙을 쌓는다. 합해서 봉을 만든다는 뜻
'합폄' 은 합해서 하관(폄) 한다는 뜻이다.

※ **'合窆' 으로 葬事를 치르면 '今爲合祔 神其佑之 尙 饗' 으로 써야 한다.**

合祔 合封 合窆의 辭典的 意味는 다음과 같이 다르나 한 봉분 안에 考와 妣를 함께 葬한다는 뜻은 같다.

'合祔' 는 合葬이다. 즉 夫婦를 한 무덤에 葬事한다는 뜻
'合封' 은 合해서 흙을 쌓는다. 合해서 封을 만든다는 뜻
'合窆' 은 合해서 下棺(窆) 한다는 뜻이다.

(3) 구묘 파묘 개토축

유세차 당년태세 당월 초하루일진 삭 당일일진 증손 ○ ○ 감소 고우

현 증조고 학생부군 **장우자지 세월자구 체백불녕** 금장개장 감선 파분 복유존영 물진물경

묘 쓴지가 오래되지 않았을 경우는 '장우자지 세월자구 체백불녕' 을 '택조불리 공유타환' 으로 바꿔 쓴다.

다만 **합폄**이 목적이면 다음과 같이 쓴다.

유세차 당년태세 당월 초하루일진 삭 당일일진 증손 ○ ○ 감소 고우

현 증조고 학생부군 장이 금일 합봉(합부)우

현 증조비 유인 전주 최씨지묘 금장 계묘 감선파분 복유존영 물진 물경

維歲次 壬午 五月 庚戌朔 初二日 辛亥 曾孫 ○○ 敢昭告于

顯 曾祖考學生府君 **葬于茲地 歲月茲久 體魄不寧** 今將改葬 敢先破墳 伏惟尊靈 勿震勿驚

墓 쓴지가 오래되지 않았을 경우는 **'將于茲地 歲月茲久 體魄不寧'** 을 **'宅兆不利 恐有他患'** 으로 바꿔 쓴다.

다만 合窆이 目的이면 다음과 같이 쓴다.

維 歲次 壬午 五月 庚戌朔 初二日 辛亥 曾孫 ○○ 敢昭告于
顯 曾祖考 學生府君 將以今日 合封(合祔 合兆)于
顯 曾祖妣孺人全州崔氏之墓 今將 啓墓 敢先破墳 伏惟尊靈 勿震
勿驚

(4) 신묘가 들어갈 선영의 최존 일위에 **'들어간다'** 고 고하는 **고유축**
유세차 당년태세 당월 초하루일진 삭 당일일진 7대손 ○ ○ 감소
고우.
현 7대조고학생부군
현 7대조비 유인 창녕조씨지묘 자이(○ 대조고, ○ 대조비 등 이
장해 올 고와 비를 모두 열거) 장 개장우차 근이청작포과 용신 건
고 근고

維歲次 壬午五月 庚戌朔 初二日 辛亥 七代孫 ○○ 敢昭告于
顯 七代祖考學生府君
顯 七代祖妣孺人昌寧曺氏之墓 玆以(○ 代祖考, ○ 代祖妣 等 移葬
해 올 考와 妣를 모두 列擧) 將改葬于此所 謹以淸酌 脯果 用伸 虔
告 謹告

(5) 신묘를 만들기 전 **산신축**

유세차 당년태세 당월 초하루일진 삭 당일일진 유학 ○○○ 감소고우

토지지신 금위 학생 창녕성공 택조불리 장개장우 차소 신기보우 비무후간 근이청작 포과 지천우신 상 향

維歲次 壬午 五月 庚戌朔 初二日 辛亥 幼學 ○○○ 敢昭告于

土地之神 今爲 學生昌寧成公 宅兆不利 將改葬于 此所 神其保佑 無後艱 謹以淸酌 脯果 祗薦于神 尙饗.

(6) 신묘 만든 후 산신에 고하는 **산신축**

유세차 당년태세 당월 초하루일진 삭 당일일진 **유학** ○○○ 감소고우

토지지신 금위 학생진주하공 **건자택조** 신기보우 비무후간 근이청작 포과 지천우신 상 향

※ 합폄이면 '건자택조' 를 '금위합장' 으로 쓴다.

維歲次 壬午 五月 庚戌朔 初二日 辛亥 **幼學** ○○○ 敢昭告于

土地之神 今爲 學生晉州河公 **建玆宅兆** 神其保佑 俾無後艱 謹以淸酌脯果 祗薦于神 尙饗.

※ 合窆이면 '建玆宅兆' 를 '今爲合葬' 으로 쓴다.

(7) 신묘에 제관들의 **제주축(평토축)**

유세차 당년태세 당월 초하루일진 삭 당일일진 고 · 애자(효자) ◯◯ 감소고우

현 조고학생부군(또는 현조비유인진주정씨) 신개유택 사필봉영 복유존영 영안체백

維歲次 壬午 五月 庚戌朔 初二日 辛亥 孤 · 哀子(孝子) ◯◯ 敢昭告于.

顯 祖考學生府君(또는 顯祖妣孺人晉州鄭氏) 新改幽宅 事畢封塋 伏惟尊靈 永安體魄

8) 葬外祝(장례 이외의 축)

(1) 우제축(虞祭祝) : 初虞, 再虞, 三虞가 있다.

초우제 : 장례당일 귀가한 후 제를 올린다. 祫事(협사)

재우제 : 초우 후 乙辛丁癸일에 제를 올린다. 虞事(우사)

삼우제 : 재우 후 甲庚丙壬일에 제를 올린다. 成事(성사)

① 부친상일 때

유세차 당년태세 당월초하루일진 삭 당일일진 고자(효자) ◯ ◯ 감소고우

현 고학생부군 일월불거 엄급 초우(재우면 재우, 삼우면 삼우) 숙흥야처 애모불녕 근이청작 서수 애천 협사(재우면 우사, 삼우면

성사) 상 향

維歲次 壬午 五月 庚戌朔 初二日 辛亥 孤子(孝子) ○○ 敢昭告于
顯 考學生府君 日月不居 奄及初虞(再虞면 再虞, 三虞면 三虞) 夙興夜處 哀慕不寧 謹以淸酌 庶羞哀薦 祫事 (再虞면 虞事, 三虞면 成事) 尙饗

② 모친상일 때

유세차 당년태세 당월초하루일진 삭 당일일진 애자(효자) ○○
감소고우
현 비유인청주한씨 일월불거 엄급 초우(재우면 재우, 삼우면 삼우) 숙흥야처 애모불녕 근이청작 서숙 애천 협사(재우면 우사, 삼우면 성사) 상 향

維 歲次 壬午 五月 庚戌朔 初二日 辛亥 哀子(孝子) ○○ 敢昭告于
顯 妣孺人淸州韓氏. 日月不居 奄及初虞(再虞면 再虞, 三虞면 三虞) 夙興夜處 哀慕不寧 謹以淸酌 庶羞哀薦 祫事(再虞면 虞事, 三虞면 成事) 尙饗

③ 부모가 모두 돌아가셨을 때

유세차 당년태세 당월초하루일진 삭 당일일진 고·애자(효자)
○○ 감소고우

현 고학생부군

현 비유인청주한씨 일월불거 엄급 초우(재우면 재우, 삼우면 삼우) 숙흥야처 애모불녕 근이청작 서수 애천 협사(재우면 우사, 삼우면 성사) 상 향

維歲次 壬午 五月 庚戌朔 初二日 辛亥 孤·哀子(孝子)

○○ 敢昭告于

顯 考學生府君.

顯 妣孺人淸州韓氏. 日月不居 奄及初虞(再虞면 再虞, 三虞면 三虞) 夙興夜處 哀慕不寧 謹以淸酌 庶羞哀遷 祫事(再虞면 虞事, 三虞면 成事) 尙饗

(2) 삼우제해상축(三虞祭解喪祝) : 一名 李翁解喪祝이다.

① 부친상일 때

유세차 당년태세 당월 초하루일진 삭 당일 일진 고자(효자) ○○ 감소고우.

현 고학생부군 일월불거 엄급 **해상소대상 효심부지 삼일종상 죄하망극** 근이청작 용신 건고 근고

維歲次 壬午 五月 庚戌朔 初二日 辛亥 孤子(孝子) ○○ 敢昭告于

顯 考學生府君 日月不居 奄及**解喪 孝心不至 三日終喪 罪何罔極**

謹以淸酌 用伸 虔告 謹告

② 모친상일 때

유세차 당년태세 당월초하루일진 삭 당일일진 애자(효자) ○ ○ 감소고우

현 비유인청주한씨 일월불거 엄급 **해상 효심부지 삼일종상 죄하망극**

근이청작 용신 건고 근고

維歲次 壬午 五月 庚戌朔 初二日 辛亥 哀子(孝子) ○○ 敢昭告于

顯 妣孺人淸州韓氏

日月不居 奄及**解喪 孝心不至 三日終喪 罪何罔極** 謹以淸酌 用伸虔告 謹告

③ 부모가 모두 돌아가셨을 때

유세차 당년태세 당월초하루일진 삭 당일일진 고 · 애자(효자) ○○ 감소고우

현 고학생부군

현 비유인 청주한씨 일월불거 엄급 **해상 효심부지 삼일종상 죄하망극**

근이청작 용신 건고 근고

維歲次 壬午 五月 庚戌朔 初二日 辛亥 孤 · 哀子(孝子) ○ ○ 敢昭告于

顯 考學生府君.

顯 妣孺人淸州韓氏

日月不居 奄及 **解喪 孝心不至 三日終喪 罪何罔極** 謹以淸酌 用伸

虔告 謹告

(3) 사초전 산신에 산신축(莎草前 山神祝)

유세차 당년태세 당월초하루일진 삭 당일일진 유학 ○○○

감소고우.

토지지신 금위 학생 창녕성공지묘

총택붕퇴 장가수치 신기보우 비무후간 근이청작 포과 지천우신

상향

維歲次 壬午 五月 庚戌朔 初二日 辛亥 幼學 ○○○ 敢昭告于

土地之神 今爲 學生昌寧成公之墓

塚宅崩頹 將加修治 神其保佑 俾無後艱 謹以淸酌 脯果 祗薦于神

尙饗

※사초할 묘에 고유축(莎草할 墓에 告由祝) : 山神祝보다 먼저 읽는다.

유세차 당년태세 당월 초하루일진 삭 당일일진 증손 ○○

감소고우

현 증조고학생부군

현 증조비 유인 창녕조씨지묘

복이봉축 불근 세구퇴비 장가 수즙 복유존영 물진물경 근이청작

용신 건고 근고

維歲次 壬午五月 庚戌 朔 初二日辛亥 曾孫 ○○ 敢昭告于

顯 曾祖考學生府君

顯 曾祖　孺人昌寧曺氏之墓

伏以封築不謹 歲久頹圮 將加 修葺 伏惟尊靈 勿震勿驚 謹以淸酌

用伸 虔告 謹告

(4) 사초후 묘전에 종료축(莎草後 終了祝)

유세차 당년태세 당월 초하루일진 삭 당일일진 효손 ○○

감소고우

현 조고학생부군

현 조비 유인 동성이씨지묘

기봉기사 구택유신 복유존영 영세시령 근이청작 용신 건고 근고

維歲次 壬午五月 庚戌 朔 初二日辛亥 孝孫 ○○ 敢昭告于

顯 祖考學生府君

顯 祖妣孺人東城李氏之墓

旣封旣莎 旧宅維新 伏惟尊靈 永世是寧 謹以淸酌 用伸 虔告 謹告

(5) 입석 전 산신에 산신축(立石前 山神祝)

유세차 당년태세 당월초하루일진 삭 당일일진 유학 ○○○

감소고우

토지지신 금위 창녕성공지묘 근구석물 용위묘도 신기보우

비무후간 근이청작 지천우신 상향

維歲次 壬午 五月 庚戌朔 初二日 辛亥 幼學 ○○○ 敢昭告于

土地之神 今爲 昌寧成公之墓 僅具石物 用衛墓道 神其保佑 俾無後

艱 謹以淸酌 祗薦于神 尙饗

(6) 입석 후 묘전에 종료축(立石後 終了祝)

유세차 당년태세 당월 초하루일진 삭 당일일진 효손 ○○

감소고우.

현 조고 학생부군

현 조비 유인 동성이씨지묘

복이 **사력불체 의물다궐** 금구석물 용위묘도 복유존영 시빙시의

※ 묘 쓴지 3년 이내 입석이면 **'사력불체 의물다궐'** 은 쓰지 않는다.

維歲次 壬午 五月 庚戌 朔 初二日 辛亥 孝孫 ○○ 敢昭告于

顯 祖考學生府君

顯 祖妣孺人東城李氏之墓

伏以 **事力不逮 儀物多闕**

今具石物 用衛墓道 伏惟尊靈 是憑是依.

※묘 쓴지 3年 이내 立石이면 **'事力不逮 儀物多闕'** 은 쓰지 않는다.

(7) 단갈입석 후 묘전에 종료축(單碣立石後 終了祝)

유세차 당년태세 당월 초하루일진 삭 당일일진 효손 ○○

감소고우

현 조고 학생부군

현 조비 유인 동성이씨지묘

복이 금구비석 용위묘도 복유존영 시빙시의

※ **'사력불체 의물다궐'** 은 쓰지 않는다.

維歲次 壬午 五月 庚戌朔 初二日辛亥 孝孫 ○○ 敢昭告于

顯 祖考學生府君

顯 祖妣孺人東城李氏之墓

伏以 今具碑石 用衛墓道 伏惟尊靈 是憑是依

※ **'事力不逮 儀物多闕'** 은 쓰지 않는다.

(8) 사초입석 후 묘전에 종료축(莎草立石後 終了祝)

유세차 당년태세 당월 초하루일진 삭 당일일진 증손 ○○

감소고우

현 증조고학생부군

현 증조비 유인 창녕조씨지묘

일월유구 묘지붕괴 자이길신 개봉사토 내립석물 이표 영역 근이 청작 용신 존헌 상향

維歲次 壬午 五月 庚戌朔 初二日辛亥 曾孫 ○○ 敢昭告于

顯 曾祖考學生府君

顯 曾祖妣孺人昌寧曺氏之墓

日月愈久 墓址崩壞 玆以吉辰 改封莎土 乃立石物 以表塋域 謹以淸酌 用伸 尊獻 尙饗

著者의 註

축문은 제주의 순수한 생각을 한글로 써도 되고 한자로 써도 된다. 축문에는 왕도가 없다. 쓰는 사람마다 생각이 다르기 때문이다. 神은 한글과 한자는 물론 세계 각 국어를 다 이해하고 특히 모든 사람들의 마음을 꿰뚫어 볼 것이라고 믿으면 지나친 것일까? 한자로 잘 지은 축문, 축문을 붓으로 잘 쓴 글씨, 풍성하게 잘 차린 제상, 유창하게 잘 읽는 독축보다 제주 제관들의 정성과 마음가짐이 더 중요하다. 神은 사람들의 모든 것을 헤아릴 것이기 때문이다.

부 록 나만의 矛盾일까?

風水(Feng Shui)의 이 부분을 난 이렇게 생각한다

부록 나만의 矛盾일까?

風水(Feng Shui)의 이 부분을 난 이렇게 생각한다

저자는 풍수의 정론 정법 정답 유무에 의문을 갖고 있다.

風水의 學. 論. 法은 學論法대로 있고 矛盾은 矛盾대로 있는 것 같다. 그래서 「나만의 矛盾일까? 風水(Feng Shui)의 이 부분을 난 이렇게 생각한다」를 부록으로 다뤘다.

風水論理는 論理이고 風水矛盾도 矛盾이다.

風水論理를 盲信할 것이 아니라 알 것만 알고 따를 것만 따르는 것이 風水學人들이 갖춰야 할 덕목이다.

대형서점마다 풍수관련 책들이 즐비하다.

일반인들은 이를 사실상 풍수서로 간주한다.

이 중엔 형상론 분야보다 이기론 분야 책이 더 많다.

책들의 내용 중에 『청오경』과 『장경』 등이 표현하는 형상론과 陽宅만을 풍수라고 하는 논리도 없다. 이기론과 陰宅은 풍수가 아니라고 하는 논리도 없다.

풍수지리학 전공자로서 풍수관의 일단을 언급하고자 한다.

1. 風水論理와 矛盾

1) 龍

(1) 太祖山~少祖山~祖山~父母山~主山 등 祖宗山論은 성립되는 것인가?(그림 29 출처 明文堂 易學大辭典 1052쪽)

위 山에 대해 역학대사전의 내용을 점검해 보고 저자의 견해를 밝힌다. 다음은 사전적 내용을 요약한 것이다.

① 조종산

조종산은 태조산 소조산 조산 부모산 등의 합칭이다. 혈의 근원이 되는 가장 높고 큰산이 태조산이요, 그 다음으로 높고 큰산이 소조산이요, 태조 소조의 맥을 이어 다음으로 높고 크게 솟은 산이 조산이요, 주산 뒤에 높은 산이 부모산이요, 혈이 직접 맺는 산이 주산이다. 산의 계통이 이와 같다함이지 사람처럼 자신 부모 조부모 등의 행렬을 따지는 것은 아니다. 대개는 태조산 소조산 주산만은 분명히 갖추어져 있으나 부모산과 조산이 없는 경우도 있다. 宗山이라 칭할만한 산이 없이 태조산에서 소조산 주산으로 이어지는 경우도 있다.

② 태조산

태조산이란 가장 높고 큰산으로 한 지방과 여러 고을의 으뜸이 되는 산이다. 이산은 대개 염정화나 장천수로 이루어지는 것이니 水 火 두가지 형을 갖추지 못하면 태조산이 될 수 없다. 이 산은 크고 웅위(雄偉)하여 그 줄기가 수십리 혹은 수백리를 뻗어나가면서 자손산(子孫山)들을 거느리고 있다. 그러므로 이 태조산은 위연이 높고 커서 항상 운무에 싸이고 그 자태가 아주 장엄하고 신비하여 고개가 숙여진다. 즉 태조산은 혈(穴)의 맨 처음 근원(根源)이 되는 산이다.

그림 29. 祖宗山

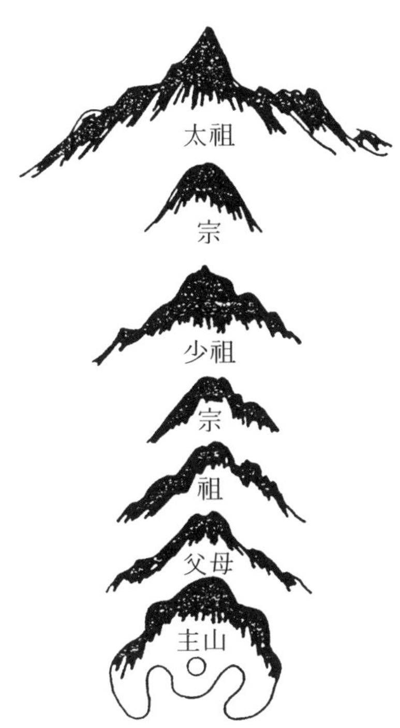

③ 소조산

소조산은 태조산에서 주산까지 사이에 두 번째 높고 큰산이다. 그러므로 소조가 큰 것은 한 고을의 으뜸이 되고 작은 것은 몇 개 마을의 으뜸이 되는 산이다. 이 산은 단정하고 기이하고 수려하고 사방팔방으로 활발하게 가지쳐 나가야만 길격이다. 그러나 만일 소조가 될 만한 산이 한쪽으로 기울어 단정하지 못하거나 외롭고 앙상하게 높게만 솟았거나 한쪽이 무너지고 추악하고 살기(殺氣)를 띠었으면 길격이 못된다.

④ 조산(祖山)과 부모산(父母山)

....

⑤ 주산(主山)

혈(穴)이 맺는 산을 말한다. 주산 뒤에 부모산이 따로 있는 경우도 있고 부모산이 주산이 되는 경우도 있다. 또 부모산이 없이 조산이 직접 주산이 되는 경우도 있고 조산없이 그냥 편편하게 맥이 내려오다가 혈이 맺는 경우도 있다.

* 저자의 견해.

역학대사전에 적시한 내용인 “산의 계통이 이와 같다함이지 산도 사람처럼 반드시 자기 부모 조부모 종조 중시조 시조로 이루어지는 것은 아니다” “대개는 태조산 소조산 주산만은 분명히 갖추어져 있으나 부모산(父母山)이 없는 경우도 있고 조산(祖山)이 없는 경우도 있고 조산이라 칭할만한 산이 없이 태조산에서 소조산 주산으로 이어지는 경우도 있다는 것을 알아두어야 한다" "주산(主山)은 혈(穴)이 맺는 산을 말하는데 주산 뒤에 부모산이 따로 있는 경우도 있고 부모산이 주산이 되는 경우도 있고 부모산이 없이 조산이 직접 주산이 되는 경우도 있고 조산없이 그냥 펀펀하게 맥이 내려오다가 혈이 맺는 경우도 있다" 등은 풍수서들이 간과하기 쉬운 것을 언급한 것이다. 사전에서 설명이 없는 조산과 부모산은 할아버지산과 부모산이란? 山名이상의 意味는 없다고 본다.

산이 사람처럼 시조에서 중시조 조부 부모를 거쳐 나(主山)를 낳았다고 보는 것은 비약이다.

다만 태조산~소조산~조산~부모산~주산으로의 흐름은 풍수적으로 그렇다는 것이고 산의 맥이 중간에 끊어졌다고 해서 기(氣)가 흘러 들어오지 못한다는 등의 논리는 풍수적 의미 이외의 방법으로는 성립이 어려운 것이다.

따라서 맥이 이어지지 않거나 중간에 조산 부모산 등이 없는 것과 관련, 지금의 혈이 "흉지다" "발복이 안 된다" 등의 말은 불 성립이다. 단맥(斷脈)과 기류(氣流)의 상관관계는 규명돼야 할 과제다. 풍수논리에 얽매이지 말고 어지간한 혈이면 사용하는 것이 바람직하다. 태조산~소조산~조산~부모산의 격은 이렇다 하더라도 도로공사 등으로 산의 맥이 끊어지면 발복을 '못한다' '흉지다' 라고 하는데는 무리가 있다.

풍수고전에 천리내룡 일향지간(千里來龍 一向之間)이라고 했다. 저자는 일향지간은 인정한다. 용이 천리 밖에서 오는 동안 끊어지거나 흠결을 간직하지 않은 것이 드물다. 이것이 穴에 영향을 미치는 것으로 보는 시각엔 무리가 있고 혈(穴)이 위치한 곳 만 흠결이 없으면 된다는 생각이다. 무슨 용엔 무슨 좌가 좋고 무슨 용엔 무슨 좌가 나쁘다는 것도 신빙성규명이 어렵고 『청오경』(부경)이나 이기론 풍수서에 나오는 선후천통맥혈도 좋다는 근거를 찾기는 어렵다. 산의 생김새가 크고 작고 웅장한 것 등을 따져 태조산 소조산으로 분리는 할 수 있어도 엄연한 사실은 한 덩어리인 지구의 일부분이다. 다만 태조산은 혈에서 멀리 있고 소조산은 혈에서 가까이 있을 뿐, 똑같은 땅덩어리다. 皮

(2) 崑崙山의 세계 太祖山과 白頭山의 한반도 太祖山論

崑崙山은 세계의 太祖山論이요 白頭山은 한반도의 太祖山이라고 하는 것은 風水說이지만 지나치다. 지리학자들은 "지리산은 생긴지 10억 년쯤 됐고 백두산이 생긴지는 수십만년에 불과하다"고 한다. 이것이 사실이면 산의 나이로 따졌을 땐 지리산이 태조산이라야 옳을 것 같다.

유라시아 대륙중간에는 중국의 곤륜산맥은 있으나 곤륜산이라고는 없다. 그런데도 풍수계에서는 세계의 태조산(太祖山)이라고 하는 곤륜산이 있는 것으로 알고 있다. 일부사전에는 곤륜산을 '중국의 전설에 황하의 발원점으로 믿어지는 聖山'이라고 기록하고 있다.

① 崑崙山이 白頭山을 만들었다는 論理는 성립되나?

곤륜산에서 흘러나온 八大幹龍 중 하나가 백두산을 만들고 백두산은 삼천리 금수강산을 만들었다는 설은 어디까지나 설이다. 그렇지만 풍수학인 대부분은 사실여부를 떠나 이를 편하게 받아들이고 있다.

곤륜산이 팔방(坎 離 震 兌 坤 艮 乾 巽)으로 맥을 뻗어 유라시아 대륙을 만들고 그 중 脈 하나가 동북쪽으로 뻗어 백두산을 만들었다는데 과연 그럴까? 이 같은 설이 行龍論으로 변해 여과 없이 전달되는 현실은 재고돼야 한다. 어떤 이는 곤륜산이 백두산 태백산 지리산도 만들고 바다건너 한라산과 일본 후지산도 만들었다는 주장까지도 편다. 사실여부를 떠나 백보양보해서 유라시아 대륙은 그렇다고 인정하자. 아프리카와 북 · 남미, 호주 등 다른 대륙은 어떻게 만들어진 것이라고 낭설을 만들 것인가? 풍수의 거품은 걷혀야 한다.

② 崑崙山~白頭山간 行龍論理를 믿어야 할까?

崑崙山이 白頭山을 만들었다는 行龍論은 황당하다.

龍을 설명함에 있어서 풍수서 첫머리에 등장하는 전설같은 이야기지만 곤륜산이 백두산을 만들지 않았다면 行龍論理는 불성립이다. 한마디로 신비주의의 산물이다.

풍수에서 황당한 신비도 걷혀야 한다.

곤륜산이 존재하지도 않지만 존재한다고 해도 곤륜산서 솟은 용암이 수만리를 行龍해서 백두산을 만들었다는 풍수적 일부해설은 지나치다. 곤륜산이 백두산을 만들었다는 해설에 대해 自然地理 공부를 한사람들에겐 코미디같은 이야기다. 곤륜산과 백두산을 '맥을 이은 산' 운운하는 것은 초보風水地理 학인들에겐 혼란만 가중시킬 뿐이다. 어김없는 사실은 "지구는 하나의 둥근 땅 덩어리이다." 어디서 오고 어디로 가고는 없다. 곤륜산맥은 곤륜산맥이 있는 지금의 그곳에서, 백두산은 백두산이 있는 지금의 그곳에서 태고 때부터 있었다. 장구한 세월동안 표면의 흙과 돌이 비바람에 씻겨나가고 남은 형태가 지금의 모습이다. 침식이 덜된 상태, 즉 산의 주능선이 덜 깎여 나간 흔적이 산맥이다. 그 모양새의 방위를 갖고 오행인 간지(干支)를 붙여 임자룡이니 건해룡이니 계축룡이니 한다. 지형학 지질학을 공부한 자연지리 전공자가 아니면 혼돈을 가져 올 부분이 풍수의 지나친 행용논리다. 형상론 풍수서에 흔히 등장하는 행룡논리에 현혹되는 것은 바람직하지 않다.

③ '무슨 용이냐' 가 무슨 소용인가?

지구는 하나 땅은 하나인데…,

'무슨 용이 어디서 오고' 또 '무슨 용은 어디로 가고' 라는 논리가 성립되는 것일까?

풍수를 이기론과 접목을 하자면 현무정에서 산의 경사면을 따라 흘러내리는 방향으로 천간지지(天干地支)는 인정된다. 간지(干支)가 있음으로 묘의 좌향이 있고 좌향은 묘의 장소와 함께 족보에 기록, 실묘(失墓)에 대비하는 장치이다.

천리내룡 일향지간(千里來龍 一向之間) 천리내룡 도두일절(千里來龍 到頭一節)이란 말은 있으나 온전한 천리내룡은 없다. 내룡과정에 흠결이 발생하지 않은 것이 드물다. 그러나 일향지간과 도두일절은 있다.

무슨 용엔 무슨 좌가 좋고 무슨 용엔 무슨 좌가 나쁘다는 청오경(부경)과 이기론 풍수서의 吉龍 吉入首 吉坐 및 先後天通脈穴 回龍顧祖穴 등도 行龍論의 긍정적인 바탕 위에서만 논의될 문제이다.

일부이기론 풍수서에 산의 맥이 솟았다가 좌우로 흔들고 수그러지고, 솟았다가 좌우로 흔들고 수그러지면 생룡 길룡이라고 한다. 풍수용어로 선대기복(旋帶起伏)을 반복하면 그 아래에 대명지(大名地)가 있다고 한다. 여러 번 흔들고 여러번 솟았다 수그러진다고 토질이 달라지는 것도 아니다. 용이 선대기복하고 흔들어야 되며 힘있어야 된다는 것은 무슨 의미일까? 그것 역시 山이 살아있는 것처럼 기상이 넘치고 힘있게 보여야 좋은 것이라는 뜻이지만 그 자체가 체백에는 큰 영향을 미치지 않는다.

청용 백호 안대는 혈장으로 몰아치는 바람을 상당부분 자연적으로 막아주어 좋다. 대강수(大江水)와 환포수(環抱水)는 청용 백호 안대처럼 혈장의 바람을 막지는 못해도 청 · 백 · 안이 막지 못하는 외침을 막는 자연방어가 돼 좋다. 즉 침략자를 막아주는 城인 셈이다. 博

(3) 지리산과 백운산 사이엔 섬진강이 흐르고 있어도 두 山의 토질과 석질은 같다. 산은 물을 건너지 못하고 물은 산을 넘지 못한다. 물이 산을 넘지는 못해도 물이 산을 끊는다. 여기서 土剋水라는 오행의 개념이 황당해진다. 최소한 섬진강이 지리산과 백운산을 갈라놓은 사실만 갖고 풍수적으로 오행을 접목시킨다면 水剋土라야 옳다. 토석의 질이 같은 산을 물이 넘은 것이 아니라 끊고 지나갔다. 이 같은 지형의 변화이후 인간은 한쪽은 지리산 한쪽은 백운산이라 이름 붙이고 두 산 사이로 흐르는 강은 섬진강이라고 이름 붙인 것이다. 풍수고전에 "용진수회(龍盡水回)하고 환포수(環抱水)가 설기(泄氣)를 차단한다"라는 구절이 있다. 이는 용이 물을 만나면 멈추고 물이 기를 차단한다는 길격을 강조한 것이다. 풍수학인들 조차도 두 산의 토석의 질이 같다는 것을 모르는 이가 이외로 많고 지리산은 섬진강 때문에 남쪽으로 진행을 못했다고 보는 이도 많다. 자연지리학자들은 지리산과 백운산은 당초 산이 한 덩어리였고 지각운동에 의해 중간에 틈이 생기면서 침식에 의해 江이 생긴 것이라고 한다. 지리산과 백운산이 맥을 달리하는 것으로 인식하는 풍수학인과 지형학을 꿰뚫고 있는 지리학자 사이에는 너무나 큰 차이점이 존재한다. 풍수학인들이 뭐라고 하든, 풍수적 약속체계가 여하하든 섬진강은 흐른다. 옛날엔 같은 산이었는데 지금은 산 이름을 달리하는 지리산과 백운산을 양쪽에 두고 섬진강은 흐른다.(사진 11)

지금은 천동설을 믿는 시대가 아니다.

지구저편으로 핵미사일을 날려 보낼까봐 전전긍긍하는 이 시대에

사진 11. **섬진강**

산을 龍으로 보고 어떤 산에는 어떤 방향의 묘가 좋다라는 게 좀 시대적으로 맞지는 않는다.

풍수논리에 마냥 젖어 있어도 안되겠고 풍수적 약속체계에 얽매인 나머지 버려야 할 것을 버리지 못하는 것도 곤란하다. 장례는 전통문화이지만 풍수학론법에 너무 발목을 잡힐 것은 아니다. 법을 준수한 生葬은 보장돼 있다. 법 테두리 안에서 葬은 하되 신비주의에 빠지지는 말자. 皮

(4) 저자는 行龍論理를 信賴하지 않는다.

龍은 來龍도, 去龍도, 行龍도 하지 않는다고 본다.

그저 山을 風水用語로 龍이라고 하고 龍은 움직인다고 보는 것이다. 이것이 약속체계이지만 이해하는데는 무리가 없지 않다.

龍이란 무엇인가?

비바람에 씻기고 남은 지구의 표면 중 일부인 山이다.

비바람에 의해 장구한 세월동안 흙과 돌이 깎여 하천으로 강으로 씻겨 내려가고 남은 암반과 바위 돌과 흙을 풍수적으로 표현한 것이 龍(산)이다.

이런 산이 가긴 어디로 간다는 것인가?

산은 그 자리에서 地球 깊숙한 곳과 옆으로 즉 종횡으로 횡으로 연결돼 있을 뿐이다. 그런데도 行龍이란 用語 때문에 陰宅분야에서는 吉凶의 尺度가되는 等 深刻한 弊害를 낳고 있는 것이 現實이다.

풍수에서 三千里 錦繡江山을 역동적으로 表現하는 과정에서 行龍이란 단어가 생긴 것. 地球의 지표면이, 즉 거대한 땅 덩어리가 風化作用으로 씻겨져 나가고 남은 부분이 龍(산)이다.

來龍去龍논리의 脈신봉자라면 미국의 그랜드 캐년을 보면 풍수논리의 비약을 인정할 것이다. 龍(山)의 당초 모습은 그랜드 캐년과 같은 모습에서 시작됐다는 사실을 주지할 필요가 있다. 위대한 神의 조화일까. 세월의 온갖 풍상은 지표면 중간 중간을 불규칙하게 침식해 허물어뜨리고 흙과 바위가 시루떡처럼 층 층을 이룬 채 남은 형태가 한 덩어리의 땅이었다는 사실을 느낄 수 있다.

그랜드 캐년은 무슨 산이 '어디서 와서 어디로 간다' 는 인간의 말장난을 단호히 거부한다. 캐나다의 록키는 龍의 來去를 더욱 거부한

사진 12. **그랜드 캐년**

다.(사진 12) 風

(5) 地氣는 橫으로 흐르는가 수직 상승하는가?

① 行龍論理가 확실히 성립된다면 地氣는 행룡 방향으로 흐른다고 봐야 한다.

② 행룡 논리가 성립되지 않는다면 地氣는 수직상승을 하거나 무한(∞) 방위의 수평으로 흘러 다닌다고 봐야 한다.

③ 수직상승이란 지구핵심에서 360도 방향과 무한(∞) 각도로 地氣가 지표면 쪽으로 상승하는 것으로 봐야 한다.

④ 수평흐름이란 지구표면을 수평으로 무한(∞) 각도로 흐른다고 봐야 한다.

* 이상은 지질학에 문외한인 필자의 생각일 뿐이다. 학자들의 고견이 궁금했지만 답을 얻지 못했다.

"…백두산 뻗어내려 반도 삼천리…"라는 문구에서도 보듯 非풍수적으로도 행룡을 강하게 암시하고 있다.

행룡이란 풍수용어로서만 존재하는 것이기도 하고 三千里 錦繡江山을 역동적으로 표현하는 과정에서 실제 행룡을 하는 것처럼 뉘앙스를 풍기기도 한다.

때문에 行龍을 포함한 풍수적 용어와 약속체계가 풍수적으로든 非풍수적으로든 '황금가지' 처럼 믿는 사람이 많은 게 사실이다. 행룡논리가 성립되지 않는다고 보면 지기가 옆으로 흐른다고 볼 수 없다. 산의 뿌리가 지구의 핵인 이상 땅속 깊숙한 곳에서 수직상승한다고 보는 것이 옳다. 풍수사를 비롯한 많은 사람들이 地氣가 옆으로, 즉 산맥이 이어지는 곳으로 흐르는지? 아니면 땅이면 아무 곳에서나 흐르는지? 에 대해 자신있는 답을 할 사람은 드물다. 정답은 어느 교수의 견해에서 찾을 수 있을 것 같다. 어느 지리학교수는 地氣가 옆으로 흐르는가? 수직 상승하는가? 라는 질문에(옆으로, 수직상승, 구분없이) '地氣는 흐를 수 있다' 라고만 밝혔다.

邪風들에 의해 行龍의 吉凶이 재단 돼 吉凶의 尺度가 되는 것을 경계해야 한다. 그리고 行龍이란 용어는 풍수적 약속체계 그 이상이 아니다.

(6) 입수(入首)란 용어는 옳은 것인가?

역학대사전의 사전적 의미는 '혈 뒤 4~50자(四~五十尺) 지점에서 혈에 이르는 용맥. 즉 혈 바로 뒤의 용맥이 입수다' 그리고 '혈에서 현무정이 가까우면 현무정에서 혈까지 뻗은 용맥이 입수가 된다' 라고 돼 있다.

이에 대한 저자의 견해는 조금 다르다.

入首를 玉篇대로 직역한다면 '머리가 들어가는 것' 이다. 용의 머리가 어디론가 들어가는 것으로 봐야 한다. 입수가 실행되는 곳이라면 입수처(入首處)라고 표현해야 옳고 나간다면 출수처(出首處)라야 옳다. 그러나 학인들이 통상적으로 지목하는 入首 현장(龍)을 보면 입수처는 머리가 들어가는 곳이 아니라 사실은 나가는 곳이다. 머리가 나가는 곳이라면 출수처(出首處)요, 몸뚱이가 나가는 곳이라면 출신처(出身處)요, 龍이 나가는 곳이라면 출용처(出龍處)라야 옳은 말이다. 여기서 사용한 出자는 入首의 '入' 자와 반대된다는 의미의 강조다.

풍수인들이 논하는 입수를 산에 가서 보면 들 입(入)자 入首가 아니라 날 출(出)자 出首가 옳다. 저자가 상식적으로 보기엔 穴을 품은 龍의 산실(産室)이란 말이 가장 적합할 것 같다. 낳을 산(産)자를 붙인 산용처(産龍處) 또는 출용처(出龍處)로 하는 것이 타당할 듯 하다. 풍수현장의 입수처는 엄연히 혈을 가진 용을 낳는 곳(産室)인데도 용어 선택의 문제제기는 없었다.

저자는 풍수논리를 古人들의 길을 답습하고 있지만 입수처 만큼은 출수처라 하거나 다른 이름으로 불려져야 한다고 주장한다. 산이 산을 낳고 용이 용을 낳는 것이 아니다. 다만 뭐든지(?) 낳는다면 현무정에서 내리 용맥을 낳는 것이 옳다. 용맥이 위로, 현무정으로, 머리를 들이(入)미는 것은 아니다. 出首處로 쓰는 것이 바람직한 것으로 본다.(사진 13)

현무정 아래에 이미 존재하는 용맥이 왜 현무정 속으로 들어가는가? 이른바 아래에서 위로의 龍의 逆産은 있을 수 없다. 어미가 새끼를 낳았는데 새끼가 어미의 자궁 속으로 되돌아 들어간다는 것이 가당치 않다.

입수(入首)의 직역은 머리(首)가 들어간다(入)는 뜻이다.

「다이빙」에서 입수(入首 入水)란 「다이버」의 머리(首)가 물(水) 속

사진 13. **입수용**

으로 들어간다(入)는 뜻이다. 이러한 맥락에서 본다면 風水에서 入首란 용어는 맞지 않다.(사진 13)

용이 나온 곳을 龍의 머리(首)가 들어간다(入)는 뜻의 入首라고 하는 것은 잘못이다. 出首라고 풍수계가 바로 잡아야 할 부분이다.

2) 穴

(1) 혈(穴)이란 용어의 타당성은 있는가?

혈의 사전적 의미는 구멍이다. 통칭 묘자리가 될만한 곳에는 생기가 충만한 좋은 흙이 있다. 따라서 옳은 묘자리는 흙이 단단해 천광을 파면 정확한 四角의 구멍이 생긴다. 그래서 좋은 묘자리가 될만한 곳을 구멍 혈(穴)자 혈이라고 부른다. 반면 부엽토 잡석 모래땅 조습(燥濕)이 맞지 않은 땅은 정확한 각(角)을 이룬 천광을 파기 어려워 이런 곳은 穴이라고 하지 않는다.

생기 있고 단단한 흙이 있는 곳을 혈이라고 하고 생기 없고 푸석푸석한 부식토가 있는 곳은 혈이라고 하지 않는다. 구멍을 제대로 형성시킬 수 있는 흙을 혈이라고 한다. 穴이란 글자를 보더라도 한자의 묘미는 독특하다. 知

(2) 도수혈(度水穴)과 잠용혈(潛龍穴)용어는 타당한가?

① 도수혈이란 혈이 바다나 강을 건너 뛰어 형성된 혈이라는 역시 풍수적 신비주의가 빚어낸 산물이다. "산은 물을 건너지 못하고 물은 산을 넘지 못한다"는 말은 있다. 그러나 "산이 물을 건넜다. 산이 잠

수를 했다"는 것은 穴名에서나 존재한다.

월아산에 오르면 물이 산을 끊고 지나간 곳을 한눈에 볼 수 있다. 진주시 대곡면 대곡리 한실 앞 남강은 잠용혈과 도수혈을 부정하는 생생한 풍수현장이다.

물 건너 또는 물 가운데 산이 있으면 그 자체가 산 일뿐 도수혈이니 잠룡혈이니 잠용입수혈 잠용입수맥이니 하는 것은 옳지 않다. 땅이 먼저 생기고 물은 그 뒤다.

② 잠용혈이란 혈이 바다나 호수의 밑으로 잠수하였다가 솟았다는 풍수적 신비주의의 산물이다. 육지에서 가까운 섬에 혈이 있다면 일부사람들은 이를 잠용혈이라고 미화시킨다. 섬은 물밑으로 육지와 연결된 한 덩어리의 땅일 뿐이다.(사진 14) 皮

사진 14. **대곡한실**

(3) 도수혈과 잠룡혈은 뭐가 같고 뭐가 다른가?

다른 것은 혈명(穴名)이고 같은 것은 부존재(不存在)이다. 해변 가까이에 섬을 두고 도수혈이니 잠용혈이니 하는 것은 허무맹랑한 신비주의로서 자칫 풍수불신을 불러오기 십상이다. 知

(4)회룡고조혈(回龍顧祖穴)의 논리 비약

할아버지 산을 바라보고 있는 혈이라는 뜻이다.

행룡논리를 그대로 인용해서 조산(祖山)에서 흘러나온 맥이 행룡을 하다가 돌아서 조산을 바라보고 있는 혈이란 뜻이다. 이것 역시 한 덩어리의 땅론을 접어두고 풍수적 신비주의가 만들어 낸 용어이다. 일부 풍수사들은 이 같은 혈을 길격이라고 한다. 不

* 저자의 견해(용 혈을 논하고 나서)

祖山에서 主山으로 연결된 龍脈의 역할과 祖山과 主山이 穴에 미치는 영향은 어떤 것일까? 龍과 穴관계를 論하면서 참고문헌들과 인물배출의 현실을 풍수학과 연결한 결과론적으로 보면 主山이외 어떠한 山도 穴에 큰 영향을 미치지 못하는 것으로 볼 수 있을 것 같다.

섬에서 태어났고 섬에 선영이 있었던 두 사람이 대통령이 됐다. 섬지역은 육지처럼 태조산 중조산 소조산이란 풍수적 개념이 약하다. 그래도 인물이 배출됐다면 太祖山의 역할은 무엇일까?

또 섬 지역이 풍수적으로 한반도 태조산인 백두산의 지기를 이어받는 것이 가능할까? 단순논리지만 거제도(김영삼)와 하이도(김대중)

에서 대통령을 배출한 것만을 풍수적으로 볼 때 祖山과 行龍論理는 맞지 않는 것 같다. 전국의 내륙과 섬지역 어느 곳을 막론하고 主山은 있다. 산이 크면 큰 대로 주산이고 작으면 작은 대로 주산이다. 주산은 어느 산에 종속된 것이 아니다. 그리고 그 山 아래에는 穴이 있다. 따라서 主山根元이고 祖山脈次이다. 주산의 뒤쪽으로 소조 중조 태조산의 맥이 연결되지 않더라도 주산만 좋으면 혈이 있고 그 혈은 조산이 없다고 하자가 있는 것은 아니다.

主山根元이란 主山의 뿌리를 중시하는 것이고 祖山脈次란 祖山의 脈은 있으면 좋지만 없어도 괜찮다고 보는 것이다. 內

3) 砂 沙

砂란 穴을 보호하고 있는 풍수적 요소, 특히 산의 봉우리들이다. 성수오행(星宿五行)의 경우 穴 주변의 山과 峰에 오행을 붙여 상생관계를 보는 것이다. 관귀금요(官鬼禽曜)는 현무 주작 청용 백호에 붙어있는 貴龍貴穴을 증명하는 풍수적 의미를 갖고 있다. 낙산(樂山)이란 혈과 명당을 갖추고도 주산이 없을 때 이를 보완하는 혈의 뒤쪽에 있는 山이다. 일부에서는 혈과 터의 안대가 토성(土星)이니 토체(土體)다. 뒷산이 금성(金星)이니 금체(金體)다. 표현하면서 그것이 대단한 것처럼 세인들을 현혹시키고 있다.(사진 15)

무슨 체(體) 무슨 성(星)으로 이름 붙이기 전에 바람 부는 쪽과 큰 강물이 혈을 향해 직류하는 곳에 산이나 산맥이 막아주고 있으면 그 차체가 風과 水로부터 혈과 터를 보호하기 때문에 거기에 붙인 오행의 글자끼리 상생이니 상극이니 하는 것은 큰 의미가 없다.

따라서 砂의 역할은 풍수해를 막는 역할이다. 때문에 글자의 의미는 크지 않다. 더욱이 穴이 좋으면 됐고 저 멀리 있는 砂가 防風 防水의 역할만 하면 됐지 穴에 큰 영향을 미치는 것은 아니다.

(1) 성수오행

혈의 좌와 주변 산봉우리에 성수오행을 붙여 生하면 길격이요 剋하면 흉격으로 보는 측면이 있다.

즉 방위별로 寅 申 巳 亥는 水, 壬子 丙午 甲卯 庚酉는 火, 乾 坤 艮 巽은 木, 辰 戌 丑 未는 金, 乙辛丁癸는 土이다. 日

사진 15. **길사**

(2) 官鬼禽曜

안산 뒤에 바짝 붙어 솟은 봉우리를 관성(官星), 혈성 뒤에 툭 불거진 봉우리를 귀성(鬼星), 혈 앞 명당이나 물가운데 섬이나 바위를 금성(禽星), 청용 백호 몸체에 기이한 모습으로 쭈삣하게 돋아난 바위를 요성(曜星)이라고 한다. 관귀금요가 있으면 길격으로 본다. 관 귀 금 요 가운데 관 귀 요는 귀룡(貴龍)에만 나타나는 우수한 수기(秀氣)이기 때문에 이것이 없는 국(局)의 혈은 대부대귀의 땅은 못된다고 한다. (그림 30 출처 明文堂 易學大辭典 60쪽) 是

그림 30. **官鬼禽曜**

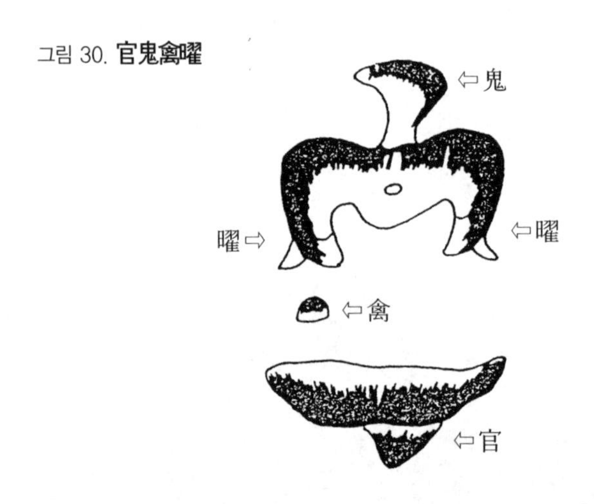

(3) 主山과 樂山은 뭐가 어떻게 다른가?

主山은 穴 후면에 솟은 산이다. 樂山은 주산이 있어야 할 위치에 주산이 없을 경우 그 후면에 주산처럼 우뚝 솟아 있는 타산을 말한다. 용맥을 달리하는 이 산은 혈에서 보아 주산인 것처럼 시각적인 효과만 나타내는 것이다. 낙산론은 태조산 소조산 조산 부모산 입수 도두 혈의 순리에 맞지 않는 논리이다. 月

(4) 삼길육수(三吉六秀)

名山의 名穴에서 四方 八方 둘러보면 삼길육수방위에 반드시 吉砂가 있다. 없는 것 보다 있는 것이 좋고 수려하지 않은 것 보다 수려한 것이 풍수적으로 좋은 것이다. 防風 防水 防敵측면에서도 砂는 있으면 좋은 것이다. 非

(5) 砂와 인물배출의 상관 관계

吉砂가 人物을 배출한다면 中國의 人物은 桂林서 많이 나와야만

사진 16. **계림**

풍수적 당위성이 인정된다. 그러나 풍수의 形局을 갖추지 않은 上海에서 中國을 代表하는 人物이랄수 있는 장쩌민(江澤民) 주룽지(趙容基)가 배출됐고 이들은 2003년 초까지 10여년간 중국의 1·2인자였다. 상해와 그 주변엔 그럴싸한 山과 砂 그리고 墓조차 없어 풍수적 길흉을 논할 수도 없다. 풍수의 요체인 용맥과 학문적으로 그 연장선상에 있는 인물배출의 상관관계는 재고의 여지를 남기고 있다.

4) 水와 向

(1) 저 먼 곳의 물이 體魄에 무슨 영향을 미친다는 것인가?

명당수의 유무가 체백에 어떤 영향을 미치는 것일까? 혈 앞쪽의 물이 어느 방위에서 들어와 어느 방위로 나가든 그게 혈에 무슨 영향을 미친다는 것일까?

혈 주변에 있는 물이 천광 안으로 들어오지 않으면 되는 것이고 地氣가 있으면 됐지 坐向이 뭐 그리 중요한가? 長

(2) 호리지차 화복천리(毫釐之差 禍福千里)란 말은 과연 믿을 만 한가?

좌향을 놓을 때 한치만 틀려도 禍가 福이 되고 한치만 틀려도 福이 禍가 된다는 풍수논리다.

하늘에서 떨어지는 비는 모두 바다에서 모인다. 비가 떨어지는 곳이 어디냐에 따라 흘러가는 경유지는 다르다. 그 것은 빗방울의 운명이다. 에베레스트山 頂上에 떨어지는 빗방울은 한치만 북쪽으로 떨어져도 印度洋이나 太平洋으로는 흐르지 못한다. 결국엔 오대양으로 연결된 바다로 유입은 되지만…,

빗 방을의 '호리지차 천리' 라면 수긍이 가지만 풍수길흉이 '호리지차 화복천리' 로 표현되는 것은 놀라울 따름이다. 歎

(3) 向法의 吉向이 佩鐵圖에서는 黃泉이되는 모순?

향법의 길향인 차고소수자생향 문고소수자생향 정묘향이 패철상 황천이 되는 이유를 명쾌히 설명한 문헌이 없다.

① 向上으로 生向의 左旋水가 浴方(甲庚丙壬 字)去水하면 **文庫消水自生向**이다. 楊公의 進神水法이며 '祿存流盡佩金魚,(록존유진패금어)라고 하지만 패철상 황천이다.

② 가까운 곳의 庫(墓)를 빌었다고 借字를 붙여 **借庫消水絕處自生向**인 이 向은 楊公의 救貧水法이며 富貴長壽 人丁大旺 한다고 돼 있으나 패철상 황천이다.

③ 向上으로 左旋水가 向方인 墓를 지나 絕方으로 나가 **正墓向**이다. 古書에는 이 4個向을 일컬어 다음과 같이 적고 있으나 패철상 황천이다.

○丁坤終時萬斯箱(정곤종시만사상) 丁向을 하고 坤方으로 물이 나가면 큰 부자가 된다.

○癸歸艮位發文章(계귀간위발문장) 癸方을 하고 艮方으로 물이 나가면 문장가가 난다.

○乙向巽流淸富貴(을향손류손부귀) 乙向을 하고 巽方으로 물이 나가면 부귀한다.

○辛入乾宮百萬庄(신입건궁백만장) 申向을 하고 乾方으로 물이 나

가면 큰 부자가 된다. 息

2. 風水改革의 대상

1) 입정불입실(入庭 不入室)을 범하고 있지는 않는가?

입정불입실이란 집 안엔 들어갔는데 안방을 찾지 못한다는 뜻이다. 이는 곧 혈장까지는 갔는데 혈(穴)을 찾지 못한다는 비유다.

범풍(凡風)들은 사실상 혈장까지 찾아가는 것조차 쉽지 않다. 풍수사가 지방에서 서울 광화문을 찾아가는 것을 가정해 보자. 가는 방법은 자동차를 손수 운전하거나 버스 열차 비행기를 타는 등 여러 가지다. 자동차를 직접 몰고 광화문까지 가는 경우를 생각해보자. 먼저 지방의 고속도로 나들목을 지름길로 진입을 한다. 서울과 연결된 고속도로 중 가장 가까운 고속도로를 달려 서울에 진입한다. 서울시내 도로 중 가장 지름길로 광화문에 도착한다. 광화문을 들어서서 뜰을 밟는 것이 입정(入庭)이다. 입정 후 대통령을 만나려면 청와대를 찾아야 한다. 청와대를 찾는 것이 입실(入室)이다. 광화문을 들어서고도 청와대를 찾지 못한다면 입정불입실이다.

광화문을 찾고도 청와대를 못 찾듯이 귀하는 공부를 많이해 穴場을 찾고도 穴을 찾지 못하여 헤매고 있지는 않는가? 교통수단 선택에 혼란은 없었는가? 아직 나들목 조차 찾지 못하고 있지는 않는가? 고속도로 진입 후 서울 가는 지름길을 찾지 못하는 것은 아닌가? 서울시내 진입 후 광화문으로 가는 지름길을 벗어나지는 않았는가? 광화문의 뜰을 밟고서(入庭) 아직도 청와대를 찾지(入室) 못해 헤매고 있

지는 않는가? 광화문을 통과하는 것이 입정(入庭)이고 청와대에 당도하는 것이 입실(入室)이다. 奸

2) 좌↔향간 공간연결 기준은 관(棺)의 길이인가? 관속의 체백신장(體魄身長)인가?

투지(透地)를 정밀하게 측정해야 坐를 바르게 놓았다고 할 수 있다. 투지의 효과여부를 떠나 그래야만 정확하게 葬한 것으로 볼 수 있다. 이 경우 棺속의 體魄과 棺길이의 角은 정확하게 平行線을 유지해야한다. 또한 체백(體魄)도 정수리, 코, 척추, 배꼽을 연결하는 일직선이 棺길이가 이루는 角과 平行線을 이루도록 入棺됐을 때 정확하게 葬했다고 보는 것이다.

다시 정리하면 體魄-棺-透地의 각도가 平行線으로 일치해야 한다는 것이다. 葬地에서 천산과 투지의 相生을 맞추려면 혈판 모양이 相生을 따르지 못하고 혈판은 좋은데 혈판 모양대로 坐를 놓으려면 천산과 투지의 相生이 안 되는 경우가 대부분이다.

천산72룡이 墓의 坐 正中을 지나가는 투지용을 生 해주지 못하더라도 혈이 좋으면 葬을 해야 한다.

또 墓의 坐를 바꿀 수 없는 상황이고 내려오는 천산용은 투지용(좌)을 生 해주지 못하더라도 혈이 좋으면 葬하는 것이 현실이다. 그렇다면 천산72룡과 투지60룡 공부에 많은 시간과 정열을 쏟는 것은 신중해야 한다.

결론적으로 棺 위에 패철을 얹어 놓고 측정하는 좌향은 투지를 정확히 측정하지 못한다. 제대로 측정하려면 패철을 맨 體魄 위에 놓고 측정해야 옳다는 뜻이다. 그러나 현실은 이를 지키기 어렵다. 風

3) 分金에 많은 시간과 노력을 쏟는 것은 과연 옳은가?

[제1편 패철편 14) 분금(分金)에 많은 시간과 노력을 투자하는 것도 신중해야 한다] 참조.

○ "자오(子午)로 산강(山崗)이 정하여 졌다면 正針으로 오는 것을 較量하고 다시 3 · 7이나 2 · 8을 가하는 것" (金東奎 譯著의 里程標 『經盤圖解』 明文堂 386쪽, 地理 『羅經透解』 明文堂 198쪽)
○ "이십사향의 분금을 놓는 법"(『易學大辭典』 韓重洙 曺誠佑 共著 明文堂 332쪽)
○ "관을 묻을 때 그 관의 위치를 똑 바로 정함" (『국어사전』 이희승 감수 민중서관 902쪽)
○ "표시는 봉침 바깥층에 돼 있지만 볼 때는 정침에 引從해서 본다"(『신 나경연구』 申坪 著 동학사 334쪽)

이상은 분금의 뜻을 설명한 것인데 이해가 잘되지 않는다.

분금의 기능이 중요하다고 명시한 풍수서는 드물고 분금의 중요성에 무게를 실은 책도 드물다.

分金은 葬事때 風水師가 쓰는 工法이라고도 하고 風水師의 마음먹기에 따라 이렇게 쓸 수도, 저렇게 쓸 수도 있는 것이다. 우리의 장례현실은 정밀을 要하는 분금을 사용하기는 사실상 어렵다. 때문에 귀중한 시간을 차라리 풍수의 다른 분야 공부에 사용하고 분금에 시간을 많이 소모하는 것은 신중해야 할 것으로 본다. 邪

4) 패철을 맨 체백 위에 얹지 않고도 분금을 바르게 측정할 수 있는가?

[제1편 패철편 15) 맨 체백위에 패철을 얹어 놓고 분금을 측정할 수는 없다] 참조.

분금은 체백과 분금의 角度 문제다. 관과 분금의 각은 체백과 분금의 각이 일치한다고 볼 수 없다. 따라서 맨 체백 위에서 분금을 극세 측정해야 한다는 논리이다. 때문에 120분금이니, 240분금이니, 360도니 하는 것은 의미가 없다는 논리가 성립되는 것이다.

120분금(360÷120)은 3도, 240분금(360÷240)은 1.5도, 360분금(360÷360)은 1도라는 산술적 계산이 나온다.

전문기사를 동원하지 않고서야 어떻게 제대로 분금을 적용할 수 있겠는가? 이에 대해 의문을 갖지 않을 수 없다. 여러 책을 보아도 분금과 관련해서는 "잘못 적용했을 때 큰 낭패를 본다' 는 類의 겁주는 문구나 언급이 거의 없다. 그런데도 공부할 것은 많고 난해하다. 조상의 체백을 정성들여 葬하면 될 것을 왜 분금처럼 수학적인 부분이 장법에 깊이 접목됐을까? 풍수사가 분금을 모르고도 분금을 넣었다고 뽐낼 수도 있을 것이다. 분금이 뭔지도 모르는 喪主는 그러려니 하고 좋아할 수도 있을 것이다. 분금에 화복이 달려있다고 보지 않는다.

천산 72룡, 투지60룡, 분금의 필요성에는 회의적이며 법대로 일을 집행하기 위한 極細測定하는 것이 가능하냐에 대해 의문이 많다.

風水的으로 좋은 穴의 조건은 여러 가지가 착착 맞아야 된다는 것이 책에서의 논리이지만 현실은 거리가 먼 듯하다. 水

5) 청오경 '부경'(靑烏經 '附經,)의 모순

규장각본(奎章閣本 도서번호 2329 地理全書靑烏先生葬經卷之六 大唐國師 楊筠松 註)靑烏經엔 子 午 卯 酉와 같은 12地支와 木 火 土 金 水와 같은 五行은 단 한 字도 없다. 즉 方位와 五行은 없다.

장경(葬經 奎章閣本 도서번호 1741)에는 제2 인세편(第二 因勢編)에 寅 申 巳 亥란 4字가 단 한번 등장할 뿐이다. 風水古典엔 方位와 五行부분은 내용자체가 없다. 그러나 風水書를 만든 譯者들은 奎章閣本 靑烏經을 譯한 『청오경』이란 책을 내면서 '附經' 이란 이름으로 이른바 理氣論(理氣學)을 수록한 내용이 있다.

우리주변 풍수들은 이것을 자주 사용하고 있는 것이 현실이다. 그래서 '附經' 중 사용빈도가 잦은 것으로 알려진 분야를 골라 나름대로 쉽게 기억하는 방법을 정리해서 실었다. 그러나 靑烏經 '附經' 篇의 三百六十龍 吉凶論은 같은 책 안에서도 背馳되는 부분이다. 이는 모순이 아닐까 하는 의구심을 지울 수 없다. 入

[제 2편 오결편 1) 용편의 (4) 三百六十龍吉凶論을 吉龍中心으로 정리한다. (5) 三百六十龍 吉凶論을 吉入首中心으로 정리한다] 참조.

6) 龍上八殺은 왜 우리나라 패철에만 있나?

중국과 대만권 패철엔 용상팔살 표시가 없는 것은 의문이다. 풍수의 본고장에서 왜 용상팔살을 무시할까? 중국공산화 이후 풍수논의가 금지되고 서적과 나경 등 관련자료들이 없어져 맥이 단절됐던 탓일까?

그렇다면 대만에서 만들어진 패철에도 왜 용상팔살 표시가 없을까? 대만에 대해서도 의문은 남는다. 대만의 고궁박믈관 유물을 보면 없는 것이 없다. 풍수자료를 미쳐 못챙겼다는 것이 믿어지지 않는다. 그렇다면 중국과 대만은 중국공산화 이전부터 용상팔살을 사용하지 않았기 때문에 패철에서 표시를 하지 않았을까? 우리 풍수계는 왜 용상팔살을 약방의 감초처럼 이기론 풍수책과 패철마다 표시를 하는 것일까? 패철의 경우 그것도 거의 1. 2. 3층 안에 표시를 하는 것일까?

이점에 대한 저자의 견해는 다음과 같다.

중국과 대만의 패철이 틀린 것으로 보기도 어렵고 우리나라 풍수계의 패철이 맞다고 보기도 어렵다.

韓. 中간에 또는 韓國과 臺灣간에 풍수분야의 교류가 이뤄진다면 이 문제는 풀릴 것으로 본다. 저자가 갖고 있는 패철 중 하나는 실물(사진 17)이고 하나는 패철의 복사판(사진 18)이다. 저자가 소유한 실물패철이 믿을 수 있는 것인지 아닌지 객관성이 검증된 것은 아니지만 서기 2000년 5월6일~9일 사이 저자가 속한 학회의 해외간산 때 중국 진시황릉 기념품 매장에서 구입한 것이다. 복사판 패철도는 서

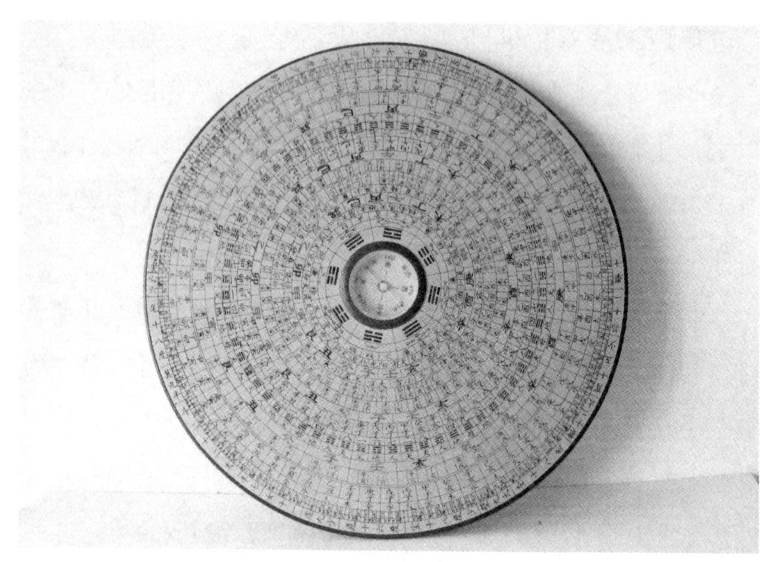

사진 17. **중국 패철**

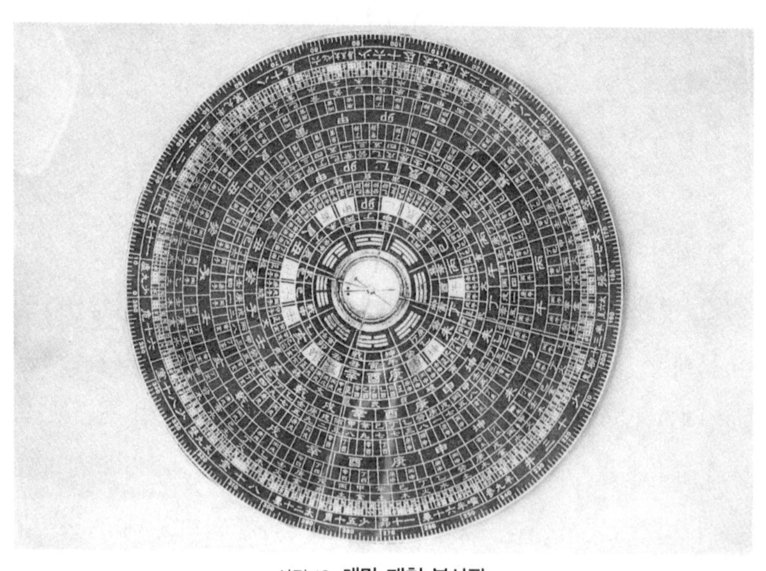

사진 18. **대만 패철 복사판**

기2000년 9월~11월까지 모대학 사회교육원에서 실시한 풍수지리 강좌를 수강 중 풍수지리학 강사의 패철(대만산)을 복사한 것이다. 중화권에서 나온 이기론 서적의 나경도에는 용상팔살이 표시돼 있으나 그들이 만든 패철에는 용상팔살 표시가 없는 것에 대한 의문은 여전히 남는다. 庭

7) 向法에서 正生向 正旺向이 안되면 庫를 빌어서 쓰는 借庫向도 矛盾 아닐까?

우선수가 생향 앞을 지나 정생향이 될 파구(庫)까지 가지 못하고 아주 짧게 가까운 곳(庫)으로 물이 나갈 때 庫를 빌었다는 借庫논리를 성립 시켰다. 꿩 대신 닭이란 말인가? 이는 논리의 비약이라고 본다. 차고자생향은 패철상의 황천이다. 怫

8) 向法엔 文庫消水自生向 借庫消水自生向 正墓向은 吉向이다. 패철엔 이 향을 왜 黃泉으로 표시했을까?

패철에는 문고소수자생향 차고소수자생향 정묘향 살인대황천을 황천으로 표시하고 있다. 향법과 패철이 일치하는 것은 살인대항천 뿐이고 文生 借生 正墓向은 불일치다. 패철이론과 향법이론 중 하나는 틀렸다. 풍수이론의 큰 모순이다. 저자는 향법논리대로 문생 차생 정묘향을 길향으로 봐야 할지 패철 논리대로 흉향(황천)으로 봐야 할지를 난감해 한다. 入

9) 이기론 풍수서엔 3~4代 이후 發福說은 있어도 當代 發福說은 없다. 왜 그럴까? 그 이유는 다음과 같다고 볼 수 있다.

당대 발복은 사실규명이 가능하다. 그러나 3~4대 이후 발복은 규명이 되지 않기 때문이다. 120년~200년을 살면서 발복을 지켜볼 증인이 없기 때문이기도 하다. 그래서 3~4대 이후 발복에 대해서는 이를 장담한 술사의 책임회피가 가능하다. 따라서 책임져야 할 부담이 없다. 그러나 당대발복을 장담했는데 당대발복이 안됐을 경우에는 상주들과 함께 당대를 살아가야 할 풍수사는 책임을 면할 길이 없기 때문이다. 다만 午時下棺 巳時發福과 같은 믿거나 말거나 같은 설화는 있다. 즉 하관도 하기 전에 발복을 했다는 오시하관 사시발복 설화의 전말은 다음과 같다.

오시하관을 위해 천광을 파던 중 장례에 필요한 중요물품이 혈장 아래로 굴러 내려가자 그것을 가지러 혈장 아래로 내려갔던 사람이 도둑들이 물건을 숨겨놓는 은밀한 곳을 발견하고 그 속에 있던 많은 돈을 갖게돼 부자가 됐다는 것이다. 그 상주는 하관도 하기 전에 발복, 거금을 얻었다는 이야기이다. 室

10) 九星法은 하나다. 吉星에 관한 용어는 왜 여럿일까?

기존의 九星은 八卦의 變卦때 마다 星辰을 붙여 吉凶을 논하는 것이다.(乾始 變卦順)

乾三連(건삼련) 兌上絕(태상절) 震下連(진하련)

坤三絕(곤삼절) 坎中連(감중련) 巽下絕(손하절)

艮上連(간상련) 離虛中(이허중) 式이 있다.

또 一上破軍(일상파군) 二中祿存(이중록존) 三下巨門(삼하거문) 四中貪狼(사중탐랑) 五上文曲(오상문곡) 六中廉貞(육중염정) 七下武曲(칠하무곡) 八中輔弼(팔중보필) 式도 있다.

一上破軍은 파멸 절손(死), 二中祿存은 질병 단명(短), 三下巨門은 인덕 지배자(君), 四中貪狼은 재벌 재물(臣), 五上文曲은 선비 청빈(文), 六中廉貞은 도둑 부랑아(不), 七下武曲은 무관 장군(將), 八中輔弼은 보조 후원자(卒)의 뜻을 가지기도 한다.

또 破軍은 絕命(死), 祿存은 絕體(短), 巨門은 天醫(君), 貪狼은 生氣(臣), 文曲은 遊魂(文), 廉貞은 禍害(不), 武曲은 福德(將), 輔弼은 歸魂 伏吟(卒)의 의미도 갖는 등 용어정립과 해설방식이 다른 것이 많다.

때문에 乾三連 離虛中 式과 一上破軍 二軍祿存 式을 외우다간 정작 本論에 들어가기도 전에 구성은 어렵다고 공부를 포기하는 경우가 많다.

압축된 성신(星神)의 길흉이 본괘에서 1 2 3 4 5 6 7 8번의 순으로 변괘 할 때마다 선천산법(先天山法) 후천수법(後天水法) 보성괘법(輔星卦法) 천지괘법(天地卦法) 생기복덕법(生氣福德法) 십간속괘간생기법(十干屬卦看生氣法) 문로법(門路法)이 각각 구사하는 용어와 해설이 다르다.

이처럼 용어해설이 다른 것은 모순이 아닐까? 古

11) 나쁘다는 게 많은데 왜 나쁜가?

(1) 과궁수(過宮水)와 교려불급수(交如不及水).

향법에서 향 앞으로 흘러가는 물이 길면 과궁수, 짧으면 교려불급수라고 해서 좋지않게 본다. 뚜렸한 이유는 없다. 단지 십이운성 글자의 뜻이 좋지 않다는 것이다.

(2) 악석(惡石).

혈장 주변의 악석은 나쁘다고 한다. 혈장에 미치는 나쁜 영향이 무엇인지 뚜렷한 이유없이 흉격으로 본다. 아름다운 바위 돌이 있는 것보다 악석이 있으면 정서면에서도 좋지 않은 것은 사실이지만 풍수적으로 명쾌한 해설이 없다. 다만 성수오행상으로 혈을 극하는 흉방에 있으면 안 된다는 법칙은 있다.

(3) 혈장보다 너무 높은 청룡 백호.

혈장보다 너무 높은 청용 백호 형국의 墓도 많이 있다. 혈장을 누른다고 흉격으로 보는 견해가 많다. 형상으로 보면 기분상으로 눌리는 중압감은 탓할 수 있어도 防風 防水 防敵的 측면에서 본 物理力은 뛰어나다고 해야 옳을 듯하다. 이러한 것들이 풍수적 해석이지만 크게 구애받지 않아도 된다. 許

12) 풍수에는 산이 생긴 그대로의 자연상태만 보는 형상풍수와 자연상태의 형상에 오행을 붙인 글자풍수, 그리고 형상과 글자를 함께 보는 풍수가 있다. 이같은 방법으로 자리를 잡은 후에는 천기대요에 의해 택일하고 장례를 치른다. 산이 생긴 대로를 보고 좋은 곳을 선택하는

것이 옳은지? 산에 오행이란 글자를 얹어 글자의 뜻이 좋은 곳을 선택하는 것이 옳은지? 이 같은 과정을 거치고도 또 택일까지 해야 옳은지? 의문도 많고 모순도 있는 것 같다. 今

13) 다음은 한 일간지에 실린 글인데 풍수학인이 읽어두면 좋을 것 같아 부분적으로 발췌해 수록했다.

고흐의 무덤

언젠가 프랑스 여행 중에 화가 고흐의 무덤을 찾은 적이 있다. 그가 죽은 오베르라는 작은 시골마을에서 그에게 어울릴만한 호화로운 무덤을 찾다 하마터면 허탕을 치고 말 뻔했다. 그의 무덤은 마을 밖의 보리밭 속에 있는 빈약한 묘지 안에 있었으며 묘석도 눈에 띄지 않을 만큼 소박한 작은 돌이었다. 그 때는 그냥 외국화가에 대한 프랑스 인들의 인색한 대접 탓이라고만 생각했었다.

…… 중략 ……

로맹 롤랑의 무덤

나의 청소년 시절에 가장 큰 영향을 준 문학가 중의 한사람인 로맹 롤랑의 무덤도(찾아보기로 하고) 그의 고향 부르고뉴 지방의 한 시골 마을의 교회묘지까지는 곧잘 찾아갔지만 한참 동안 헤매야 했다.

울창한 나무 숲 한 모퉁이에 흙과 먼지를 뒤집어 쓴 허름한 네모꼴 묘석이 외로이 숨어있었던 것이다.

이처럼 외국에서는 아무리 세계적으로 대단한 인물이라도 무덤들은 소박한 게 보통이다. ……중략……

2평 안 되는 드골의 무덤

드골 장군 같은 권력자의 무덤도 시골구석에 있으며 그나마 2평도 안 된다. 그것은 아마도 인간의 재생(再生)을 믿어온 서양인에게 있어 무덤은 잠시 머물다 가는 곳이라는 생각에서인지 모른다. 특히 카돌릭 교회에서는 지금까지 매장을 원칙으로 삼아 왔다. 화장으로 뼈가 타버리고 나면 죽은 사람이 부활할 수가 없다고 믿은 때문이었다. 마녀나 극악 범죄인을 화형에 처한 것도 부활의 기회를 주지 않기 위해서였다. 그런 로마 교황청도 지난 63년에 화장금지령을 정식으로 폐지했다.

20세기 최고의 소프라노 마리아 칼라스도 유언에 따라 화장 후 조국인 희랍의 '에게바다' 에 뿌려졌다. 그녀의 무덤은 유명 음악가들이 잠든 파리근교의 묘지에 있지만 그 속은 비어 있다.

……중략……

중국의 모택동 등소평은 땅의 활용을 위해 화장에 서명했으나 모택동은 그의 뜻과는 달리 천안문 광장 기념관에 안치돼 있다. 그러나 등소평은 죽은 후 화장돼 북경서 비행기로 운반, 바다에 뿌렸고 주은래도 조국강산에 뿌리라는 유언에 따라 청년시절을 보낸 천진과 황하강 상공에서 살포됐다. 그 후 16년만에 죽은 부인도 주은래와 처음 만난 천진시를 흐르는 강물에 뿌려졌다. 일본은 화장율이 95%이다.

…… 중략……

우리나라의 국립묘지에 장군은 체백매장, 대령이하 화장매장이다. 현역대령이 장군이 되면 36가지가 달라진다고 한다. 이런 계급적인 차이는 죽은 다음에도 달라지지 않는다. 대령까지는 아무리 혁혁한 공을 세운 군인이라도(국립묘지에 묻히려면)화장된다. 그러나 장군은 으레(화장 아닌) 매장된다. 하늘의 별을 따기보다 어렵다는 별을 달았다는 것만으로도 충분한 전공을 세운 셈이라고 할 만도 하다.

……중략……

그러나 왜 장군만이 매장되고 다른 군인들은 화장되어야 하는지 납득이 가지 않는다. 화장이란 신분과 계급이 낮은 사람들에게 어울리며 지체가 높은 분들은 마땅히 매장되어야 한다는 것인가?《조선일보 洪思重 文化마당 중에서》欺

3. 나의 風水論理

1) 四神은 혈장을 위해 존재한다.

혈장은 사신의 한 복판에 있는 것을 제일로 친다. 현무 주작 청룡 백호는 땅의 생성 때부터 그곳에 있지만 풍수적으로 사신은 혈장을 둘러싸고 있어야 좋다.

2) 보호砂도 혈장을 위해 존재한다. 惑

사신이 혈장을 위해 존재한다고 보듯이 보호사도 혈장을 위해 존재한다. 혈장과 혈 주변 보호사 역시 지구생성 때 생긴 것이지만 그 한 복판에 혈장이 있어야 길격이다. 보호사란 명칭은 혈을 보호하는 역할

때문에 붙었으며 보호사가 존재하는 이유는 혈장보호 때문이다. 世

3) 穴은 모든 보호砂의 한복판에 있다.

사신과 보호사 모두 혈장을 위해 있다. 혈장은 도두~순전까지의 판(坂)을 의미하며 그 판의 한가운데에 혈이 있다고 보면 혈은 혈판의 한 복판에, 혈판은 사신과 보호사의 한복판에 있어야 된다. 誣

4) 穴의 수맥은 검증해 봐야 한다. 그러나 이 분야 문헌들을 보면 수맥검증 방식이 여러 가지이고 검증기기(器機)도 종류가 여러 가지이나 통일된 것이 없다. 이점은 풍수의 정론 정법 정답 유무에 의문이 있는 것과 유사하다. 특히 엘로드 추(錘)등 검증기기의 반응을 놓고 수맥유무를 단정하는 해설이 달라 혼돈을 일으키고 있다. 이처럼 사람 따라 다르고, 검증기기 따라 다르고, 검증 방법따라 다르다. 어느 것을 신뢰해야 할까? 民

5) 봉분은 혈장의 한복판에 만들어야.

봉분은 혈장의 한 복판인 혈에 천강을 파고 만들어야 한다. 천강을 파는 과정에서 땅속에도 미호사(微護砂)가 있는 경우도 있어 그 복판에 파야 한다. 皮

6) 천광엔 물 바람 목근(木根) 벌레의 침해징후가 없어야 한다. 겉이 아주 잘 단장됐어도 속이 잘못되면 소용없다. 博

7) 눈은 패철 속 자오침의 한복판에 넣고 24방위를 360도 방향으로 봐야 한다. 패철 사용자의 눈은 항상 패철의 자오침 한복판에 넣고 봐야한다. 奸

8) 砂의 방위측정은 佩鐵중침-봉분 꼭대기-砂가 직선이 돼야 한

다. 사용자의 눈을 패철 자오침 속에 넣고 砂를 측정하는데도 불구하고 오차를 줄일 수 없다. 砂방위의 가장 정확한 측정방법은 패철을 砂와 봉분의 연장선상에 놓고 패철-봉분꼭대기-砂를 직선이 되게 하는 것. (그림 31) 邪

9) 向法공부는 손사 병오 정미향의 향법만 기억하면 99%는 끝낸

그림 31. **砂의 방위측정도**

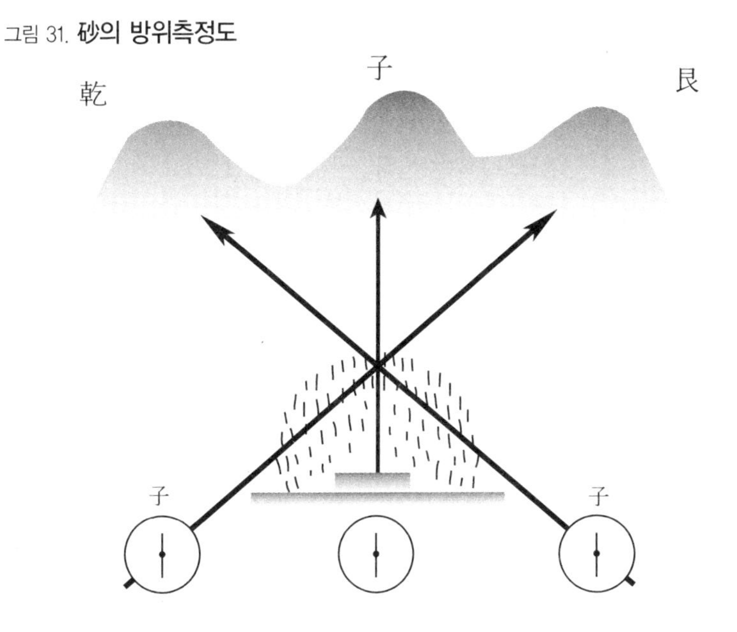

것이다.

乾亥坐 巽巳向, 壬子坐 丙午向, 癸丑坐 丁未向을 기준으로 좌는 뒤쪽, 향은 앞쪽으로 보고 24방위를 사용해야 기억하기가 쉽다.

풍수현장에서는 24방위별 向이 있지만 乾亥坐 巽巳向, 壬子坐 丙午向, 癸丑坐 丁未向을 기준으로 한 물의 득파를 확실히 기억하면 88

향을 쉽게 풀어나갈 수 있다. 風

10) 三吉六秀를 가지려면 명산 5부 능선을 차지하라.

명산의 5부능선 이상만 올라가면 사방이 산으로 둘러싸여 삼길육수 방위에 반드시 길격의 봉우리(砂)가 있다. 그러나 이러한 명산 대부분은 국. 도. 군립공원이라 함부로 葬할 수 없는 표고가 높은 곳이다. 如

11) 풍수는 학논법의 공통분모 한복판에 있다.

풍수는 정론 정법 정답 유무가 의문인 상태에서 풍수사가 정하는 것이 예상되는 정답의 근사치이다. 이 예상정답의 근사치를 구하기 위해 많은 노력을 해야 하고 그 과정에서 나름대로 미확인된 정답의 근사치라도 터득되는 것이다. 그래서 學(說)이라고 이름지어진 책, 論이라고 규정한 풍수이론, 法이라는 이름으로 나온 古書 등을 어떤 식으로든지 보고 알고 넘어가야 하며 學(說)論法가운데서 공통분모의 논리를 찾아내 사용하는 것이 옳다. 義

12) 초상(初喪)엔 돌(石物)을 쓰지 않는 것이 좋다.

갑자기 상(喪)을 당하면 급한 것이 묘자리이다. 제대로 된 자리를 구할 시간도 없고 길일을 택할 수도 없어 초상에는 혈과 택일을 그다지 중요하게 여기지 않는다. 그래서 초상에는 석물을 많이 쓰지 않는다. 이장계획이 없더라도 체백이 육탈(肉脫)될 때까지는 땅의 숨쉬기를 방해하는 둘레석과 석곽 등은 이롭지 못하다.

사람은 흙에서 나서 흙으로 돌아가야 하는데 체백의 사방을 돌벽으로 막아놓아서는 흙으로 돌아가기가 쉽지 않다. 땅속에 공기(空氣)

나 지기(地氣)의 흐름이 있다면 이를 막는 결과이기도 하다. 이장 때는 혈을 구하는 일과 택일에 신중을 기한다. 何

13) 체백(體魄)이 육탈(肉脫)된 후 돌(石物)을 놓아라.

체백의 육탈이 된 것으로 추정되는 시기에는 둘레석을 하되 높지 않게 하는 것이 좋다. 治

14) 봉분과 묘역에는 잔디(莎草) 조성이 좋다.

돌은 하중이 있어 흙 속으로 침하된다. 돌과 돌 사이의 이음새에 화공자재를 처리하거나 시멘트를 사용하지만 영원할 수는 없다. 보수를 해야 할 부담이 있고 후손들에게 항상 일거리를 제공할 수 있다.

잔디만으로 묘역을 꾸몄을 때는 수시로 흙이나 보충해주고 잡초만 제거하면 된다. 조상이 자손의 짐이 되지 말자는 의미도 크다.

15) 왕능(王陵)의 국세(局勢)는 대부분 고서(古書)의 형상론을 근간으로 한 그림을 닮아 힘찬 용맥이 드물다.

조선왕조의 능 대부분은 풍수고전에 등장하는 형상론의 평면도에 충실했다고 볼 수밖에 없다. 용세(龍勢)를 무시한 측면이 대부분임을 느낄 수 있다. 다시 말해서 왕릉 치고 내룡(來龍)의 힘을 느낄 수 있는 곳은 드물다.

형상론을 다룬 고서에 등장하는 그림들이 입체적인 것은 거의 전무하다. 붓과 먹으로 그린 산용맥의 그림은 평면도 일뿐 입체감이 결여돼 있다. 입체적 그림의 형상론을 제대로 완벽하게 묘사한 사실적 풍수교본이 나오길 기대한다. 風

16) 구성(九星)은 하나다.

선천산법(先天山法) 후천수법(後天水法) 보성괘(輔成卦) 천지괘(天地卦) 생기복덕법(生氣福德法) 십간속괘간생기법(十干屬卦看生氣法) 문로법(門路法)의 吉神星이 각각 다르다. 구성은 하나인데 변괘 과정 명칭이 왜 다를까?

다음은 변괘 할 때마다 명칭이 변하는 것을 나름대로 새로이 정리한 것이다.(진한 글씨가 길신이다)

1	2	3	4	5	6	7	8
臣	**君**	短	文	不	**將**	死	卒

위 **臣** **君** 短 文 不 **將** 死 卒을 **1臣** **2君** 3短 4文 5不 **6將** 7死 8卒로 표시 한 것은 팔괘(☰ ☱ ☳ ☷ ☵ ☴ ☶ ☲) 중 하나의 괘가

첫번째 변하면 탐랑 혹은 생기
두번째 변하면 거문 혹은 천의
세번째 변하면 녹존 혹은 절체
네번째 변하면 문곡 혹은 유혼
다섯번째 변하면 염정 혹은 화해
여섯번째 변하면 무곡 혹은 복덕
일곱번째 변하면 파군 혹은 절명
여덟번째 변하면 보필 혹은 귀혼인데

이를 단순화 하기 위해

첫번째　변하면 臣

두번째　변하면 君

세번째　변하면 短

네번째　변하면 文

다섯번째 변하면 不

여섯번째 변하면 將

일곱번째 변하면 死

여덟번째 변하면 卒로 되는 것을 정리 해본 것이다.

⑴ 선천산법 후천수법 보성괘는 3 4 7이 巨門 貪狼 武曲이다.

⑵ 천지괘, 생기복덕법, 십간속괘간생기법도 1 2 6이 生氣 天宜(天醫) 福德이다.

⑶ 또 청오경(부경)에 나오는 문로법은 유일하게 1 3 6이 生氣 延年 天德이다.

저자는 복잡한 구성의 뜻을 서열화, 단순화시켰다. 다음 번호는 변괘의 순서이다.

1	2	3	4	5	6	7	8
臣	**君**	短	文	不	**將**	死	卒
貪狼	**巨門**	祿存	文曲	廉貞	**武曲**	破軍	輔弼
生氣	**天醫**	絕體	遊魂	禍害	**福德**	絕命	歸魂

吉　吉　　　　　　　吉

뜻의 서열화는 다음과 같다.

첫번째 君(임금), 두번째 臣(신하 재벌), 세번째 將(장군 무관)이며 文(청빈 서민)과 卒(보필 : 군 신 장을 위해 모든 면에서 필요하다)은 보통이고 短(단명 객사) 不(부랑아) 死(절손)는 좋지 않은 것으로 분류된다. 君 臣 將이 좋고 短 死는 단명 절손이기 때문에 나쁘며 나머지는 보통으로 본다. 歎

17) 올바른 풍수인이 되려고 대학원에 진학.

다음은 저자가 대학원지원 이유를 면접서류에 간단히 기술한 것을 옮긴 것이다.

《2002학년도 전기대학원입학시험 면접구술고사 자료》

알아야 할 것을 제대로 아는 올바른 풍수인이 되려고 지원했습니다. 우연한 기회에 풍수를 접하고 나름대로 공부하는 과정에서 느낀 것도 많았습니다.

풍수학이 2000여년의 역사를 갖고도 왕실과 사대부집안의 전유물이 돼 체계화된 학문으로 발전되지 못하고 정론은 온데간데 없고 필사나 구전으로만 전래돼 비법과 술수만 판을 쳐온 것이 안타깝기도 했습니다.

…중략…

이같은 현실 속에서 석사과정 풍수지리학과 신설은 저를 포함한 많은 풍수학도들의 경우 "조각배를 타고 캄캄한 밤바다를 파도와 싸우며 헤매던 중 극적으로 만난 구조선과도 같다"고 하겠습니다.

2001년 12월 1일 지원자 성재권. 水

18) 다음은 風水地理學 전공학도인 저자의 질문에 대해 경남지역 어느 대학 地理學 전공교수의 답변이다.

① 風水에서 山을 龍으로, 山脈이 이어지는 것을 行龍이라고 하는데 行龍이란 用語에 대한 견해는?

답 : ……

② 崑崙山에서 白頭로, 白頭山에서 智異로, 智異山에서 山으로 왔다고 보시는지? 즉 行龍을 했다고 보시는지요?

답 : ……

③ 地氣가 흐른다고 보시는지?

답 : 기는 흐를 수 있다.

④ 地氣가 흐른다면 橫으로 흐르는지? 아니면 땅속 어딘가에서 水直 上昇으로 즉 縱으로 흐르는지요.

답 : 기는 흐를 수 있다.

⑤ 지방의 어떤 山의 墓가 智異山을 向해 正面으로 바라보고 있다면 風水에서는 이것을 回龍顧祖穴(회룡고조혈)이라고 하며 이는 혈이 할아버지 산을 바라보고 있다고 해서 붙여진 이름인데 이에 대한 견해는?

답 :……

⑥ 風水에서 "山은 물을 건너지 못하고 물은 山을 넘지 못한다"는

문구가 있는데도 불구하고 度水穴(도수혈) 潛龍穴(잠용혈)이란 用語가 있습니다.

度水穴(도수혈: 혈이 물을 건넜다) 潛龍穴(잠용혈: 혈이 물밑을 지났다)은 육지와 가까운 바다에 있는 섬을 지칭하거나 강 건너편 산을 지칭하는데 이에 대한 견해는?

답 :섬 대부분은 원래 육지다.

⑦ 風水에서 龍盡水回(용진수회)란? 龍은 물을 만나야 멈추며 그곳에 혈이 맺힌다는 뜻인데 이에 대한 견해는?

답:……

⑧ 風水에서 開帳穿心(개장천심)이란? 風水書의 用語解說 意味는 장막을 열고 그 중심을 뚫고 나온 것으로 돼 있습니다. 이는 부채꼴처럼 펼쳐진 산 한복판에서 힘있는 산이 불쑥 틔어 나온 것을 말하는데 산이 정말로 장막을 뚫고 나왔다고 보시는지요?

답 : 깎이는 과정에서 남은 부분이다.

2002. 12. 26.

지리학자는 자연의 풍수적 해석에 왈가왈부를 않으려는 것으로 보인다. 지리학과 풍수학은 이렇듯 다를까? 위 질문에 답할 줄 몰라서 노코멘트한 것이 아닌듯 하다. 지리학자는 풍수적 해석에 대해 자신의 견해마저도 '노코멘트' 하는 것만이 확실한 정답일까? 풍수적 해석과 동떨어진 견해를 밝히느니 노코멘트가 나은 것일까?

기(氣)는 흐를 수 있다.

섬(島)은 대부분 원래는 육지다.

산(龍)은 깎이는 과정에서 남은 부분이다.

풍수학인과 강호제현들 역시 위와 같은 문답에 대해 생각하는 바가 클 듯 싶다. 息

4. 風水는 現實

1) 風水는 現實이다.

현무 주작 청룡 백호가 있는데도 불구하고 묘를 쓴 후 사성(莎城)을 두르는 것 자체가 물과 바람막이를 한 겹 더 만드는 것과 같다. 사성이란 묘 바로 옆에 흙무더기와 잔디로 병풍처럼 둘러놓는 것을 의미한다. 사성은 현무 주작 청룡 백호가 부실한 혈에 인위적으로 물과 바람막이를 위해 흙으로 현무 · 용 · 호를 설치하던 것으로 민묘(民墓)에서 보편화 돼있다. 사신(四神)이 부실하면 인위적으로라도 사성을 만드는 것이다. 그러면 묘가 물과 바람의 피해를 덜 입을 것이고 그것이 현실적인 것이다.

풍수에서 과거의 형상에 집착하는 경우가 많다.

"저 龍은 도로나 하천이 개설되기 전엔 이어졌던 것" "저 하천은 직강 공사를 하기 전엔 이쪽으로 흘렀던 것" "저 청룡과 백호자락의 끝은 도로나 하천이 개설되기 전엔 이어졌던 것" 등으로 과거의 형상에 집착하며 현실을 무시하는 것은 풍수의 정론과는 거리가 있다. 과거엔 과거의 형상을 근간으로 길지(吉地)라고 판단해 혈을 잡았을 것이다.

그러나 현재는 현재의 형상에서 길지(吉地)를 판단해야지 과거의 형상에 집착하는 것은 금물이다. 과거에는 산이 있는 과거형상에 의해 방풍이 됐는데 현재는 산이 없는 현재의 형상에 의해 방풍이 되지 않는 것이다.

현실이 방풍이 되지 않는다면 그 자리는 과거엔 길지라도 현재는 길지가 아니다.

즉 과거에는 산과 강이 있었으나 현재는 없으면 없는 것으로, 과거에 없었더라도 현재 있으면 있는 것으로 풍수적 해석이 이뤄져야 한다. 風

2) 중국山에는 墓가 없어 風水를 배울 것이 없었다.

저자가 회원으로 있는 학회가 서기2000년 중국 서안지방으로 풍수간산 여행을 했을 때 그 지방엔 묘가 없었다. 어쩌다 하나씩 있는 묘는 우리네 시골집 뒤뜰 같은 곳에, 그것도 관을 흙무더기로만 덮어놓고 잔디는 입히지 않은 초라한 모습이었다. 더구나 겨우 1~2기정도 볼 수 있었던 집 밖의 묘는 밭 가운데 있는 흙더미일 뿐 잔디를 입히지 않은 벌거숭이였다. 溉

3) 地氣는 수평으로 흐르나 수직으로 상승하나?

이 질문에 대해 지리학자는(수평 수직에 대한 구분 없이) "지기는 흐를 수 있다"고만 한다. 저자는 이 말에 동감이다. 땅은 한 덩어리인데 지기의 흐름이 수평이고 수직이고 가 있을 것이 없다. 따라서 용맥이 끊어지거나 길사가 파괴돼도 지기를 받는데는 별 영향이 없는 것으로 생각된다. 지기가 현실풍수에 미치는 영향은 끊어진 용맥이나 파괴된 사가 아니라 혈과 터라고 본다. 水

4) 風水가 남긴 과제

風水를 이대로 놔두어서는 안될 것 같다. 風水의 문제를 누군가는 바로 잡아야 한다. 邪風에 의한 惑世誣民을 보고만 있는 것도 곤란하다. 우리주변 풍수의 현실은 개선할 여지가 많다. 지도층의 솔선이 없는 한 현실은 오래 갈 것 같다. 그러나 개선의 주체가 자각을 못하고 있다. 그 폐해를 모르는 것 같다. 嘆

5. 좋은 게 좋다

시간은 많고 할 일은 없고…

호기심으로 시작한 공부가 어느새 너무 깊은 곳까지 빠졌다 싶어 탈출하려 할 땐 이미 때는 늦었다.

지방에서 풍수공부를 한답시고 여기저기를 돌아 다녔으나 갈증을 풀어줄 사람은 없었다. 그래서 전국으로 돌아다녔지만 갈증은 여전히 해소되지 않아 오기만 생겼다. 풍수관련 책들은 적당히 쓴 것들이 많았고 헷갈리는 것도 너무 많았다. 정론 정법 정답 유무의 의문을 풀기 위해 책을 닥치는 대로 뒤졌으나 책마다 다른 논리를 펴고 사람마다 다른 목소리를 내고 있다. 어떤 것이 진실이고 어떤 것이 가식인지도 파악되지 않는다.

책마다 내용도 다르고 답도 다르고 논리와 답이 헷갈린다. 풍수에서 정론이 어떤 것이며 정답이 어떤 것인지가 분명하지 않다.

정답이 아니더라도 예상정답의 근사치라도 통일된 것이 있어야 할 텐데 평범한 풍수인의 의문에 대해서도 백인백색(百人百色) 백인백성(百人百聲)이다. 책들은 어떤 분야는 거의 똑 같은 내용으로 채워졌고 또 어떤 분야는 전혀 다른 내용의 논리전개가 많다. 정답이 헷갈린다는 것은 '명확한 논리가 어떤 것인지가 명확하지 않다' 는 것이다. 저자는 차선책으로 예상 정답의 근사치라도 확인해 보려고 노력했지만 온갖 논리로 뒤섞인 풍수의 홍수 속에서 한 동안 헤어나지 못했다. 진퇴양난에서 탈출은 했으나 그 땐 이미 심한 허탈감이 기다리고 있었으며 허탈감은 곧바로 정의감으로 뒤바뀌었다. 재야풍수만 접하다가 드디어 갈증 해소를 위해 50대 중반에 대학원을 진학, 만학의 길에 접어들었다. 대학원 진학은 눈을 넓게 뜬 계기와 풍수의 모(角)를 다듬는 기회가 됐다.

여러 책을 보았지만 풍수의 실체는 있는 것 같기도 하고 없는 것 같기도 했다. 책을 써보려고 하니 쓸게 있는 것 같기도 하고 없는 것 같기도 했다. 시중서적의 내용을 바탕에 깐 한계 내에서 얻은 지식과

왕릉 사대부묘 민묘를 돌며 느낀 점, 그리고 풍수가들과 나눈 의견을 종합해서 일단 책을 써 보기로 했다. 책을 쓰고 보니 '좋은 게 좋다'는 말이 풍수에 가장 잘 어울릴 것 같았다. 이같은 견해에 異論은 많을 테지만 제위의 고견을 존중하면서 풍수의 실체나 진실 탐구에 노력할 각오이다.

풍수지리의 진리와 진실은 어떤 것일까?

풍수학인들의 지향점은 두말할 것 없이 음택 분야는 산소 모시기 좋은 穴을 잡는 것이고 양택 분야는 주택 건물 지을 좋은 터(址)를 잡는 것이고 도시계획분야는 좋은 도읍지나 취락지를 선정하는 것이다.

문중 일, 집안 일, 나의 일을 해보려면

첫째 패철(佩鐵)을 볼 줄 알고

둘째 흉(凶)한 오결(龍穴砂水向)을 피할 줄 알고

셋째 흉(凶)한 택일(年月日時)을 피할 줄 알고

넷째 해(害)로운 장법(葬法)을 피할 줄 알면 된다.

음택 이기론 모두 풍수다.

음택과 양택이 축을 이루는 것이 풍수학이다.

풍수라는 명사아래 음택과 양택은 난형난제이긴 하나 어느 한쪽을 형제가 아니라고 한다면 모순이다.

음택풍수를 집행, 운용하는 일부 사풍(邪風)의 폐단이 적지 않음은 부정할 수 없다. 풍수의 지향점은 혈(穴)과 터(址)를 잡는 것이며 그것은 누구에게나 필요하다.

그렇다면 혈과 터를 지향하는 풍수학은 양립돼야 옳다.

어느 한쪽이 다른 한쪽을 무시하거나 부정하는 듯 하는 것은 옳지 않다.

陽이 陰을 부정하는 것은 陽의 자기부정이다.

陰이 陽을 부정하는 것도 陰의 자기부정이다.

陰이있어 陽이 있고 陽이 있어 陰이 있는 陰陽의 상대성 원리를 부정할 수 없다.

우리나라는 '장사 등에 관한 법률' (약칭 장사법)이 있다.

이 법률에는 "국가가 설치 운영하는 묘지에 대해서는 이 법은 적용되지 아니한다. 소위 동작동국립묘지와 대전국립묘지가 이에 해당된다"는 적용예외규정을 두고 있다.

이는 장사법이 일반국민에게만 적용되고 국립현충원에 묻힐 대상자에게는 법이 따로 있는 셈이다.

국립현충원에서 치러진 국가원수의 장례에도 음택풍수가 배제되지 않았으며 이기론 풍수가가 장사에 관여한 것으로 알려졌다. 이를 우리 풍수계는 어떻게 봐야 할까?

'좋은 게 좋다' 라는 것 때문이 아닐까?

최근 들어 납골묘가 보편화돼 가지만 '장사법' 을 준수하며 자기산에 조상을 모시려는 사람들이 아직도 적지 않다면 그들을 위해 풍수학인은 관심을 기울여야 옳다. 그 어떤 풍수서도 본질은 음택풍수의 이론(이기론)을 벗어난 것이 드물다. 그리고 양택풍수만 풍수라는 논리도 없다. 또 획기적인 창작논리로 쓰여진 것도 거의 없다.

옛것을 대부분, 그것도 이기론을 인용하지 않은 내용은 거의 드물다. 이는 풍수서가 옛 것을 벗어나 달리 쓸 것이 없다는 것에 다름 아니다.

음택풍수 이론을 무시하고, 즉 이기론을 무시하고 풍수를 논한다는 것은 가능하지 않다. 방향(패철사용)을 보지 않고 음 양택을 논하는 사람도 드물다.

음택풍수를 부정하는 이도 패철은 본다.

이기론을 부정하는 이도 패철은 본다.

패철을 보는 이가 음택풍수와 이기론을 부정할 수 없을 것 같은데 4유 8간 12지가 선명한 패철을 본다.

후세는 후세의 법과 규범대로 조상을 모실 것이다.

현세는 현세의 법과 규범대로 조상을 모시면 될 일이다.

맹목적인 맹신도, 무조건적인 불신도 금물이다.

이래볼까 저래볼까 망설여질 때 누구나 '좋은 게 좋다' 는 말을 떠올린다.

정론 정법 정답 유무 논란에도 풍수는 존재한다.

정론 정법 정답이 헷갈려도 풍수는 건재하다.

풍수서는 더이상 쓸게 없을 것 같아 보이는데도 책은 계속 나오는 추세다.

앞으로는 어떤 이가 어떤 책을 쓸 것인지가 관심꺼리다.

風水의 지나친 신비와 거품을 걷어내야 하고 풍수모순을 찾아내야 한다. 알면서 지적하지 않는 것은 몰라서 지적하지 않는 것과 어떻게 다를까?

정답유무를 단정하기 어려운 것이 풍수만은 아니다.

국가경영 기업경영 정치경제도 만점을 만들어 낼 정답은 없는 것 같다. 기업과 가정이 망하는 것은 "망하지 않는 확실한 법' 이 없고 그것을 아는 사람이 없기 때문이다.

풍수에서 1+1=2 , 2-1=1과 같은 수학적 정답을 기대한다는 것은 무리다. 先學들의 풍수논리를 존중하면서도 아쉬운 점을 감출 수는 없다.

풍수서와 '황금가지'

김종서 서울대 인문대 교수가 조선일보 「김종서의 문화 칼럼」란에 쓴 글이 있다. 글의 요지는 다음과 같다.

영국학자 프레이저(J G Frazer)의 '황금가지'는 초판이 나온지 100년 넘었지만 아직도 꾸준히 팔리는 스테디셀러다.

'황금가지'는 원숭이에서 시작해서 "…빨가면 사과, 사과는 맛있어, 맛있으면 바나나… …백두산 뻗어내려 반도 삼천리…"식의 논리 전개가 말꼬리잡기 식이다.

세계도처의 신앙풍습을 흥미진진한 이야기로 엮어낸 몬도가네와 믿거나 말거나 식 시리즈로 엮어진 이 책을 두고 학자들의 입장은 사뭇 달랐으나 실증적 자료에 근거한 신랄한 비판들이 나왔다. 기가 찬 것은 얘깃거리를 이어서 써내려가다가 딱맞게 갖다댈 사례가 없을 때는 프레이저 자신이 창작을 해서 슬쩍 끼워 넣었다.

이런 사실이 밝혀졌어도 이 책의 인기는 늘 변함없이 그대로인 것이 '황금가지'의 신비다.

…중략…

프레이저는 자신의 책에 틀린 부분을 잘 알고 있었다고 한다. 그는 틀리는줄 알면서 썼고 독자는 속는줄 알면서 읽었다. 그래서 어느 쪽도 믿지지 않고 그냥 피장파장인 것이다. 때문에 '황금가지' 독자들은 오직 재미있게 읽고 더 넓은 세계로 자유롭게 나아갔지, 결코 그것에 속박되어 '매니아' 가 되진 않았다.

저자가 김 교수의 칼럼을 읽고 인상깊었던 대목은 "그는 틀리는 줄 알면서 썼고 독자는 속는 줄 알면서 읽었다. 그래서 어느 쪽도 밑지지 않고 그냥 피장파장인 것이다"라는 부분이다. 황금가지는 피장파장일수 있으나 풍수서는 피장파장일수 없다.

틀리는 줄 알면서 쓴 풍수서도 없고…

속는 줄 알면서 읽고 실행하는 풍수사도 없겠지만….

피장자(被葬者)측의 발복기대 때문에 풍수사는 풍수서만 믿고 무책임한 말을 해선 안 된다.

풍수의 가면은 이제 벗겨져야 한다.

웬만한 서점도 풍수서는 많이 진열돼 있다.

그러나 풍수의 핵심인 '맹신에 대한 비판' 을 정면으로 다룬 책은 별로 없다.

이는 한국에서 풍수라는 존재는 아직도 신비스럽고 베일에 가려진 성역으로 남아있기 때문이다. 그래서 한국사회에서 풍수비판에 대한 터부는 여전히 존재한다.

의식수준이 높아졌다고는 하지만 '좋은 게 좋다' 란 말 때문인지 큰 꿈에 부푼 일부 정치인들도 조상 묘를 이장한다.

어떤 이는 이장을 한 덕에 꿈을 이뤘다고도 하고 다수의 사람들이 이를 따라하는 것이 현실이다.

좋은 게 좋기 때문이다.

저자는 공부를 하면서 느낀 점을 부록으로 썼으며 부록을 통해 풍수학인과 독자에게 전하려는 메시지는 다음과 같다.

과거의 풍수학은 권력과 돈 그리고 글(漢字)을 아는 자들에게 포위된 잠자는 학문에 불과했다.

풍수를 거머쥐고 있었던 사람들은 왕실과 사대부 대지주들이었으며 그들만이 풍수를 독점했었다.

그 이유는 발복(發福)이라는 '미 실현 이익' 에 대한 환상과 환상을 독차지하려는 욕심 때문이었다.

진리와 진실은 여전히 베일에 가려진 채 풍수지리는 이제 우리 모두의 것으로 돌아왔다.

풍수의 가면은 이제 벗겨져야 한다. 풍수는 '무한정 신비스러운 것' 도 아니고 '무시해야 될 별것 아닌 것' 도 아니고 '재미위주의 소설 같은 것' 은 더구나 아니다. 분명한 것은 우리 모두가 바르게 알아야 할 생활의 필수 분야다. 알지 못할 때는 어렵고 알고 나면 쉬운 것이다. 모든 학문이 그러하듯 풍수 역시 그런 것 같다. 서기 2003년 9

월 태풍 '매미'가 경남지역을 강타했을 때 피해가 심했던 곳(특정위치) 상당수가 풍수적 고려가 소홀한 것이 원인임을 저자는 여러 곳에서 확인했다. 상식선의 풍수적 고찰만 있었더라면 피해를 줄이거나 피할 수 있었다. "너가 뭘 알아서 그 따위 소리냐"고 질타한다면 나는 기꺼이 그 비난을 감수할 생각이다. 그러나 "그런 선생님께선 어떤 것을 알고 계십니까"라고 되묻지 않을 수 없을 것 같다.

대통령생가엔 전국풍수사의 말을 다 듣는 이가 있다.

노무현 대통령생가는 전국의 풍수사가 찾아드는 곳이다.

그 곳에는 전국에서 찾아드는 풍수사의 말을 다 듣는 이가 있다. 경남도 문화유산해설자 겸 김해시 관광안내 자원봉사자 김정순씨. 그는 대통령생가 해설자로서 그곳에서 전국의 풍수가들을 다 만난다. 그래서 그는 웬만한 사람의 풍수실력을 능가할지도 모른다.

저자가 서기2003년 7월13일 학회회원들과 생가를 찾았을 때 그는 생가의 설명과정에서 "풍수사마다 왜 풍수적 평가가 다르냐" "수맥 측정자 마다 왜 측정결과가 다르냐?"고 의문을 제기했다.

이 말은 부분적이나마 대한민국 풍수계의 현실을 보고 듣고 느낀 것에 대한 의문이라고 본다. "왜 다르냐"는 촌철살인(寸鐵殺人)의 질문에 무슨 말을 해야 좋을까?

풍수인들은 그의 의문을 해소시킬 답을 연구해보자.

풍수학, 풍수학자, 풍수행위자, 풍수수요자가 實在하는 현실에서 풍수분야를 이대로 놔두는 것은 누군가가 해야할 일을 제대로 하지 않는 것은 아닐까? 풍수실태 및 문제점파악과 대책마련에 나서본 당국이 있을까?

일본은 한국풍수를 잘 알고 있다.

일본은 왜 한국의 풍수에 대해 관심을 가질까?

조선총독부는 촉탁 무라야마 지쥰(村山智順)으로 하여금 조선의 풍수실태를 파악토록 해 지금으로부터 70여년 전에 '조선의 풍수'(서기 1931년)란 책까지 출간한 적이 있다.

지난1992년에는 일본 오사카시가 설립한 제1회 '일본 아시아 펠로우쉽' 이 대학에 연구비를 지급하면서 까지 '한국풍수지리사상의 실시연구' 를 하도록 했다.

당시(1992년 말부터 62일간)한국에서 풍수관련 조사를 담당했던 도쿄도립대학 노자키 미즈히코(野崎充彦) 강사는 연구보고 한 내용의 일부(?)를 정리해 '한국의 풍수사' 란 이름으로 책을 내 놓았다.

著者 野崎充彦氏는 책의 '후기' 를 통해 책 내용은 연구보고한 것 중 '일부' 라고 표현했다. '일부' 가 그 정도(책 내용만큼)면 전부는 아마도 굉장히 많을 것으로 짐작돼 놀라울 따름이다. 한국의 풍수를 한국사람보다 일본이 더 훤히 꿰고 있는 것이다.

우리는 우리사회에서 풍수의 뿌리가 얼마나 깊은지?

사풍의 폐단은 어느 정도인지?

혹세무민을 발본해야 할 주체는 어느 곳인지?

반성해 봐야 할 시점이다.

부록을 통한 저자의 생각이 1, 2, 3차 교정을 거치면서 많이 후퇴한 아쉬움은 있지만 초고(礎稿)에서 주장한 바를 피력할 기회는 있을 것으로 보고 마지막 장을 닫는다. 經山

참고문헌

문헌 1 문헌 2는 본서 집필에 참고한 문헌들이다. 저자 출판사 출판 년도가 불분명한 것은 해당부문을 생략했다. 저자가 여럿인 경우는 다 수록하지 못했다.

'부록' 의 내용은 특정풍수서 특정풍수인 특정풍수유파와 무관하며 풍수학전공자로서의 생각을 반영한 것임을 아울러 밝힙니다.

문헌1 〈저자명 가나다순〉

김기선 저 : 풍수지리학개론, 형설출판사. 1996.

김기선 저 : 풍수실무편람, 형설출판사. 2000.

김동규 역 : 인자수지, 명문당, 1992

김동규 역 : 나경투해, 명문당, 1985

김동규 역 : 이정표 경반도해, 명문당, 1998

김두규 역해 : 호순신의 지리신법, 도서출판 장락, 2001

김두규 역해 : 명산론, 비봉출판사, 2002

김두규 저 : 한국풍수의 허와 실, 동학사, 1995

김두규 저 : 우리 땅 우리풍수, 동학사, 1998

김두규 저 : 조선풍수학인의 생애와 논쟁, 궁리출판, 2000
김명제 저 : 팔십팔향진결, 명문당. 1968
김명제 저 : 구성학(기학)입문, 명문당, 1972
김영소 저 : 음택요결전서, 명문당, 1979
김영소 편역 : 지리십결, 명문당. 1989
김항배 저 : 실용풍수지리, 일산출판사, 1997
박봉주 저 : 실전풍수입문, 동학사, 1998
박봉주 저 : 한국풍수이론의 정립, 관음출판사, 2002
서선계 서선술 저, 한송계 역 : 명당전서, 명문당, 1990
성재권 저 : 풍수학논법 [제1판], 한림인쇄사, 2003
성재권 저 : 풍수학논법 [제2판], 한림인쇄사, 2003
성재권 논문 : 「수향법통합과 향명칭통일」 대구 한의대, 2004
손석우 저 : 터(상.하), 답게, 1993
신광주 저 : 풍수지리학 1.2.3권, 명당출판사, 1994.
신평 역주 : 지리오결, 동학사. 1993
신평 편저 : 현문나경수첩, 현문, 1996
신평 저 : 신 나경연구, 동학사. 1996
신평 역 : 풍수학설심부, 관음출판사, 1997
신평 문광신 정찬호 공저 : 풍수지리사 교재
사단법인 한국현문풍수지리학회, 2001
오상익 주해 : 장경, 동학사, 1993
윤갑원 편저 : 정통 통맥지리, 지선당. 1999
윤재우 저 : 찾기 쉬운 명당, 삼한출판사, 2002
趙九峯 著 : 地理五訣(복사본), 上海廣益書局發行
최창조 저 : 한국의 풍수사상, 민음사, 1984
최창조 저 : 좋은 땅이란 어디를 말함인가, 서해문집, 1990
최창조 편역 : 서양인이 본 생활풍수, 민음사, 1992

최창조 저 : 한국의 풍수지리, 민음사, 1993

최창조 옮김 : 청오경 금낭경, 민음사, 1993

최창조 저 : 땅의 눈물 땅의 희망, 궁리출판, 2000

최창조 최원석 성동환 한동환 권선정 5인공저 : 풍수, 그 삶의 지리 생명의 지리, 도서출판 푸른나무, 1993

최원석저 : 도선국사 따라걷는 우리땅 풍수기행, 시공사, 2000

한동환 성동환 최원석 3인 공저 : 자연을 읽는 지혜, 도서출판 푸른나무, 1994

한중수 역 : 청오경, 명문당, 1996

한중수 저 : 명당보감, 대구, 한림원. 1987

한중수 전원석 편역 : 지리학총서, 대구, 한림원, 1989

황백현 편저 : 생활과학 풍수지리, 부산, 다솔, 1998

황백현 편저 : 풍수지리 실무론, 부산, 다솔, 1998

황백현 편저 : 풍수지리 이기론, 부산, 다솔, 1998

村山知順 저 최성길 역 : 조선의 풍수, 민음사, 1990

宛陵孟天其 註 : 雪心賦辯訛正解(복사본), 上海江東書局印行

노자키 미츠히코 지음 : 한국의 풍수사들, 동도원, 2000

신동아 : 2000년 10월호, 김두규 우석대교수 안영배 기자 심층르포 대권과 풍수 366~387쪽

월간조선: 2000년 12월호, 金成東 기자의 대통령 7인의 생가탐방 풍수지리이야기, 580~599쪽

2002 한.일 월드컵 조선일보 축쇄판, 2002

녹색평론 : 1994년 5~6월 통권 제16호, 대구, 녹색평론사

창작과 비평 : 1994 봄호 제22권 제1호 통권 83호, 창비사

한국사시민강좌 : 제14집, 일조각, 1994

문헌 2

강영수 저 : 풍수로보는 터잡기, 예문당, 1994

고광진 저 : 택일대요, 명문당, 1998

고제희 저 : 한국의 묘지기행1.2.3, 도서출판 자작나무, 1997

고제희 저 : 쉽게 하는 풍수공부, 동학사, 1998

권혁재 저 : 지형학(4판), 법문사, 2002

김광제 저 : 나의 명당 답사기, 서울문화사, 1995

김광제 지음 : 재미있는 풍수 이야기, 홍익출판사, 1998

김대은 저 : 나경사용 법, 대한풍수지리학회

김대은 저 : 구성과 장법, 대한풍수지리학회

김대은 등 9인 저 : 실존 풍수지리(상), 영기획, 1991

김대은 김영선 지음 : 수맥과 풍수, 도서출판 우성, 1996

김동규 역 : 택일은 동양철학의 꽃, 도서출판 글사랑, 1994

김두규 안영배 저 : 권력과 풍수, 도서출판 장락, 2002

김두규 지음 : 우리풍수 이야기, 북하우스, 2003

김문기 저 : 풍수설화 명풍수 얼풍수, 도서출판 역락, 2002

김석현 저 : 별난 묘지이야기, 미래문화사, 2001

김석주 저 : 풍수지리실무, 좋은 글, 2000

김성기 편 : 지상학, 창원대 평생교육원풍수지리교재 1996

김성영 저 : 한국풍수학, 고려문학사, 1998

김정호 : 천하명당 금환락지, 광주, 한국향토문화진흥원, 1992

김종록 저 : 소설 풍수 상.중.하, 중앙일보사, 1993

김종철 유태우 공저 : 풍수지리명당입문, 음양맥진사, 1986

김종철 저 : 명당요결, 도서출판 꿈이있는 집, 1991

김종철 저 : 명당백문백답, 오성출판사, 1995

김호년 저 : 한국문중풍수, 동학사, 1996

김호년 저 : 한국의 명당, 동학사, 1989

남궁 상 편 : 한국택일학 요결, 역학사, 1993

대한역법연구소 편제 : 신증 천기대요, 대지문화사, 1977
박정수 저 : 명가의 뿌리, 이가출판사, 1991
서진화 저: 자연의 섭리 땅의 이치 풍수지리, 범조사, 1999
손 일 등 15인 공저 : 지리학 탐색, 도서출판 한울, 2002
안국준 지음 : 수맥과 명당길라잡이, 태웅출판사, 2001
엄윤문 저 : 명당잡는 법, 동양서적 1997
유종근 최영주 공저 : 한국풍수의 원리(1.2),동학사, 1997
이숭녕 저 : 한국의 전통적 자연관 제4부
이중환 저 이익성 역 : 택리지, 을유문화사, 1993
이태호 저 : 새로 쓰는 풍수지리학, 도서출판 아침, 1999
장영훈 저 : 왕릉풍수와 조선의 역사, 대원 미디어, 2000
장용득 저 : 명당론 전집, 1976
조중근 조태근 공저 : 신 풍수지리, 가교, 2001
장장식 저 : 한국의 풍수설화연구, 민속원, 1995
전태수 편역 : 방위학입문, 명문당, 1978
조성우 저 : 사주학강의, 관음출판사, 1998
지창룡 저: 성공하는 사람들의 생활풍수, 책만드는 집, 1995
최어중 저 : 십승지 풍수기행(현장풍수), 동학사, 1992
최영주 저 : 신 한국풍수, 동학사, 1992
추송학 편저 : 풍수비결, 생활문화사, 1982
추송학 유병철 공저 : 방위길흉, 생활문화사, 1982
한중수 저 : 택일전서, 명문당, 1979
한중수 편 : 역점육효전서, 명문당, 1975
한중수 편저 : 1889년~2050년, 만세력, 명문당, 1979
한중수 조성우 공저 : 역학대사전, 명문당. 1994
田口二洲 著. 동양종합통신기교육원 편집부 역 :
氣學名鑑, 동양종합통신기교육원출판부, 1982

풍수학논법

이론은 무시말고 공부는 지름길로

[4판]
초판 인쇄 | 2006년 2월 15일
초판 발행 | 2006년 2월 25일

지은이 | 성재권
펴낸이 | 소광호
펴낸곳 | 관음출판사

130-070 서울시 동대문구 용두동 751-14 광성빌딩 3층
전화 | 02) 921-8434, 929-3470
팩스 | 02) 929-3470

등록 | 1993.4.8. 제1-1504호

값 25,000원

ISBN 89-7711-103-X 03810